아무에게도 말하지 마

TELL NO ONE

by Harlan Coben

This Korean edition published by arrangement with Harlan Coben c/o The Aaron M. Priest Literary Agency, Inc., through Shinwon Agency Co., Seoul

아무에게도 말하지 마

TELL NO ONE

HARLAN COBEN

할런 코벤 장편소설

최필원 옮김

비채

사랑하는 나의 조카
우리 작고 귀여운 생쥐
개비 코벤을 추억하며

1997–2000

스몰이 말했다.

"하지만 우리가 죽고 없어지면?
그때도 나를 사랑해줄 거야?
사랑이 끝나지 않는 게 확실해?"

라지는 스몰을 꼭 안아주었고,
함께 밤하늘을 올려다보았다.
달과 별들이 눈부시도록 반짝이고 있었다.

"스몰, 저 별들을 봐. 눈부시게 빛을 발하고 있지?
어떤 별들은 아주 오래전에 죽었어.
그런데도 밤마다 우리를 위해 저렇게 반짝이잖아.
스몰, 사랑도 영원히 죽지 않는 별빛과 같아……."

데비 글리오리, 《그래도 그래도 사랑해》

감사의 말

자, 시작하기 전에 할런 코벤 밴드를 소개합니다.

탁월한 편집자 베스 드 구즈만, 그리고 수잔 코르코란,
샤론 룰렉, 니타 타우블립, 어윈 애플바움을 비롯한
밴텀 델의 직원들!

나의 에이전트 리사 에르바크 밴스와 에런 프리스트!

조언과 격려를 아끼지 않은 앤 암스트롱-코벤 박사, 진 릴,
제프리 베드포드, 그웬돌린 그로스, 존 우드, 린다 페어스타인,
매기 그리핀, 그리고 닐스 로프그린!

끝으로, 나를 독려하고 내게 영감을 주는 조엘 고틀러!

TELL NO ONE

프롤로그

그날, 바람결에 불길한 속삭임이 들려왔을지 모른다. 뼈를 에는 한기가 느껴졌을지도 모른다. 혹은 엘리자베스나 내게만 느껴질 법한 희미한 노랫소리이든, 날선 긴장감이든. 뭐가 됐든 판에 박힌 어떤 예감이 있었어야 했다. 살다 보면 언젠가 겪으리라 예상하는 불행들이 있다. 나의 부모님에게 벌어졌던 사건처럼. 반면 급작스럽고 격렬하게 찾아오는 암울한 순간도 있다. 모든 걸 한순간에 바꿔놓는 하나의 전환점. 그날의 비극 이전의 내 인생과 지금의 내 인생. 애석하게도 두 개의 삶 사이에는 공통점이 별로 없다.

결혼기념일을 맞아 모처럼 드라이브에 나섰지만 엘리자베스는 아무 말이 없었다. 새삼스러운 일은 아니었다. 어릴 때에도 그녀는 불현듯 우울한 기운에 휩싸이곤 했다. 그럴 때면 말수가 줄고, 한동안 깊은 사색이나 나로선 알 수 없는 두려움에 사로잡히곤 했다. 어떤 이유에서인지 나는 처음으로 우리 사이에 깊은 골이 생겼음을 감지했다. 그동안 숱한 시련을 극복해온 우리였다. 하지만 과연 우리가 진실을, 혹은 아직 입 밖으로 꺼내지 못한 거짓을 극복해낼 수 있을까.

냉방을 최대로 틀어놓은 탓인지 차의 에어컨이 윙윙 소리를 냈다. 무덥고 끈적거리는 날이었다. 전형적인 8월의 날씨. 델라웨어 협곡에 걸쳐진 밀포드 다리를 건너 펜실베이니아로 들어서니 친절한 통행료 징수원이 우리를 맞아주었다. 그렇게 16킬로미터쯤 더 달린 후에 '샤르메인 호수'라고 적힌 돌로 된 표지가 나타났다. 나는 그곳에서 방향을 꺾어 비포장도로로 들어섰다.

타이어가 아라비아 사막의 모래바람 같은 먼지를 일으켰다. 엘리자베스가 손을 뻗어 오디오를 껐다. 그러고는 내 옆모습을 유심히 바라보았다. 왜 그렇게 빤히 보는 걸까? 그녀의 시선에 갑자기 심장이 두근거렸다. 도로 오른편에는 나뭇잎을 뜯어 먹는 사슴 두 마리가 있었다. 녀석들은 고개를 들고 우리를 쳐다보다가 위협의 기운이 느껴지지 않는지 다시 식사를 이어갔다. 나는 계속해서 차를 몰았다. 잠시 후, 호수가 나타났다. 최후의 발악이라도 하듯 태양은 하늘을 온통 자줏빛과 주홍빛으로 물들여놓았다. 마치 나무 위로 불이 붙은 듯했다.

"아직도 이걸 계속한다는 게 믿어지지 않아." 내가 말했다.

"시작은 당신이 했잖아."

"그건 내가 열두 살 때였다고."

엘리자베스가 입가에 미소를 머금었다. 그녀가 미소를 보이는 경우는 흔치 않았다. 하지만 모처럼 한 번씩 웃어줄 때는 심장이 덜컹거릴 만큼 황홀했다.

"그래도 로맨틱하잖아." 엘리자베스가 말했다.

"실없는 짓이지 뭐."

"나는 로맨틱한 게 좋아."

"아니, 당신은 실없는 걸 좋아하는 거야."

"대신, 여기 올 때마다 마음껏 사랑을 나눌 수 있잖아."

"나를 미스터 로맨스라고 불러주겠어?" 내가 말했다.

엘리자베스가 웃음을 터뜨리며 내 손을 잡았다. "서둘러요, 미스터 로맨스. 날이 저물고 있다고요."

샤르메인 호수. 그건 나의 할아버지가 붙인 이름이었다. 할머니는 그 이름을 좋아하지 않았다. 할머니는 자신의 이름을 따서 '버사 호수'로 부르고 싶어했지만, 할아버지는 할머니의 불평을 묵살하고 기어이 고집대로 밀고 나갔다.

50여 년 전, 샤르메인 호수는 부잣집 아이들의 여름 야영지로 쓰였다. 하지만 캠프 사업은 처참하게 망해버렸고, 그곳 주인은 호수와 주변 땅을 할아버지에게 헐값에 처분했다. 할아버지는 캠프 주인이 쓰던 집을 깔끔하게 수리하고, 건물들을 철거했다. 하지만 아이들이 쓰던 이층 침대들은 인적이 끊긴 깊은 숲속에 버려두었다. 나는 누나 린다와 함께 보물이라도 찾는 양 그 숲속의 침대 사이를 탐험하곤 했다. 숨바꼭질을 하거나, 어딘가에서 우리를 몰래 지켜보고 있을지도 모르는 호수의 유령을 겁도 없이 찾아 나섰다. 반면 엘리자베스는 우리 남매의 모험에 끼는 일이 거의 없었다. 그녀는 숨바꼭질을 두려워했다. 어떤 것이든 자신이 아는 위치에 있어야 안심하는 아이였다.

차에서 내리자 오랜 영혼들이 내게 말을 걸었다. 무수한 목소리가 내 관심을 끌기 위해 치열하게 싸웠다. 결국 아버지의 영혼이 승리했다. 호수는 왠지 숨을 참고 있어야 할 만큼 고요했지만, 나는 아버지의 환호성을 똑똑히 들을 수 있었다. 어린 아들에게 무시무시한 파도를 선사하기 위해 장난기 어린 미소를 머금은 채 무릎을 꼭 끌어안고 호수로 뛰어내리는 내 아버지의 목소리를. 아버지가 다이빙해 물이 튈 때면 고무보트에 누워 일광욕을 즐기던 어머니는 눈을 흘기며 투덜거렸다. 하지만 끝내 터지는 웃음을 감추지는 못했다.

눈을 몇 번 깜빡이자 추억 속 이미지들이 사라져버렸다. 하지만 나는 웃음소리와 환호성, 사방으로 흩어지던 물방울들이 이 호수의 정적을 어떻게 깨뜨렸는지 생생히 기억한다. 그때 파문처럼 숲 속에 퍼졌던 메아리는 완전히 사그라졌을까? 어딘가에서는 아직도 아버지의 환호성이 은은하게 울리고 있지 않을까? 실없는 생각이라는 걸 알지만 어쩔 수가 없다.

기억은 상처다. 좋은 기억일수록 특히 더.

"무슨 생각해, 벡?" 엘리자베스가 물었다.

나는 그녀를 돌아보았다. "우리 여기서 하는 거지?"

"변태."

엘리자베스는 고개를 높이 들고 허리를 곧게 편 자세로 오솔길을 따라 걸어갔다. 나는 잠시 그녀를 바라보며 그 걸음을 처음 보았던 때를 떠올렸다. 일곱 살이었던 나는 바나나처럼 긴 안장과 배트맨 그림이 그려진 자전거를 타고 굿하트 도로를 신나게 달려 내려오고 있었다. 급격한 경사를 자랑해 속도를 즐기는 운전자들이 즐겨 찾는 도로였다. 나는 핸들에서 두 손을 뗀 채 가파른 비탈을 내려갔다. 일곱 살배기가 떠올릴 수 있는 최고로 쿨하고 멋진 기술이었다. 거센 바람에 머리가 나부꼈고, 눈가는 촉촉이 젖어들었다. 그렇게 내려오고 있을 때 어느 오래된 집 앞에 세워진 이삿짐 트럭을, 그리고 엘리자베스를 발견했다. 그날도 엘리자베스는 티타늄으로 된 척추를 가진 것처럼 지금과 같이 빳빳한 자세로 도도하게 걷고 있었다. 메리 제인 구두에 우정 팔찌를 낀 일곱 살배기 주근깨 소녀답지 않게.

2주 후, 우리는 소벨 선생님이 가르치는 2학년 반에서 정식으로 만나게 됐다. 닭살 돋는 얘기지만, 바로 그 순간부터 우리는 지금껏 소울메이트로 살아왔다. 공을 차며 천진하게 뛰놀던 우리의 우정은 서서히 풋사랑으로, 청소년기의 집착으로, 그리고 호르몬에 휩쓸린 고등학생 커플의 연애로 점점 발전해갔다. 어른들은 이런 우리 관계를 귀여워하면서도 불건전하게 여겼다. 내심 서로에게 흥미를 잃기만을 바라는 것 같았다. 심지어는 우리 자신도. 엘리자베스가 특히 더 그랬지만 우리 둘 다 명석한 아이들이었다. 우리는 비이성적인 사랑을 하면서도 늘 이성적이려고 애썼다. 앞으로 무수한 역경을 겪게 되리라는 것을 그때부터 이미 알고 있었다.

하지만 결국 굴하지 않고 꿋꿋이 버텨냈다. 결혼 7개월 차에 접어든 우리, 스물다섯 살 동갑내기 커플은 열두 살 때 정식으로 첫 키스를 했던 바로 그 장소로 돌아왔다.

낯간지러운 의식이다.

우리는 낮게 늘어진 나뭇가지를 걷어내며 걸음을 옮겼다. 질척한 습기에 숨이 턱 막히고, 사방에서는 끈끈한 소나무 냄새가 풍겼다. 우리는 웃자란 풀을 헤치며 터덜터덜 나아갔다. 훑고 지나치는 곳마다 모기를 비롯한 온갖 날벌레가 윙윙대며 날아올랐다. 나무들이 드리우는 긴 그림자는 각도에 따라 달리 보였다. 오묘하게 생긴 구름이나 로르샤흐 테스트*를 위한 잉크 자국처럼.

우리는 오솔길을 벗어나 우거진 덤불을 헤쳐갔다. 엘리자베스가 앞에서 나를 이끌었다. 나는 두어 걸음 뒤처진 채 그녀를 따라갔

* 좌우대칭의 불규칙한 잉크 무늬를 보고 어떤 모양으로 보이는지를 말하게 하여, 그 사람의 성격과 정신 상태 등을 판단하는 인격 진단 검사법.

다. 지금 생각해보니 상징적인 모습이었다. 나는 세상의 그 무엇도 우리를 소원하게 만들 수 없다고 믿었다. 우리의 지난 세월이 그것을 증명하지 않았던가. 하지만 그 순간엔 죄책감이 자꾸만 그녀를 밀어내려 하고 있었다.

나의 죄책감.

앞장서 나가던 엘리자베스가 남근 모양의 바위를 끼고 오른쪽으로 방향을 틀었다. 우리 두 사람의 이니셜을 새겨넣은, 우리의 나무가 서 있는 쪽으로.

E.P.

+

D.B.

이니셜은 하트 안에 담겨 있고, 하트 아래쪽에는 열두 개의 줄이 그어져 있었다. 우리는 매년 첫 키스 기념일에 이곳을 찾아 나무에 한 줄씩 새겨넣었다. 유년 시절의 우리가 얼마나 유치했는지를 말하려던 순간 엘리자베스의 얼굴이 눈에 들어왔다. 사라졌거나 더 검어진 주근깨, 살짝 기울어진 턱, 길고 우아해 보이는 목, 흔들림 없는 초록색 눈, 굵은 밧줄처럼 뒤로 땋아내린 검은 머리. 그녀를 보는 순간, 내 입이 딱 다물어졌다. 하마터면 그 자리에서 숨겨온 비밀을 털어놓을 뻔했지만 알 수 없는 무언가가 나를 저지하고 나섰다.

"사랑해." 나는 말했다.

"벌써 흥분한 거야?"

"뭐?"

"나도 사랑해."

"알았어, 알았다고." 나는 살짝 삐친 척하며 말했다. "당신도 짜릿하게 만들어줄게."

엘리자베스가 살짝 미소 지었다. 왠지 망설임이 엿보이는 미소였다. 나는 그녀를 끌어안았다. 열두 살 때 우리는 처음으로 용기를 내어 관계를 시도했었다. 그녀에게서는 향긋한 샴푸와 딸기맛 사탕 냄새가 풍겼다. 형언할 수 없는 어색함이 나를 압도했지만, 나는 아찔한 기분에 사로잡혀 그녀의 몸을 탐험했다. 그날은 라일락과 계피 향기가 풍겼다. 내 심장에서 따스한 빛이 나오듯이 키스가 시작되었다. 혀가 맞닿은 순간 나는 움찔했다. 엘리자베스가 가쁜 숨을 몰아쉬며 나를 바라보았다.

"이번엔 당신이 할래?" 그녀가 물었다.

그녀가 내게 칼을 쥐여주었다. 나는 그것으로 열세 번째 줄을 나무에 새겨넣었다. 열세 번째. 돌이켜보면 그때 불길한 예감을 느꼈던 것 같다.

우리가 다시 호수로 돌아왔을 때 날은 이미 어두워져 있었다. 까만 하늘에서 창백한 달이 등대처럼 빛을 발하고 있었다. 귀뚜라미 소리조차 들리지 않는 완벽한 정적. 우리는 옷을 벗었다. 달빛에 물든 엘리자베스를 보니 나도 모르게 감탄이 튀어나왔다. 그녀가 먼저 물속으로 뛰어들었다. 잔물결도 거의 일지 않은 훌륭한 다이빙이었다. 나는 서투르게 뒤따라 들어갔다. 물은 놀라울 만큼 따뜻했다. 엘리자베스는 깔끔하고 규칙적인 스트로크로 헤엄쳐나갔다. 마치 물이 알아서 길을 내주는 듯 편안해 보였다. 내가 요란하게 첨벙대며 뒤따르자 그 소리가 물수제비처럼 수면을 따라 퍼졌다. 엘리자베스가 몸을 틀고 내 품으로 들어왔다. 따뜻하고 촉촉한 피부가 느껴졌다. 우리는 그렇게 서로를 꼭 끌어안았다. 그녀가 가슴을 내 몸에 밀착시킨 순간 심장 박동과 호흡, 생명의 소리가 고스란히 느껴졌다. 우리는 뜨겁게 키스했다. 나는 한 손으로 그녀의 등이 빚어내는 우아한 곡선을 살며시 더듬었다.

격렬히 사랑을 나눈 후 모든 것이 제자리를 찾았다고 생각했을 때, 나는 고무보트에 올라가 다리를 쩍 벌리고 벌러덩 드러누웠다. 그러고는 한동안 두 발을 물에 담근 채 가쁜 숨을 몰아쉬었다.

엘리자베스가 얼굴을 찌푸렸다. "뭐야? 거기서 자려고?"

"쿨쿨."

"못 말려, 정말."

나는 두 손을 베고 누워 온몸의 긴장을 풀었다. 구름이 달을 스치며 흐르자 푸르던 밤이 창백한 잿빛으로 바뀌었다. 바람조차 숨죽여 멈춰 있었다. 엘리자베스가 물에서 나와 부두로 오르는 소리가 들려왔다. 나는 눈을 뜨고 그쪽을 바라보았다. 희미한 달빛 속에 그녀의 나체가 어렴풋이 보였다. 엘리자베스는 몸을 숙인 채 머리의 물기를 짜고는 허리를 곧게 펴고 머리를 뒤로 넘겼다.

고무보트는 기슭으로부터 조금씩 멀어지고 있었다. 내게 벌어졌던 그 일들을 차분히 곱씹어보았지만 나조차 전부 이해가 되지는 않았다. 고무보트는 계속해서 움직였다. 엘리자베스가 점차 시야에서 사라지고 있었다. 어둠 속으로 스며드는 그녀를 보며 나는 결심했다. 그녀에게 고백하기로. 모든 것을 털어놓기로.

고개를 끄덕이고 눈을 감아버린 후에야 답답했던 가슴이 편해졌다. 나는 한동안 고무보트에 부딪치는 물결 소리에 빠져들었다.

그때 차 문이 거칠게 열리는 소리가 들려왔다.

나는 벌떡 일어나 앉았다.

"엘리자베스?"

정적 속에서 들리는 것이라고는 내 숨소리뿐이었다.

나는 엘리자베스의 윤곽을 찾아보았다. 아주 흐릿하게나마 그 모습이 보였다. 아니, 봤다고 생각했다. 이제는 그 사실이 중요한지조차 모르겠다. 엘리자베스는 미동도 없이 서 있었다. 나를 바라보고 있는 듯했다.

그마저도 확실하지 않지만 내가 눈을 깜빡였던 것 같다. 그리고 다시 눈을 떴을 때 엘리자베스는 감쪽같이 사라져버렸다.

가슴이 철렁 내려앉았다. "엘리자베스!"

어떤 대답도 돌아오지 않았다.

순간 극심한 공포가 밀려들었다. 나는 고무보트에서 뛰어내려 부두를 향해 헤엄쳤다. 미친 듯이 팔을 저어대는 소리만이 내 귀에 요란하게 들려왔다. 무슨 일이 일어나고 있는지, 그 어떤 소리도 들을 수가 없어서 나는 헤엄치기를 멈췄다.

"엘리자베스!"

오랫동안 아무 소리도 들리지 않았다. 달은 여전히 구름에 가려져 있었다. 어쩌면 오두막으로 들어갔을지도 모른다고 생각했다. 어쩌면 깜빡 잊은 물건을 찾으러 차로 돌아갔을지도 모른다고. 나는 엘리자베스를 다시 불러보려고 입을 열었다.

바로 그때 그녀의 비명이 들려왔다.

나는 머리를 처박고 다시 팔과 다리가 빠질 듯이 전력을 다해 헤엄쳤다. 하지만 부두와의 거리는 좀처럼 좁혀지지 않았다. 헤엄을 치면서 틈틈이 부두 쪽을 살폈지만, 보이는 거라곤 오직 칠흑 같은 어둠뿐이었다. 희미한 달빛은 그 무엇도 제대로 비추지 못했다.

어딘가에서 무언가 질질 끌리는 소리가 들려왔다.

부두까지 이제 겨우 5미터쯤 남아 있었고, 나는 더 힘차게 몸을 놀렸다. 폐가 타드는 기분이었다. 연거푸 물을 삼켰지만 개의치 않고 두 팔을 길게 뻗어 어둠 속을 더듬었다. 마침내 사다리가 손끝에 닿았다. 나는 황급히 사다리를 타고 부두로 올라갔다. 바닥에는 엘리자베스가 뿌려놓은 물기가 아직 남아 있었다. 오두막 쪽을 돌아보았지만 너무 어두워서 아무것도 보이지 않았다.

"엘리자베스!"

그 순간 야구배트처럼 생긴 무언가가 내 명치를 강타했다. 예상치 못한 공격에 눈이 휘둥그레졌다. 숨이 턱 막혀버린 채 구부러진 내 몸 위로 그 물체가 또다시 날아들었다. 머리에서 뼈가 부러지는 듯한 소리가 들렸다. 마치 누군가가 내 관자놀이에 못을 박아넣은 듯이. 다리가 풀리고 나는 그 자리에 주저앉아버렸다. 정신을 완전히 잃기 직전 나는 두 손으로 머리를 감싸 쥐고 몸을 웅크렸다. 그리고 마지막 한 방. 결정타는 내 얼굴에 정통으로 떨어졌다.

그 충격에 나는 뒤로 떠밀려 호수로 떨어졌다. 눈이 질끈 감긴 순간 또다시 엘리자베스의 비명이 들려왔다. 내 이름을 부르고 있었다. 하지만 수면 아래로 가라앉는 순간, 세상의 모든 소리가 뚝 멎어버렸다.

1

////////

8년 후

또 다른 소녀가 내게 비탄을 안겨주고 있었다. 갈색 눈에 곱슬머리를 가진 아이가 이를 드러내며 싱긋 웃었다. 치아 교정기를 한, 열네 살의 소녀. 그리고…….

"임신했니?" 나는 물었다.

"네, 선생님."

나는 눈을 질끈 감지 않으려 애썼다. 그동안 임신한 10대 소녀를 숱하게 봐왔다. 오늘만 해도 같은 케이스가 여럿 있었다. 나는 5년 전, 컬럼비아 대학교 의과대학센터에서 레지던트 과정을 마친 후 줄곧 워싱턴하이츠 병원에서 소아과 의사로 근무해왔다. 우리는 의료보호 대상자인 가난한 환자들을 위해 일반 가정의학과와 산부인과, 내과, 그리고 소아과를 운영하고 있다. 많은 사람들이 이런 곳에서 일하는 내가 동정심 넘치는 박애주의자라고 생각하지만, 전혀 사실이 아니다. 나는 단지 소아과 의사로 사는 게 좋을 뿐이다. 사교육에 전념하는 중산층 엄마들과 자기관리에 몰두하는 아빠들, 한마디로 나 같은 사람들이 득실대는 교외 부촌에서 이 일을 하고 싶지 않았다.

"이제 어쩔 셈이니?" 내가 물었다.

"저랑 테럴은 정말로 행복해요."

"테럴은 몇 살이나 됐지?"

"열여섯 살요."

아이가 환히 웃으며 나를 올려다본다. 나는 다시 한번 눈을 질끈 감지 않으려고 애썼다.

언제나 나를 놀라게 하는 것은 이런 임신이 대부분 충동적인 선택이 아니라는 사실이다. 이 아이들이 진심으로 아기를 원한다는 사실. 피임이니 절제니 하며 나름 자제하려 애쓰다가도, 소위 '잘나가는' 친구들이 아이를 낳고 관심을 독차지하는 걸 보면 은근슬쩍 부러운 마음이 생기는 것이다. 테럴, 우리라고 못할 거 없잖아?

"테럴은 저를 사랑해요." 열네 살 아이가 내게 말했다.

"어머니께는 말씀드렸고?"

"아직요." 아이가 열네 살답게 몸을 비비 꼬며 말했다. "선생님이 저 대신 말씀해주시면 안 될까요?"

나는 고개를 끄덕였다. "그래."

나는 상대를 함부로 판단하는 대신 그들의 말을 귀담아들으라고 배워왔다. 그리고 공감하라고. 레지던트 시절이었다면 잔소리를 늘어놓았을 것이다. 무슨 대단한 위인이라도 되는 양, 대책 없이 사는 환자들을 경시했을 것이다. 하지만 몹시 추웠던 어느 날 오후, 내 잔소리에 몹시 싫증이 난 열일곱 살 아이가 오만했던 내게 겸손을 가르쳐주었다. 세 번째 남자친구와의 사이에서 세 번째 아이를 임신한 채 병원에 온 소녀가 내 눈을 똑바로 쳐다보며 반론의 여지가 없는 진실을 내뱉었다. "선생님은 제 삶을 모르잖아요."

말문이 탁 막혀버렸다. 그 후로 나는 더 경청하게 됐다. 자애로운 백인 코스프레를 그만두고 좋은 의사가 되려고 노력했다. 지금 눈앞의 이 열네 살 아이와 배 속의 아기도 최대한 성심껏 진료할 것이다. 하지만 머지않아 테럴이 가족을 버리고 떠날 것이라는 말은 하지 않을 것이다. 너의 미래가 그다지 밝지 않을 거라는 말도, 우리 병원을 찾는 대부분의 환자들이 그렇듯 스무 살이 되기 전에 최소한 두 명 이상의 무책임한 남자를 만나게 될 거라는 말도 하지 않을 것이다.

이런 문제를 너무 많이 고민하면 누구라도 미쳐버릴 것이다.

우리는 한동안 대화를 했다. 말은 주로 소녀가 했고, 나는 묵묵히 듣기만 했다. 사무실을 겸하고 있는 이 진료실은 교도소 독방만큼이나(물론 감방에 가본 적은 없지만) 좁다. 벽은 초등학교 화장실을 연상시키는 칙칙한 초록색으로 칠해져 있고, 알파벳 'E'가 어느 쪽으로 향하고 있는지 손가락으로 가리켜야 하는 시력 검사표가 문 뒤에 붙어 있다. 한쪽 벽에는 색 바랜 디즈니 그림이 뒤덮여 있고, 또 다른 벽에는 커다란 음식 피라미드가 걸려 있다. 아이는 새 환자를 맞을 때마다 교체하는 위생지가 깔린 검진용 테이블에 앉아 있다. 두루마리에서 풀려나온 종이가 뉴욕의 유명 샌드위치 가게의 포장지를 연상시켰다.

라디에이터 열기에 숨이 막힐 것 같았지만 어린 환자들이 자주 옷을 벗고 진료를 받는 공간이라 온도를 낮출 수가 없었다. 나는 소아과 의사들의 관례적인 옷차림을 하고 있었다. 청바지에 컨버스 운동화, 옥스퍼드 셔츠, 그리고 1994년에나 유행했을 법한 '세이브 더 칠드런*' 넥타이. 하얀 의사 가운은 입지 않는다. 그런 옷

* 전세계 어린이의 구호활동을 목적으로 설립된 국제기구.

차림은 아이들에게 겁을 줄 수 있다.

어리디어린 이 열네 살 소녀는 정말 괜찮은 아이다. 이곳을 찾은 모든 아이들이 그랬다. 나는 아이를 친분 있는 산부인과 전문의에게 소개해주었다. 그런 다음, 아이의 어머니와 면담을 진행했다. 새롭거나 놀라울 건 없었다. 이런 일이 일상이 되어버린 지 오래니까. 나는 헤어지기 전에 아이를 꼭 안아주었고, 아이의 어깨 너머로는 어머니와 눈길을 주고받았다. 매일 스물다섯 명 남짓 되는 엄마들이 아이를 데리고 나를 찾아온다. 하지만 그중 결혼을 한 아이는 손에 꼽을 정도다.

다시 말하지만 나는 상대를 함부로 재단하지 않는다. 대신 유심히 지켜본다.

그들이 떠난 후, 나는 차트에 몇 가지 메모를 추가한 뒤, 무심코 몇 장을 넘겨보았다. 나는 레지던트 시절부터 이 아이를 담당해왔다. 아이가 여덟 살이었을 때부터. 성장 기록을 살펴보니 아이의 현재 모습은 여덟 살배기 시절과 크게 다르지 않았다. 나는 그제야 눈을 질끈 감고 손으로 비볐다.

그때 터져 나온 호머 심슨의 고함이 내 정신을 번쩍 들게 했다.

"메일! 메일이 왔어! 우우우!"

나는 눈을 뜨고 모니터로 시선을 옮겼다. 〈심슨 가족〉에 나오는 바로 그 호머 심슨의 목소리다. 누군가가 '메일이 도착했습니다'라는 음성 안내를 호머의 목소리로 바꾸어놓았다. 나는 이번 버전이 너무나 마음에 들었다.

이메일을 열어보려는데 접수 담당자인 완다로부터 걸려온 인터폰이 꽥꽥 울려댔다. "박사님, 저기. 음…… 쇼나의 전화예요."

당황할 법도 했다. 나는 고맙다고 한 후 깜빡이는 버튼을 눌렀다. "안녕, 스위텀스*."

"나야." 쇼나가 말했다. "도착했어."

쇼나가 휴대전화를 끊었다. 나는 자리에서 일어나 복도로 나갔다. 막 병원 안으로 들어선 그녀가 성큼성큼 로비를 가로지르고 있었다. 쇼나는 자기 이름 자체가 브랜드가 되어버린, 유명한 플러스 사이즈 모델이다. 성을 빼고 이름으로만 불리는 유명인사. 185센티미터의 훤칠한 키에 몸무게가 85킬로그램에 달하는 그녀는 사람들의 이목을 단번에 집중시켰다. 이곳 대기실의 모든 시선도 이미 그녀에게 고정된 상태였다.

쇼나는 안내 데스크를 그냥 지나쳤고, 접수 담당자들도 굳이 막으려 하지 않았다. 쇼나는 중간 문을 벌컥 열고 들어와 말했다. "점심 먹으러 가자. 지금."

"오늘 많이 바쁠 거라고 얘기했잖아."

"코트 입어." 쇼나가 말했다. "밖은 추워."

"이럴 필요 없어. 기념일은 내일이잖아."

"네가 쏘는 거야."

내가 망설이자 쇼나는 한층 더 득의양양한 어투로 말했다.

"어서, 벡. 재미있을 거야. 대학 때처럼. 기억 안 나? 같이 앉아서 섹시한 여자들을 구경하곤 했었잖아."

"나는 그런 적 없어."

"오, 그런가? 나 혼자 그랬던 모양이네. 아무튼 코트 가져와."

다시 사무실로 돌아가는 길에 한 환자의 어머니가 환히 웃으며 나를 한쪽으로 잡아끌고 속삭이며 말했다. "실물로 보니 더 미인이

* 코미디 프로그램 〈머펫 쇼〉에 등장하는 털 많고, 무시무시한 캐릭터.

세요."

"아, 네." 나는 말했다.

"혹시 쇼나랑……." 환자 어머니가 두 손을 모으며 말했다.

"아뇨. 그런 사이 아닙니다. 쇼나에게는 이미 임자가 있거든요."

"정말요? 누군데요?"

"우리 누나요."

우리는 허름한 중국 식당에서 식사를 했다. 그곳의 중국인 웨이터는 황당하게도 에스파냐어만 할 줄 알았다. 목둘레가 블랙먼데이*만큼이나 깊이 파인 파란색 정장 차림을 한 쇼나가 먼저 입을 열었다. "토르티야에 싸서 먹는 무쉬러우** 어때?"

"좋아. 모험 한번 해보지 뭐." 나는 말했다.

우리는 대학 첫날 처음 만났다. 학적과 직원의 실수로 쇼나의 이름이 남자 이름인 '숀'으로 등록됐고, 그 바람에 우리는 룸메이트가 되고 말았다. 우리는 그 실수를 바로잡기 위해 나섰다가 이야기를 나누게 됐고, 그녀는 내게 맥주를 사주었다. 나는 쇼나의 털털한 성격이 마음에 들었다. 그러다 몇 시간 후, 우리는 그냥 같이 살아보기로 했다. 새로 만난 룸메이트가 상종 못 할 인간들일 수도 있으니.

쇼나와 나는 애머스트 대학에 다녔다. 매사추세츠 주 서부에 자리한 그 학교는 규모는 작지만 특권층 자녀들이 수학하는 대학이었다. 어쩌면 지구상에서 '명문 대학' 느낌을 가장 많이 풍기는 곳

* 1987년 10월 19일 뉴욕 주식 시장의 대폭락이 있었던 월요일.

** 중국 요리인 무쉬러우는 돼지고기를 볶은 것으로 중국식 전병인 춘빙에 싸서 먹으며, 토르티야는 멕시코식 옥수수 전병이다.

인지도 모르겠다. 그러나 고등학교 졸업생 대표였던 엘리자베스는 예일을 선택했다. 같은 학교에 진학할 수도 있었지만 함께 머리를 맞대고 의논한 끝에 우리 관계를 시험하기에 이보다 더 좋은 방법이 없을 거라는 결론에 이르렀다. 그 또한 나이답지 않게 성숙한 결정이었다. 우리는 서로를 미친 듯이 그리워했고, 멀어진 거리가 우리의 헌신과 사랑에 깊이를 더해주었다.

낯간지러운 표현이란 걸 잘 알고 있지만.

음식을 먹으면서 쇼나가 물었다. "오늘 마크 좀 봐줄 수 있어?"

마크는 나의 다섯 살배기 조카다. 졸업반 시절, 쇼나는 나의 누나 린다와 본격적으로 사귀기 시작했다. 7년 전에 둘은 서약식을 치렀다. 마크는 두 사람 사이에서 인공수정으로 태어난 사랑의 결실이었다. 린다가 마크를 임신해 낳았고, 나중에 쇼나가 아이를 정식으로 입양했다. 전통적인 사고방식을 가진 둘은 어린 아들에게 남성 롤모델이 필요하다는 데 합의하고 급기야는 나를 자기들 인생에 끌어들이고 말았다.

우리가 무슨 '오지와 해리엇*'도 아니고.

"그러지 뭐." 나는 말했다. "마침 새로 나온 디즈니 영화를 보고 싶었는데."

"이번 디즈니 신작 여주인공은 정말 끝내줘." 쇼나가 말했다. "포카혼타스 이후 최고로 섹시한 캐릭터야."

"알려줘서 고마워." 나는 말했다. "린다랑 어디 가려고?"

"나도 모르겠어. 레즈비언이 쿨한 사람들로 인식되어서인지 여기저기에서 부르는 데가 많더라고. 이럴 줄 알았으면 커밍아웃을

* 시트콤 〈오지와 해리엇의 모험〉의 주인공 부부. 모범적인 중류층 가정의 전형적인 예로 쓰인다.

하는 게 아니었는데."

나는 맥주를 주문했고, 곧장 후회했다. 하지만 딱 한 잔인데 뭐 어떠랴.

쇼나도 한 병 주문했다. "그 여자랑 헤어졌어? 이름이 뭐였지?"

"브랜디."

"맞아. 이름은 마음에 쏙 들었는데. 혹시 동생 이름이 위스키 아니었어?"

"딱 두 번 만났을 뿐이야."

"다행이네. 빼빼 마른 마녀 타입이라 솔직히 별로였어. 더 좋은 사람을 아는데, 소개해줄까?"

"됐어." 나는 말했다.

"몸매가 정말 끝장나는데도?"

"그러지 마. 부탁이야."

"왜?"

"저번에 네가 소개해준 여자 잊었어?"

"카산드라?"

"그래."

"걔가 왜?"

"레즈비언이었잖아."

"맙소사, 벡. 살다 살다 너 같은 편견쟁이는 처음 봐."

그때 쇼나의 휴대전화가 울렸다. 그녀는 몸을 젖히고 전화를 받았다. 하지만 시선은 내게서 떨어지지 않았다. 그녀는 큰 소리로 몇 마디 늘어놓고 전화를 끊었다. "먼저 가봐야겠어." 그녀가 말했다.

나는 계산서를 달라고 손짓했다.

"내일 밤에 올 거지?" 쇼나가 말했다.

나는 흠칫 놀라는 척했다. "내일 밤 레즈비언 커플에게 아무 계획이 없다고?"

"나는 약속 없어. 네 누나는 있고. 브랜던 스코프의 파티에 혼자 참석할 거야."

"너는 왜 같이 안 가고?"

"나는 됐어."

"왜?"

"마크를 이틀 연속으로 남의 손에 맡길 순 없잖아. 린다는 운영자로서 꼭 참석해야 하고. 나는 그냥 집에서 쉴 거야. 그러니까 내일 밤에 와줘. 음식 시켜놓고 마크랑 집에서 영화나 보자."

내일은 바로 '그 기념일'이었다. 엘리자베스가 살아 있었다면 우리는 그 나무에 스물한 번째 줄을 그으러 갔을 것이다. 이상하게 들릴지 모르지만 나는 내일이 오는 게 두렵지 않았다. 기념일과 공휴일, 엘리자베스의 생일 등은 마음의 준비를 단단히 해둔 덕분에 늘 무사히 흘려보낼 수 있었다. 문제는 '평소'였다. 리모컨을 꾹꾹 눌러대다가 우연히 〈메리 타일러 무어 쇼〉나 〈치어스〉의 오래된 에피소드를 보게 될 때, 서점을 둘러보다가 앨리스 호프먼이나 앤 타일러의 신작을 발견할 때, 오제이스나 포 탑스나 니나 시몬의 노래를 들을 때.

"엘리자베스의 어머니에게 잠깐 들르겠다고 말씀드려놨어." 나는 말했다.

"아, 벡……." 쇼나가 잔소리를 늘어놓으려다 뚝 멈추었다. "그럼 거기 다녀와서는?"

"갈게." 나는 말했다.

쇼나가 내 팔뚝을 움켜잡았다. "설마 또 사라지려는 건 아니지?"

나는 대답하지 않았다.

"나는 널 사랑해. 너도 알지? 만약 네게 성적 매력이 조금이라도 있었으면 나는 네 누나 대신 네게 들이댔을 거야."

"몸 둘 바를 모르겠네." 나는 말했다. "정말로."

"제발 나를 차단하지 말아줘. 나까지 차단하면 너는 세상 모두를 차단해버리는 거야. 어떤 일이 생기더라도 내겐 꼭 말해줘야 해. 알았지?"

"알았어." 나는 말했다. 장담할 수 없으면서도.

하마터면 그 이메일을 삭제해버릴 뻔했다.

대량으로 뿌려대는 스팸메일을 지겹도록 받다 보니 아무 생각 없이 '삭제' 버튼을 누르는 게 습관이 되어버렸다. 발송자를 보고 아는 사람이거나 병원에서 전송한 메일만을 안심하고 열어본다. 그 외의 이메일들은 적극적으로 삭제한다.

나는 책상 앞에 앉아 오후 스케줄을 살피고 있었다. 예상대로 빽빽했다. 나는 앉은 채로 몸을 틀어 삭제 버튼을 눌러댔다. 단 하나의 이메일만 남았다. 오늘 아침 호머로 하여금 환희의 비명을 지르게 만든 이메일. 나는 주소와 제목을 빠르게 훑었다. 제목의 첫 두 글자가 내 시선을 잡아끌었다.

이게 뭐지?

화면이 작게 설정된 탓에 그 두 글자와 발송자의 이메일 주소만이 눈에 들어왔다. 생소한 주소였다.

나는 눈을 가늘게 뜨고 오른쪽 스크롤 버튼을 클릭했다. 제목이 한 글자씩 드러났다. 클릭할 때마다 맥박이 조금씩 빨라지고 호흡도 점점 가빠졌다. 내 손가락은 스크롤 버튼 위에 계속 머물렀다.

모든 글자가 드러난 후 나는 제목을 다시 한번 제대로 읽어보았다. 순간, 가슴이 철렁 내려앉았다.

"벡 선생님?"

내 입은 조금도 반응하지 못했다.

"벡 선생님?"

"잠깐만요, 완다."

완다가 망설이며 바스락거리는 소리가 인터폰으로 선명하게 들려왔다. 잠시 후, 인터폰이 뚝 끊어졌다.

내 눈은 여전히 모니터 화면에 고정되어 있었다.

수신: dbeckmd@nyhosp.com

발신: 13943928@comparama.com

제목: E.P.+D.B.//////////////////////

스물한 개의 줄. 네 번이나 더 세어봤지만 그 수는 달라지지 않았다.

누군가의 잔인하고 역겨운 장난이었다. 어느새 나는 주먹을 불끈 쥐고 있었다. 대체 어떤 개자식이 이걸 보냈지? 이메일에서 익명 뒤에 숨는 건 쉬운 일이다. 비겁자들의 은신처로 이만한 곳이 없다. 하지만 그 나무와 우리 기념일에 대해 아는 사람은 세상에 몇 되지 않는다. 언론조차도 모른다. 물론 쇼나는 알고 있다. 그리고 린다도. 엘리자베스가 부모님이나 삼촌에게 언급했을 수도 있다. 하지만 그들 외에는…….

대체 누가 보낸 거지?

물론 당장이라도 메시지를 읽어보고 싶었다. 하지만 무언가 알 수 없는 것이 나를 주저하게 만들었다. 사실 나는 여전히 엘리자베스를 자주 떠올린다. 하지만 아직도 그녀와의 추억을 남에게 말하는 건 왠지 꺼려진다. 사람들은 내가 찌질하게 비치지 않으려고 애써 용감한 척하는 거라 생각한다. 친구들을 불편하게 만들지 않으려고. 혹은 사람들의 동정이 싫어서. 하지만 전부 사실이 아니다. 엘리자베스를 언급하는 것 자체가 너무나도 고통스럽기 때문이다. 견디기 힘들 만큼. 그 이름을 입에 담을 때마다 그녀의 마지막 비명이 되살아난다. 풀리지 않은 모든 미스터리도. 그리고 우리가 놓친 모든 인생의 기회들도. 내가 더 강했더라면, 더 나은 남자였다면 그녀를 구할 수 있었을 거라는 죄책감에 이어 온갖 비이성적인 감정들이 물밀듯 밀려든다.

사람들은 말한다. 비극을 이해하는 데는 많은 시간이 걸린다고. 망연자실해서 냉엄한 진실을 받아들일 준비가 되어 있지 않을 거라고. 하지만 그것도 사실이 아니다. 적어도 내 경우에는. 나는 엘리자베스의 시신이 발견됐을 때 그것이 내포하는 모든 의미를 제대로 이해했다. 그녀를 두 번 다시 볼 수 없고 다시 안을 수도 없다는 것을. 우리가 함께 아이를 낳고 오래도록 행복할 수 없다는 것을. 모든 게 끝이 났으며 그 무엇으로도 시간을 되돌릴 수 없다는 것을. 더는 교환할 것도, 협상할 것도 없다는 것을.

나는 울음을 터뜨렸다. 격하게 흐느꼈다. 그리고 거의 일주일 동안 멈추지 못했다. 장례식장에서도. 쇼나와 린다조차도 선불리 다가와 나를 위로하지 못했다. 나는 우리 침대에 누워 엘리자베스의 베개에 얼굴을 묻고 그녀의 향기를 맡으며 잠들곤 했다. 옷장에서 꺼내온 그녀의 옷에 얼굴을 문지르기도 했다. 하지만 그 무엇도 위로가 되지 않았다. 그럼에도 그 향기는 그녀의 일부나 다름없었기에 나는 그만둘 수도 없었다. 아주 고통스러운 나날이었다.

친구들이 선의를 앞세워 상투적인 위로의 말을 늘어놓을 때는 피가 거꾸로 솟았다. 깊은 조의를 표하는 것까지 막을 수는 없었지만, 아직 젊으니 곧 훌훌 털어 일어날 수 있을 거라는 둥, 분명 더 좋은 곳으로 갔을 거라는 둥, 이 모든 게 신이 뜻하신 일이라는 둥, 후회 없는 사랑을 했으니 행운이라는 따위의 진부한 헛소리들은 정말 견디기 힘들었다. 야박한 표현이지만 그런 말을 들을 때마다 어째서 이런 놈들이 멀쩡히 살아 있는지 궁금해졌다. 나의 엘리자베스는 죽어 묻혀버렸는데.

'사랑하고 이별하는 게 사랑 한번 해보지 못한 것보다 낫다'라는 헛소리도 많이 들었다. 어이가 없었다. 천국을 보여주고 잔인하게 불태워버리는 게 어떻게 더 나을 수 있지? 엘리자베스를 영영 잃어버린 내 입장에서는 매우 화가 나는 발언이었다. 엘리자베스가 더는 누릴 수 없는 것들을 헤아릴 때 찾아드는 비탄은 아직도 견딜 수가 없다. 살아 있었으면 너무나도 좋아했을 것들을 하나하나 떠올릴 때도.

사람들은 내게 후회가 남았는지 궁금해한다. 딱 한 가지 후회되는 건 다른 일을 신경 쓰느라 엘리자베스를 행복하게 해주지 못했던 순간들이 적지 않았다는 사실이다.

"벡 선생님?"

"잠깐만요." 나는 말했다.

나는 마우스를 쥐고 '읽기' 아이콘을 클릭했다. 곧장 메시지가 떠올랐다.

수신: dbeckmd@nyhosp.com

발신: 13943928@comparama.com

제목: E.P.+D.B.//////////////////////

메시지: 우리의 기념일, '키스 타임'에 링크를 클릭할 것.

순간 가슴이 철렁 내려앉았다.

키스 타임?

누군가의 장난일 거야. 분명히. 나는 수수께끼에 약하다. 기다리는 걸 좋아하지도 않고.

나는 다시 마우스를 쥐고 커서를 하이퍼링크 쪽으로 가져갔다. 링크를 클릭하자 컴퓨터의 원시적인 모뎀 소음이 들려왔다. 병원에서 쓰는 컴퓨터는 구형이었다. 웹브라우저가 화면에 뜨기까지 적지 않은 시간이 소요됐다. 나는 묵묵히 기다리며 생각했다. *키스 타임. 누가, 어떻게 키스 타임에 대해 알고 있지?*

마침내 브라우저가 나타났다. 에러 화면이었다.

내 얼굴이 일그러졌다. 대체 누가 보낸 거지? 나는 같은 링크를 다시 클릭했다. 이번에도 똑같은 에러 메시지가 나타났다. 웹 주소가 잘못된 모양이었다.

누가 키스 타임에 대해 알고 있지?

나는 누구에게도 키스 타임에 대해 이야기한 적이 없다. 엘리자베스도 거의 언급하지 않았다. 떠벌릴 만큼 대단한 일도 아니었으니. 지나치게 천진한 사람들처럼 비쳐질까 봐 그냥 둘만의 비밀로 간직하기로 했다. 민망한 일이지만 21년 전, 우리가 첫 키스를 경험했을 때 나는 그 시각을 기억해두었다. 그냥 재미로. 키스를 마친 뒤 나는 뒤로 살짝 물러나 카시오 손목시계를 들여다보며 말했다. "6시 15분."

그러자 엘리자베스가 말했다. '*키스 타임.*'

나는 또다시 메시지를 읽어보았다. 속에서 분노가 끓어오르기 시작했다. 이제 더는 장난이 아니었다. 잔인한 이메일 자체도 문제였지만…….

키스 타임.

키스 타임은 내일 오후 6시 15분이다. 내게는 다른 선택지가 없었다. 그냥 그때까지 묵묵히 기다릴 수밖에.

그래, 어디 한번 해보자고.

나는 혹시 몰라 저장장치에 이메일을 저장했다. 그리고 인쇄 옵션을 선택해 '전체 인쇄'를 클릭했다. 컴퓨터에 대해 아는 건 별로 없지만 의미를 알 수 없는 하단의 코드로 메시지의 출처를 추적하는 게 가능하다는 정도는 알고 있다. 프린터가 가르랑거리기 시작했다. 내 시선이 제목으로 돌아갔다. 나는 다시 선을 세어보았다. 여전히 스물한 개였다.

나는 우리의 나무와 우리의 첫 키스를 떠올렸다. 비좁고 답답한 내 사무실에서 그날의 딸기맛 사탕 향기가 풍기기 시작했다.

2

////////

집에 돌아오니 과거로부터 또 하나의 충격이 도착해 있었다.

나는 지금 조지 워싱턴 다리 너머에 살고 있다. 전형적인 '아메리칸 드림' 교외라 할 수 있는 뉴저지의 그린리버. 이름과 달리 이곳에는 강물도 없고, 녹지도 얼마 남지 않았다. 내 집은 할아버지가 살던 집이다. 3년 전, 할머니가 세상을 떠난 후 이 집에 들어와 살고 있다. 수시로 바뀌는 외국인 간병인과 함께.

할아버지는 알츠하이머를 앓고 있다. 할아버지의 정신은 고장 난 안테나가 달린 구형 흑백 텔레비전과 같다. 늘 오락가락한다. 컨디션이 좋은 날도 있고, 그렇지 않은 날도 있다. 안테나를 단단히 붙잡고 있어도 연결이 고르지 못했다. 그나마 예전에는 그랬다. 요즘 들어 할아버지의 머릿속 텔레비전은 켜질 때가 거의 없다.

나는 할아버지를 좋아하지 않았다. 할아버지는 늘 고압적이었다. 지극히 보수적이고, 오로지 성공에만 집착해온 케케묵은 자수성가형 인간. 엄한 사랑을 강조하는 무뚝뚝한 타입으로, 겉으로만 강한 척하는 전형적인 구시대 남자였다. 지나치게 감성적이고 운동신경이 없으며 공부만 잘하는 손자에게 할아버지는 별다른 애정을 보이지 않았다.

내가 할아버지 집으로 들어가 살게 된 이유는 내가 하지 않으면 나의 누나인 린다가 그러리라는 걸 알기 때문이다. 린다는 그러고도 남을 사람이다. 우리가 브룩레이크 여름 캠프에서 '온 세상은 하느님의 손 안에'를 불렀을 때 린다는 그 의미를 마음에 새기고 약자를 위해 헌신하기로 결심했다. 하지만 린다에게는 이미 아들과 평생의 반려자, 그 밖의 온갖 책무가 가득하다. 내게는 그런 게 없었고. 그래서 내가 선제공격에 나섰다. 이곳 생활은 그럭저럭 나쁘지 않다. 오히려 조용해서 좋다.

클로이가 꼬리를 흔들며 달려왔다. 나는 녀석의 축 늘어진 귀 뒤를 쓰다듬었다. 잠시 내 손길을 즐기던 개가 산책줄을 뚫어져라 바라보았다.

"조금만 기다려." 나는 말했다.

클로이가 싫어하는 말이다. 개가 나를 흘겨보았다. 눈이 털로 완전히 뒤덮인 상태에서 그러기도 쉽지 않을 텐데. 클로이는 그 어떤 종류의 콜리보다도 목양견답다. 엘리자베스와 나는 결혼 직후 클로이를 식구로 맞았다. 엘리자베스는 클로이를 무척이나 좋아했다. 그때는 아니었지만 지금은 나도 개를 좋아하게 됐다.

클로이는 문에 몸을 기대고 앉았다. 녀석은 연신 문과 나를 번갈아 보았다. 내게 힌트라도 주듯이.

할아버지는 게임쇼가 한창 진행 중인 텔레비전 앞에 축 늘어진 모습으로 앉아 있었다. 할아버지는 나를 돌아보지 않았지만 그렇다고 텔레비전을 보는 것도 아니었다. 할아버지의 핼쑥한 얼굴은 죽음의 그림자가 드리워진 채 굳어 있었다. 그 굳은 얼굴은 가끔 기저귀를 갈고 나서야 비로소 조금 풀어진다. 기분이 좋아지면 입술이 가늘어지면서 경직됐던 얼굴이 느슨해진다. 이따금 눈물이 배어나기도 한다. 가장 무기력한 순간에 이르러서야 정신이 제자리로 돌아오는 모양이다.

신의 유머 감각은 참으로 얄궂다.

주방에 들어가니, 간병인이 테이블에 남겨놓은 메모가 눈에 들어왔다. 로웰 보안관이 전화 달래요.

그 밑에는 전화번호가 적혀 있었다.

순간 머릿속이 욱신거리기 시작했다. 8년 전 폭행을 당한 후로 줄곧 편두통을 앓아왔다. 그날의 충격으로 내 두개골엔 금이 갔다. 나는 닷새간 병원 신세를 져야 했는데 의대 동기인 한 전문의는 이 편두통이 생리적이 아닌, 심리적인 현상일 수도 있다고 했다. 어쩌면 그 말이 맞을지도 모른다. 어느 쪽이 맞든, 통증과 죄책감은 계속해서 내게 머물러 있다. 둔기가 날아드는 걸 보고 제때 피했어야 했는데. 물속으로 떨어지는 게 아니었는데. 나 자신을 지키느라 쓴 힘으로 엘리자베스를 구했어야 했는데.

이제 와서 후회한들 무슨 소용이겠는가.

나는 다시 메모를 읽어보았다. 클로이가 낑낑대기 시작했다. 나는 손가락을 치켜들며 경고했다. 녀석은 우는 소리를 멈추고 또다시 문과 나를 번갈아 쳐다보기 시작했다.

로웰 보안관과 연락이 끊어진 지 벌써 8년이 지났다. 하지만 나는 아직도 의심과 냉소가 역력히 드러난 얼굴로 병실에 누워 있는 나를 내려다보던 그의 모습을 생생히 기억하고 있었다.

갑자기 무슨 일이지?

나는 그의 번호를 눌렀다. 첫 번째 신호음이 울리자마자 그가 전화를 받았다.

"닥터 벡, 전화 줘서 고마워요."

나는 발신자 확인 기능을 별로 좋아하지 않는다. 왠지 감시당하는 기분이랄까. 나는 헛기침을 한 번 하고는 바로 본론으로 넘어갔다. "무슨 일로 연락하셨습니까, 보안관님?"

"근처에 왔어요." 그가 말했다. "괜찮다면 온 김에 잠깐 얼굴이나 봤으면 하는데."

"사교적인 방문인가요?" 내가 물었다.

"아니, 그건 아니고."

그는 내 대답을 기다렸지만 나는 입을 열지 않았다.

"지금 시간 어때요?" 로웰이 물었다.

"먼저 무슨 일로 그러시는지 말씀해주시죠."

"그건 이따 만나서……."

"지금 알려주세요."

어느새 나는 수화기를 꽉 움켜쥐고 있었다.

"닥터 벡, 당신 입장 이해합니다." 로웰은 잠시 시간을 벌려는 듯 어색하게 헛기침을 했다. "라일리 카운티에서 시체 두 구가 발견됐다는 뉴스를 봤겠죠?"

보지 못했다. "그런데요?"

"당신 사유지 근처에서 발견됐어요."

"내 사유지가 아니에요. 할아버지 사유지죠."

"하지만 법적 관리인이지 않습니까. 그렇죠?"

"아니요." 나는 말했다. "제 누나인 린다가 법적 관리인이에요."

"그럼 누님께 전해줘요. 만나서 할 얘기가 있다고."

"시체들이 샤르메인 호수에서 발견된 건 아니죠?"

"맞아요. 거기서 서쪽으로 조금 떨어진 지점입니다. 카운티 소유로 된 땅이죠."

"그게 우리랑 무슨 상관입니까?"

그가 또다시 뜸을 들였다. "한 시간 내로 도착해요. 린다 씨에게도 빨리 연락해줘요. 알았죠?"

그는 일방적으로 전화를 끊어버렸다.

8년 만에 보는 로웰 보안관은 많이 늙어 있었다. 하긴, 그에게서 멜 깁슨 같은 중후한 분위기를 기대하는 것 자체가 무리이기는 하지만. 지저분한 개를 연상케 하는 그의 몰골이 처량해 보였다. 그에 비하면 오히려 리처드 닉슨*이 더 봐줄 만할 정도였다. 로웰의 코끝은 흉측하게 둥글납작했다. 그는 수시로 넝마 같은 손수건을 꺼내 조심스레 펼친 후 코를 문질러댔다. 그러고는 다시 조심스레 접어 뒷주머니에 고이 넣었다.

린다는 이미 도착해 있었다. 린다는 내 방패가 되어주려는 듯 긴 소파에 몸을 앞으로 기울이고 앉았다. 린다는 늘 그런 자세로 앉았다. 이 세상에 린다만큼 나를 끔찍이 위해주는 사람은 없다. 린다가 커다란 갈색 눈으로 나를 바라볼 때면 절대 시선을 딴 데로 돌릴 수 없었다. 팔이 안으로 굽는 게 당연하지만 나는 지금껏 린다보다 착한 사람을 본 적이 없다. 진부한 표현이지만 린다가 곁에 있기에 이만큼 버텨올 수 있었다. 모든 게 린다의 무조건적인 사랑 덕분이다.

우리는 할아버지 집 거실에 앉아 있었다. 퀴퀴한 냄새가 풍기고 으스스한 기운이 감도는 이 거실을 나는 썩 좋아하지 않았다. 무엇

* 미국의 제37대 대통령.

보다도 낡은 소파에 밴 노인 냄새가 특히 거슬렸다. 이곳에서는 숨조차 편히 쉴 수가 없다. 로웰 보안관도 이곳 분위기에 쉽게 적응이 안 되는 모양이었다. 그는 코를 몇 번 훔치고 나서 수첩을 꺼내 들었다. 그리고 침을 바른 손가락으로 종이를 몇 장 넘겼고, 이내 미소를 지으며 본론으로 들어갔다.

"마지막으로 호수를 찾은 게 언제였죠?"

"저는 지난달에 다녀왔어요." 린다가 말했다.

하지만 그의 시선은 내게서 떨어지지 않았다. "당신은요?"

"8년 전에 갔었습니다."

그는 고개를 끄덕였다. "아까 통화하면서 제가 설명했죠? 샤르메인 호수에서 시체 두 구가 발견됐다고."

"신원은 확인됐나요?" 린다가 물었다.

"아직."

"특이한 사항이 있었나요?"

로웰은 몸을 앞으로 기울이고는 또다시 손수건을 꺼내 들었다. "두 피해자 모두 성인이고, 백인이며, 남성입니다. 지금 실종자 목록을 살펴보고 있는데, 사망한 지 꽤 된 것 같더군요."

"얼마나 오래됐는데요?"

로웰 보안관의 시선이 다시 내게로 돌아왔다. "아직 확실하게는 알 수 없어요. 과학수사대가 분석하고 있으니 곧 답이 나오겠죠. 모르긴 해도 5년은 족히 넘은 것 같습니다. 꽤 깊이 매장되어 있었더군요. 기록적인 폭우가 아니었으면 영영 찾지 못했을 겁니다. 아, 그리고 피해자의 한쪽 팔을 물고 간 곰도 도움이 됐죠."

린다와 나는 서로의 얼굴을 바라보았다.

"뭐라고요?" 린다가 말했다.

로웰 보안관이 고개를 끄덕였다. "사냥꾼이 곰을 쏘고 나서 다가 갔더니 옆에 뼈가 덩그러니 놓여 있었다더군요. 곰의 입에서 나온 거라는데, 살펴보니 인간의 뼈였답니다. 그걸 분석하고 추적하는 게 생각보다 쉽지 않았어요. 아직도 현장을 수색하고 있습니다."

"다른 시체가 더 매장되어 있을 것 같아서요?"

"그야 모르죠."

나는 등받이에 몸을 붙였다. 린다는 여전히 보안관의 말에 집중하고 있었다. "그러니까 우리 샤르메인 호수의 땅을 파헤쳐보고 싶다 이거죠?"

"그것도 내가 찾아온 이유이긴 해요."

우리는 그의 설명이 이어지기를 기다렸다. 그가 헛기침을 하고 다시 나를 돌아보았다. "닥터 벡, 당신 혈액형이 B형 아닌가요?"

내가 입을 열었으나 린다가 잽싸게 내 무릎에 손을 얹어 답변을 제지했다. "그건 왜 묻죠?" 린다가 물었다.

"뭔가가 발견됐어요." 로웰이 말했다. "매장 현장에서."

"뭐가 나왔는데요?"

"그건 알려줄 수 없어요. 미안해요."

"그럼 꺼져요." 내가 말했다.

내 격한 반응에도 로웰은 전혀 놀라는 눈치가 아니었다. "나는 그저 몇 가지 확인을 하고 싶어서……."

"꺼지라고요."

로웰 보안관은 조금도 움직이지 않았다. "부인을 살해한 범인이 법의 심판을 받았죠?" 그가 말했다. "옛 이야기를 다시 끄집어내서 유감입니다만."

"나를 자극하지 말아요."

"그럴 의도는 아닙니다."

"8년 전, 당신은 내가 범인이라고 생각했죠."

"엄밀히 말하면 그건 사실이 아닙니다. 당신은 피해자의 남편이지 않습니까. 아무래도 그런 사건에서 가족이 범인으로 확인될 가능성이……."

"당신들이 그런 쓸데없는 통계 수치에 집착하느라 시간을 낭비하지만 않았더라도 어쩌면 내 아내는……." 나는 울컥하며 몸을 틀었다. 젠장. 왜 그때 일을 후벼파는 거야? 린다가 나를 위로하려 손을 뻗었지만 나는 뿌리쳤다.

"모든 가능성을 열어두고 수사에 임하는 게 당연한 일 아니겠습니까?" 그가 계속 이어나갔다. "알다시피 FBI까지 달라붙어 수사를 진행했어요. 당신 장인과 그 동생에게 수사 경과도 보고됐고요. 우리로선 할 수 있는 모든 걸 다했을 뿐입니다."

나는 더 듣고 싶지 않았다. "뭘 원하는 겁니까, 로웰?"

로웰은 벌떡 일어나 바지를 추켜올렸다. 마치 고압적 위치를 선점하려는 듯이. "혈액 샘플." 그가 말했다. "당신의 혈액 샘플이 필요해요."

"어째서죠?"

"부인이 납치됐을 때 당신은 폭행을 당했었죠."

"그런데요?"

"둔기로 얻어맞았고."

"이미 알려진 사실 아닙니까."

"그래요." 로웰이 말했다. 그는 다시 코를 훔친 뒤 손수건을 집어넣었다. 그리고 제자리를 빙빙 맴돌기 시작했다. "시체들이 발견된 현장에서 야구배트도 발견됐어요."

순간 머릿속이 욱신거리기 시작했다. "야구배트요?"
로웰이 고개를 끄덕였다. "시체들과 같이 묻혀 있었더군요."
린다가 말했다. "이해가 안 되네요. 그게 내 동생이랑 무슨 상관이죠?"
"혈흔이 남아 있었습니다. 분석해보니 B형이었어요.*" 그가 턱으로 나를 가리키며 말했다. "당신 혈액형과 일치합니다, 닥터 벡."

우리는 다시 처음부터 차근차근 짚어보았다. 나무에 증표를 새기는 기념일 의식, 호수에서의 물놀이, 차 문이 열리는 소리, 기슭을 향해 측은할 정도로 미친 듯이 헤엄치던 내 모습.
"호수로 떨어졌던 건 기억합니까?" 로웰이 물었다.
"네."
"부인의 비명을 들었던 것도요?"
"네."
"그 직후 의식을 잃었습니까? 물속에서요?"
나는 고개를 끄덕였다.
"수심이 얼마나 됐죠? 당신이 떨어졌던 곳 말입니다."
"그건 8년 전에 알아보지 않았어요?" 내가 물었다.
"기억을 더듬어보세요."
"몰라요. 깊었어요."
"머리까지 잠길 정도로 깊었나요?"
"그래요."
"그렇군요. 알겠습니다. 또 뭐가 기억나죠?"

* 아시아와 달리 유럽 및 아메리카 대륙에선 B형의 비율이 다른 혈액형에 비해 훨씬 적다.

"병원." 내가 말했다.

"물에 떨어진 후부터 병원에서 깨어나기 전까지의 일은 전혀 기억나지 않나요?"

"네."

"물에서 어떻게 나왔는지도 모르고요? 오두막에 들어가 경찰에 신고한 기억도 없어요? 전부 당신이 했던 일들인데도? 우리가 도착했을 때 당신은 오두막 바닥에 쓰러져 있었습니다. 수화기는 내려져 있었고요."

"알아요. 하지만 모두 기억나지 않아요."

린다가 입을 열었다. "그 두 남자가……." 린다가 잠시 머뭇거리다 말을 이었다. "킬로이의 피해자들이라 생각해요?"

린다가 속삭이듯 내뱉은 이름. 킬로이. 순간 실내에 음산한 냉기가 감돌았다.

로웰이 주먹에 대고 기침을 한 번 했다. "아직 알 수 없습니다. 킬로이의 피해자들은 모두 여성이었어요. 게다가 그는 시체를 숨긴 적이 없었어요. 적어도 우리가 아는 바에 의하면 말입니다. 두 남성 피해자의 피부는 심하게 부패된 상태라 낙인이 찍혔는지 여부를 확인하기도 쉽지 않습니다."

낙인. 머릿속이 아찔해져서, 나는 눈을 질끈 감고 더 듣지 않으려 애썼다.

3

////////

다음 날 이른 아침, 나는 황급히 사무실로 향했다. 첫 예약 환자를 맞기까지 두 시간 가까이 남아 있었다. 나는 컴퓨터를 켜고 수상한 이메일에 첨부된 하이퍼링크를 클릭했다. 이번에도 에러 화면이 떠올랐다. 예상했던 대로. 나는 화면을 뚫어지게 들여다보며 메시지를 반복해 읽어보았다. 하지만 아무리 머리를 굴려봐도 숨은 의미를 알 수 없었다.

전날 밤, 나는 혈액 샘플을 내주었다. DNA 검사 결과가 나오기까지는 몇 주의 시간이 걸릴 것이다. 로웰 보안관은 좀 더 일찍 예비 결과를 받아볼 수 있을 거라고 했다. 추가 정보를 알아내려 그를 몰아붙였지만 그는 끝내 입을 열지 않았다. 그는 분명 무언가를 더 숨기고 있었다. 그게 정확히 무엇인지는 알 길이 없지만.

나는 진료실에서 첫 환자를 기다리며 로웰이 들려준 내용을 곱씹어보았다. 두 남자의 시체와 피 묻은 야구배트. 그리고 낙인.

엘리자베스의 시체는 납치된 지 닷새 만에 80번 도로 인근에서 발견됐다. 검시관은 그녀가 이틀 전에 사망했다고 추정했다. 아내가 '킬로이'라는 별명으로 알려진 엘로이 켈러턴과 사흘간 함께 지냈다는 뜻이었다. 무려 사흘이나. 어둠과 엄청난 고통 속에서 벌벌 떨면서 세 번의 일출과 일몰을 살인범과 함께 보낸 것이다. 나는 아내가 겪었을 악몽을 상상하지 않으려 애쓴다. 하지만 나도 모르게 자꾸 그 순간을 떠올리고 만다.

그로부터 3주 후, 킬로이는 검거됐다. 그는 총 열네 명의 여성을 살해했다고 자백했다. 첫 피해자는 앤 아버 대학교의 학생이었고, 마지막 피해자는 브롱크스의 매춘부였다. 열네 명의 피해자 모두 'K'자 낙인이 찍힌 채로 쓰레기처럼 도로변에 버려졌다. 다시 말해 보호장갑을 낀 엘로이 켈러턴이 맹렬히 타오르는 불꽃 속에서 시뻘겋게 달구어진 금속 부지깽이를 꺼내, 엘리자베스의 부드러운 피부를 지져댔다는 얘기다.

생각이 또다시 잘못된 길로 들어서면서 온갖 이미지가 몰려들었다. 나는 눈을 질끈 감고 그것들을 떨쳐내려 애썼다. 하지만 소용없었다. 그는 아직도 살아 있다. 킬로이. 빈틈 많은 항소 절차는 이 괴물에게 숨 쉬고, 읽고, 말하고, CNN 인터뷰에 응하고, 공상적 박애주의자들의 방문을 받고, 미소를 지을 수 있게 배려해주었다. 다시 얘기하지만, 신의 유머 감각은 끔찍하다.

나는 찬물로 얼굴을 씻고 거울을 들여다보았다. 꼴이 말이 아니었다. 9시가 되자 환자들이 모여들기 시작했다. 그러나 아직도 내 머릿속은 무척 산란한 상태였다. 나는 한쪽 눈으로 연신 벽시계를 올려다보며 '키스 타임'을, 오후 6시 15분을 기다렸다. 시곗바늘은 걸쭉한 시럽을 뒤집어쓴 것처럼 더디게 움직였다.

나는 잡념을 떨치려 환자들에게 집중했다. 다행히 나는 남다른 집중력을 가졌다. 어릴 적에는 공부, 의사가 되어서는 오로지 진료에만 전념했다. 엘리자베스가 세상을 뜬 후로는 더더욱 일에만 매달렸다. 어떤 이는 내가 삶 대신 일을 택했다고 지적한다. 일 속에 숨어버렸다고. 그런 상투적인 잔소리에 나는 늘 같은 답을 했다. "그럼 내가 어떻게 하면 되겠어?"

정오가 되어 햄샌드위치와 다이어트 콜라로 점심을 때운 후 다시 진료로 돌아갔다. 한 여덟 살배기 소년이 지난 한 해 동안 척추 교정을 위해 무려 여든 차례나 물리치료를 받았다고 했다. 허리 통증은 전혀 없었다. 이 지역 물리치료사 몇몇이 사기를 치고 있는 게 분명했다. 그들은 부모들에게 아이를 데려오면 텔레비전이나 VCR을 공짜로 주겠다고 광고한다. 그런 다음, 진료비를 청구한다. 의료보호는 꼭 필요한 제도이지만 오용되는 경우가 많다. 언젠가 한 번은 열여섯 살 소년이 구급차에 실려 왔다. 단지 햇볕에 심하게 탔다는 이유로. 택시나 지하철을 타고 올 수도 있었을 텐데 왜 굳이 구급차를 불렀을까? 소년의 어머니는 대중교통을 이용하면 자신이 교통비를 부담해야 하거나 정부가 변제해주기를 기다려야 한다고 설명했다. 반면 의료보호는 구급차 비용을 전액 보조해준다.

5시, 나는 마지막 환자의 진료를 마쳤고, 보조 인력은 5시 30분에 퇴근했다. 나는 병원이 텅 빌 때까지 기다렸다가 다시 컴퓨터 앞에 앉았다. 안내 데스크에서 전화벨 소리가 들려왔다. 5시 30분 이후 걸려오는 모든 전화는 자동응답기로 연결된다. 어떤 이유에서인지 전화벨은 열 번 넘게 울리고도 멎지 않았다. 가뜩이나 신경이 예민해진 상태인데.

나는 인터넷에 접속해 이메일 속 하이퍼링크를 클릭했다. 하지만 이번에도 오류 화면만 떠올랐다. 나는 이 수상한 이메일과 새로 발견됐다는 두 남자의 시체를 떠올려보았다. 분명 이 둘 사이에는 연결고리가 있을 것이다. 나는 여러 가능성을 하나씩 따져보았다.

첫 번째 가능성. 두 남자 역시 킬로이에게 희생됐다. 나머지 피해자들은 모두 여성이었고 그들의 시체는 금세 발견됐지만, 그렇다고 이 가능성을 배제할 수 있을까?

두 번째 가능성. 두 남자는 킬로이가 엘리자베스를 납치하는 데 일시적으로 힘을 보탰다. 그게 사실이라면 함께 발견된 야구배트를 포함해, 많은 의문이 풀린다. 만약 거기 묻은 피가 정말 내 것이라면. 또한 납치 사건에 대한 내 가장 큰 의문도 잠재워줄 것이다. 이론적으로, 킬로이는 거의 모든 연쇄살인범이 그렇듯 홀로 범행을 저질렀을 가능성이 높다. 하지만 어떻게 혼자서 엘리자베스를 질질 끌고 차로 데려갈 수 있었을까? 몸을 숨기고 내가 물에서 나오기를 기다리느라 그럴 겨를이 없었을 텐데. 아내의 시체가 발견되기 전까지 수사 당국은 그에게 공범이 있었을 거라 짐작했다. 하지만 'K'자 낙인이 찍힌 시체가 발견되고 나서는 다시 킬로이의 단독 범행이 충분히 가능했다는 쪽으로 의견이 모아졌다. 이 역시 가설이지만 그는 엘리자베스를 결박하고 내게 달려들었는지도 모른다. 완벽히 이치에 닿지는 않지만 충분히 가능한 시나리오였다.

이제 또 다른 짐작도 가능해졌다. 킬로이에게는 애초에 공범이 있었다. 그가 그들을 죽였다.

세 번째 가능성이 가장 단순했다. 배트에 묻은 피는 내 것이 아닐 것이다. B형이 흔한 혈액형은 아니지만 그렇다고 아주 희귀한 것도 아니다. 보나마나 그 시체들은 엘리자베스의 죽음과 아무 상관이 없을 것이다.

그러나 아무리 생각해도 그건 아닌 것 같았다.

나는 컴퓨터 시계를 확인했다. 위성이 알려주는 정확한 시각.

6시 4분 42초.

이제 십 분 십팔 초 남았다.

대체 무슨 일이 벌어지는 거지?

전화벨이 계속 울렸다. 나는 애써 무시하고 손가락으로 책상을 두드렸다. 이제 십 분도 채 남지 않았다. 지금쯤 하이퍼링크가 바뀌었으려나? 나는 다시 마우스를 쥐고 심호흡을 했다.

그때 호출기까지 울어대기 시작했다.

나는 비상 대기 당번이 아니다. 병원 야간 교환수의 실수이거나 개인적인 연락이거나, 둘 중 하나일 것이다. 호출기가 또다시 울어댔다. 이번에는 두 번. 비상코드다. 나는 호출기 화면을 확인했다.

로웰 보안관. 번호 뒤에 '긴급' 표시가 있었다.

팔 분.

나는 이내 고민에 빠졌다가 잠시나마 잡념을 떨쳐낼 생각으로 그에게 전화를 걸었다.

이번에도 로웰은 발신자를 미리 알고 받았다. "바쁠 텐데 귀찮게 해서 미안해요, 닥." 이제 그는 나를 '닥'이라고 부르기 시작했다. 마치 우리가 격의 없는 친구라도 되는 듯이. "짧게 물어볼 게 있어서요."

나는 마우스를 쥐고 커서를 하이퍼링크로 가져가 클릭했다. 웹 브라우저가 매우 굼뜨게 열리기 시작했다.

"뭔데요?" 내가 말했다.

전보다 로딩 시간이 길어졌지만 다행히 에러 메시지가 떠오르지는 않았다.

"혹시 세라 굿하트라는 이름을 들어본 적 있어요?"

나는 하마터면 수화기를 떨어뜨릴 뻔했다.

“닥?”

나는 멀리 수화기를 떼어내고 멀뚱히 바라보았다. 마치 그것이 홀연히 나타나 내 손에 쥐여지기라도 한 것처럼. 나는 잠시 정신을 가다듬고 다시 수화기를 귀로 가져갔다. “그건 왜 물으시죠?”

그때 컴퓨터 화면에 무언가가 떠오르기 시작했다. 나는 눈을 가늘게 뜨고 화면에 집중했다. 스카이 캠. 아니, 스트리트 캠이라고 부르던가? 인터넷에 넘쳐나는 실시간 영상들. 나도 가끔 워싱턴 다리의 교통상황을 살피기 위해 찾아보곤 했다.

“설명하자면 길어요.” 로웰이 말했다.

나는 시간을 벌기로 했다. “그럼 나중에 다시 연락드릴게요.”

나는 전화를 끊었다. 세라 굿하트. 물론 잘 아는 이름이다. 내게 큰 의미가 있는 이름.

도대체 이게 무슨 상황이지?

브라우저의 로딩이 끝났다. 모니터의 중심에 거리를 비추는 흑백영상이 하나 떠올랐고, 나머지 화면은 비어 있었다. 배너나 타이틀도 보이지 않았다. 특정 영상만 확인할 수 있도록 세팅된 모양이었다.

나는 컴퓨터 시계를 다시 확인했다.

6시 12분 18초.

대략 5미터 높이쯤에 설치된 카메라가 사람들로 가득한 거리의 모퉁이를 비추고 있었다. 어느 도시의 어느 길목인지 알 길은 없었지만 주요 도시임은 분명했다. 보행자 대부분이 고개와 어깨를 축 늘어뜨리고, 서류가방을 손에 든 채 오른쪽에서 왼쪽으로 이동하고 있었다. 고된 업무를 마치고 기차역이나 버스 정류장으로 향하는 사람들. 오른편 끝에는 보도블록이 살짝 드러나 있었다. 사람들은 신호에 맞춰 일제히 멈췄다가 움직이기를 반복했다.
나는 얼굴을 찌푸렸다. 누가 어떤 의도로 이런 걸 보낸 거지?
6시 14분 21초. 이제 딱 일 분 남았다.
나는 화면에 시선을 고정시킨 채 카운트다운을 시작했다. 무슨 신년 전야제라도 되는 듯이. 맥박이 점점 빨라지는 게 느껴졌다. 십, 구, 팔…….
다음 무리의 보행자들이 오른쪽에서 왼쪽으로 우르르 이동하기 시작했다. 나는 시계에서 눈을 뗐다. 사, 삼, 이. 나는 숨을 참고 기다리다 다시 시계를 힐끔 바라보았다.
6시 15분 2초.
아무 일도 벌어지지 않았다. 어리석긴. 대체 뭘 기대한 거야?
보행자 무리가 썰물처럼 빠지고 화면은 또다시 썰렁해졌다. 나는 등받이에 몸을 붙이고 앉아 심호흡을 했다. 누군가의 장난이다. 아주 요상하고 못된 장난. 하지만 그럼에도…….
바로 그때 누군가가 카메라 아래에서 불쑥 모습을 드러냈다. 마치 이 순간을 위해 숨어 있었던 것처럼.
나는 화면을 향해 몸을 기울였다.
여자였다. 화면을 등진 데다 머리는 짧았지만 여자가 분명했다. 내가 보는 각도에서 그녀의 얼굴을 확인하기란 불가능했다. 적어도 처음에는.
여자가 걸음을 멈추었다. 나는 그녀의 정수리를 뚫어지게 응시했다. 그녀가 고개를 돌려주기를 바라면서. 그녀가 다시 한 걸음 나아갔다. 이제 여자는 화면 중앙에 자리하게 됐다. 또 다른 보행자가 그녀를 지나쳐 걸어갔다. 여자는 미동도 없이 서 있었다. 잠시 후, 그녀가 몸을 틀고 고개를 천천히 들어 카메라를 똑바로 올려다보았다.

순간 내 가슴이 철렁 내려앉았다.

나는 주먹 쥔 손을 입에 물고 터져 나오려는 비명을 간신히 막았다. 머릿속은 백지처럼 하얘졌고 숨이 턱 막혔다. 어느새 배어난 눈물이 볼을 타고 흘러내렸다. 나는 눈물을 닦지도 못했다.

나는 그녀를 빤히 응시했다. 그녀도 나를 바라보고 있었다.

다음 무리의 보행자가 화면을 훑고 지나갔다. 그중 몇몇이 가볍게 부딪쳤지만 그녀는 미동도 하지 않았다. 그녀는 시선을 카메라에 단단히 고정시킨 채 한 손을 천천히 들었다. 마치 내 앞으로 뻗으려는 듯이. 머리가 핑핑 돌아 정신을 차릴 수가 없었다. 현실과 이어주는 무언가가 끊어져버린 기분이었다.

나는 어찌할 바를 몰랐다.

그녀는 계속해서 손을 들고 있었다. 나는 천천히 손을 들어 따뜻한 화면을 쓸어내렸다. 눈물이 쉴 새 없이 쏟아졌다. 그녀의 얼굴을 어루만지는 동안 가슴이 벅차 터질 듯이 아려왔다.

"엘리자베스." 나는 속삭였다.

그녀는 화면 속에 몇 초간 더 머물렀다. 그리고 카메라를 향해 무언가를 말하기 시작했다. 들리지 않았지만 입 모양은 똑똑히 읽을 수 있었다.

"미안해." 나의 죽은 아내가 말했다.

그리고 돌아서서 멀어져갔다.

4

////////

빅 레티는 좌우를 살피고 나서 절뚝거리는 걸음으로 상점가에 자리한 사서함 센터로 들어갔다. 그의 시선이 실내를 찬찬히 훑었다. 아무도 그에게 신경 쓰지 않았다. 완벽해. 빅은 얼굴에 미소를 머금었다. 그는 성공을 확신했다. 누구도 그를 추적하지 못할 것이고, 그는 엄청난 돈을 거머쥘 것이다.

가장 중요한 건 바로 철저한 준비였다. 탁월함과 위대함은 바로 그 부분에서 갈린다. 위대한 사기꾼은 자신의 자취를 완벽히 감출 수 있으며 상상할 수 있는 모든 만일의 사태에 철저히 준비하는 법이다.

빅이 가장 먼저 한 일은 그의 '루저' 사촌, 토니를 닦달해 위조 신분증을 만든 것이었다. 빅은 그렇게 얻은 가짜 신분증을 이용해 UYS 엔터프라이즈라는 가명으로 사서함을 대여했다. 기발하지 않은가? 위조 신분증과 가명이라니. 누가 모자란 직원을 매수한다 해도, 누가 UYS 엔터프라이즈 사서함의 주인을 찾아낸다 해도, 그들이 건지게 될 것은 빅의 위조 신분증에 표기된 이름, 로스코 테일러뿐이다.

신원이 밝혀질 가능성은 조금도 없었다.

빅은 417호 사서함 안을 들여다보았다. 잘 보이지는 않았지만 분명 무언가 들어 있었다. 멋지군. 빅은 오직 현금과 우편환만 받았다. 추적이 가능한 수표는 당연히 받지 않았다. 돈을 수확할 때면 그는 늘 변장을 했다. 바로 지금처럼. 야구모자를 눌러쓰고 가짜 콧수염을 붙인 채 일부러 다리를 저는 척했다. 절뚝이는 걸음걸이를 사람들에게 각인시키기 위함이었다. 나중에 수사관이 417호 사서함 이용자의 인상착의를 물었을 때 목격자들이 콧수염을 기르고 다리를 저는 남자라고 입을 모을 수 있도록. 멍청한 카운터 직원에게 돈을 먹인다 해도 듣게 될 답은 뻔했다. 콧수염과 불편한 다리, 로스코 테일러라는 이름.

진짜 빅 레티는 콧수염도 없고, 다리를 절지도 않는다.

하지만 빅은 끝까지 긴장의 끈을 놓지 않았다. 그는 주변에 사람이 얼씬거릴 때는 절대 사서함을 열지 않았다. 절대로. 누군가가 가까운 곳에서 우편물을 챙기고 있으면 그는 다른 사서함을 열어 보는 척하거나 발송 서식을 작성하는 척했다. 빅은 들킬 위험이 완전히 사라지기 전까지는 417호 사서함으로 다가가지 않았다.

아무리 조심해도 지나치지 않다는 게 빅의 신조였다.

이곳까지 오는 과정도 마찬가지였다. 케이블 회사에서 수리 및 설치 기사로 일하며 몰고 다니는 작업용 트럭은 네 블록 떨어진 곳에 주차해두었다. 그는 일부러 으슥한 뒷골목을 골라 이동했다. 작업복 오른쪽 주머니에 새겨진 이름이 노출되지 않도록 검은색 스포츠재킷을 걸치는 것도 잊지 않았다.

지금 빅이 서 있는 곳에서 3미터도 채 떨어지지 않은 417호 사서함엔 그 모든 노력에 대한 어마어마한 보상이 기다리고 있다. 홍

분이 고조되면서 손끝이 따끔거렸다. 그는 마지막으로 주위를 살펴보았다.

두 여자가 각자의 사서함을 열어보고 있었다. 그중 하나가 그를 돌아보며 미소를 지었다. 빅은 일부러 반대편 사서함으로 다가가 벨트에서 짤랑거리는 열쇠고리를 손에 쥐고 잠시 열쇠를 찾는 척했다. 그들을 등지고 절대 고개를 들지 않았다.

끝까지 신중하게.

이 분 후, 두 여자는 각자의 우편물을 들고 사라졌다. 드디어 빅 혼자 남았다. 그는 신속하게 자신의 사서함을 열어보았다.

와우.

UYS 엔터프라이즈 앞으로 도착한 갈색 종이로 포장된 소포 하나. 발송인 주소는 없고, 어마어마한 양의 지폐를 담을 만큼 충분히 두꺼웠다.

빅은 미소를 머금었다. 5만 달러가 이렇게 생겼었군.

그는 떨리는 손으로 소포를 꺼냈다. 기분 좋은 묵직함이 그를 들뜨게 했다. 빅의 심장이 빠르게 뛰기 시작했다. 오, 세상에. 이번 일을 위해 4개월이 소모되었다. 그동안 대어를 여럿 낚아봤지만 이번에 걸려든 건 그야말로 고래나 다름없었다.

빅은 다시 주위를 살피고 나서 소포를 스포츠재킷 주머니에 쑤셔넣은 후 잽싸게 밖으로 나왔다. 왔던 때와는 다른 길로 돌아가 작업용 트럭에 올라타고 곧장 회사로 향했다. 그는 차를 모는 내내 손가락으로 돈뭉치를 쓰다듬었다. 5만 달러. 5만 달러! 그는 한껏 들떠 있었다.

회사에 도착했을 때 날은 이미 저물어 있었다. 그는 트럭을 뒤편에 세워놓고 육교를 건너 자신의 녹슨 1991년형 혼다 시빅이 세워진 주차장으로 들어갔다. 그는 인상을 찌푸리며 자신의 고물차를 내려다보았다. 이제 네놈과도 영영 이별이야.

직원 전용 주차장은 조용했다. 그는 어둠 속을 터덕터덕 걸어갔다. 들리는 것이라고는 작업용 부츠가 아스팔트에 떨어지는 묵직한 소리뿐이었다. 차가운 바람이 그의 스포츠재킷을 슥 훑고 지나갔다. 5만 달러. 내 주머니에 5만 달러라는 거금이 들어 있다니.

빅은 어깨를 움츠리고 걸음을 재촉했다.

솔직히 빅은 두려웠다. 언젠가는 이 일을 그만둬야 한다. 꽤 쏠쏠한 수법이기는 했다. 아니, 이보다 더 기발한 수법은 아마 없을 것이다. 하지만 언제부터인가 거물이 하나둘씩 낚이면서 그는 불안해지기 시작했다. 한때 그는 이 수법의 장단점을 따져본 후 대박을 터뜨리려면 어느 정도의 위험부담은 감수해야 한다는 결론을 내렸다.

그리고 빅은 부자가 되고 싶었다.

빅의 수법은 단순하다. 그래서 더 기발했다. 케이블이 설치된 모든 가정에는 전화 선로에 스위치박스가 있다. HBO나 쇼타임 같은 유료 채널을 주문하면 친절한 케이블 설치 기사가 집으로 찾아와 스위치를 몇 개 켜준다. 케이블에 생명을 불어넣는 그 스위치박스에는 주문자의 개인 정보가 듬뿍 담겨 있다.

케이블 회사와 홈시어터를 갖춘 호텔들은 늘 청구서에 고객이 본 영화의 제목이 명시되지 않는다고 강조한다. 하지만 그렇다고 해서 그들이 그 정보를 알 수 없는 건 아니다. 그 사실을 확인하는 방법은 간단하다. 청구된 내용에 이의를 제기하는 것. 그들은 고객의 얼굴이 새파랗게 질릴 때까지 고객이 본 영화 제목을 줄줄이 열거할 것이다.

빅은 여기서 기발한 아이디어를 떠올렸다. 코드로 작동되는 케이블 콘텐츠 관련 정보는 스위치박스를 통해 케이블 회사의 메인 서버로 전달된다. 다시 말해 전신주에 올라가 박스를 열고 입력된 번호를 확인한 후, 사무실로 돌아가 그 코드로 고객의 이용내역을 들여다보면 끝이다.

누군가 가족과 함께 텔레비전으로 〈라이온 킹〉을 시청한 사실도, 성인 채널에서 성인 포르노를 시청한 사실도 더는 비밀이 아니라는 얘기다.

처음에 빅은 아무 집이나 무작위로 골라 사기를 쳤다. 그는 먼저 불특정 남성에게 편지를 보냈다. 짧고 섬뜩한 내용을 담아서. 그가 시청한 포르노 영화 목록과 시청한 날짜, 시간 등의 정보를 그의 가족과 이웃, 고용주에게 알리겠다고 협박했다. 그런 다음, 함구하는 조건으로 500달러를 요구했다. 비록 큰돈은 아니지만 완벽한 액수라 판단했다. 빅은 적당히 주머니를 불릴 수 있고, 표적들은 큰 부담을 느끼지 않으리라 생각했다.

하지만 놀랍게도 고작 10퍼센트만이 그의 요구에 응했다. 빅은 그 이유를 알 수 없었다. 어쩌면 포르노 영화를 시청하는 것은 빅이 생각하는 것만큼 큰 오명이 아닌지도 몰랐다. 혹은 그들의 배우자가 이미 아는 사실이거나, 부부가 함께 틀어놓고 즐겼을지도 모르는 일이었다. 하지만 진짜 문제는 빅의 사기수법이 마구잡이식이라는 사실이었다.

표적을 신중하게 고른 후 집중적으로 파고들 필요가 있었다.

그래서 그는 특정 직업군에 집중하기로 했다. 이 민감한 정보가 공개되면 큰 타격을 받을 사람들. 케이블 회사 컴퓨터는 유용한 정보로 가득했다. 그는 먼저 교사와 보육시설 종사자, 그리고 산부인과 의사부터 찾아보기 시작했다. 이런 추문에 민감한 직업군이라면 누구라도 상관없었다. 아이러니하게도 주머니 사정이 가장 열악한 교사들이 가장 난처해했다. 협박 편지는 점점 더 구체적으로 진화했다. 그는 표적에게 아내나 고용주의 이름을 언급하는 방법을 주로 사용했다. 교사들에게는 교육위원회와 학부모들에게 '성도착적인 행동의 증거'를 대량으로 뿌리겠다는 협박이 잘 먹혔다. 의사들에게는 그 '증거'를 특정 자격 관리 위원회를 비롯해 지역신문과 이웃, 환자들에게 뿌리겠노라고 겁을 주었다.

그러자 돈 들어오는 속도가 눈에 띄게 빨라졌다.

지금까지 빅은 이런 사기행각으로 4만 달러 가까이 챙겼다. 그리고 이번에 진정한 월척을 낚게 됐다. 사기행각 자체를 그만둬야 할지 겁이 나고 고민될 정도의 인물. 하지만 그는 여기서 멈출 수 없었다. 어렵사리 발견한 노다지를 이제 와서 포기할 수는 없었다.

그의 미끼를 문 것은 세상의 주목을 받는 거물이었다. 그것도 아주, 아주, 아주 엄청난 거물. 랜들 스코프. 젊고, 잘생기고, 부유하고, 섹시한 아내와 적당한 수의 자식이 있고, 정치적 야망까지 품은 데다 스코프 집안의 어마어마한 재산을 상속받게 될, 그야말로 모든 걸 다 가진 행운아. 랜들은 거물답게 겨우 영화 한두 편으로 만족하지도 않았다.

랜들 스코프는 한 달에 걸쳐 무려 스물세 편의 포르노 영화를 결제해 시청했다.

우웩.

빅은 이틀 밤을 꼬박 새워 자신의 요구를 담은 협박 편지를 작성했다. 하지만 결국에는 기본에 충실한 내용으로 완성되었다. 짧고, 섬뜩하고, 아주 구체적인 개인정보의 누설. 그는 스코프에게 5만 달러를 요구했다. 반드시 오늘 자신의 사서함에 도착해야 한다고도 못을 박았다. 계획대로라면 지금 그의 스포츠재킷 주머니 안에는 현금 5만 달러가 고이 들어 있을 것이다.

빅은 지금 당장 두 눈으로 확인하고 싶었다. 하지만 고작 이 정도 충동에 굴복할 수는 없었다. 그는 집에 도착할 때까지 참기로 했다. 문을 걸어 잠그고 바닥에 주저앉아 봉투 안에서 우수수 쏟아져 내리는 돈다발을 확인할 순간까지.

말 그대로 대박의 순간까지.

빅은 길거리에 차를 세워놓고 자신의 거처로 이동했다. 허름한 차량 정비소 위로 지어진 아파트. 그 풍경이 그를 우울하게 만들었다. 하지만 그는 머지않아 이곳을 탈출하게 될 것이다. 오늘 수중에 들어온 5만 달러와 아파트에 숨겨놓은 4만 달러, 그리고 은행에 쟁여놓은 1만 달러까지…….

순간 그는 걸음을 멈췄다. 10만 달러. 내게 현금이 10만 달러나 있다니. 맙소사!

그는 지체 없이 돈을 챙겨 애리조나로 떠날 것이다. 그곳에 새미 바이올라라는 친구가 살고 있다. 그와 새미는 함께 사업을 시작하기로 했다. 레스토랑이나 나이트클럽을 차려도 좋겠지. 빅은 뉴저지에 진절머리가 났다.

이제 정말로 떠날 때가 온 것이다. 새 출발의 시간.

빅은 계단을 올라 자신의 집으로 향했다. 그는 지금껏 자신이 협박한 내용을 행동으로 옮겨본 적은 없었다. 당연히 폭로 편지도 보내지 않았다. 표적이 순순히 돈을 내놓지 않으면 그는 미련 없이 손을 털었다. 사후에 피해를 줘봐야 무슨 소용이겠는가. 빅은 사기꾼이다. 그가 의지할 것이라고는 자신의 두뇌뿐이다. 협박은 그의 단골 수법이지만 실행으로 이어져선 안 된다. 폭로는 상대를 분노케 하고, 어쩌면 빅의 신원을 노출시켜 위험을 부를지도 몰랐다.

빅은 누구에게도 진짜 피해를 끼친 적은 없다. 굳이 그래야 할 필요가 없었으니까.

계단을 마저 올라온 그는 문 앞에 멈춰 섰다. 칠흑 같은 어둠. 빌어먹을 현관등이 또 나가버린 것이다. 그는 한숨을 내쉬며 묵직한 열쇠고리를 꺼내 들었다. 그리고 눈을 가늘게 뜬 채 어둠 속에서 현관문 열쇠를 찾았다. 촉감에 의지할 수밖에 없는 상황. 한참을 손잡이와 씨름한 끝에 간신히 맞는 열쇠를 꽂는 데 성공한 그는 평소처럼 문을 밀고 안으로 들어갔고, 이내 이상한 것을 감지했다.

무언가 그의 발밑에서 바스락거렸다.

빅은 얼굴을 찌푸리고 발밑을 살폈다. 비닐. 그는 비닐을 밟고 있었다. 도장공이 바닥을 보호하려고 넓게 깔아놓은 것 같은 비닐. 좀 더 자세히 살피려고 전등을 켠 순간 총을 쥔 남자가 모습을 드러냈다.

"안녕, 빅."

빅은 화들짝 놀라며 뒤로 주춤 물러났다. 40대로 보이는 크고 육중한 체구의 남자가 빅의 앞에 앉아 있었다. 그의 불룩한 배를 감당하기에 역부족이었는지 와이셔츠 단추 하나가 뜯겨나가 있었고 넥타이는 느슨하게 풀려 있었다. 벗어진 정수리에 겨우 얹어진 여덟 가닥의 땋은 머리에서는 기름이 좔좔 흐르고 있었다. 목 밑살이 축 늘어져 접힌 남자의 표정은 의외로 온화했다. 그의 두 발은 빅이 탁자 대용으로 써온 트렁크에 얹어져 있었다. 손에 총 대신 리모컨을 쥐고 있었다면 녹초가 돼서 귀가한 여느 아버지의 모습이라 해도 믿었을 것이다.

어느새 문간을 막아선 또 다른 남자는 거구의 파트너와는 정반대의 분위기였다. 20대로 보이는 아시아인. 정육면체 같은 땅딸막한 체구에 화강암을 깎아놓은 듯한 근육이 붙어 있고, 머리는 금발이었다. 코에는 코걸이가 한두 개 달려 있고, 노란 헤드폰을 착용하고 있었다. 인상을 찌푸린 채 신문을 훑는 거구의 남자와 헤드폰에서 흘러나오는 음악에 맞춰 고개를 가볍게 까딱이는 아시아인 청년. 지하철에서나 볼 법한 풍경이었다.

빅은 황급히 머리를 굴려보았다. 그들이 원하는 게 무엇인지 알아내야 해. 그리고 설득해야지. 탁월한 사기꾼답게 말이야. 그는 생각했다. 너는 똑똑하잖아. 분명 빠져나갈 구멍이 있을 거야. 빅은 몸을 꼿꼿이 세웠다.

"원하는 게 뭐죠?" 빅이 물었다.

대머리를 어설프게 가려놓은 거구의 남자가 방아쇠를 당겼다.

'팍' 하는 소리와 함께 빅의 오른쪽 무릎이 폭발했다. 그의 눈이 고통으로 휘둥그레졌다. 그는 비명을 지르며 무릎을 움켜쥔 채 바닥에 고꾸라졌다. 손가락 사이로는 피가 배어났다.

"겨우 22구경밖에 안 돼." 육중한 남자가 자신의 총을 들어 보이며 말했다. "소구경 권총이라고. 아무리 많이 맞아도 바로 죽진 않을 테니 걱정 마."

남자는 여전히 두 발을 트렁크에 얹어놓은 채 또다시 방아쇠를 당겼다. 이번 총알은 빅의 어깨에 박혔다. 빅은 자신의 뼈가 산산이 부서지는 걸 똑똑히 느낄 수 있었다. 그의 팔은 경첩이 뜯긴 헛간 문처럼 홱 젖혀졌다. 뒤로 벌러덩 넘어간 빅의 호흡이 가빠졌다. 극심한 공포와 통증이 뒤섞여 그를 삼켜버렸다. 크게 떠진 눈은 깜빡일 수조차 없었다. 정신이 아득해지는 고통 속에서도 그는 느낄 수 있었다.

바닥에 깔아놓은 비닐의 감촉을.

빅은 바로 그 비닐 위에 누워 피를 쏟고 있었다. 비닐의 용도가 확인되는 순간이었다. 손쉬운 뒤처리.

"내가 듣고 싶은 얘기를 순순히 불겠나, 아니면." 거구의 남자가 말했다. "이걸로 한 방 더 맞아보겠나?"

빅은 곧바로 그들에게 모든 걸 털어놓았다. 나머지 돈과 증거가 숨겨진 장소도 알려주었다. 거구의 남자는 빅에게 파트너가 있는지 물었다. 빅은 없다고 대답했다. 남자가 이번엔 다른 쪽 무릎을 쏘았다. 그리고 다시 한번 파트너가 있는지 물었다. 빅은 고통으로 비명을 지르며 정말로 없다고 대답했다. 남자는 권총으로 그의 오른쪽 발목을 쏘았다.

한 시간 후, 빅은 남자에게 제발 총을 머리에 대고 쏴달라고 애원했다.

거구의 남자는 그로부터 두 시간 후에 그의 간청을 들어주었다.

5

////////

나는 눈도 깜빡이지 않은 채 컴퓨터 화면을 뚫어지게 응시했다.

몸을 움직일 수가 없었다. 모든 감각에 과부하가 걸렸는지 온몸이 무감각했다.

그럴 리 없어. 나는 속고 있는 거야. 엘리자베스는 요트 밖으로 떨어져 죽은 게 아니었다. 익사했다는 추정만 할 뿐 시신을 찾지 못해 발을 동동 구른 적도 없었고, 알아볼 수 없을 정도로 화상을 입은 것도 아니었다. 그녀의 시체는 80번 도로 배수로 안에서 발견됐다. 심한 구타의 흔적이 남아 있었지만 신원확인이 불가능할 정도는 아니었다.

하지만 네가 직접 확인하지 않았잖아.

그건 사실이었다. 그렇지만 가까운 가족 두 명이 대신 확인했으니 의심할 이유가 없었다. 그녀의 아버지와 그녀의 작은아버지. 엘리자베스의 죽음을 가장 먼저 내게 알려준 사람은 나의 장인 호이트 파커였다. 그는 동생 켄 파커와 함께 의식을 막 회복한 나를 찾아왔다. 두 형제는 모두 육중한 체구에 희끗희끗한 머리와 무뚝뚝한 인상으로, 호이트는 뉴욕 경찰이고, 켄은 FBI 요원이다. 참전 용사였던 두 사람의 몸은 크고 투박한 근육으로 뒤덮여 있다. 병실로 들어온 그들은 모자를 벗어 쥐고 프로답게 적절한 위로의 말을 건넸다. 하지만 내 눈에는 어설픈 연기로만 보였고, 그들도 딱히 애쓰는 것 같지 않았다.

그래서 방금 내가 본 건 뭐였지?

화면 속에서는 여전히 보행자들이 한쪽으로 우르르 이동하고 있었다. 나는 계속해서 화면에 시선을 고정시켰다. 그녀가 돌아오기를 바라면서. 하지만 내 바람은 이루어지지 않았다. 저기가 대체 어디지? 번잡한 도시. 내 눈에는 그렇게만 보일 뿐이었다. 어쩌면 뉴욕이 아닐까.

멍하니 있지만 말고 단서를 좀 찾아, 이 멍청아.

나는 다시 집중했다. 옷. 좋아. 우선 옷부터 살펴보자. 대부분 코트나 재킷을 걸치고 있어. 북부 어딘가이거나 오늘 날씨를 기준으로 그다지 따뜻하지 않은 곳이거나. 좋아, 마이애미는 제외시켜야겠군.

그럼 다른 건? 나는 화면 속 사람들을 유심히 살펴보았다. 머리 스타일? 이건 별 도움이 안 된다. 벽돌로 지은 건물의 한쪽 모퉁이가 보인다. 나는 알아볼 수 있는 특징을 찾아본다. 규범을 벗어난 특징. 하지만 그런 건 하나도 눈에 들어오지 않는다. 그러나 포기하지 않고 튀는 부분을 찾아 화면을 꼼꼼하게 훑어나갔다.

쇼핑백.

몇몇 사람들이 쇼핑백을 들고 있다. 하지만 모두가 너무 빨리 움직이는 통에 쇼핑백에 찍힌 상호를 제대로 읽을 수가 없다. 부디 그들이 천천히 움직여주기를 절실히 바랐지만 야속하게도 누구도 속도를 줄이지 않았다. 나는 고개를 거의 무릎 높이까지 숙이고 계속해서 화면을 노려보았다. 카메라 각도는 조금도 도움이 되지 않았다. 나는 화면 앞으로 얼굴을 바짝 들이밀었다. 모니터에서 열기가 느껴졌다.

대문자 R.

한 쇼핑백에 적힌 상호의 첫 글자였다. 화려한 글씨체로 적힌 나머지 글자는 너무 구불구불해 읽을 수 없었다. 좋아. 다른 단서는? 또 뭐가…….

그때 화면이 하얗게 변해버렸다.

젠장. 나는 '새로 고침' 버튼을 클릭했다. 다시 에러 화면이 나타났다. 나는 이메일로 돌아가 하이퍼링크를 클릭했다. 또다시 에러 화면.

유일한 단서가 그렇게 사라져버렸다.

나는 빈 화면을 멍하니 응시했다. 순간 하나의 문장이 뇌리를 스쳐갔다. 방금 엘리자베스를 보았다.

어쩌면 이성적이고 합리적인 해석도 가능할 것이다. 하지만 분명 꿈은 아니었다. 그동안 나는 꿈속에서 멀쩡히 살아 있는 엘리자베스를 숱하게 만나왔다. 꿈에서 나는 아내가 무덤 속에서 살아 돌아온 상황에 어떠한 의심도 품지 않았다. 너무나 감사한 마음에 그냥 현실로 받아들였다. 언젠가는 아내와 함께 오랜 시간을 보내기도 했다. 그때 정확히 우리가 어디서 무엇을 했는지는 기억나지 않는다. 한창 웃고 있을 때 갑자기 숨이 턱 막히면서 내가 꿈을 꾸고 있다는 사실을 깨달았다. 오래지 않아 나 혼자 잠에서 깨어나게 될 거라는 것도. 나는 달아나는 엘리자베스를 붙잡으려 두 팔을 뻗고 필사적으로 휘저어댔다.

이제 꿈인지 생시인지 구분하는 것쯤은 일도 아니다. 방금 전 컴퓨터에서 본 것은 분명 꿈이 아니었다.

유령도 아니었다. 나는 유령을 믿지 않지만 이런 경우라면 열린 마음을 가져볼 필요가 있다. 문제는 유령은 나이를 먹지 않는다는 사실이다. 화면 속 엘리자베스는 분명 나이 든 모습이었다. 최소한 8년 정도는. 유령은 머리 스타일을 바꾸지도 않는다. 나는 달빛 아래서 봤던, 등까지 내려오던 아내의 땋은 머리를 똑똑히 기억한다. 그런데 방금 본 그녀는 유행하는 짧은 머리를 하고 있었다. 그리고 눈. 일곱 살 때부터 틈날 때마다 들여다본 아내의 눈.

엘리자베스가 틀림없었다. 아내는 살아 있다.

다시 눈물이 나오려 했다. 그러나 울지 않으려고 마음을 다잡았다. 나는 원래 눈물이 많았다. 하지만 신기하게도 엘리자베스를 잃은 후로는 눈물이 나지 않았다. 눈물샘이 말라버렸다든지, 뭐 그런 말도 안 되는 이유 때문은 아니었다. 물론 100퍼센트 아니라고는 할 수 없지만, 비탄에 무감각해졌기 때문도 아니었고. 아마도 내가 본능적으로 방어적이 되어버린 모양이었다. 엘리자베스가 죽었을 때 나는 문을 활짝 열고 비탄을 받아들였다. 그리고 한동안 슬픔에 묻혀 지냈다. 극심한 고통이었다. 너무나 고통스러웠기에 지금, 이토록 감정을 경계하는 것이다.

얼마나 오랫동안 그렇게 앉아 있었을까? 삼십 분? 나는 호흡을 가다듬고 산란한 머릿속을 비워보려 애썼다. 이 문제는 이성적으로 접근할 필요가 있다. 마침 엘리자베스의 부모님을 만나기로 한 날이었다. 하지만 이런 상태로 어떻게 그들을 마주할 수 있을지.

그때 문득 떠오르는 이름이 있었다.

세라 굿하트.

로웰 보안관이 그 이름을 아는지 내게 물었다. 물론 아는 이름이었다.

어릴 적 엘리자베스와 함께했던 놀이가 있다. 아주 오래되고 널리 퍼진 놀이. 가운데 이름을 첫째 이름으로 만들고, 어릴 적 살던 거리의 이름을 성으로 만드는 것. 예를 들면, 내 본명은 데이비드 크레이그 벡이고 다비 가에서 유년기를 보냈다. 그럼 내 이름은 크레이그 다비가 되는 것이다. 그리고 엘리자베스는…….

세라 굿하트.

대체 무슨 일이 벌어지는 거지?

나는 수화기를 집어 들고 엘리자베스의 부모님에게 전화를 걸었다. 그들은 아직도 굿하트 가에 살고 있다. 그녀의 어머니가 전화를 받았다. 나는 환자를 보느라 조금 늦을 것 같다고 말했다. 의사들의 단골 핑곗거리. 의사로서 누릴 수 있는 여러 혜택 중 하나다.

다음은 로웰 보안관. 부재중인지 음성사서함으로 넘어가버렸다. 나는 호출기로 연락 달라는 짧은 메시지를 남기고 전화를 끊었다. 나는 아직도 휴대전화가 없다. 호출기만으로도 바깥세상과의 소통은 얼마든지 가능하다고 믿어서.

의자 등받이에 몸을 기대기도 전에 호머 심슨의 고함이 터져 나왔다. "메일이 왔어!" 그 소리에 정신이 번쩍 들어 나는 황급히 몸을 앞으로 기울이고 마우스를 움켜잡았다. 발송자의 주소는 처음 보는 것이었고, 이메일의 제목은 '스트리트 캠'이었다. 그 순간 또다시 가슴이 철렁 내려앉았다.

작은 아이콘을 클릭하자 이메일이 열렸다.

내일 같은 시각에서 두 시간 뒤, Bigfoot.com

당신을 위한 메시지가 예약되어 있습니다.

당신의 아이디: Bat Street

패스워드: Teenage

그리고 맨 아래에 짧은 두 문장이 쓰여 있었다.

그들이 보고 있어. 아무에게도 말하지 마.

겨우 여덟 가닥의 머리카락으로 어설프게 대머리를 가린 래리 갠들은 묵묵히 뒤처리에 집중하는 에릭 우를 지켜보고 있었다.

우는 온몸이 피어싱과 문신으로 뒤덮인 스물여섯 살의 한국인으로, 갠들이 알고 있는 가장 위험한 사람이다. 우는 소형 탱크처럼 다부진 체구를 가지고 있지만 외관상으로는 특별히 인상적이지 않다. 그러나 갠들이 알기로, 대부분의 근육질 거구들은 실전에선 쓸모없다.

에릭 우는 그런 자들과는 확실히 다르다.

바위 같은 체력도 한몫하겠지만 우가 가진 치명적인 힘의 원천은 굳은살이 박인 그의 손이다. 시멘트 블록 같은 주먹과 강철 발톱 같은 손가락. 우는 손을 단련하기 위해 오랫동안 공을 들여왔다. 콘크리트 블록에 주먹질을 해댔고, 극도의 열과 추위에 손을 노출시켰으며, 손가락 하나만을 이용해 팔굽혀펴기를 했다. 우가 그렇게 단련된 손가락을 놀릴 때면 상대의 뼈와 세포 조직에는 상상하기 힘든 손상이 가해진다.

우 같은 사람들에게는 늘 섬뜩한 소문이 따라다닌다. 물론 대부분은 헛소리에 지나지 않는다. 하지만 래리 갠들은 그가 얼굴과 복부에 손가락을 쑤셔넣는 것만으로 상대의 숨을 끊어놓는 장면을 두 눈으로 똑똑히 보았다. 우가 두 손으로 상대의 양쪽 귀를 잡고 손쉽게 뜯어버리는 충격적인 장면 또한 그의 뇌리에 생생히 남아 있다. 우는 그가 지켜보는 가운데 네 사람을 각기 다른 방법으로 처치했다. 무기도 없이 맨손으로.

그리고 단 한 건의 죽음도 신속히 이루어지지 않았다.

그 누구도 우의 과거에 대해 알지 못했다. 사람들은 그가 북한에서 잔혹한 유년기를 보냈다는 소문에 무게를 두었다. 갠들도 그에게 감히 묻지 못했다. 세상에는 함부로 찔러서는 안 되는 것들이 있다. 에릭 우의 어두운 면도(그에게 밝은 면이 따로 있을 것 같지는 않지만) 그중 하나다.

우는 한때는 빅 레티였던 무언가를 비닐로 감싸고 나서 평소와 다르지 않은 눈빛으로 갠들을 올려다보았다. 생기가 엿보이지 않는 눈빛이라고, 래리 갠들은 생각했다. 전쟁 뉴스 속 어린아이의 눈빛 같다고.

우는 여전히 헤드폰을 쓰고 있었다. 그는 요란한 힙합이나 록 음악은 듣지 않았다. 그는 마음을 차분하게 해주는 자연의 소리를 거의 논스톱으로 들었다. 교양 방송에서나 틀 법한, '바닷바람'이나 '흐르는 개울' 따위의 제목이 붙은 소리들.

"베니에게 가져갈까요?" 우가 물었다. 묘한 억양에 느린 말투가 스누피가 나오는 만화 〈피너츠〉 속 캐릭터를 연상시켰다.

갠들은 고개를 끄덕였다. 베니는 화장터를 운영하는 사람이다. 흙에서 흙으로. 아니, 이번 경우는 '찌꺼기에서 흙으로'라는 표현이 더 적절할 것이다. "이것도 없애야지."

갠들이 에릭 우에게 22구경 권총을 넘겼다. 우의 큼지막한 손 안에서 권총은 보잘것없고 쓸모없어 보였다. 자신의 남다른 재능을 그런 일에 쓰는 게 못마땅한지 우는 얼굴을 찌푸린 채 권총을 내려다보다가 그것을 주머니에 쑤셔넣었다. 22구경 권총은 사출구*를 거의 만들지 않는다. 한마디로 증거가 적게 남는다. 뿌려진 피는 비닐 시트 안에 고스란히 담겨 있다. 이보다 더 깔끔한 뒤처리는 있을 수 없다.

"다음에 봐요." 우가 말했다. 그는 마치 서류가방을 들듯 한 손으로 시체를 번쩍 들고 밖으로 나갔다.

래리 갠들은 고개를 끄덕이는 것으로 작별인사를 대신했다. 이번 일은 그에게 기쁨도, 불편함도 안겨주지 않았다. 아주 간단한 일이었다. 갠들은 빅 레티에게 파트너가 없고, 그가 어떠한 증거도 남겨놓지 않았음을 분명히 확인해야 했다. 그래서 그를 극한으로 몰아붙였다. 다른 방법은 없었다.

스코프 가족과 빅 레티. 어느 편에 서야 할지는 자명하다. 스코프 가족은 좋은 사람들이다. 그들은 빅 레티에게 원한을 살 만한 일을 하지 않았다. 반면에 빅 레티는 스코프 가족을 괴롭히기 위해 비상한 노력을 기울였다. 그들 중 한쪽만이 무탈하게 위기를 모면할 수 있었다. 결백한 선의의 피해자를 택할 것인가, 아니면 남의 고통을 먹고사는 기생충을 택할 것인가. 너무나도 손쉬운 선택이었다.

그때 갠들의 휴대전화가 진동했다. 그가 전화를 받았다. "네."

"호수에서 발견된 시체들의 신원이 확인됐어."

"그런데?"

* 총알이 몸을 관통할 때, 몸의 안쪽에서 바깥쪽으로 빠져나오며 생기는 구멍.

“그들이야. 하느님 맙소사. 밥과 멜이라고.”

갠들은 눈을 질끈 감았다.

“이게 무슨 일이지, 래리?”

“나도 몰라.”

“어쩔 셈이야?”

래리 갠들은 선택의 여지가 없음을 알았다. 그리핀 스코프에게 보고해야 한다. 불편한 기억들이 되살아날 것이다. 8년. 무려 8년이나 지났는데. 갠들은 고개를 저었다. 노인네가 비통해할 텐데.

“내가 알아서 처리할게.”

6

////////

나의 장모 킴 파커는 탁월한 미모의 소유자다. 엘리자베스는 어머니를 무척 닮았었다. 아내가 살아 있었다면 분명 어머니의 모습 그대로 늙어갔을 것이다. 하지만 딸의 죽음이 킴에게서 조금씩 생기를 앗아갔다. 이제 그녀의 얼굴은 핼쑥했고, 이목구비도 예전처럼 뚜렷하지 않았다. 두 눈은 산산조각 나버린 구슬 같았다.

파커 가족의 집은 1970년대 이후로 거의 변한 게 없었다. 접착제로 벽에 붙여놓은 나무 패널과 사방에 하얀 얼룩이 가득하고 보풀이 선 담청색 카펫, 오래된 양식의 인조석 벽난로. 한쪽 벽에는 하얀 플라스틱 상판과 금색의 금속 다리를 가진 텔레비전 받침대가 기대어져 있었고 어릿광대 그림과 수집용 록웰 접시*들도 그대로였다. 그나마 눈에 띄게 개선된 부분은 텔레비전 정도였다. 구석에 늘 처박혀 있던 12인치 흑백 텔레비전이 어느새 거대한 50인치 컬러 텔레비전으로 바뀌어 있었다.

킴은 한때 엘리자베스와 내가 서로에게 엉겨 붙어 뒹굴던 긴 소

* 미국의 일러스트레이터 로먼 록웰의 그림이 장식된 접시.

파에 앉아 있었다. 그때 생각을 하니 나도 모르게 미소가 머금어졌다. 아, 저 소파는 입이 얼마나 근질거릴까? 그러나 흉측하고 야단스러운 이 꽃무늬 소파에 얽힌 기억은 그런 음란한 추억만이 전부는 아니다. 엘리자베스와 나는 소파에 나란히 앉아 대학교 합격 통지서를 뜯어보았고, 〈뻐꾸기 둥지 위로 날아간 새〉와 〈디어 헌터〉, 오래된 히치콕 영화를 보았다. 숙제를 할 때면 나는 늘 똑바로 앉았고, 엘리자베스는 내 무릎을 베고 누웠다. 나는 엘리자베스에게 의사가 되고 싶다고 말했다. 그것도 엄청나게 잘나가는 외과 전문의. 그녀는 법학 학위를 따서 아이들을 위해 일하고 싶다고 했다. 엘리자베스는 성격상 고통받는 아이들을 두고 보지 못하는 사람이었다.

대학 신입생 시절, 그녀는 여름방학 기간에 자선단체에서 인턴으로 일하며 뉴욕 슬럼가를 전전하는 가출 청소년과 집 없는 부랑아들을 도왔다. 언젠가 그녀와 함께 차를 타고 로버트 줄리아니*가 뉴욕 시장으로 당선되기 이전의 42번 가를 둘러본 적이 있다. 우리는 인류의 밑바닥을 보는 듯한 구역질 나는 동네를 휘젓고 다니며 피난처가 필요한 아이들을 찾았다. 그러던 중 엘리자베스의 눈에 열네 살 매춘부가 포착됐다. 마약에 취한 소녀는 자신의 대변으로 범벅이 된 상태였다. 부끄러운 얘기지만, 나는 넌더리를 내며 얼굴을 찌푸렸다. 분명 나와 똑같은 인간이지만, 솔직하게 털어놓자면 오물에 뒤덮인 소녀의 모습에 나는 구역질을 참을 수 없었다. 나는 마지못해 엘리자베스를 도왔지만 찌푸려진 얼굴은 잠시도 펴지지 않았다.

* 107대 뉴욕 시장. 임기 첫해에 뉴욕의 범죄율을 혁신적으로 줄이고 복지 혜택을 강화했다.

하지만 엘리자베스는 어떤 순간에도 얼굴을 찌푸리지 않았다. 그게 그녀의 재능이었다. 그녀는 아이들의 손을 잡아주고 꼭 안아주었다. 그녀는 소녀를 정성스레 씻기고 간호했으며, 밤새도록 말벗이 되어주었다. 아이들을 대할 때면 그녀의 시선은 그들의 눈에서 떨어지지 않았다. 엘리자베스는 세상 모든 이가 선하며, 사랑받을 자격이 있다고 굳게 믿었다. 말하자면, 나와는 전혀 달랐다.

나는 늘 궁금했다. 아내가 그런 순진무구함을 고스란히 간직한 채 죽음을 맞았을지. 눈을 감는 순간까지 인류의 선함 같은, 터무니없는 믿음을 유지했을지. 부디 그랬기를 바란다. 그러나 킬로이가 분명 그녀를 무너뜨렸으리라.

킴 파커는 두 손을 무릎에 얹은 고상한 모습으로 앉아 있었다. 킴은 늘 나를 아꼈다. 하지만 한때 양가 부모님 모두가 지나치게 친밀한 우리 관계를 걱정했던 적이 있었다. 부모님들은 우리가 다른 친구들과도 어울려 놀기를, 그리고 최대한 많은 친구를 사귀기를 바랐었다. 부모 입장에서는 지극히 자연스러운 바람이었다.

엘리자베스의 아버지 호이트 파커는 집을 비운 상태였다. 그래서 킴과 나, 단둘이서 이야기꽃을 피웠다. 엘리자베스를 제외한 모든 것이 화제가 되었다. 그러는 동안 나는 킴에게서 눈을 떼지 않으려 애썼다. 벽난로 위 선반에 빽빽이 늘어선 엘리자베스의 사진을, 가슴을 후벼파는 아내의 미소를 차마 볼 수 없었기에.

아내는 아직 살아 있어…….

너무도 믿고 싶지만 쉽지 않았다. 인간의 정신은 엄청난 왜곡의 힘을 품고 있다. 나의 가족이 겪었던 일과 정신병원 순환보직을 통해 알게 된 사실이다. 하지만 내가 미쳐서 헛것을 보았던 것 같지는 않았다. 정말 미친 사람은 그런 새로운 이미지를 만들어낼 수 없지 않나? 그런데 문득 어머니가 떠올랐다. 어머니도 자신의 정신 상태에 대해 알고 있었을까? 어머니도 객관적인 자기성찰이 가능했을까?

아마도 아닐 것이다.

킴과 나는 날씨에 대해 얘기했다. 내 환자들에 대해서도. 메이시스 백화점에서 파트타임으로 일하게 된 그녀의 근황에 대해서도. 그러던 중 킴이 뜻밖의 질문을 불쑥 꺼냈다.

"누구 만나는 사람은 있니?" 그녀가 물었다.

지금껏 킴으로부터 이런 개인적인 질문을 받아본 적이 없었기에 무척 당혹스러웠다. 과연 무슨 답을 듣고 싶어할까? "아뇨." 내가 대답했다.

그녀가 고개를 끄덕였다. 왠지 할 말이 있어 보이는 표정이었다. 그녀가 떨리는 손을 얼굴로 가져갔다.

"가끔 데이트만 하고 있어요." 나는 말했다.

"그래." 그녀가 어색하게 미소를 지으며 또다시 고개를 끄덕였다. "그래야지."

나는 두 손을 내려다보며 불쑥 말했다. "아직도 그 사람이 그리워요." 충동적으로 튀어나온 말이었다. 늘 그래왔듯 안전한 대화만 하려고 했는데. 나는 고개를 들고 킴을 쳐다보았다. 그녀의 얼굴에서는 고통과 고마움의 감정이 교차하고 있었다.

"나도 알아, 벡." 킴이 말했다. "하지만 다른 사람을 만난다고 죄책감을 느낄 필요는 없어."

"그러진 않아요." 내가 말했다. "제 말은 그게 아니라……."

그녀가 꼬았던 다리를 풀고 내 쪽으로 몸을 기울였다. "나한테 무슨 할 얘기라도 있는 거야?"

입이 떨어지지 않았다. 그녀를 위해서라도 꼭 알려주고 싶었는데. 장모가 생기 없는 눈으로 나를 보았다. 오늘 일을 얘기한다면 귀가 번쩍 뜨이겠지만 나는 차마 말할 수 없었다. 나는 말없이 고개를 저었다.

그때 현관문에 열쇠 꽂히는 소리가 들려왔다. 우리는 마치 불륜 현장을 들켜버린 연인처럼 움찔했다. 호이트 파커가 어깨로 문을 밀고 들어와 아내의 이름을 크게 불렀다. 땅이 꺼져라 한숨을 내쉬며 운동 가방을 내려놓은 그의 넥타이는 느슨하게 풀려 있었고, 셔츠는 구겨졌으며, 소매는 팔꿈치까지 말려 올라가 뽀빠이처럼 굵은 팔뚝이 슬쩍 보였다. 그는 긴 소파에 앉아 있는 우리를 발견하고 또 다른 한숨을 내쉬었다. 못마땅함이 잔뜩 묻어나는 깊은 한숨이었다.

"잘 지냈나, 데이비드?" 그가 내게 말했다.

우리는 악수를 나누었다. 굳은살로 덮인 장인의 손은 늘 그렇듯 무척 억셌다. 킴은 양해를 구한 뒤 서둘러 거실을 빠져나갔고, 호이트와 나는 의례적인 인사를 주고받았다. 곧장 어색한 침묵이 찾아들었다. 호이트 파커는 늘 나를 불편해했다. 엘리자베스를 향한 각별한 애정 때문이었을까, 그는 나를 위협으로만 여기는 것 같았다. 물론 이해할 수 있었다. 어린 딸이 오로지 나만 바라보았으니. 나는 치열한 노력 끝에 호이트의 적의를 어느 정도 누그러뜨리는데 성공했었다. 적어도 엘리자베스가 세상을 뜨기 전까지는.

그는 엘리자베스에게 벌어진 일을 모두 내 탓으로 돌렸다.

물론 대놓고 나를 질책한 적은 없었다. 하지만 그의 눈빛이 모든 걸 말해주었다. 건장하고 바위처럼 억세며 고지식한 호이트는 지극히 미국적인 사람이었다. 엘리자베스에 대한 그의 과잉보호는 병적으로 느껴질 정도였다. 그는 어느 누구도 감히 해를 가하지 못하도록 늘 어린 딸의 곁을 든든하게 지켜주었다.

엘리자베스에 대한 호이트의 보호본능은 나와는 차원이 달랐다.

"하는 일은 잘되고?" 호이트가 내게 물었다.

"네." 나는 말했다. "장인어른 하시는 일은 어떻습니까?"

"은퇴까지 딱 1년 남았어."

나는 고개를 끄덕였고, 우리는 또다시 침묵에 빠졌다. 차를 몰고 오는 동안 나는 컴퓨터에서 본 영상을 당분간 비밀에 부치기로 결심했다. 그 황당한 내용이 그들의 해묵은 상처를 다시 헤집을 것이 불 보듯 뻔했다. 하지만 내가 주저하는 진짜 이유는 나조차도 이해할 수 없었기 때문이었다. 시간이 흐를수록 모든 게 점점 더 비현실적으로 느껴졌다. 나는 또한 마지막 이메일에 실린 메시지를 가슴에 새기기로 했다. *아무에게도 말하지 마.* 무슨 일이, 왜 벌어지고 있는지 알 길은 없었지만 일단은 최대한 신중하게 접근할 필요가 있었다.

나는 킴에게 들릴까 봐 긴장한 채 호이트 앞으로 몸을 기울이고 나지막이 말했다. "뭐 한 가지 여쭤봐도 되겠습니까?"

호이트는 아무 말 없이 못마땅한 표정으로 나를 응시했다.

"궁금해서 말입니다……." 나는 잠시 뜸을 들였다. "그 사람을 어떻게 알아보셨습니까?"

"어떻게 알아보았냐고?"

"장인어른께서 처음 시체 안치소에 발을 들이셨을 때 말입니다. 거기서 뭘 보셨는지 듣고 싶습니다."

그의 표정에서 미세한 변화가 엿보였다. 마치 자그마한 폭발에 토대가 붕괴된 것 같았다. "빌어먹을. 대체 그런 건 왜 묻나?"

"그냥 그때 생각이 자꾸 떠올라서요." 나는 전혀 설득력 없는 투로 말했다. "그 사람 기일도 됐고 해서."

그가 자리에서 벌떡 일어나 손바닥을 바지에 문질러 닦았다. "한잔할 텐가?"

"네."

"버번도 괜찮고?"

"괜찮습니다."

그는 벽난로 근처에 놓인 낡은 선반 앞으로 다가갔다. 나는 바닥에서 눈을 떼지 않았다.

"장인어른?"

그가 마개를 비틀어 술병을 땄다. "자네, 의사 맞지?" 그러더니 손에 쥔 유리잔으로 나를 가리키며 말했다. "그럼 시신도 많이 봤겠군."

"네."

"그럼 잘 알 텐데."

물론.

그가 술을 가져와 건넸다. 나는 유리잔을 조금 성급하게 낚아채 들고는 위스키를 한 모금 넘겼다. 그도 나를 바라보며 유리잔을 입으로 가져갔다.

"자세한 상황에 대해서는 한 번도 여쭤본 적이 없지 않았습니까." 나는 자세히 묻지 않았을 뿐만 아니라, 의도적으로 피하기까지 했다. 장인과 장모처럼 참혹한 세부사항 속에서 허우적대고 싶지 않았기 때문이었다. 그들은 하루도 빼놓지 않고 킬로이의 재판에 참석해 눈물을 쏟으며 경청했지만 나는 그러지 않았다. 그것은 비탄을 누그러뜨리는 그들만의 방식이었고, 나는 나만의 방식을 선택했다.

"그런 건 모르는 게 나아, 벡."

"폭행을 당했던가요?"

호이트는 자신의 유리잔을 빤히 내려다보고 있었다. "대체 그걸 왜 묻는 건가?"

"알고 싶습니다."

그가 유리잔 너머로 나를 응시했다. 그 날카로운 시선에 얼굴이 따끔거릴 정도였다. 나는 곧은 시선을 유지하려 애썼다.

"멍 자국이 있었어."

"어디에요?"

"벡……."

"얼굴에요?"

내 질문에서 예기치 못한 무언가를 감지했는지 그의 눈이 가늘어졌다. "그래."

"몸에는요?"

"당연히 몸에도 남아 있었겠지." 그가 말했다. "두 눈으로 살펴보지는 않았지만."

"왜 몸은 살펴보지 않으셨죠?"

"나는 경찰이 아닌, 그 애 아버지로서 그곳에 갔던 거야. 그저 신원확인차 다녀왔을 뿐이라고."

"쉬우셨나요?" 나는 물었다.

"뭐가?"

"신원확인 말입니다. 그 사람 얼굴이 멍 자국으로 뒤덮여 있었다고 하지 않으셨습니까."

호이트는 온몸이 바짝 경직된 듯 유리잔을 내려놓았다. 순간 등

골이 오싹해졌다. 내가 선을 넘어버린 것이다. 원래의 계획을 고수해야 했는데. 입을 함부로 놀리는 게 아니었다.

"정말 다 듣고 싶은가?"

아뇨. 나는 속으로 대답했다. 하지만 나는 이미 고개를 끄덕이고 있었다.

호이트 파커가 팔짱을 끼고 몸을 살짝 젖혔다. "엘리자베스의 왼쪽 눈은 퉁퉁 부어 감긴 상태였어. 코는 부러져서 젖은 점토처럼 납작하게 눌려 있었고. 이마에는 길게 베인 상처가 남아 있더군. 커터칼 같은 걸로 그어놓은 모양이었지. 턱뼈는 빠져 있었고, 모든 힘줄이 끊어져 있었어." 그는 조금의 미동도 없는 단조로운 어조로 말했다. "오른쪽 볼에는 불로 지져진 'K'자 낙인이 있었고, 피부 탄 냄새가 진동했지."

순간 속이 메스꺼워졌다.

호이트가 매서운 눈으로 나를 응시했다. "가장 끔찍한 부분을 들려줄까, 벡?"

나는 호이트를 빤히 바라보며 기다렸다.

"그럼에도 나는 대번에 알아볼 수 있었어." 그가 말했다. "보자마자 우리 엘리자베스라는 걸 알 수 있었다고."

7

////////

샴페인 잔 부딪치는 소리가 모차르트 소나타와 완벽한 조화를 이루었다. 하프 선율이 사람들이 떠드는 소리가 잦아든 파티장에 은은히 울려 퍼졌다. 그리핀 스코프는 검은 턱시도와 반짝이는 드레스 사이를 누비고 다녔다. 사람들은 언제나 비슷한 표현으로 그리핀 스코프를 묘사했다. 사업가나 실세라는 타이틀이 늘 붙어 다녔고, 키가 크다느니, 누구의 남편이라느니, 누구의 할아버지라느니, 나이가 일흔이 넘었다느니 하는 언급도 단골처럼 따라다녔다. 때로는 그의 성격이나 가족이나 근면함에 대해 평가하기도 했다. 하지만 신문이나 텔레비전이나 온갖 명부에서 그를 설명할 때 가장 먼저 등장하는 단어는 늘 '억'으로 시작했다. 억만장자. 억만장자 그리핀 스코프.

그리핀은 유복한 집안 출신이었다. 그의 할아버지는 1세대 기업가였고, 수완 좋은 그리핀은 아버지에 이어 집안 재산을 크게 불렸다. 대부분의 재벌은 삼대에 이르기 전에 무너져 내렸지만 스코프 집안은 달랐다. 남다른 가정교육 덕분이었다. 그리핀은 남들처럼 명문 사립 고등학교에 다니지 않았다. 그의 아버지는 그리핀을 가까운 뉴어크의 한 공립학교에 다니게 했다. 사무실이 자리했던 곳이라 어렵지 않게 위장 전입할 수 있었다.

당시만 해도 뉴어크의 동부는 그리 험한 동네가 아니었다. 정신이 온전한 사람이라면 누구라도 피하려 하는 지금과는 달랐다. 육체노동자들이 밀집해 있던 그곳은 위험하다기보단 조금 거친 동네였다.

그리핀은 그곳이 무척 좋았다.

고등학교 시절 친구들은 50여 년이 흐른 지금까지도 좋은 친구들로 남아 있다. 의리 넘치는 친구를 얻는다는 건 그리 쉬운 일이 아니다. 그런 친구를 찾을 때면 그리핀은 잊지 않고 후하게 보상했다. 오늘 밤 파티에 참석한 손님 중 대부분은 그가 뉴어크 학창 시절 때 사귄 친구들이었고, 그중 몇몇은 그의 밑에 들어와 일을 하고 있다. 그는 고용주가 아닌 친구로서 그들을 대하려 늘 애썼다.

오늘 밤 행사는 그리핀 스코프가 가장 신경 써서 챙기는 브랜던 스코프 추모 자선단체가 주최한 것이었다. 그리핀의 살해당한 아들 브랜던을 추모하는 단체. 그리핀은 기금 마련을 위해 1억 달러를 흔쾌히 내놓았고, 그의 친구들도 십시일반으로 후원금을 보탰다. 그리핀은 바보가 아니다. 그는 친구들이 자신에게 환심을 사기 위해 큰돈을 투척했음을 알고 있었다. 하지만 단지 그 때문만은 아니란 사실도 알고 있었다. 젊은 나이에 세상을 뜬 브랜던은 많은 이에게 깊은 감동을 주는 사람이었다. 천운과 남다른 재능을 갖고 태어난 브랜던은 초자연적인 카리스마로 사람들을 매료시켰다.

그의 또 다른 아들 랜들 역시 착한 아이고, 선한 사람으로 잘 커주었다. 하지만 브랜던⋯⋯ 브랜던은 마력의 소유자였다.

그리핀의 가슴이 또다시 아려왔다. 이 고통은 단 한순간도 그를 놓아주지 않았다. 손님들과 악수를 나누고 서로 등을 두드리는 동안에도 비탄이 그리핀의 곁을 꿋꿋이 지켰다. 놈은 그리핀의 어깨를 톡톡 두드리며 그의 귀에 이렇게 속삭였다. 자신은 영원히 그와 함께할 파트너라고.

"멋진 파티야, 그리프."

그리핀은 고맙다는 인사를 거듭하며 분주히 움직였다. 근사하게 치장한 머리에 어깨가 살짝 드러난 드레스 차림의 여자들은 곳곳에 세워진 얼음 조각과 완벽한 조화를 이루었다. 그리핀의 아내 앨리슨이 공들여 준비한 그 조각들이 고급 리넨 테이블보 위에서 서서히 녹아내리고 있었다. 음악은 어느새 쇼팽의 곡으로 바뀌어 있었다. 하얀 장갑을 낀 웨이터들이 말레이시아 새우와 오마하 안심 요리, 그리고 말린 토마토가 포함된 핑거 푸드를 은쟁반으로 분주히 실어 나르고 있었다.

그는 자선기금을 관리하는 린다 벡에게 다가갔다. 린다의 아버지도 그의 뉴어크 시절 급우였다. 린다가 스코프 집안과 엮이게 된 건 결코 우연이 아니었다. 그녀는 고등학교 때부터 여러 곳의 스코프 계열사에서 일해왔고, 동생과 함께 스코프 장학금을 받아 학비를 해결했다.

"아주 좋아 보이는구나." 그가 그녀에게 말했다. 솔직히 무척 지쳐 보였음에도.

린다 벡이 미소를 지어 보였다. "감사합니다, 스코프 씨."

"그냥 편하게 '그리프'라고 부르라고 내가 몇 번이나 당부했지?"

"수백 번 말씀하셨죠." 그녀가 말했다.

"쇼나는 잘 지내고?"

"컨디션이 썩 좋지 않아요."

"안부 전해줘."
"그럴게요. 감사합니다."
"다음 주에 한번 보자고."
"비서에게 연락해 약속 잡을게요."
"그래."

린다와 볼 인사를 하는 순간 그는 로비를 서성이는 래리 갠들을 발견했다. 게슴츠레한 눈빛의 갠들은 늘 그렇듯 부스스한 모습이었다. 그에게 맞춤정장을 입힌다 해도 한 시간만 지나면 방금 몸싸움을 벌이다 온 사람처럼 흐트러진 모습을 보일 게 뻔했다.

래리 갠들은 이곳에 발을 들여서는 안 되는 사람이었다.

두 남자의 눈길이 마주쳤다. 갠들은 고개를 한 번 끄덕이고 돌아섰다. 그리핀은 잠시 기다렸다가 갠들을 따라 복도로 나갔다.

래리 갠들의 아버지 에드워드 또한 그리핀의 뉴어크 시절 급우였다. 그리핀이 끔찍이 아꼈던 에드워드는 12년 전, 갑작스러운 심장마비로 세상을 떴다. 그 후로 그의 아들이 아버지를 대신해 스코프를 가까이에서 보좌하고 있었다.

두 사람은 그리핀의 서재로 들어섰다. 한때 서재는 떡갈나무와 마호가니, 그리고 천장 높이 책장과 골동품 지구본 들로 꾸며진 멋진 공간이었다. 하지만 2년 전, 포스트모던에 심취한 앨리슨이 변화의 필요성을 느끼고 직접 팔을 걷어붙였다. 오래된 나무로 이루어진 벽과 바닥이 죄다 뜯겨나간 서재는 이제 하얗고 매끈하며 실용적인 공간으로 바뀌었다. 온화한 느낌의 사무실로 재탄생한 것이다. 앨리슨은 새로 단장한 서재를 무척 자랑스럽게 여겼고, 마음 약한 그리핀은 차마 자기 취향을 내세우지 못했다.

"무슨 문제라도 있었나?" 그리핀이 물었다.

"아뇨." 갠들이 말했다.

그리핀은 갠들에게 앉으라고 말했다. 갠들은 사양한 후 방 안을 맴돌기 시작했다.

"어려웠나?" 그리핀이 물었다.

"나중에 발목 잡힐 일이 없도록 꼼꼼하게 처리했습니다."

"그래야지."

누군가가 그리핀의 아들인 랜들을 위협했다. 그래서 그리핀은 배로 갚아주었다. 그가 지금껏 한 번도 잊은 적 없는 인생 교훈. 가족에게 위해가 가해지면 절대 그냥 넘어가서는 안 된다. '적절한 반응'을 보여서도 안 되고. 누군가가 위해를 가하면 자비와 연민 따위는 내던져야 한다. 불이라도 질러 적을 제거해야만 한다. 이런 인생관을 쓸데없는 권모술수라 조롱하는 사람들이야말로 과잉 진압을 하게 만드는 원인 제공자들이다.

최대한 신속히 문제를 해결해야 불필요하게 많은 피를 뿌리지 않을 수 있다.

"그럼, 뭐가 문제지?" 그리핀이 물었다.

갠들은 계속해서 같은 자리를 맴돌고 있었다. 그는 벗어진 자신의 앞머리를 손으로 문질렀다. 그리핀은 갑자기 불안해졌다. 갠들은 쉽게 긴장하는 법이 없었다. "저는 지금껏 한 번도 거짓 보고를 한 적이 없었습니다, 그리프." 그가 말했다.

"그야 나도 알지."

"이 일을 하다 보면 가끔…… 보고를 생략할 필요가 있습니다."

"생략한다고?"

"작업을 위해 고용하는 사람들 말입니다. 저는 회장님께 그들에 대해 말씀드린 적이 없습니다. 물론 그들에게도 마찬가지고요."

"그게 원칙이지 않은가."

"그렇습니다."

"대체 무슨 일인데 그러나?"

갠들의 걸음이 뚝 멎었다. "8년 전, 특정 임무를 수행하기 위해 두 남자를 고용했던 일을 기억하시죠?"

순간 그리핀의 얼굴이 창백해졌다. 그가 마른침을 삼키고 입을 열었다. "꽤 만족스럽게 일을 처리해줬지."

"네. 그건 사실입니다만……."

"당최 이해가 안 되는군."

"그들은 맡은 바 임무를 충실히 수행했습니다. 덕분에 위협이 제거됐죠. 적어도 문제의 일부는 깔끔히 해결되었습니다."

매주 도청장치가 있는지 집 안 구석구석을 꼼꼼하게 조사하면서도 두 남자는 '규칙'에 따라 어떠한 이름도 입 밖에 내지 않았다. 래리 갠들은 언젠가 그 규칙의 진짜 존재 이유가 무엇인지 생각했다. 단순히 보안 유지를 위함인지, 아니면 이따금 불가피하게 처리해야 하는 사람들을 비인격화하는 데 도움이 되기 때문인지. 그는 아마 후자일 거라 짐작했다.

그리핀은 결국 누군가에게 떠밀리기라도 한 것처럼 의자에 풀썩 주저앉았다. 그가 낮은 목소리로 물었다. "자네, 지금 그 얘기를 꺼내는 이유가 뭔가?"

"많이 괴로우시리란 것 압니다만, 들으셔야 합니다."

그리핀은 대답하지 않았다.

"그들에게는 사례를 두둑이 했습니다." 갠들이 계속 이어나갔다.

"당연히 그랬겠지."

"네." 그가 헛기침을 한 번 했다. "작업을 마친 후 그들은 한동안 남의 눈에 띄지 않게 은신하기로 되어 있었습니다. 만일의 상황에 대비해 말이죠."

"계속해보게."

"그 후로 그들과의 연락이 끊어졌습니다."

"돈은 이미 받았겠지? 안 그런가?"

"그렇습니다."

"그럼 뭐가 문제지? 보나마나 돈을 챙겨 멀리 달아났을 텐데. 이 땅 반대편으로 날랐거나, 신원을 세탁했거나, 뭐 그러지 않았겠나?"

"저도 그랬을 거라 짐작했습니다."

"그런데?"

"지난주에 그들의 시체가 발견됐습니다."

"그게 왜 문제지? 그런 비참한 최후를 맞아 마땅한 범죄자들이지 않았나."

"그들은 죽어 묻힌 지 오래됐습니다."

"오래?"

"최소한 5년은 된 것 같습니다. 게다가 그들의 시체가 발견된 곳은 바로…… 그 일이 벌어졌던 호수 옆입니다."

그리핀은 잠시 말문이 막혔다가 겨우 다시 입을 열었다. "무슨 말인지 도통 모르겠네."

"사실 저도 잘 모르겠습니다."

오늘 듣기엔 너무 과한 얘기였다. 그리핀은 저녁 내내 비극적으로 생을 마감한 브랜던을 생각하며 눈물을 쏟지 않으려 무던히 애를 쓰고 있었다. 하지만 이렇게 비탄의 순간이 되살아날 줄이야. 그는 용케 버텼지만 이젠 와르르 무너져 내리기 직전이었다.

그리핀은 갠들을 올려다보며 말했다. "지난 일에 발목 잡혀서는 안 돼."

"알고 있습니다, 그리프."

"정확히 어찌 된 일인지 알아야겠어. 처음부터 끝까지 다."

"그녀와 엮인 모든 사람을 예의주시하고 있습니다. 특히 그녀의 남편을요. 혹시 모르니까요. 당분간 그에게 초점을 맞춰보려고 합니다."

"잘했네." 그리핀이 말했다. "어떻게 해서든 깊이, 잘 묻어야 해. 거기에 누가 함께 묻히든 나는 신경 쓰지 않아."

"알겠습니다."

"그리고, 래리?"

갠들이 귀를 쫑긋 세웠다.

"자네가 매번 고용하는 그 동양인 친구 있지?" 그리핀 스코프는 눈가를 훔치며 손님들 쪽으로 돌아섰다. "이번 일엔 꼭 그를 쓰게."

8

////////

쇼나와 린다는 리버사이드 도로와 116가 모퉁이에 자리한 방 세 개짜리 아파트의 셋방에 살고 있다. 컬럼비아 대학교에서 얼마 떨어지지 않은 곳이다. 나는 가까스로 주차할 곳을 찾아냈다. 아주 단단한 석판, 아니 바다를 가르는 것만큼이나 기적적인 일이었다.

쇼나가 인터폰으로 문을 열어주었다. 린다는 아직도 파티장에 갇혀 있는 모양이었고 마크는 잠들어 있었다. 나는 발끝으로 조심스레 걸어 들어가 아이의 이마에 살짝 입을 맞추었다. 마크는 포켓몬에 열광했다. 방 안은 온통 포켓몬 천지였다. 침대에는 피카츄 시트가 깔려 있고, 아이의 품에는 꼬부기 인형이 안겨져 있었다. 나 또한 한때 배트맨과 캡틴 아메리카에 열광했던 적이 있었다. 나는 잠든 조카를 잠시 내려다보았다. 상투적인 표현이지만 아이는 작은 천사처럼 예뻤다.

쇼나는 문간에 서서 나를 기다리고 있었다. 함께 서재로 돌아갔을 때 내가 쇼나에게 말했다. “술 한잔해도 돼?”

쇼나가 어깨를 으쓱였다. “마음대로.”

나는 유리잔에 버번 위스키를 따랐다. “같이 한잔할 거지?”

그녀는 고개를 저었다.

우리는 긴 소파에 나란히 앉았다. "린다는 언제쯤 돌아온대?"

"내가 알겠어?" 쇼나가 느리게 대답했다. 그 말투가 암시하는 둘의 상황이 마음에 들지 않았다.

"젠장."

"요즘 좀 바빠져서 그래, 벡. 내가 린다를 얼마나 사랑하는지 알잖아."

나는 다시 말했다. "젠장."

지난해, 린다와 쇼나는 두 달간 별거에 들어갔었다. 마크에게 특히 괴로운 나날이었다.

"짐 싸서 달아나진 않을 테니까 걱정 말라고." 쇼나가 말했다.

"대체 뭐가 문제야?"

"네가 아는 대로야. 나는 세간의 이목을 끄는 멋진 일을 하고 있어. 늘 아름답고 흥미로운 사람들에게 에워싸여 지낸다고. 새로울 거 없잖아. 모두가 아는 사실이지. 그래서인지 린다는 내가 일터에서 자기 몰래 한눈을 파는 줄 알고 있어."

"넌 진짜로 그러고 있잖아."

"그래. 하지만 그것도 새삼스러운 일은 아니잖아. 안 그래?"

나는 대답하지 않았다.

"결국 나랑 같이 집으로 돌아가는 건 린다잖아."

"그래서, 단 한 번도 샛길로 빠진 적이 없다고?"

"설령 그랬다 해도 그게 뭐 어때서? 나는 새장에 갇혀 사는 건 질색이라고. 너도 알지, 벡? 내겐 무대가 필요해."

"은유가 기가 막히네." 나는 말했다.

"구색만 겨우 맞췄지."

나는 잠시 말없이 술을 홀짝였다.

"벡?"

"왜?"

"네 차례야."

"뭐가?"

그녀는 나를 바라보며 기다렸다.

나는 이메일 끝에 적혀 있던 경고 메시지를 떠올렸다. *아무에게도 말하지 마.* 만약 그게 정말로 엘리자베스가 보내온 메시지라면 (어떻게 가능한지도 모르겠지만) 그녀는 내가 이 내용을 쇼나에게 발설하리라는 걸 알고 있었을 것이다. 린다는 몰라도 쇼나와 나 사이에는 비밀이 없었다.

"어쩌면 엘리자베스가 아직 살아 있는지도 몰라."

쇼나는 조금의 미동도 없이 말했다. "걔는 엘비스 프레슬리*랑 달아났잖아. 안 그래?" 그러나 이내 내 표정을 확인하고는 진지해졌다. "무슨 얘긴지 설명해봐."

나는 모든 걸 들려주었다. 이메일에 대해서도. 스트리트 캠 영상에 대해서도. 컴퓨터 모니터로 봤던 엘리자베스에 대해서도. 쇼나는 한순간도 내게서 눈을 떼지 않았고 고개를 끄덕이거나 말하는 중에 불쑥 끼어들지도 않았다. 내 설명이 끝나자 그녀가 조심스레 담배를 꺼내 입에 물었다. 쇼나는 오래전 담배를 끊었지만 이따금 한 개비씩 꺼내 만지작거리기를 좋아했다. 그녀는 마치 담배를 처음 보는 사람처럼 살살 돌려가며 유심히 살폈다. 골똘히 머리를 굴리고 있다는 뜻이었다.

* 미국의 가수 겸 배우. 1979년 8월, 사망 원인에 대한 무수한 추측을 남기고 세상을 떠났다.

"좋아." 쇼나가 말했다. "그러니까 내일 밤 8시 15분에 다음 메시지가 도착한다 이거지?"

나는 고개를 끄덕였다.

"그때까지는 잠자코 기다려야 하고?"

그녀는 담배를 도로 집어넣었다.

"미친 소리 같지 않아?"

쇼나가 어깨를 으쓱였다. "상관없어." 그녀가 말했다.

"그게 무슨 뜻이지?"

"이 모든 게 어떻게 된 일인지 설명해줄 그럴듯한 가능성이 몇 가지 있어."

"그중엔 내가 미쳤을 가능성도 물론 포함되어 있겠지?"

"물론이지. 그게 가장 그럴듯한 답이야. 하지만 벌써부터 부정적인 가설을 세울 필요는 없다고. 일단 이게 사실이라고 생각해보자. 네가 헛것을 본 게 아니고, 엘리자베스는 아직 살아 있다고 말이야. 우리가 잘못 짚은 거라도 그 나름으로 인생 공부가 될 거야. 하지만 만약 우리가 제대로 짚은 거라면……." 그녀가 눈썹을 씰룩이며 잠시 생각에 잠겼다가 이내 고개를 세차게 가로저었다. "제발 우리가 제대로 짚었기를 바라."

나는 미소를 지어 보였다. "이래서 내가 널 좋아하는 거야."

"알아." 그녀가 말했다. "다들 그러더라고."

집에 돌아오자마자 나는 술을 따랐다. 미지근한 독주가 목구멍을 타고 내려갔다. 나는 이따금 술을 마시지만 술꾼 소리를 들을 정도는 아니다. 자기 부정이 아니다. 물론 이러다가 언제든 알코올의존증이 될 수 있다는 걸 잘 안다. 알코올의존증이 조폭의 미성년자 딸에게 치근대는 것만큼이나 위험하다는 것도. 다행스럽게도 아직까지는 그 선을 넘어본 적이 없다. 나는 그럴 정도로 미련하지 않다.

클로이가 쪼르르 다가왔다. 녀석의 얼굴에는 늘 그렇듯 사료와 산책을 향한 갈망이 떠올라 있었다. 개들은 어쩌면 이렇게 놀랍도록 한결같을까. 나는 클로이에게 간식을 먹이고 함께 산책에 나섰다. 기분 좋은 찬 공기가 폐 안으로 깊숙이 파고들었다. 하지만 아무리 걸어도 머릿속은 맑아지지 않았다. 내게 산책은 한없이 따분할 뿐이지만 그래도 클로이가 걷는 걸 지켜보는 재미만큼은 쏠쏠하다. 기묘하게 들릴지도 모르겠지만 개는 이렇게 아주 단순한 움직임으로도 큰 기쁨을 끌어낸다. 클로이를 지켜보는 일은 내게 적잖은 행복을 안겨준다.

집으로 돌아온 나는 발소리를 죽이고 침실로 향했다. 클로이가 나를 졸졸 따라왔다. 할아버지와 새로 온 간병인은 잠들어 있었다. 간병인은 마치 만화 캐릭터처럼 아주 높은 음으로 코를 골았다. 나는 어째서 로웰 보안관으로부터 연락이 없는지 의아해하며 컴퓨터를 켰다. 먼저 전화를 걸어볼까 하다가 자정에 가까워진 시각을 확인하고 그만두기로 했다. 하지만 곧바로 생각이 바뀌었다. 그건 내 사정이 아니야.

나는 수화기를 들고 전화를 걸었다. 로웰에게는 휴대전화가 있다. 자고 있다면 전원을 꺼두었겠지. 안 그래?

그는 세 번째 연결음 만에 전화를 받았다. "닥터 벡."

그의 목소리는 딱딱했고, 나를 '닥'이라고 부르지도 않았다.

"왜 연락하지 않았죠?" 내가 물었다.

"시간이 너무 늦어서요." 그가 말했다. "날이 밝으면 하려고 했습니다."

"세라 굿하트에 대해서는 왜 물었던 거죠?"

"내일." 그가 말했다.

"뭐라고요?"

"시간이 많이 늦었지 않습니까. 근무가 끝난 지가 언젠데. 게다가 이건 전화로 할 얘기가 아니에요."

"그럼 적어도……."

"오전에 병원에 있을 거죠?"

"네."

"그럼 그때 전화할게요."

그는 정중하면서도 단호한 인사말을 남기고 전화를 끊었다. 대체 무슨 일이기에. 나는 수화기를 한동안 빤히 응시했다.

잠이 올 것 같지 않아서 나는 밤새도록 인터넷에 매달렸다. 여러 도시의 스트리트 캠 영상을 차례로 살피는 것도 잊지 않았다. 전세계의 건초더미 속에서 주삿바늘 하나를 찾는 기분이었다.

얼마나 시간이 흘렀을까, 나는 작업을 멈추고 이불 속으로 들어갔다. 의사의 삶은 인내의 연속이다. 부득이하게 인생의 큰 변화나 죽음이 임박했음을 암시하는 검사를 진행할 때면 나는 아이들과 그들의 부모에게 차분하게 결과를 기다려달라고 말한다. 그들에게는 다른 선택의 여지가 없다. 내가 처한 상황도 마찬가지였다. 지금은 변수가 너무 많았다. 내일 '배트 스트리트'라는 아이디와 '틴에이지'라는 패스워드로 Bigfoot.com에 접속하면 또 어떤 진실이 드러날까.

나는 한동안 천장을 빤히 올려다보았다. 내 시선이 오른쪽을 향했다. 엘리자베스가 자던 자리로. 나는 늘 아내보다 먼저 잠이 들었다. 한때는 이렇게 누워 책에 정신이 팔린 아내의 옆모습을 지켜보며 스르르 잠에 빠져들었다.

나는 반대쪽으로 돌아누웠다.

새벽 4시, 래리 갠들은 에릭 우의 금발 머리를 흘끔 보았다. 우는 놀라울 정도로 일에 몰두했다. 신체적 기량을 갈고닦지 않을 때는 예외 없이 컴퓨터 앞을 지켰다. 그의 안색은 병든 이처럼 푸르스름했지만 몸은 여전히 시멘트처럼 단단했다.

"상황은?" 갠들이 말했다.

우가 헤드폰을 벗었다. 그리고 대리석 기둥 같은 두 팔로 팔짱을 꼈다. "이해가 안 됩니다."

"뭐가?"

"벡은 원래 이메일을 저장하는 스타일이 아닙니다. 환자 관련 이메일 몇 통만 남겨둘 뿐 개인적으로 주고받는 이메일은 없어요. 그런데 지난 이틀간 이상한 이메일이 두 통 수신됐습니다." 에릭 우는 화면에서 눈을 떼지 않은 채 볼링공 같은 자신의 어깨 너머로 종이 두 장을 내밀었다. 이메일 내용을 확인한 갠들의 미간이 찌푸려졌다.

"이게 무슨 뜻이지?"

"모르겠습니다."

갠들은 '키스 타임'에 무언가를 클릭하라는 부분을 다시 읽어보았다. 그는 컴퓨터를 전혀 몰랐고, 알고 싶지도 않았다. 그의 눈이 맨 위 제목으로 되돌아갔다.

E.P. + D.B. 그리고 무수한 작은 선들.

갠들은 생각에 잠겼다. D.B. 데이비드 벡인가? 그럼 E.P.는…….

순간, 머리 위로 피아노가 떨어지듯 충격적인 깨달음이 찾아들었다. 그는 천천히 우에게 종이를 돌려주었다.

"이걸 누가 보냈지?" 갠들이 물었다.

"모르겠습니다."

"알아봐."

"불가능합니다." 우가 말했다.

"어째서?"

"발신자가 익명 재전송 방식을 썼어요." 우가 섬뜩하게 느껴지는 단조로운 목소리로 천천히 말했다. 그는 늘 같은 말투를 유지했다. 한가하게 날씨 얘기를 할 때도, 표적의 얼굴 살점을 우악스럽게 뜯어낼 때도. "설명하자면 복잡합니다. 아무튼 중요한 건, 이렇게 전송된 이메일은 추적할 방법이 없다는 사실입니다."

갠들은 두 번째 이메일로 넘어갔다. 배트 스트리트와 틴에이지. 도무지 무슨 뜻인지 이해가 되지 않았다.

"그럼 이건? 이건 추적이 가능해?"

우는 고개를 저었다. "마찬가지입니다."

"둘 다 같은 인물이 보낸 건가?"

"저도 그러리라 추측만 하고 있습니다."

"이메일 내용은? 이게 다 무슨 소리지?"

우가 키보드를 몇 번 두드리자 모니터 화면에 첫 번째 이메일이 떠올랐다. 그가 핏줄이 불거진 두꺼운 손가락으로 화면을 가리켰다. "여기 밑줄이 그어진 문장 보이시죠? 하이퍼링크입니다. 벡은 이걸 클릭해 어떤 웹사이트에 접속했을 겁니다."

"웹사이트?"

"클릭하면 오류 화면이 뜹니다. 물론 추적은 불가능하고요."

"벡이 '키스 타임'인지 뭔지에 그걸 눌러야 한다는 얘기야?"
"그렇게 적혀 있죠."
"키스 타임도 컴퓨터 용어인가?"
우는 하마터면 웃음을 터뜨릴 뻔했다. "아닙니다."
"그럼 키스 타임이 정확히 언제인지 모른다는 말이야?"
"그렇습니다."
"키스 타임이 이미 지났는지 아닌지도 모르고?"
"지났습니다." 우가 말했다.
"그걸 어떻게 알지?"
"그의 웹브라우저에 최근 방문한 스무 개의 사이트가 기록되어 있습니다. 그는 이 링크를 클릭했어요. 그것도 여러 번."
"그런데도 추적이 불가능하다고?"
"네. 이 링크는 이제 아무짝에도 쓸모없어요."
"그러면 두 번째 이메일은?"
우가 키보드를 또다시 두들겼다. 화면이 바뀌면서 또 다른 이메일이 떠올랐다. "이걸 해독하는 건 어렵지 않습니다. 아주 기초적인 방식을 썼거든요."
"설명해봐."
"익명의 발신자가 벡을 위해 이메일 계정을 셋업해뒀습니다." 우가 설명했다. "그러고 나서 벡에게 아이디와 패스워드를 전달했죠. 키스 타임도 한 번 더 언급했고요."
"내가 제대로 이해했는지 모르겠군." 갠들이 말했다. "그러니까 벡이 어떤 웹사이트에 접속해서 아이디와 패스워드를 입력하면 거기 남겨진 메시지를 확인할 수 있다는 거지?"
"제 짐작으로는 그렇습니다."

"우리도 할 수 있나?"
"같은 아이디를 써서요?"
"그래. 그럼 우리도 메시지를 볼 수 있지 않을까?"
"이미 시도해봤습니다. 계정은 아직 존재하지 않더군요."
"어째서?"
에릭 우가 어깨를 으쓱였다. "익명의 발신자가 나중에 계정을 만들 모양이죠. '키스 타임'에 임박해서 말입니다."
"그래서 결론이 뭐지?"
"간단히 말하면." 모니터 불빛을 받은 우의 까만 눈이 반짝거렸다. "발신자가 익명을 유지하기 위해 필사적으로 머리를 굴렸다는 겁니다."
"놈의 정체를 알아낼 방법이 전혀 없나?"
우가 트랜지스터 라디오 안에서나 찾을 수 있을 법한 작은 장치를 들어 보였다. "이걸 그의 집과 직장 컴퓨터 안에 심어뒀습니다."
"그게 뭔데?"
"디지털 네트워크 추적장치입니다. 이게 그의 컴퓨터 안에서 제 컴퓨터로 신호를 보내줄 겁니다. 벡이 이메일을 받거나 웹사이트를 방문하거나, 심지어 키보드를 두드리기만 해도 실시간 모니터가 가능합니다."
"그러니까 그냥 잠자코 기다리는 수밖에 없다, 이거지?" 갠들이 말했다.
"그렇습니다."
갠들은 우의 설명을 잠시 곱씹어보았다. 대체 누가, 왜 이렇게까지 정체를 감추려는 걸까? 그의 배 속으로 터무니없는 의심이 스멀스멀 파고들었다.

9

////////

나는 병원에서 두 블록 떨어진 곳에 차를 세워놓았다. 이렇게 가까이 주차하기는 처음이었다.

그때 로웰 보안관이 짧게 자른 머리에 회색 양복을 걸친 남자 두 명과 함께 모습을 드러냈다. 양복 차림의 그 남자들은 커다란 갈색 자동차에 몸을 기대고 서 있었다. 서로 상반된 신체 조건. 한 명은 큰 키에 호리호리한 체구를 가진 백인이었고, 또 한 명은 키가 작고 둥글둥글한 흑인이었다. 나란히 서 있는 두 사람을 보니 꼭 마지막 남은 핀을 향해 굴러가는 볼링공을 보는 듯했다. 두 남자가 내게 미소를 지어 보였다. 로웰의 표정에는 변화가 없었다.

"닥터 벡?" 길고 하얀 볼링핀이 말했다. 그는 흠잡을 데 없이 단장한 상태였다. 젤을 바른 머리와 잘 접어서 주머니에 꽂아둔 손수건, 불가사의할 정도로 정밀하게 매듭지어진 넥타이, 그리고 배우들이 영리하게 보이고 싶을 때 쓸 법한 유명 브랜드의 뿔테 안경.

나는 로웰을 바라보았다. 그의 입은 열리지 않았다.

"그런데요."

"닉 칼슨 FBI 특별수사관입니다." 흠잡을 데 없이 단장한 남자가 계속 이어나갔다. "이쪽은 톰 스톤 특별수사관이고요."

그들은 동시에 배지를 내밀어 보였다. 땅딸막하고 상대적으로 허름한 차림의 스톤이 바지를 추켜올리며 고개를 끄덕였다. 그리고 자동차 뒷문을 열었다.

"같이 가주셔야겠습니다."

"십오 분 후에 환자를 봐야 합니다." 내가 말했다.

"그 문제는 저희가 이미 처리했습니다." 칼슨이 긴 팔로 차 문을 가리켰다. 마치 게임쇼 상품을 소개하는 사람처럼. "타시죠."

나는 뒷좌석에 올랐다. 칼슨이 운전을 맡았고, 스톤은 몸을 구겨 조수석에 힘겹게 올랐다. 로웰은 차에 타지 않았다. 맨해튼을 벗어나지 않았음에도 목적지인 다운타운에 도착하기까지 무려 사십오 분이 걸렸다. 브로드웨이에 들어선 칼슨은 연방수사국 26번지라고 표시된 건물 앞에 멈춰 섰다.

실내 분위기는 여느 사무실 건물과 다르지 않았다. 고급 양복 차림의 남자들이 약속이라도 한 듯 유명 브랜드 커피를 하나씩 들고 있었다. 간간이 소수의 여자들이 보였다. 곧 어떤 회의실로 들어섰고, 나는 그들이 권하는 의자에 앉았다. 평소 습관대로 다리를 꼬려고 했지만 어쩐지 그러면 안 될 듯한 기분이 들었다.

"대체 무슨 일입니까?" 내가 물었다.

하얀 볼링핀, 칼슨이 먼저 입을 열었다. "뭐 마실 거라도 내올까요?" 그가 물었다. "비록 커피 맛은 형편없지만 원한다면 한 잔 내오겠습니다."

어쩐지 다들 커피를 사서 마시더라니. 그가 나를 보며 미소를 흘렸다. 나도 미소로 화답했다. "구미가 당기지만 사양하겠습니다."

"그럼 탄산음료는요? 우리 탄산음료도 있지, 톰?"

"물론이지, 닉. 콜라, 스프라이트, 의사 선생님께서 뭘 주문하시든 다 갖춰져 있어."

그들은 계속해서 미소를 흘렸다. "정말 괜찮아요." 나는 말했다.

"과일주스는요?" 스톤이 물었다. 그가 또다시 바지를 추켜올렸다. 그의 배는 허리밴드가 걸쳐지지 않을 만큼 둥글었다. "온갖 종류가 다 준비되어 있습니다."

그의 입을 막아버리기 위해서 아무거나 하나 가져다 달라고 부탁할 뻔했지만 나는 꾹 참고 손을 휘저어 사양했다. 테이블에는 커다란 서류 봉투가 덩그러니 놓여 있었다. 나는 두 손을 어색하게 테이블에 얹어놓았다. 스톤이 뒤뚱뒤뚱 걸어 한쪽으로 이동했다. 테이블 구석에 자리를 잡은 칼슨은 앉은 채로 몸을 틀고 나를 바라보았다.

"세라 굿하트에 대해 아는 게 있습니까?" 칼슨이 물었다.

어떻게 답해야 할지 난감했다. 아무리 머리를 굴려봐도 그들의 속내가 보이지 않았다.

"선생님?"

나는 고개를 들고 그를 바라보았다. "그걸 왜 묻죠?"

칼슨과 스톤이 잠시 눈빛을 교환했다. "한창 수사 중인 사건이 있는데 세라 굿하트라는 이름이 수면에 떠올랐습니다." 칼슨이 말했다.

"그게 무슨 사건이죠?" 나는 물었다.

"그건 알려줄 수 없어요."

"이해가 안 되는군요. 나를 왜 그 사건과 엮죠?"

칼슨이 아주 천천히 한숨을 내쉬었다. 그가 뚱뚱한 파트너를 흘끔 돌아보았다. 갑자기 그들 얼굴에서 미소가 지워졌다. "내 질문이 어렵나, 톰?"

"아니, 전혀."

"내 귀에도 단순한 질문으로 들려." 칼슨의 시선이 다시 내게로 돌아왔다. "혹시 질문의 형태가 마음에 들지 않습니까, 닥터? 그게 문제예요?"

"그거 〈더 프랙티스〉*에 단골로 나오는 상황 아니야?" 스톤이 불쑥 끼어들었다. "질문의 형태에 이의를 제기하는 거 말이야."

"맞아. 아주 지겹도록 봐왔지. 이의 제기 후엔 예외 없이 이런 대사가 나오잖아. '그럼 표현을 바꾸도록 하겠습니다.' 안 그래?"

"맞아. 늘 그러더라고."

칼슨이 나를 얕보듯 바라봤다. "그럼 표현을 바꿔보죠. 세라 굿하트라는 이름이 당신에게 아무 의미도 없습니까?"

전부 다 마음에 들지 않았다. 그들의 태도도, 그들이 로웰의 대타로 투입됐다는 사실도, 회의실에 갇혀 그들에게 들들 볶이는 이 상황도. 그들은 분명 그 이름이 어떤 의미인지 알고 있을 것이다. 예측이 어려운 문제도 아니었다. 엘리자베스의 이름과 주소만 살펴보면 누구라도 답을 풀 수 있을 테니까. 나는 답변에 신중을 기하기로 했다.

"아내의 가운데 이름이 세라입니다." 나는 말했다.

"제 아내는 거트루드예요." 칼슨이 말했다.

"맙소사, 닉. 그건 좀 심한데."

"자네 아내는 뭐지, 톰?"

"맥다우드. 자기 성씨야."

* 1997년부터 2004년까지 방영된 미국 법정 드라마.

"나는 그게 좋더라고. 성을 가운데 이름으로 쓰는 거 말이야. 조상을 존경해야지."

"나도 동의해."

두 남자가 다시 내게로 시선을 되돌렸다.

"선생님은 가운데 이름이 뭡니까?"

"크레이그." 내가 답했다.

"크레이그." 칼슨이 따라 말했다. "좋습니다. 만약 선생님께……." 그가 두 팔을 과장되게 휘두르며 말했다. "크레이그 딥워드*라는 이름이 어떤 의미인지 여쭙는다면 버럭 화를 내시겠습니까? '이봐요, 크레이그는 내 가운데 이름이라고요' 하고 말입니다."

칼슨이 또다시 부릅뜬 눈으로 나를 응시했다.

"아뇨." 나는 말했다.

"그렇죠? 자, 그럼 다시 시작해봅시다. 세라 굿하트라는 이름을 들어본 적 있습니까? 예, 아니오로 대답해요."

"한 번이라도 들어본 적 있느냐고요?"

스톤이 말했다. "맙소사."

칼슨의 얼굴이 확 붉어졌다. "지금 우리랑 장난하자는 겁니까, 닥터?"

그가 옳았다. 나는 일부러 바보 연기를 하고 있었다. 임시변통으로 둘러대기. 머릿속에서는 이메일로 전달된 메시지 마지막 줄이 경고등처럼 연신 깜빡이고 있었다. *아무에게도 말하지 마*. 너무나도 혼란스러운 상황이었다. 그들은 세라 굿하트에 대해 이미 알고 있을 것이다. 지금 이것은 내가 순순히 협조해줄지 여부를 확인하

* Dipwad, '얼간이'라는 의미의 속어.

는 테스트에 불과했다. 그래, 그게 분명해. 하지만 대체 뭘 협조하라는 거지?

"내 아내는 굿하트 가에서 자랐어요." 나의 대답에 그들은 뒤로 살짝 물러서서 팔짱을 꼈다. 그들은 나를 침묵의 함정으로 이끌었고, 나는 어리석게도 그 안으로 뛰어들었다. "그래서 세라가 아내의 가운데 이름이라고 했던 겁니다. 굿하트라는 이름이 그 사람을 상기시켜서요."

"그녀가 굿하트 가에서 자랐기 때문에?" 칼슨이 말했다.

"그래요."

"굿하트라는 단어가 무슨 촉매제라도 됐다는 겁니까?"

"네."

"이해가 될 것도 같습니다." 칼슨이 파트너를 흘끔 돌아보았다. "동의하나, 톰?"

"어." 스톤이 자신의 배를 토닥이며 말했다. "답변할 때 얼버무리거나 하지 않았잖아. 굿하트라는 단어가 촉매제였던 것 같아."

"맞아. 그 단어를 듣고 아내를 떠올렸다잖아."

그들이 다시 나를 바라보았다. 나는 이번엔 입을 꾹 다물었다.

"아내분이 세라 굿하트라는 이름을 실제로 사용했던 적은 없었습니까?" 칼슨이 물었다.

"사용이라뇨? 어떻게 말입니까?"

"자기소개할 때 '안녕하세요, 세라 굿하트예요'라고 했다든지, 그 이름으로 신분증을 만들었다든지, 그 이름으로 호텔에 체크인을 했다든지……."

"그런 적 없어요." 나는 말했다.

"정말입니까?"

"정말이에요."

"그 말, 믿어도 되겠습니까?"

"네."

"또 다른 촉매제는 필요 없어요?"

나는 의자에 앉은 채로 허리를 곧게 폈다. 단호한 태도를 살짝 내보일 타이밍이었다. "당신의 심문 태도가 마음에 들지 않습니다, 칼슨 요원님."

치과의사가 자랑스러워할 만한 그의 새하얀 미소에서 잔혹한 기운이 묻어났다. 그가 한 손을 들어 보이며 말했다. "미안하게 됐습니다. 인정합니다. 내가 무례했어요." 잠시 할 말을 잃은 듯 그는 회의실 안을 찬찬히 둘러보기 시작했다. 나는 잠자코 기다렸다.

"아내를 폭행한 적이 있습니까, 닥터?"

순간 채찍에 맞은 듯한 충격이 찾아들었다. "뭐라고요?"

"그런 거 좋아해요? 여자를 때리는 거?"

"그게 무슨…… 당신 미쳤어요?"

"배우자가 사망한 후 보험금을 얼마나 타셨죠?"

나는 움찔했다. 내 시선이 그와 스톤의 얼굴을 차례로 훑었다. 대체 무슨 꿍꿍이기에 이런 말을 함부로 늘어놓는 거지? "그런 걸 묻는 이유가 뭡니까?"

"묻는 질문에만 답해요. 우리에게 숨기는 거라도 있습니까?"

"그런 건 없어요." 나는 말했다. "보험금은 20만 달러였습니다."

스톤이 휘파람 소리를 냈다. "죽은 배우자 덕분에 20만 달러를 챙기다니. 이봐, 닉, 어디서 그런 보험을 가입하지?"

"스물다섯 살의 피보험자에게 지급된 금액치고는 꽤 많군요."

"그 사람 사촌이 보험사에 다녔습니다." 나는 더듬거리며 말했다. 아무런 잘못이 없음에도, 적어도 그들이 생각하는 그런 끔찍한 짓 따위는 하지 않았음에도 나는 점점 죄의식을 느껴갔다. 겨드랑이에서는 땀이 배어나고 있었다. "아내는 사촌을 돕고 싶어했어요. 그래서 일부러 보험금이 큰 것으로 하나 들어줬죠."

"부인께서 마음이 고우셨군요." 칼슨이 말했다.

"그러게 말이야." 스톤이 끼어들었다. "누가 뭐래도 믿을 건 가족밖에 없죠. 안 그렇습니까?"

나는 대답하지 않았다. 칼슨은 다시 테이블 앞으로 바짝 다가와 앉았다. 그의 얼굴에서 또다시 미소가 순식간에 증발했다. "나를 봐요, 닥터."

그는 매서운 눈빛으로 나를 노려보았다. 그의 시선을 붙들고 있는 건 쉬운 일이 아니었다.

"이번에는 제대로 답해봐요." 그가 천천히 말했다. "충격받은 표정도 짓지 말고 모욕당한 척도 하지 말아요. 부인에게 폭력을 쓴 적이 있습니까?"

"없습니다." 나는 말했다.

"단 한 번도요?"

"단 한 번도."

"거칠게 떠민 적도 없었고요?"

"없습니다."

"홧김에 때린 적은요? 누구나 가끔 그럴 때가 있지 않습니까. 가볍게 한 대 올려붙이는 건 범죄도 아니죠. 그게 다 애정이 아직 남았기 때문이 아니겠습니까. 안 그래요?"

"나는 아내에게 폭력을 행사한 적이 없어요." 나는 말했다. "거칠게 떠민 적도, 뺨을 때린 적도, 홧김에 폭력을 쓴 적도 없습니다. 단

한 번도요."

칼슨이 스톤을 돌아보았다. "믿어도 될까, 톰?"

"물론이지, 닉. 아내를 때린 적이 없다잖아. 나는 그 말을 믿어."

칼슨이 턱을 살살 긁었다. "하지만……."

"하지만 뭐, 닉?"

"닥터 벡에게 또 다른 촉매제를 내주면 어떨까?"

또다시 둘의 시선이 내게로 돌아왔다. 빠르고 불규칙한 내 호흡 소리가 귓속을 요란하게 울리고 머릿속이 아찔해졌다. 칼슨이 잠시 뜸을 들이다가 커다란 서류 봉투를 집어 들었다. 그리고 길고 가느다란 손가락으로 느릿느릿 끈을 풀어나가기 시작했다. 덮개가 살짝 열리자 그가 봉투를 높이 들고 안에 담긴 내용물을 테이블 위로 우수수 쏟았다.

"이건 촉매제로 어떻습니까?"

사진이었다. 칼슨이 그것들을 내 앞으로 밀어냈다. 사진을 내려다보는 순간 가슴이 철렁 내려앉았다.

"선생님?"

나는 사진을 빤히 응시하다가 떨리는 손으로 그 표면을 조심스레 더듬었다.

엘리자베스.

전부 엘리자베스가 찍힌 사진들이었다. 첫 번째 사진은 그녀 얼굴을 확대 촬영한 것이었는데, 옆으로 돌아선 그녀는 오른손으로 귀를 덮은 머리를 뒤로 쓸어 넘기고 있었다. 붉게 물든 그녀의 눈은 퉁퉁 부어 있었고, 귀밑의 목덜미에는 깊은 자상과 멍 자국이 남아 있었다.

사진 속 아내는 울고 난 직후로 보였다.

또 다른 사진에는 그녀의 상반신만 담겨 있었다. 브래지어만 걸친 엘리자베스가 흉곽에 물든 멍을 가리키고 있었다. 아내의 눈 주위는 여전히 불그스름한 색을 띠고 있었다. 마치 강렬한 조명이 멍 자국을 찾아내 렌즈 바로 앞으로 끌어낸 것 같았다.

나머지 세 장의 사진은 각기 다른 각도에서 각기 다른 신체 부위를 촬영한 것이었다. 자상과 타박상의 흔적들.

"선생님?"

나는 흠칫 놀라며 고개를 번쩍 들었다. 두 남자는 무표정하게 나를 지켜보고 있었다. 나는 칼슨과 스톤을 번갈아 보다가 칼슨을 바라보고 말했다.

"내가 이랬다고 생각해요?"

칼슨이 어깨를 으쓱였다. "당신이 그랬나요?"

"당연히 아니죠."

"그럼 부인께선 어떻게 그 지경이 되셨을까요?"

"교통사고를 당했었습니다."

그들이 서로를 바라보았다. 마치 강아지가 숙제를 먹어버렸다는 황당한 핑계를 듣기라도 한 것처럼.

"가벼운 교통사고를 당한 적이 있어요."

"그게 언제였습니까?"

"정확히는 기억나지 않아요. 그 사람이 죽기……." 살짝 목이 메어왔다. "삼사 개월 전쯤이었을 거예요, 아마."

"병원에는 갔었나요?"

"아뇨. 병원에는 가지 않았던 것 같습니다."

"가지 않았던 것 같다고요?"

"내가 곁에 없었거든요."

"어디 있었는데요?"

"그때 나는 시카고에 있었어요. 소아과 워크숍으로. 집에 돌아갔더니 아내가 그렇게 말하더군요."

"얼마나 지나서 얘기하던가요?"

"사고를 당하고 얼마나 지나서?"

"그래요. 사고를 당하고 얼마나 지나서 말하던가요?"

"글쎄요. 이틀이나 사흘쯤 지나서였을 거예요."

"그때가 결혼한 후였나요?"

"몇 달 지났을 때였습니다."

"부인께서는 왜 즉시 알리지 않으셨을까요?"

"즉시 알려줬어요. 귀가하자마자 들었다니까요. 타지에서 내가 걱정할까 봐 워크숍이 끝날 때까지 기다렸겠죠."

"그렇군요." 칼슨이 말했다. 그의 시선이 다시 스톤에게로 돌아갔다. 그들은 의심을 숨기지도 않았다. "이 사진들, 당신이 찍은 거 맞죠?"

"아닙니다." 나는 말했다. 하지만 이내 후회가 찾아들었다. 그들이 또다시 눈빛을 교환했다. 피 냄새라도 맡았다는 듯이. 칼슨이 고개를 한쪽으로 살짝 기울이고는 내 앞으로 바짝 다가왔다.

"예전에 이 사진들을 본 적이 있습니까?"

나는 답변하지 않았다. 그들은 묵묵히 기다렸다. 나는 방금 던져진 질문을 곱씹었다. 답은 '아니오'였다. 그런데…… 대체 어디서 이 사진들을 구했지? 어째서 나는 지금껏 이 사진을 본 적조차 없었을까? 찍은 사람은 누구고? 나는 두 사람의 얼굴을 똑바로 바라보았다. 그들은 여전히 무표정한 얼굴을 유지하고 있었다.

우리는 미디어를 통해 인생에서 가장 중요한 교훈들을 배운다.

실로 놀라운 일이 아닐 수 없다. 심문, 미란다 원칙, 불리한 진술을 강요받지 않을 권리, 반대 심문, 증인 명단, 그리고 배심 제도에 대한 지식 대부분은 각종 범죄 수사 프로그램이 선물한 것이다. 만약 내가 누군가에게 권총을 건네며 방아쇠를 당기라고 하면, 그는 미디어에서 본 그대로 대처할 것이다. 만약 내가 누군가에게 '꼬리'를 조심하라고 하면 그는 그게 '미행'을 의미한다는 걸 대번에 알 수 있을 것이다. 여러 프로그램에서 같은 상황을 지켜봤을 테니까.

나는 그들을 똑바로 응시하고 뻔한 질문을 던졌다. "나를 용의자로 보고 있나요?"

"용의자라뇨?"

"능청 떨지 말아요." 나는 말했다. "다 내가 벌인 일이라고 생각하고 있죠?"

"그런 막연한 질문이 어디 있습니까?"

그가 내놓은 답도 막연하기는 마찬가지였다. 심문 방식이 영 마음에 들지 않았다. 나는 텔레비전을 통해 익힌 또 다른 대사를 써보기로 했다.

"변호사를 불러주세요." 나는 말했다.

10

////////

남들과 마찬가지로, 내게는 개인 변호사가 없다. 그래서 나는 복도 공중전화로 쇼나에게 연락해 상황을 설명했다. 그녀는 즉시 수습에 들어갔다.

"잘 아는 변호사가 있어." 쇼나가 말했다. "조금만 기다려줘."

나는 취조실에 앉아 기다렸다. 칼슨과 스톤은 고맙게도 내 곁을 지켜주었다. 그들은 연신 서로에게 무언가를 속닥거리느라 바빴다. 그렇게 삼십 분이 흘러갔다. 정적이 나를 불안하게 만들었다. 나는 그게 바로 그들의 전략임을 알고 있었다. 하지만 나 자신을 억제하기가 어려웠다. 완전히 결백하고, 바짝 긴장하고 있는데 설마 함정에 빠지기야 할까?

"아내의 몸엔 'K'자 낙인이 찍혀 있었습니다." 나는 그들에게 말했다.

두 사람이 일제히 고개를 들었다. "뭐라고요?" 칼슨이 긴 목을 내 쪽으로 쭉 뽑아내고 말했다. "방금 우리한테 한 얘기였어요?"

"아내의 몸에 'K'자 낙인이 찍혀 있었다고요." 나는 다시 말했다. "그때 나는 뇌진탕으로 병원에 누워 있었어요. 어떻게 그랬던 내가…….” 나는 일부러 말을 맺지 않았다.

“어떻게?” 칼슨이 말했다.

이렇게 된 이상 내가 직접 맺을 수밖에 없었다. “어떻게 그랬던 내가 아내의 죽음에 연루되어 있다고 생각하는 거죠?”

바로 그때 문이 벌컥 열리고 텔레비전을 통해 본 적이 있는 여자가 방 안으로 성큼 들어왔다. 그녀를 본 칼슨이 화들짝 놀랐다. 그 옆에서 스톤이 나지막이 웅얼거렸다. “이런, 맙소사.”

헤스터 크림스타인은 인사를 생략했다. “제 의뢰인이 변호사를 요청하지 않았나요?” 그녀가 물었다.

나는 쇼나를 믿어보기로 했다. 직접 만나본 적은 없었지만 온갖 토크쇼에 ‘법률 전문가’로 출연하는 그녀의 외모는 눈에 익었다. 그녀는 케이블 방송국에서 〈크림스타인이 바라보는 범죄〉의 진행자로 활동하고 있었다. 화면으로만 보아온 헤스터 크림스타인은 재치 있고 신랄한 방송인이었다. 그녀를 상대하는 출연자들은 하나같이 처참하게 짓이겨졌다. 실물로 보니 그녀에게서는 훨씬 이상하고 강렬한 기운이 발산됐다. 절뚝이는 가젤 떼를 노려보는 굶주린 호랑이 같았다.

“그렇습니다.” 칼슨이 말했다.

“그런데도 여기서 제 의뢰인을 심문하고 계셨어요?”

“직접 이야기를 들려주고 있었습니다.”

“오, 그래요?” 헤스터 크림스타인이 요란하게 서류가방을 열고 그 안에서 펜과 종이를 꺼내 테이블로 휙 던졌다. “성함을 적어주시겠어요?”

“네?”

“이름 말이에요, 미남 아저씨. 자기 이름 철자 정도는 알고 있죠?”

수사적인 질문이었음에도 헤스터는 그의 답을 기다렸다.
“물론이죠.” 칼슨이 말했다.
“네.” 스톤이 말했다.
“다행이네요. 그럼 그 종이에 성함을 적어주세요. 당신들이 내 의뢰인의 헌법상의 권리를 어떻게 짓밟았는지 토크쇼에서 까발려야 하거든요. 기왕이면 알아볼 수 있게 또박또박 적으세요.”
이어서 그녀의 시선이 내게로 돌아왔다. “자, 가요.”
“잠깐만요.” 칼슨이 말했다. “당신 의뢰인에게 몇 가지 물어볼 게 있습니다.”
“됐어요.”
“됐다고요? 그렇게 간단히요?”
“네, 이렇게 간단히요. 당신들은 내 의뢰인에게 말을 걸 수 없고, 이 분도 당신들에게 입을 열지 않을 거예요. 절대로. 내 말 알아듣겠어요?”
“네.” 칼슨이 대답했다.
그녀가 매서운 눈빛으로 스톤을 돌아보았다.
“네.” 스톤도 대답했다.
“혹시 체포할 건가요?”
“아닙니다.”
그녀가 다시 나를 돌아보았다. “뭘 꾸물거려요?” 그녀가 신경질적으로 말했다. “빨리 나가자고요.”

그녀의 리무진에 오를 때까지 헤스터 크림스타인은 한마디도 하지 않았다.
“어디에 내려줄까요?” 그녀가 물었다.

나는 기사에게 병원 주소를 불러주었다.

"저들이 뭐라고 하던가요?" 헤스터가 물었다. "하나도 빠짐없이 말해줘요."

나는 칼슨과 스톤, 두 요원과 나눈 대화를 떠오르는 대로 상세하게 말해주었다. 그러는 동안 헤스터 크림스타인은 내게 눈길 한번 주지 않았다. 내 말이 끝난 후 그녀는 내 허리보다 두꺼운 플래너를 꺼내 펼쳤다.

"부인의 사진들 말이에요." 그녀가 말했다. "당신이 찍은 게 아니었다고요?"

"네."

"두 요원에게도 그렇게 얘기했고요?"

나는 고개를 끄덕였다.

그녀가 고개를 저었다. "의사들은 최악의 의뢰인이에요." 그녀가 머리카락 몇 가닥을 뒤로 쓸어 넘겼다. "당신은 어리석었어요. 그래도 수습 못 할 정도는 아니니까 걱정 말아요. 정말로 그 사진들을 처음 봤어요?"

"그렇다니까요."

"그래도 그들이 그 질문을 던질 땐 입을 다물고 있어요."

"네."

"좋아요." 그녀가 고개를 끄덕이며 말했다. "부인의 몸에 남겨진 상처와 멍 자국들이 교통사고 때문이라는 거, 사실인가요?"

"뭐라고요?"

그녀가 플래너를 덮었다. "이봐요…… 벡. 모두가 벡이라고 부른다면서요? 쇼나에게 들었어요. 나도 그렇게 불러도 되나요?"

"그러시죠."

"알았어요. 벡, 당신 의사 맞죠?"

"네."

"평소에 환자들을 대하는 태도가 어떻죠?"

"나쁘지 않아요."

"나는 내 의뢰인들에게 하나도 친절하지 않아요. 친절함 따위를 원하신다면 어디 피트니스 센터라도 가시든가. 이제부터 내가 묻는 질문에 말 돌리지 말고 제대로 대답해요. 당신이 그들에게 들려준 교통사고 얘기, 그거 다 사실인가요?"

"네."

"FBI가 나중에 다 체크할 거예요. 당신도 알죠?"

"알아요."

"좋아요. 당신이 모를 것 같아서 말한 거예요." 헤스터가 숨을 깊게 들이쉬었다. "부인이 친구를 시켜 사진을 찍게 하지는 않았을까요?" 그녀가 말했다. "보험회사에 보내려고 말이에요. 보험금을 청구할 때 필요할 테니까. 어때요? 말이 되나요?"

전혀. 하지만 나는 입을 열지 않았다.

"첫 번째 질문. 그 사진들은 지금껏 어디 있었나요, 벡?"

"나도 몰라요."

"두 번째, 그리고 세 번째 질문. FBI가 그걸 어떻게 입수했을까요? 왜 하필 지금 그게 '짠' 하고 나타났을까요?"

나는 고개를 저었다.

"그리고 가장 중요한 질문. 그들은 그 사진으로 당신을 어쩌려는 걸까요? 당신 부인은 이미 8년 전에 사망했어요. 배우자 폭행혐의를 씌우기에는 너무 늦었다고 생각하지 않아요?" 그녀는 좌석 등받이에 몸을 붙이고 골똘히 생각에 잠겼다. 잠시 후, 그녀가 고개를 들고 어깨를 으쓱였다. "너무 걱정 말아요. 어떻게 된 일인지 알아볼게요. 그동안 멍청한 짓 하지 말아요. 알겠어요?"

"네."

그녀는 또다시 생각에 잠겼다. "예감이 좋지 않아요." 그녀가 말했다. "불길한 기운이 느껴져요."

11

////////

1970년 5월 12일. 제레미아 렌웨이와 그의 과격파 동지 셋은 이스턴 주립대학의 화학과 건물에 폭탄을 설치했다. 군 과학자들이 대학교 실험실에서 아주 강력한 형태의 네이팜*을 만들고 있다는 소문을 웨더 언더그라운드**가 퍼뜨린 탓이었다. 스스로를 '자유의 전사들'이라고 부르는 네 학생은 가장 시끌벅적하고 극적인 방법으로 그들에 대항하기로 했다.

당시에도 제레미아 렌웨이는 소문의 진위를 파악하지 못했다. 그로부터 30여 년이 흐른 지금은 잘못된 소문이지 않았을까 생각한다. 이제 와 그 소문이 사실이건 거짓이건 조금도 중요하지 않지만. 제레미아와 동지들이 설치한 폭탄은 실험실엔 조금도 손상을 입히지 못했다. 대학 경비원 두 명이 수상한 물건을 발견한 것이다. 한 사람이 상자를 집었고, 그 순간 상자는 폭발했다. 두 사람은 현장에서 죽었다.

두 사람 모두 자녀가 있었다.

* 화염성 폭약의 원료로 쓰이는 젤리 형태의 물질.

** 1970년 대에 활동한 극좌 테러 단체.

이틀 후, 제레미아의 동료 '자유의 전사들' 중 하나가 체포됐다. 그는 아직도 감옥에 있다. 두 번째 동지는 1989년 대장암으로 사망했다. 세 번째 동지, 에벌린 코스미어는 1996년에 체포됐다. 그녀는 징역 7년을 선고받았다.

그날 밤, 제레미아는 숲속으로 몸을 숨겼고, 그 후로 한 번도 세상에 모습을 드러내지 않았다. 그는 은둔 생활을 하면서 그 누구와도 교류하지 않았고, 라디오를 듣지도, 텔레비전을 보지도 않았다. 그가 전화기를 사용한 건 아주 위급했을 때 딱 한 번뿐이었다. 그는 오로지 신문을 통해서만 바깥세상 소식을 접했다.

세상은 아직도 8년 전 사건의 진실을 모르는 듯했다.

조지아주 북서부 구릉지대에서 태어나고 자란 제레미아는 아버지로부터 온갖 생존기술을 배웠다. 그의 아버지는 항상 강조했다. 자연은 믿을 수 있지만 인간은 신뢰할 수 없다고. 제레미아는 한동안 잊어온 그 조언을 또다시 가슴에 새겼다.

경찰이 고향 인근을 수색할지 모른다는 우려에 제레미아는 펜실베이니아의 외진 숲으로 들어가버렸다. 그는 한동안 하이킹을 하며 버텼다. 비교적 아늑한 샤르메인 호수에 정착할 때까지 그는 매일, 또는 이틀에 한 번씩 옮겨 다녔다. 호수에는 낡은 캠프 침상들이 아무렇게나 방치되어 있었다. 날씨가 험할 때 그 아래로 기어들면 어설프게나마 추위를 면할 수 있었다. 호수를 찾는 방문객은 거의 없었다. 여름, 그것도 주말이 아니면 호수는 늘 썰렁했다. 그는 평화로운 호수에 머물며 사슴을 사냥해 연명했다. 이따금 야영객 무리가 얼씬거릴 때만 서쪽으로 잠시 피신하곤 했다.

아니면 몸을 숨긴 채 그들을 지켜보거나.

이곳을 찾는 아이들에게 제레미아 렌웨이는 호수의 유령으로 통했다.

지금 제레미아는 미동도 하지 않은 채 짙은 색 스포츠재킷 차림의 수사관들을 지켜보고 있다. FBI. 대문자로 큼지막하게 적힌 노란색 글자 세 개가 뾰족한 고드름처럼 그의 심장을 쿡쿡 찔러댔다.

아무래도 외진 곳이다 보니, 이제 노란 테이프가 둘러진 그 범죄 현장에 지금껏 발을 들였던 이는 없었다. 그럼에도 그들이 시체를 찾아냈을 때 제레미아는 놀라지 않았다. 두 남자는 꽤 깊이 묻혀 있었다. 하지만 제레미아는 누구보다도 잘 알고 있다. 비밀은 땅에 묻히는 걸 싫어한다는 사실을. 오하이오 교외의 평범한 가정주부로 완벽히 변신해 살다가 체포된 그의 공범 에벌린 코스미어만 봐도 알 수 있었다. 아이러니 그 자체였다.

그는 덤불 속에 몸을 숨긴 채 기다렸다. 그는 위장의 명수다. 그들에게 발각될 일은 전혀 없다.

8년 전, 두 남자가 살해되던 그날 밤이 떠올랐다. 갑자기 터진 총성, 삽이 땅을 파고드는 소리, 깊은 구덩이 안에서 흘러나온 신음. 그는 경찰에 신고해야 할지 고민에 빠졌었다.

물론 익명으로.

하지만 위험부담이 너무나도 컸다. 감옥은 사람이 갈 만한 곳이 아니다. 물론 용케 버티는 사람도 있지만 제레미아는 그런 타입이 아니다. 그의 사촌, 페리는 연방 교도소에서 8년간 복역했다. 매일 스물세 시간씩 자그마한 독방에 갇혀 지내던 페리는 어느 날 아침, 시멘트 벽에 머리를 찧어대는 방법으로 자살을 시도했다.

제레미아의 운명도 다르지 않을 것이다.

그래서 그는 지난 8년간 입을 꼭 닫은 채 아무것도 하지 않았다.

그럼에도 그날 밤 일만큼은 쉽사리 잊히지 않았다. 알몸의 젊은 여자는 아직도 그의 뇌리에 선명히 남아 있었다. 숨어서 기회를 엿보던 남자들의 모습도. 차 근처에서 벌어진 난투극도. 나무 방망이가 살가죽에 내려쳐질 때 들려온 소름 끼치는 소리도. 땅에 쓰러져 죽어가던 남자도.

그리고 지금까지 그의 치를 떨게 만드는 거짓도.

12

////////

병원에 돌아왔을 때 대기실은 코를 훌쩍이는 어린 환자들로 북적이고 있었다. 텔레비전 화면에는 언제나처럼 〈인어공주〉가 재생되고 있었다. 영화가 끝나면 테이프는 자동으로 되감아져 처음부터 다시 재생됐다. 너무 많이 반복재생된 탓에 화면의 색감이 바래 있었다. FBI에서 몇 시간 동안 시달린 나도 저 테이프의 상태와 크게 다르지 않을 것이다. 머릿속에서 수사팀장 칼슨의 말이 계속 맴돌았다. 그가 정말로 원하는 것이 무엇인지 궁금했다. 하지만 머리를 굴려댈수록 모든 것이 흐릿하고 비현실적으로 느껴질 뿐이었다. 갑자기 극심한 두통이 시작되었다.

"안녕, 닥."

타이리스 바튼이 나를 보고 자리에서 벌떡 일어났다. 그는 허리 밑으로 내려 입은 배기팬츠에 특대형 사이즈의 야구점퍼를 걸치고 있었다. 상하의 모두 들어본 적 없는 디자이너의 작품이었다.

"안녕하세요, 타이리스."

타이리스가 다가와 마치 춤 추는 듯한 악수법으로 나를 맞아주었다. 늘 그렇듯 그가 이끌었고, 나는 따라했다. 그와 라티샤에게는 티제이라는 여섯 살배기 아들이 있다. 티제이는 혈우병을 앓고 있는 데다 눈이 멀기까지 했다. 티제이는 갓난아이 때 다급하게 실려 왔었고, 병원에서 난동을 부리던 타이리스는 하마터면 경찰에 체포될 뻔했다. 그날 타이리스는 내가 자신의 아들을 살려냈다며 호들갑을 떨었다.

어쩌면 내가 살린 사람은 티제이가 아니라 타이리스였는지도 모른다.

타이리스는 그날 일로 우리가 친구가 되었다고 생각하는 듯했다. 그는 사자, 나는 그의 발에 박힌 가시를 뽑아준 쥐. 그는 우리 관계를 그렇게 생각했다. 물론 그는 틀렸다.

타이리스와 라티샤는 정식 부부가 아니지만 그는 병원을 찾는 몇 안 되는 아버지 중 하나다. 그가 야단스러운 악수를 마치고 내 손에 벤저민 프랭클린* 두 장을 슬그머니 쥐여주었다. 마치 내가 고급 레스토랑의 지배인이라도 되는 것처럼.

그가 나를 바라보았다. "아들놈 잘 부탁해요."

"그러죠."

"당신이 최고예요, 닥." 그가 내게 명함을 건넸다. 명함에는 이름도, 주소도, 직책도 없었다. 그저 휴대전화 번호만 달랑 적혀 있을 뿐이었다. "필요한 게 있으면 언제든 연락해요."

"명심할게요." 나는 말했다.

그가 눈을 한 번 찡긋했다. "뭐든. 알겠어요, 닥?"

"네."

나는 돈을 주머니에 쑤셔넣었다. 지난 6년간 이어져 온 우리만

* 미국 건국에 기여한 인물로, 100달러 지폐에 얼굴이 인쇄되어 있다.

의 불변의 루틴이었다. 이곳에서 일하는 동안 마약상들을 숱하게 지켜봤지만, 그들 중 죽지 않고 6년을 버텨낸 사람은 타이리스가 유일했다.

물론 나는 그 돈을 챙기지 않았다. 나는 그걸 린다에게 고스란히 건네며 원하는 자선단체에 기부하라고 했다. 법적으로 하자가 없는지 좀 더 따져볼 필요가 있었지만 마약상에게 흘러 들어갈 돈이 자선단체에 전달된다면 좋지 않겠는가? 타이리스의 재력이 어느 정도인지는 알 수 없다. 그는 항상 새 차를 타고 다닌다. 창문을 선팅한 BMW를 특히 선호하고. 그의 어린 아들이 입은 옷은 내 옷장 속 어떤 옷보다도 비싸다. 그런데도 아이의 어머니는 의료보호를 받고, 이곳에서 무료 진료를 누린다.

어이없는 일이다.

그때 타이리스의 휴대전화에서 힙합 음악이 터져 나왔다.

"중요한 전화라 받아야 해요, 닥. 사업 문제라서 말이죠."

"네." 나는 다시 말했다.

가끔 화가 치밀 때도 있었다. 누구라도 그럴 것이다. 하지만 의사의 도움이 절실한 아이들이 있다. 아픈 아이들. 모든 아이가 착하다고 주장하는 건 아니다. 그건 사실이 아니니까. 이따금 문제아로 클 것이 뻔한 아이들을 치료할 때도 있다. 하지만 아이들은 무력한 존재가 아니던가. 한없이 약한 그들은 무방비 상태에 놓여 있다. 나는 이곳에서 인간이기를 포기한 부모들을 적잖이 보아왔다.

그래서 더더욱 아이들에게만 집중하려 애쓴다.

원래 오전 근무만 하는 날이었지만 FBI 요원들에게 붙잡혀 있느라 허비한 시간을 감안해 3시까지 환자를 받았다. 심문당한 기억이 하루 종일 나를 괴롭혔다. 엘리자베스의 사진들. 흠씬 얻어맞아 처참한 몰골을 한 아내의 모습이 머릿속에서 괴기한 섬광 전구처럼 깜빡였다.

누가 그 사진들에 대해 알고 있을까?

곰곰이 생각해보니 그 답을 알 것도 같았다. 나는 몸을 앞으로 기울이고 수화기를 집어 들었다. 오랫동안 쓰지 않은 번호였지만 아직 생생히 기억하고 있었다.

"셰이즈 포토그래피입니다." 익숙한 목소리가 전화를 받았다.

"안녕, 레베카."

"맙소사. 어떻게 지냈어요, 벡?"

"나야 잘 지냈죠. 당신은요?"

"나도요. 엄청 바빠요."

"당신은 일을 너무 열심히 해서 탈이에요."

"이젠 안 그래요. 참, 나 작년에 결혼했어요."

"알아요. 결혼식에도 못 가고, 미안해요."

"미안한 마음이 들긴 해요?"

"그럼요. 아무튼 축하해요."

"그런데 갑자기 무슨 일로?"

"뭐 하나 물어보려고요." 나는 말했다.

"뭔데요?"

"교통사고."

캔 따위가 살짝 찌그러지는 소리와 함께 침묵이 찾아들었다.

"그때 그 사고, 기억하죠? 엘리자베스가 살해되기 전에 당했던 교통사고 말이에요."

아내의 절친한 친구 레베카 셰이즈는 대답하지 않았다.

나는 헛기침을 했다. "그때 누가 차를 몰았죠?"

"뭐?" 그 말은 내게 한 말이 아니었다. "알았어. 잠깐만." 그녀가 다시 내게 말했다. "벡, 갑자기 볼일이 생겨서 가봐야겠어요. 이따 연락할게요. 괜찮죠?"

"레베카……."

하지만 전화는 이미 끊어져버렸다.

누구도 말하지 않는 비극에 대한 진실은 바로 이것이다. 비극을 겪는 것이 나쁜 일만은 아니다.

사실 나는 아내의 죽음 덕분에 더 나은 사람이 됐다. 모든 불행에는 한 가닥의 희망이 숨어 있다. 물론 내게 허락된 희망은 실로 하찮은 것이었다. 그것이 그럴 가치가 있는 것도 아니고 공평한 거래도 아니지만, 나는 과거와 비교해 확실히 나은 사람이 되었다. 이제는 무엇이 중요한지 제대로 따질 수 있게 됐다. 남의 고통에 대해서도 더 잘 이해하게 됐고.

지금 생각하면 웃음밖에 나오지 않지만, 한때 나는 확고한 지위를 쌓는 데만 혈안이 되어 있었다. 어느 무리에 속해야 하는지, 어떤 차를 몰아야 하는지, 벽에는 어느 대학 학위를 걸어놓아야 하는지. 내 머릿속은 온통 그런 고민뿐이었다. 내가 외과 의사가 되고 싶었던 이유는 과시욕 때문이었다. 소위 친구라는 것들에게 자랑하기 위해서. 나는 성공한 사람이 되고 싶었다.

말 그대로 웃음밖에 나오지 않는다.

내 변화가 단순히 나이를 먹어 성숙해진 탓이라고 보는 이들도 물론 있을 것이다. 부분적으로는 일리 있는 주장이다. 그간의 변화는 홀로된 내 지난 세월에 기인한 것이니까. 엘리자베스와 나는 부부였다. 단일 개체. 이전엔 아내가 한없이 좋은 사람이었기에 나까지 그럴 필요가 없었다. 그녀의 미덕이 내 부족한 부분까지 완벽히 채워주었다. 마치 거대한 증폭장치처럼.

죽음은 위대한 스승이다. 비록 너무 가혹하더라도.

내 인생을 완전히 바꿔버린, 비극을 통해 얻은 깨달음을 한마디로 정의할 수는 없다. 상투적인 표현은 얼마든지 있다. '결국 중요한 건 사람이다, 인생은 소중하다, 물질만능주의를 경계하자, 작은 것이 소중하다, 매 순간 최선을 다해 살아야 한다' 등등. 알고는 있어도 절대 내면화되지 않는 말들. 반면 비극은 뼈아픈 것, 영혼에 새겨지는 것이다. 행복해질 수 없는 것. 대신 더 나은 사람으로 만들어주는 것.

한때 나는 엘리자베스가 되살아나 이토록 달라진 나를 봐주기를 간절히 바랐다. 아이러니한 일이다. 나는 죽은 이가 하늘에서 우리를 내려다본다는 따위의, 마음에 위안을 주는 환상을 믿지 않는다. 나는 죽으면 그것으로 끝이라고 믿는다. 하지만 한편으로는 이런 생각도 든다. 이제야 그녀에게 어울리는 사람이 된 걸지도 모른다는 생각.

내가 종교적인 믿음을 가진 사람이었다면 바로 그런 변화가 그녀를 기적처럼 되돌아오게 이끈 거라고 생각했을 것이다.

레베카 셰이즈는 잘나가는 프리랜서 사진작가이다. 그녀의 작품은 여러 유명 잡지에 단골로 실리고 있다. 그녀는 남자 사진을 전문으로 했다. 〈GQ〉의 커버에 실리게 된 프로 운동선수 대부분이 그녀에게 촬영을 맡길 정도로 인기가 높았다. 레베카는 일생을 바쳐 남성의 몸을 '헌신적'으로 연구했기 때문이라고 장난스럽게 말하곤 했다.

그녀의 스튜디오는 웨스트 32번 가에 자리하고 있었다. 건물 1층에는 마구간이나 다름없이 흉측하고 역겨운 악취를 풍기는 센트럴 공원 마차 서비스가 입주해 있었다. 나는 화물 엘리베이터 대신 계단을 선택했다.

레베카가 바쁜 걸음으로 복도에서 나왔다. 검은 옷을 입은, 깡마르고 연필로 스케치한 듯 거무스름한 수염으로 뒤덮인 조수가 갈대 같은 팔뚝으로 알루미늄 여행 가방 두 개를 질질 끌며 그녀를 뒤따르고 있었다. 불타는 듯한 레베카의 곱슬머리가 자유롭게 찰랑거렸다. 이스라엘 출신답게 여전히 부스스한 머리, 미간이 넓어서로 멀리 떨어진 초록색 눈동자. 지난 8년간 변한 데가 없었다.

나를 보고도 그녀는 걸음을 늦추지 않았다. "타이밍이 좋지 않아요, 벡."

"괜찮아요." 나는 말했다.

"촬영이 있어요. 나중에 얘기하면 안 될까요?"

"안 돼요."

레베카는 내 단호한 어조에 걸음을 멈추고 부루퉁한 표정을 짓고 있는 조수에게 무어라고 속삭였다. 그런 다음, 다시 나를 돌아보며 말했다. "좋아요. 따라와요."

그녀의 스튜디오는 천장이 높고 시멘트 벽은 새하얗게 칠해져 있었다. 촬영용 우산 조명과 검은 스크린, 연장 코드들이 사방에 어지럽게 널려 있었다. 레베카는 내 눈을 피하며 필름 통을 만지작거렸다.

"그날의 사고에 대해 말해줘요." 내가 말했다.

"이해가 안 되네요, 벡." 그녀가 필름 통을 열었다가 이내 다시 내려놓고 뚜껑을 닫았다. "지난 8년 동안 아무 연락도 없다가 갑자기 나타나서 사고 얘기를 꺼내는 이유가 뭐죠? 이제 와서 왜 그날 일에 집착하는 거예요?"

나는 팔짱을 끼고 답을 기다렸다.

"이유가 뭐냐니까요, 벡? 왜 갑자기 케케묵은 일을 들춰내려는 거죠?"

"얘기해줘요."

그녀는 계속해서 내 눈을 피했다. 산발이 된 머리가 얼굴로 흘러내렸지만 쓸어올릴 생각도 안 했다. "나는 걔가 그리워요." 그녀가 말했다. "당신도 그리웠고요."

나는 대꾸하지 않았다.

"당신에게 전화를 걸었던 적이 있어요." 그녀가 말했다.

"알아요."

"당신과는 계속 연락을 주고받고 싶었어요. 곁을 지켜주고 싶었고요."

"미안해요." 그것만은 나의 진심이었다. 레베카는 엘리자베스의 가장 친한 친구였다. 두 사람은 우리가 결혼하기 전까지 워싱턴스퀘어 인근 아파트에 같이 살았다. 전화를 걸든, 집에 초대하든, 어떻게든 노력하는 모습을 보였어야 했는데. 하지만 나는 끝내 그러지 않았다.

엘리자베스를 잃은 비탄에 잠겨 지나치게 이기적으로 굴었다.

"엘리자베스에게 들었어요. 당신이랑 차를 타고 가다가 가볍게 교통사고를 당했다고." 나는 계속 이어나갔다. "아내는 자기 잘못이었다고 했어요. 길에서 잠시 눈을 뗐다고. 정말 그랬나요?"

"지금 와서 그게 무슨 상관이죠?"

"상관있어요."

"어떻게요?"

"대체 뭐가 두려운 거죠, 레베카?"

이번에는 그녀가 침묵할 차례였다.

"정말 교통사고가 맞긴 해요?"

몸속의 무언가가 끊어지기라도 한 듯 그녀의 어깨가 축 늘어졌다. 그녀는 고개를 푹 숙인 채 깊은 숨을 몇 번 들이쉬었다. "나는 몰라요."

"그게 무슨 소리예요? 모른다니?"

"걔가 교통사고였다고 했어요."

"그 자리에 같이 있었던 게 아니었어요?"

"그때 당신은 출장을 갔었죠, 벡. 어느 날 밤, 엘리자베스가 온몸이 멍으로 뒤덮인 채 나를 찾아왔어요. 깜짝 놀라서 어떻게 된 일인지 물었죠. 걔는 교통사고를 당했다면서, 만약 누가 물어보면 나도 차에 함께 타고 있었다고 말해달라고 부탁했어요."

"누가 물어보면?"

레베카가 마침내 고개를 들고 나를 바라보았다. "당신을 얘기한 거였겠죠, 벡."

이해가 되지 않았다. "그럼 실제론 무슨 일이 있었던 거죠?"

"그건 끝내 말하지 않았어요."

"그 사람을 병원에 데려갔나요?"

"안 가겠다고 고집을 부렸어요." 레베카가 얼굴을 찌푸리고 말했다. "이제 내 질문에 대답해요. 갑자기 왜 이제 와서 그때 일을 묻는 거예요?"

아무에게도 말하지 마.

"그냥 그게 늘 마음에 걸렸어요."

레베카는 고개를 끄덕였지만 내 말을 곧이곧대로 믿는 것 같지 않았다. 우리 둘 다 거짓말에 능하지 않았다.

"그때 혹시 그 사람 사진을 찍었었나요?" 나는 물었다.

"사진?"

"사고로 다친 부위들 말이에요."

"맙소사. 내가 왜 그런 짓을 하겠어요?"

정확한 지적이었다. 나는 자리에 앉아 머리를 굴렸다. 그렇게 몇 분이나 흘렀을까.

"벡?"

"네."

"몰골이 말이 아니군요."

"당신은 좋아 보여요." 나는 말했다.

"사랑에 빠져 있거든요."

"잘됐네요."

"고마워요."

"좋은 사람인가요?"

"최고예요."

"당신에게 사랑받을 자격이 충분한 모양이군요."

"그런 것 같아요." 레베카가 몸을 앞으로 기울이고는 작별 인사의 의미로 내 볼에 살며시 입을 맞추었다. "무슨 일이 생긴 거죠? 그렇죠?"

고민 끝에 나는 사실대로 털어놓았다. "모르겠어요."

13

////////

쇼나는 헤스터 크림스타인의 호화로운 미드타운 법률사무소에 앉아 있었다. 헤스터가 통화를 마치고 수화기를 내려놓았다.

“아무도 입을 열지 않네요.” 헤스터가 말했다.

“벡을 체포한 건 아니죠?”

“아직은요.”

“이제 어떻게 되는 거죠?” 쇼나가 물었다.

“FBI는 벡이 아내를 살해했을 거라 믿고 있는 것 같아요.”

“다들 미쳤군.” 쇼나가 말했다. “벡은 병원에 있었다고요. 그 킬로이라는 미치광이가 이미 사형선고를 받았는데도…….”

“엘리자베스의 살인혐의로 사형선고를 받은 건 아니죠.” 변호사가 대꾸했다.

“뭐라고요?”

“엘로이 켈러턴은 최소한 열여덟 명의 여성을 살해한 혐의를 받았어요. 그중 열네 건에 대해서 자백했고 열두 건에 대한 확실한 증거가 다량 확보됐기 때문에 기소와 유죄판결이 신속하게 이루어졌어요. 그 정도로도 충분했어요. 다시 말해 사형선고가 몇 번 더 추가된다고 달라질 건 없었다는 거죠."

"하지만 그 자가 엘리자베스를 살해했다는 건 세상이 다 아는 사실인데."

"세상이 '그렇게' 알고 있었던 거죠."

"이해가 안 돼요. 그렇다고 어떻게 벡을 의심할 수가 있지?"

"모르죠." 헤스터가 말했다. 그녀는 두 발을 책상에 얹고 두 손은 뒤통수 아래로 맞잡았다. "적어도 아직은. 아무튼 우리도 경계를 늦춰서는 안 되겠군요."

"왜요?"

"FBI가 그의 일거수일투족을 지켜보고 있을 테니까요. 도청이든 감시든."

"그래서요?"

"그래서라니요?"

"벡은 결백하다고요, 헤스터. 결백하니까 감출 것도 없죠."

헤스터는 고개를 젓고 말했다. "모르는 소리 하지 말아요."

"그게 무슨 뜻이죠?"

"FBI가 벡이 아침으로 뭘 먹었는지까지 속속들이 알게 될 거라고요. 각별히 행동거지를 조심할 필요가 있어요. 문제는 그뿐만이 아니에요."

"또 뭐죠?"

"FBI는 어떻게든 벡을 범인으로 몰아갈 거예요."

"어떻게?"

"그야 모르지만 제 감을 믿으세요. 분명히 그럴 테니. FBI는 당신 친구에게 집착하고 있어요. 이미 8년이나 지난 사건인데도. 그건 그들이 아주 절박하다는 거죠. FBI가 절박해지면 아주 골치 아파요. 헌법상의 권리든 뭐든 다 무시해버리니까."

쇼나는 의자 등받이에 몸을 기대고 벡이 말한 이상한 이메일을 떠올렸다. "엘리자베스."

"뭐라고요?" 헤스터가 말했다.

"아무것도 아니에요."

"나한테 뭐 감추는 거 있어요, 쇼나?"

"저는 당신 의뢰인이 아니에요."

"벡이 나한테 털어놓지 않은 게 있나요?"

순간 어떤 섬뜩한 가능성이 쇼나를 움찔하게 만들었다. 그녀는 그 가능성을 시험대에 올려놓고 어디로 튀는지 잠시 그려보았다.

이치에 닿는 시나리오였다. 그럼에도 쇼나는 자신이 틀리기를 바랐다. 아니, 절실히 기도했다. 쇼나는 자리에서 일어나 문 쪽으로 달려갔다. "이만 가봐야겠어요."

"무슨 일이에요, 대체?"

"당신 의뢰인에게 물어보세요."

닉 칼슨과 톰 스톤 요원은 긴 소파에 나란히 앉아 있었다. 얼마 전, 벡이 향수에 젖었던 바로 그 소파였다. 엘리자베스의 어머니 킴 파커는 두 손을 무릎에 가지런히 모은 채 밀랍 가면을 쓴 것처럼 하얗게 질린 얼굴로 그들 맞은편에 앉아 있고, 호이트 파커는 같은 자리를 빙빙 맴돌고 있었다.

"대체 무슨 얘기기에 전화상으로는 곤란하다고 한 거요?" 호이트가 물었다.

"몇 가지 여쭐 게 있습니다." 칼슨이 말했다.

"뭐에 대해서?"

"선생님 따님에 대해서요."

그 말에 파커 부부는 얼어붙었다.

"좀 더 구체적으로 말씀드리면, 저희는 따님과 그녀의 남편, 데이비드 벡의 관계에 대해 여쭙고 싶습니다."

호이트와 킴이 눈빛을 교환했다. "어째서?" 호이트가 물었다.

"현재 수사 중인 사건과 관련이 있기 때문입니다."

"사건이라니? 그 애는 이미 8년 전에 죽었소. 살인범은 사형선고를 받았고."

"진정하십시오, 파커 형사님. 저희도 형사님과 같은 편입니다."

방 안은 고요하고 건조했다. 킴 파커의 가느다란 입술이 가볍게 떨리기 시작했다. 호이트는 아내를 잠시 바라보다가 두 요원에게 고개를 끄덕였다.

칼슨은 킴에게 시선을 고정했다. "파커 부인, 따님과 사위분의 관계가 어땠는지 말씀해주시겠습니까?"

"아주 원만했어요. 서로 많이 사랑했고요."

"아무 문제도 없었습니까?"

"네." 그녀가 말했다. "전혀요."

"벡에게 폭력적인 면은 없었습니까?"

그녀는 흠칫 놀랐다. "아뇨, 전혀요."

그들의 시선이 자신 쪽으로 돌아오자 호이트도 동의의 표시로 고개를 끄덕여 보였다.

"벡이 따님을 때린 일이 있었습니까?"

"네?"

칼슨은 애써 친절한 미소를 지어 보이며 말했다. "그냥 묻는 질문에만 답변해주십시오."

"그런 적 없소." 호이트가 말했다. "누구도 내 딸에게 손을 대지 못하지."

"확실합니까?"

그가 단호하게 말했다. "확실하고 말고."

칼슨이 킴을 돌아보았다. "파커 부인?"

"사위는 우리 딸을 끔찍이 사랑했어요."

"물론 그랬겠죠. 하지만 배우자에게 폭력을 행사하는 남자 대부분이 아내를 사랑한다고 주장합니다."

"우리 사위는 그 아이를 때린 적이 없습니다."

호이트의 걸음이 뚝 멎었다. "대체 무슨 일이오?"

칼슨이 스톤을 흘끔 보고 말했다. "사진 몇 장을 보여드리겠습니다. 불편하실 수도 있지만 워낙 중요한 문제라서요."

스톤이 칼슨에게 서류 봉투를 건넸다. 칼슨은 그것을 열고 곳곳이 멍든 엘리자베스의 사진을 하나씩 꺼내 탁자에 내려놓았다. 그는 부부의 반응을 유심히 지켜보았다. 예상대로 킴 파커에게서는 외마디 비명이 터져 나왔다. 호이트 파커는 여러 복잡한 감정이 교차하는 듯했다.

"이걸 어디서 구했소?" 호이트가 나지막이 물었다.

"이 사진들을 보신 적이 있습니까?"

"없소." 그는 짧게 답한 뒤 아내를 돌아보았고, 그녀도 고개를 저었다.

"하지만 멍 자국들은 기억해요." 킴 파커가 말했다.

"그게 언제였죠?"

"정확히 언제였는지는 기억나지 않아요. 그 아이가 죽기 바로 전이었는데. 하지만 그때 봤을 땐 이것보다 덜……." 그녀는 잠시 뜸을 들이며 말을 골랐다. "심각했어요."

"따님이 어쩌다 그렇게 됐는지 얘기하던가요?"

"교통사고를 당했다고 했어요."

"파커 부인, 저희가 따님이 가입한 보험회사에 알아봤습니다. 따님은 교통사고 신고를 한 적이 없습니다. 경찰 파일도 살펴봤지만 따님이 말씀하신 사건 기록은 없었습니다. 그 사고를 접수한 경관이 없었다는 얘기입니다."

"그게 무슨 뜻이오?" 호이트가 물었다.

"만약 따님이 교통사고를 당한 게 아니라면, 대체 어쩌다 온몸이 멍으로 뒤덮이게 됐을까요?"

"우리 사위가 그랬다고 생각하는 건가?"

"그랬을 가능성을 열어두고 수사 중입니다."

"대체 근거가 뭐요?"

두 남자는 주저하는 모습이었다. 분명 둘 중 하나일 것이다. 부인이 듣기엔 다소 충격적인 내용이거나 민간인 앞에서 말하기엔 부담스러운 내용이거나. 호이트가 눈치를 채고 아내에게 말했다. "킴, 잠깐 자리 좀 비켜주겠어?"

"알았어요." 그녀가 자리에서 일어나 불안정한 걸음으로 계단을 향해 나아갔다. "방에 들어가 있을게요."

그녀가 사라지자 호이트가 말했다. "자, 이제 말해보시오."

"저희는 벡이 따님에게 폭력만 휘둘렀다고 생각하지 않습니다." 칼슨이 말했다. "저희는 그가 따님을 살해한 것으로 보고 있습니다."

호이트가 칼슨과 스톤을 번갈아 바라보다가 마치 핵심을 말하라는 듯이 칼슨을 빤히 응시했다. 추가 설명이 없자 그는 두 사람의 의자로 가까이 다가갔다. "똑바로 설명하는 게 좋을 거요."

14

////////

엘리자베스는 내게 무엇을 숨긴 걸까?

나는 10번 가를 따라 차를 주차한 공원 쪽으로 향했다. 머릿속을 맴도는 문제의 사진들이 그저 교통사고의 흔적일 뿐이라고 믿어보려 애썼다. 당시 아내는 너무나도 태연했고, 가벼운 접촉사일 뿐이라고 해명했다. 정말 별일 아니라고. 집요하게 상세한 설명을 요구했지만 아내는 끝내 입을 열지 않았다.

아내가 내게 거짓말을 했던 것이다.

엘리자베스는 나를 속인 적이 없다. 하지만 이렇게 뜻밖의 사실이 밝혀졌으니 누가 그 말을 믿겠는가. 그것은 아내가 내게 한 최초의 거짓말이다. 나와 마찬가지로 아내에게도 자신만의 비밀이 있었던 모양이다.

공원에 도착하니 이상한 것이 눈에 들어왔다. 아니, 이상한 사람이. 한쪽 구석에 서 있는 황갈색 외투를 걸친 남자.

그는 나를 바라보고 있었다.

묘하게 낯이 익었다. 아는 사람은 아니지만 불안한 기시감이 느껴졌다. 언젠가 본 적이 있는 남자였다. 오늘 아침이었나? 어디서

였지? 나는 아침에 보고 겪은 일들을 황급히 되짚었고, 이내 답을 찾아냈다.

아침 8시, 카페에 들렀을 때 저 남자도 있었다. 카페 주차장에.

확실한가?

아니, 아닐 거야. 나는 안내부스 쪽으로 빠르게 시선을 옮겼다. '카를로'라고 적힌 명찰을 단 주차장 직원이 샌드위치를 먹으며 텔레비전을 보고 있었다. 그는 삼십 초도 넘게 화면을 뚫어지게 응시하다가 뒤늦게 내게로 눈을 돌렸다. 그다음 손에서 빵 부스러기를 털어내고 내가 건넨 주차권을 받아 스탬프를 찍었다. 주차비를 계산하자 그가 차 열쇠를 내주었다.

황갈색 외투를 입은 남자는 여전히 같은 자리를 지키고 있었다.

나는 그쪽을 돌아보지 않으려 애쓰며 내 차로 향했다. 차를 몰고 10번 가로 빠져나왔을 때에야 백미러를 흘끔 들여다보았다.

황갈색 외투를 입은 남자는 내 쪽을 돌아보지 않았다. 내가 웨스트사이드 고속도로 쪽으로 방향을 틀 때까지도 그는 단 한 번도 내게 눈길을 주지 않았다. 편집증인가? 내가 미쳐가는 걸까?

엘리자베스는 왜 내게 거짓말을 했을까?

아무리 머리를 굴려봐도 답은 나오지 않았다.

배트 스트리트 어쩌고 하는 이메일에서 언급한 시각까지 세 시간이 남아 있었다. 세 시간. 어떻게든 그 메시지에 골몰하지 못 하도록 정신을 산란하게 만들어야 했다. 앞으로 벌어질지 모르는 일들을 떠올릴 때마다 위가 따끔거렸다.

나는 내가 무엇을 해야 하는지 알고 있었다. 지금은 그저 피할 수 없는 운명을 미루고 있을 뿐이다.

집에 도착했을 때 할아버지는 언제나 그랬듯 의자에 앉아 있었다. 텔레비전은 꺼져 있었다. 간병인은 수화기에 대고 알아들을 수 없는 러시아어로 누군가와 수다를 떨고 있었다. 그녀에게는 영 신뢰가 가지 않았다. 아무래도 중개소에 연락해 간병인을 교체해달라고 해야 할 것 같았다.

할아버지의 입가에는 자그마한 달걀 조각들이 붙어 있었다. 나는 손수건을 꺼내 그것들을 조심스레 털어냈다. 그 순간 눈이 마주쳤지만 할아버지의 시선은 나를 넘어 다른 무언가에 단단히 고정되어 있었다. 나는 할아버지와 호수에서 함께했던 시간을 떠올렸다. 할아버지는 이따금 익살스럽게 다이어트 전후 포즈를 취해 보이곤 했다. 먼저 옆으로 돌아서서 축 늘어진 배를 불룩하게 만들고 소리쳤다. "비포!" 그런 다음, 배를 다시 쏙 집어넣고 잔뜩 힘을 준 채로 소리쳤다. "애프터!" 할아버지의 기가 막힌 재주에 아버지는 웃음을 터뜨렸다. 아버지의 요란한 웃음은 전염성이 엄청났다. 한때는 나도 그렇게 온몸을 다해 웃을 때가 있었다. 하지만 아버지가 세상을 뜬 후로는 그렇게 웃어본 적이 없다. 너무도 가당찮게 느껴졌기 때문에.

인기척을 느낀 간병인이 황급히 전화를 끊고 환하게 웃으며 거실로 달려왔지만 나는 그 미소에 화답하지 않았다.

나는 지하실 문을 흘끔 보았다. 여전히 나는 해야 할 일을 미루고 있었다.

더는 늦출 수 없다.

"할아버지 옆에 있어주세요." 내가 말했다.

간병인은 고개를 끄덕이고 자리에 앉았다.

우리 지하실은 사람들이 유행처럼 지하실을 꾸며대기 훨씬 전에 이미 완성되었고, 활용되었다. 한때 갈색이었던 털이 긴 카펫은 군데군데 구멍이 뚫리고 정체를 알 수 없는 얼룩으로 뒤덮였고, 아스팔트 벽에는 흰 가짜 벽돌이 붙어 있다. 벽지 몇 장은 너덜너덜해져 카펫에 떨어져 있었다. 몇 장은 벗겨지다 말아 아크로폴리스 신전의 기둥처럼 보였다.

지하실 중앙에 놓인 초록색 탁구대는 바래서 요즘 유행하는 스피어민트 색채를 띠고 있었다. 찢어진 네트는 꼭 프랑스군이 들이닥친 직후의 방어벽을 연상시켰다. 라켓들은 고무가 벗겨져 깔쭉깔쭉한 나무 표면이 드러난 상태였다.

탁구대 위에는 곰팡이로 덮인 판지 상자들이 쌓여 있었고, 나머지 상자는 한쪽 구석에 아무렇게나 처박혀 있었다. 옷상자에는 헌 옷이 가득 담겨 있었다. 엘리자베스의 옷은 아니었다. 그녀의 옷가지는 쇼나와 린다가 나를 대신해서 처리해주었다. 아마 중고품 판매점에 기증했을 것이다. 그러나 몇몇 상자에는 엘리자베스가 생전에 썼던 물건들이 남아 있었다. 나는 차마 그것들을 내버릴 수 없었다. 그녀의 유품이 남의 손에 넘어가는 걸 원치 않았다. 왜 그랬는지 잘 모르겠다. 옷장 안 깊숙한 곳에 처박혀 있던 것들, 두 번 다시 볼 일이 없을 거라 생각하면서도 막상 버리려니 미련이 남았던 물건들이 모습을 드러냈다. 마치 꿈처럼.

내가 찾는 물건이 정확히 어디에 처박혀 있는지는 모르겠지만 지하실 어딘가에 분명 숨어 있을 것이다. 나는 옛 사진들부터 꺼내 빠르게 훑었다. 내 시선은 사진에 오래 머무르지 못했다. 다행히 사진이 안겨주는 고통은 조금씩 둔해졌다. 초록색으로 변한 폴라로이드 사진 속 엘리자베스가 묘하게도 낯설게 느껴졌다.

정말 이러고 싶지 않은데.

나는 상자 안을 쉴 새 없이 뒤적였다. 손끝에 펠트 천으로 만든 무언가가 닿았다. 고등학교 테니스부 로고였다. 나는 씁쓸한 미소를 머금고 그녀가 구릿빛 다리와 땋은 머리를 휘날리며 네트를 향해 질주하던 모습을 떠올렸다. 코트에만 들어서면 아내는 놀라운 집중력을 보였다. 상대를 제압하는 엘리자베스만의 방법. 그녀는 훌륭한 실력을 갖고 있었다. 하지만 그녀를 진정한 엘리트로 만든 것은 바로 남다른 집중력이었다.

나는 조심스레 로고를 내려놓고 다시 상자 안을 뒤졌고, 마침내 내가 찾던 것을 상자 밑바닥에서 발견했다.

엘리자베스의 다이어리.

아내가 납치된 후 경찰은 그녀의 다이어리를 보고 싶어했다. 레베카가 다이어리를 찾아 그들에게 넘겼었다. 경찰은 분명 단서를 찾아 다이어리를 꼼꼼히 뒤졌을 것이다. 내가 지금 그러려는 것처럼. 하지만 그들의 수사는 'K'자 낙인이 찍힌 시체가 발견됨과 동시에 중단되었다.

나는 당시 상황을 찬찬히 곱씹었다. 경찰은 너무나도 당연하다는 듯 킬로이를 범인으로 지목했다. 문득 또 다른 생각이 뇌리를 스쳤다. 나는 재빨리 위층으로 올라가 컴퓨터를 켰다. 그리고 뉴욕 교정국 웹사이트에 접속해 원하는 이름과 연락처를 찾아냈다.

그러고는 곧장 브릭스 교도소에 전화를 걸었다.

킬로이가 수감되어 있는 교도소.

녹음된 메시지가 응답하자 나는 미리 검색한 내선번호를 입력했다. 세 번의 신호음이 흐르고 남자의 목소리가 흘러나왔다. "부교도소장 브라운입니다."

나는 엘로이 켈러턴을 면회하고 싶다고 말했다.

"실례지만 누구십니까?" 그가 말했다.

"데이비드 벡입니다. 제 아내, 엘리자베스 벡이 그의 피해자 중 하나였습니다."

"그렇군요." 브라운이 잠시 뜸을 들였다. "면회 목적을 여쭤봐도 되겠습니까?"

"아뇨."

브라운은 또다시 침묵에 빠졌다.

"저는 그를 면회할 권리가 있습니다. 그가 거부하지 않는다면요." 나는 완강한 어조로 말했다.

"물론 그렇긴 합니다만, 좀 특이한 요청이어서 말입니다."

"부탁드리겠습니다."

"정식 절차는 선생님 측 변호사가 먼저……"

"그럴 필요 없습니다." 나는 그의 말을 끊었다. 인터넷으로 알아본 피해자의 권리에 따르면, 나는 변호사를 거치지 않고 직접 면회 요청을 할 수 있었다. 켈러턴이 거부하지만 않는다면 언제든 면회가 가능했다. "켈러턴과 할 얘기가 있습니다. 따로 면회시간이 정해져 있겠죠?"

"네, 물론입니다."

"켈러턴이 동의한다면 내일 당장 가겠습니다. 그래도 괜찮죠?"

"네. 그가 동의한다면 문제없습니다."

나는 고맙다는 인사를 남기고 전화를 끊었다. 단호하게 행동하는 기분이 나쁘지 않았다.

다이어리는 내 옆 책상에 놓여 있었다. 나는 또다시 망설이고 있었다. 사진과 과거의 기록만큼이나 아내의 필적 또한 내 마음을 아리게 했기 때문이다. 엘리자베스가 큼지막하게 적어놓은 대문자

글자들, 단호함이 묻어나는 십자 모양의 소문자 't', 오른쪽으로 살짝 기울어진 글자 사이사이마다 구부러진 선들…….

나는 한 시간에 걸쳐 다이어리를 훑어보았다. 대충 휘갈겨 쓴 부분은 거의 찾아볼 수 없을 정도로 엘리자베스는 꼼꼼했다. 명확히 기록된 일정들은 모두 내 기억과 일치했다. 딱 하나의 약속을 제외하고.

아내가 죽기 3주 전. 오직 'PF'라고만 적힌 일정.

그리고 지역번호가 빠진 전화번호.

매우 구체적으로 작성된 나머지 일정과는 딴판이었다. 빠진 지역번호는 무엇일까. 아내는 8년 전, 그 번호의 주인에게 연락을 취했다. 지역번호는 그 후 여러 차례 개편됐고.

201번으로 시도해보았지만 전화는 연결되지 않았다. 다음은 973. 나이 든 여자가 전화를 받았다. 나는 그녀에게 〈뉴욕포스트〉 무료 구독권에 당첨됐으니 이름을 알려달라고 했다. 그녀는 순순히 이름을 불러주었다. 아쉽게도 이니셜은 매치되지 않았다. 연이어 212번으로 걸어보았고, 바로 그게 답이었다.

"피터 플래너리 변호사 사무실입니다." 여자가 하품을 멈추고 말했다.

"플래너리 씨 계십니까? 좀 바꿔주시겠어요?"

"법원에 가셨는데요."

그녀의 목소리에서는 따분함이 묻어났지만 대놓고 무성의한 톤은 아니었다. 수화기에서 갖가지 소음이 흘러나왔다.

"플래너리 씨와 면담 약속을 잡고 싶습니다."

"광고 보고 연락주셨나요?"

"광고요?"

"부상을 입으셨나요?"

"네. 하지만 광고를 보고 연락드린 건 아닙니다. 친구가 그분을 추천해줬어요. 의료사고 문제입니다. 팔이 조금 부러졌었는데 이젠 움직일 수도 없어요. 이것 때문에 잘 다니던 직장도 잃었습니다. 통증은 말할 수도 없고요."

그녀는 내일 오후로 예약을 잡아주었다.

나는 수화기를 내려놓고 얼굴을 찌푸렸다. 대체 엘리자베스는 어쩌다 이런 앰뷸런스 체이서*와 엮이게 됐을까?

바로 그때, 전화기가 요란하게 울어댔다. 나는 첫 번째 신호음이 가시기도 전에 황급히 전화를 받았다.

"여보세요."

"어디야?" 쇼나가 물었다.

"집."

"당장 이리로 와줘야겠어." 그녀가 말했다.

* 사고 피해자들에게 소송을 하도록 유도하여 돈을 버는 변호사.

15

////////

칼슨은 호이트 파커의 눈을 똑바로 바라보았다. "아시다시피 얼마 전, 샤르메인 호수 인근에서 시체 두 구를 발견했습니다."

호이트가 고개를 끄덕였다.

그때 휴대전화 벨소리가 터져 나왔다. 스톤이 자리에서 힘겹게 일어났다. "실례하겠습니다." 그는 느릿느릿 걸어 주방으로 들어갔다. 호이트는 칼슨을 빤히 응시하며 기다렸다.

"따님의 죽음에 대해서 상세히 알아보고 왔습니다." 칼슨이 말했다. "따님과 그녀의 남편, 데이비드 벡이 둘만의 기념일에 호수를 찾았었죠. 두 사람은 어둠 속에서 수영을 했습니다. 킬로이는 숨어 있다가 벡을 급습했고, 따님을 납치했습니다."

"그게 사실이잖소."

"저희는…… 편하게 호이트라고 불러도 되겠습니까?"

호이트가 고개를 끄덕였다.

"저희는 그렇게 보고 있지 않습니다, 호이트."

"그럼 어떻게 보고 있소?"

"데이비드 벡이 따님을 살해하고 자신의 범행을 연쇄살인범에게 뒤집어씌웠다고 추정하고 있습니다."

호이트는 뉴욕 경찰국NYPD 소속 28년차 베테랑 형사답게 무표정한 얼굴을 유지했다. 하지만 턱이라도 얻어맞은 듯 뒤로 기울어진 몸은 여전히 세워질 줄 몰랐다. "어디 한번 들어봅시다."

"좋습니다. 처음부터 시작해보죠. 벡은 따님을 한적한 호수로 데려갔습니다. 그렇죠?"

"그렇소."

"그곳에 가보셨습니까?"

"많이 가봤지."

"그래요?"

"우리는 다 친구였소. 킴과 나는 데이비드의 부모와 아주 친했지. 그들과 함께 자주 호수를 찾았소."

"그럼 그곳이 얼마나 외지고 한적한지 잘 아시겠군요."

"물론."

"흙길에 아는 사람만 찾을 수 있는 표지판. 세상에 그보다 외진 장소는 또 없을 겁니다. 사람의 흔적이라고는 찾아볼 수 없는 곳이더군요."

"요점이 뭐요?"

"킬로이가 그 흙길을 따라 호수를 찾았을 가능성이 얼마나 되겠습니까?"

호이트가 두 손을 펼쳐 보였다. "그럼 살면서 연쇄살인범과 우연히 맞닥뜨릴 가능성은?"

"옳은 지적입니다만, 잘 들어보십시오. 제 시나리오에는 타당한 논리가 있습니다. 켈러턴은 보통 거리에서 사람을 납치했습니다. 차량도 탈취하고, 무단침입도 일삼았죠. 하지만 생각해보십시오.

차를 몰고 가다가 그 외진 흙길을 발견하고 먹잇감을 찾아 호수로 들어갔다? 아주 불가능한 일은 아니지만 실제로 그랬을 가능성이 얼마나 되겠습니까?"

호이트가 말했다. "계속하시오."

"널리 알려진 시나리오에는 논리적 허점이 너무 많습니다."

"모든 사건이 다 그렇지."

"그렇습니다. 하지만 저의 추론을 한번 들어보시죠. 벡이 따님을 죽이고 싶어했다고 가정해봅시다."

"동기는?"

"20만 달러짜리 생명보험."

"사위에게는 돈이 필요 없소."

"세상에 돈이 필요치 않은 사람은 없습니다. 잘 아시지 않습니까."

"수긍하기 힘들군."

"저희가 계속 파헤치는 중입니다. 조만간 범행동기가 밝혀지겠죠. 저희의 시나리오를 마저 들려드리겠습니다."

호이트가 어깨를 으쓱이며 좋을 대로 하라는 제스처를 취했다.

"이 사진이 바로 벡이 따님을 폭행한 증거입니다."

"이 사진이 증거라고? 딸아이는 집사람에게 교통사고를 당했다고 했소."

"맙소사, 호이트." 칼슨이 손으로 사진을 슥 훑으며 말했다. "따님의 표정을 잘 보십시오. 이게 정말 교통사고를 당한 사람의 얼굴 같습니까?"

아니. 호이트는 생각했다. 그래 보이진 않지. "이 사진은 어디서 난 거요?"

"그건 이따 말씀드리겠습니다. 자, 다시 제 시나리오로 돌아가볼까요? 벡이 따님을 폭행한 게 맞다고 가정해봅시다. 그에게 상속될 재산이 적지 않은 상황에서 말이죠."

"그건 너무 억지 아니오?"

"인정합니다만 끝까지 들어주십시오. 이 모든 모순과 함께 고려해보시란 말입니다. 벡은 따님을 외진 곳으로 데려갔습니다. 목격자가 없을 만한 곳으로요. 이미 깡패 두 명을 고용해놓은 상태였겠죠. 그는 킬로이에 대해 알고 있었어요. 신문에 대서특필된 내용을 못 봤을 리 없지 않습니까. 게다가 선생님의 동생분께서 직접 수사하셨던 사건 아닙니까. 혹시 그분이 킬로이 사건에 대해 벡과 이야기를 나눈 적이 있었습니까?"

호이트는 잠시 침묵했다. "계속하시오."

"고용된 두 깡패가 따님을 납치하고 살해했습니다. 일반적으론 당연히 가장 먼저 용의자로 지목받을 인물은 남편이겠죠. 이런 사건에서는 거의 예외가 없지 않습니까. 하지만 깡패들이 따님의 볼에 'K'자 낙인을 찍었죠. 킬로이가 모든 걸 뒤집어쓰도록."

"하지만 벡도 폭행을 당했잖소. 머리에 심각한 부상도 입었고."

"그랬죠. 하지만 그가 배후 인물이 아니라는 증거로 보기에는 많이 빈약합니다. 그 정도 부상만 입고 살아남았다는 게 이상하지 않습니까? 아내는 납치된 후 살해됐는데 남편은 멀쩡히 살아남았다? 말이 안 되지 않습니까. 물론 머리를 조금 다친 게 그의 주장에 힘을 실어주긴 했습니다만."

"머리가 아예 박살이 났었는데."

"깡패들과 거래를 한 거죠, 호이트. 힘 조절에 실패한 건지도 모르지 않습니까. 그의 부상 자체도 석연치 않은 구석이 있습니다. 그는 기적적으로 물에서 나와 경찰에 신고했다는 황당한 주장을 늘어놨습니다. 벡의 과거 진료기록을 몇몇 의사에게 보여줬더니 다들 입을 모아 얘기하더군요. 의학적 논리로는 말이 안 된다고, 그런 부상을 입은 상태로 멀쩡히 뭍으로 나와 신고하는 건 불가능하다고요."

호이트는 잠시 생각에 잠겼다. 사실 그도 이상하게 여겼던 부분이다. 벡은 어떻게 살아남아 경찰에 신고까지 할 수 있었을까? "그게 다요?" 호이트가 물었다.

"킬로이가 아닌, 두 깡패가 벡을 폭행했음을 시사하는 확실한 증거가 있습니다."

"증거?"

"시체들과 같이 묻혀 있더군요. 피 묻은 야구배트. DNA 검사를 진행하고 있습니다. 최종 결과는 아직 나오지 않았지만 예비 결과는 그게 벡의 혈액일 가능성이 높음을 시사하고 있어요."

그때 스톤 요원이 다시 거실로 돌아와 소파에 털썩 주저앉았다. 호이트가 다시 말했다. "계속하시오."

"나머지 내용은 뻔하지 않습니까? 두 깡패놈이 따님을 살해하고 자신들의 범행을 킬로이에게 덮어씌운 것이죠. 그런 다음에는 잔금을 받으러 돌아왔을 테고요. 벡으로부터 돈을 추가로 갈취하려 했거나. 거기까지는 모르겠습니다. 어쨌든 벡은 눈엣가시 같은 그들을 어떻게든 없애고 싶었을 겁니다. 그래서 샤르메인 호수 인근의 외진 숲에서 그들과 만나기로 한 거죠. 두 깡패는 그를 그저 겁쟁이 의사로만 봤을 겁니다. 긴장을 풀고 있다가 그에게 허를 찔린 셈이죠. 벡은 그들을 쏴 죽이고 야구배트와 함께 매장했습니다. 나중에 불리한 증거가 될 수 있는 모든 걸 묻어버린 겁니다. 완전범죄. 그 무엇도 그를 살인사건과 엮을 수 없게 된 거죠. 생각해봐요.

기적같은 우연이 겹치지 않았다면 아마 이 사건은 영영 미궁에 빠져버렸을 겁니다."

호이트는 고개를 저었다. "죄다 추측이로군."

그때 스톤이 껴들었다. "이게 끝이 아닙니다."

"또 뭐가 남았소?"

칼슨이 스톤을 흘끔 돌아보았다. 스톤이 자신의 휴대전화를 가리키며 말했다. "방금 브릭스 교도소에서 아주 이상한 전화가 걸려왔습니다. 오늘 선생님 사위가 킬로이를 면회하게 해달라고 요구했다고요."

그 말에 호이트는 흠칫 놀랐다. "그 친구가 왜 그랬지?"

"그야 저희도 모르죠." 스톤이 말했다. "하지만 명심하십시오. 벡이 자신이 의심받고 있다는 걸 잘 안다는 사실을. 왜 갑자기 따님을 죽인 살인자를 만나고 싶다는 갈망에 사로잡혔겠습니까?"

"세상에 이런 우연의 일치가 또 있겠습니까?" 칼슨이 덧붙였다.

"내 사위가 자신의 흔적을 감추려 하고 있단 말인가?"

"더 그럴듯한 시나리오가 있습니까?"

호이트는 등받이에 몸을 기대고 분주히 머리를 굴려대다가 그들에게 말했다. "아직도 내 질문엔 대답을 안 하는군."

"네?"

그가 테이블에 놓인 사진을 가리켰다. "이건 누가 제공한 거요?"

"어떻게 보면." 칼슨이 말했다. "따님이 제공해준 셈이죠."

호이트는 맥 빠진 얼굴로 그를 노려보았다.

"좀 더 구체적으로 말씀드리면, 세라 굿하트가 제공했습니다. 따님이 가운데 이름과 이곳 거리 이름을 조합해 만든 가명이죠."

"무슨 말인지 이해가 안 되는군."

"범죄현장에서 말입니다." 칼슨이 말했다. "사체로 발견된 두 깡패 중 멜빈 바르톨라의 신발 안에서 작은 열쇠가 발견됐습니다." 칼슨이 열쇠를 내밀어 보였다. 호이트는 그의 손에서 열쇠를 낚아채 들었다. 그리고 그것을 한동안 빤히 응시했다. 마치 거기에 이 모든 불가사의한 일의 해답이라도 담겨 있다는 듯이. "뒷면에 'UCB'라고 새겨진 거 보이시죠?"

호이트가 고개를 끄덕였다.

"연방 중앙은행United Central Bank의 이니셜입니다. 열쇠는 브로드웨이 1772번지에 자리한 지점에서 나온 것이고요. 174번 박스 열쇠입니다. 그 박스는 세라 굿하트라는 이름으로 등록되어 있습니다. 당연히 수색영장은 받았습니다."

호이트가 고개를 들고 물었다. "이 사진들이 그 안에 보관되어 있었소?"

칼슨과 스톤이 잠시 눈빛을 교환했다. 그들은 호이트에게 박스에 대해 전부 말하지는 않기로 결정한 상태였다. 적어도 최종 검사 결과가 나올 때까지는. 두 남자는 일단 고개를 끄덕였다.

"잘 생각해보십시오, 호이트. 따님은 이 사진들을 은행 안전금고에 고이 보관해왔습니다. 그 이유야 뻔하지 않습니까. 이게 다가 아닙니다. 벡을 심문했더니 이 사진들에 대해 아는 바가 전혀 없다고 주장하더군요. 이걸 한 번도 본 적이 없답니다. 따님이 왜 이 사진들을 남편이 볼 수 없게 숨겨놓았을까요?"

"벡을 심문했다고?"

"네."

"사위가 또 뭐라고 하던가?"

"입을 꾹 닫고 변호사를 부르더군요." 칼슨이 잠시 호이트의 반응을 살피다가 몸을 앞으로 기울였다. "변호사도 그냥 변호사가 아닙니다. 무려 헤스터 크림스타인이에요. 정말 결백하다면 왜 그랬겠습니까?"

의자 양옆을 쥔 호이트의 두 손에는 힘이 잔뜩 들어갔다. "확실한 증거는 없잖소?"

"아직은 없습니다만 저희는 확신하고 있습니다. 시간문제죠."

"그래서 이제 어쩔 셈이오?"

"저희가 할 수 있는 건 하나뿐입니다." 칼슨이 그를 바라보며 미소 지었다. "그가 무너질 때까지 계속 압박하는 것."

래리 갠들은 하루 동안 벌어진 일들을 훑어보며 웅얼거렸다. "좋지 않군."

하나, FBI가 벡을 데려가 심문했다.

둘, 벡이 레베카 셰이즈라는 사진사에게 전화를 걸었다. 그는 그녀에게 과거에 아내가 당했다는 교통사고에 대해 물었다. 그리고 그녀의 스튜디오로 직접 찾아갔다.

사진사라…….

셋, 벡이 브릭스 교도소에 전화를 걸어 엘로이 켈러턴을 면회하고 싶다고 말했다.

넷, 그다음 피터 플래너리의 사무실에 전화를 걸었다.

모든 게 거슬렸고, 그를 어리둥절하게 만들었다.

그때 에릭 우가 전화를 끊고 나서 말했다. "나쁜 소식입니다."

"뭔데?"

"FBI가 벡이 아내를 살해한 것으로 몰아가고 있답니다."

그 말에 갠들이 움찔했다. "자세히 설명해봐."

"정보원이 알려온 내용은 그게 전부입니다. 호수에서 발견된 시체들을 벡과 엮으려는 모양입니다."

갠들의 머릿속이 더욱 복잡해졌다.

"그 이메일을 다시 봐야겠어." 갠들이 말했다.

에릭 우가 출력된 이메일을 건넸다. 갠들은 발신자가 누구일지 머리를 굴려보았다. 그의 마음속에서 불길한 기운이 꿈틀대기 시작했다. 그는 흩뿌려진 퍼즐조각들을 차분히 맞춰보았다. 늘 궁금했다. 그날 밤 벡이 어떻게 살아남았는지. 이제 또 다른 의문이 생겼다.

그 말고도 또 살아남은 사람이 있었던 건가?

"지금 몇 시나 됐지?" 갠들이 물었다.

"6시 30분입니다."

"벡이 아직도 배트 어쩌고 하는 암호를 알아보지 않고 있나?"

"배트 스트리트. 네, 아직까지는요."

"레베카 셰이즈에 대해 추가로 알아낸 건 없고?"

"우리가 알고 있는 내용이 전부입니다. 엘리자베스의 가까운 친구였고, 엘리자베스가 벡과 결혼하기 전까지 둘이서 한 아파트에 살았다는 것. 통화기록을 살펴봤는데, 벡과 레베카 셰이즈는 최근 몇 년간 연락한 적이 없더군요."

"왜 이제 와서야 연락을 한 거지?"

우가 어깨를 으쓱였다. "이 여자가 뭔가 아는 게 아닐까요?"

그리핀 스코프의 지시사항은 아주 명확했다. 최대한 많은 정보를 뽑아낸 뒤, 꽁꽁 묻으라는 것.

그리고 우를 충분히 활용하라는 것.

"이 여자를 만나봐야겠군." 갠들이 말했다.

16

////////

쇼나와 나는 맨해튼 공원 거리 462번지에 자리한 고층 건물 1층에서 만났다.

"자, 따라와." 쇼나가 인사도 생략하고 말했다. "보여줄 게 있어."

나는 시계를 살폈다. 메일에서 언급한 시각까지 두 시간 남짓 남아 있었다. 우리는 함께 엘리베이터에 올랐다. 쇼나는 23층 버튼을 눌렀다. 불이 켜지고 시각장애인을 위한 안내 음성이 나왔다.

"헤스터 얘기를 듣고 나서 생각을 좀 해봤어." 쇼나가 말했다.

"뭐라고 했는데?"

"FBI가 아주 절박해졌대. 널 엮으려고 혈안이 되어 있나 봐."

"그래서?"

엘리베이터가 멈춰 섰다.

"기다려봐. 보여줄게."

문이 열리자 칸막이로 나뉜 거대한 공간이 나타났다. 요즘 사무실들은 죄다 이런 분위기였다. 뜯겨나간 천장. 위에서 내려다보면 마치 미로 속에 쥐들을 풀어놓은 듯이 보일 것이다. 하긴, 아래에서 봐도 마찬가지이겠지만.

쇼나는 옷으로 된 무수한 칸막이들을 요리조리 피해갔다. 왼쪽, 오른쪽, 그리고 다시 왼쪽. 나는 그녀를 바짝 뒤쫓았다.

"빵 부스러기라도 뿌려놔야 할 것 같은데." 나는 말했다.

그녀가 무뚝뚝하게 받아쳤다. "이번 농담은 웃겼어."

"고마워. 일주일 내내 웃겨줄게."

그녀는 웃지 않았다.

"여긴 대체 뭐 하는 곳이야?"

"디지콤이라는 회사야. 가끔 우리 에이전시랑 협업하는 곳이지."

"뭘 하는 곳이냐니까."

"곧 알게 될 거야."

우리는 마지막으로 방향을 틀어 작고 어수선한 방으로 들어갔다. 긴 머리와 피아니스트처럼 가느다란 손가락을 가진 젊은 남자가 우리를 맞아주었다.

"이쪽은 패럴 린치야. 패럴, 이쪽은 데이비드 벡."

그가 내민 앙상한 손을 살짝 잡자 패럴이 말했다. "환영해요."

나는 고개를 끄덕였다.

"자." 쇼나가 말했다. "입력해요."

패럴 린치가 의자에 앉고는 컴퓨터 쪽으로 몸을 틀었다. 쇼나와 나는 그의 어깨 너머를 내려다보았다. 그의 가느다란 손가락이 키보드를 분주히 두드렸다.

"준비됐어요." 그가 말했다.

"시작해요."

그가 엔터 키를 눌렀다. 화면이 검게 변했다가 이내 전설적인 배우, 험프리 보가트가 나타났다. 그는 페도라와 트렌치코트 차림이었다. 나는 그 장면을 대번에 알아볼 수 있었다. 안개. 뒤로 보이는 비행기. 영화 〈카사블랑카〉의 마지막 장면이었다.

나는 쇼나를 돌아보았다.

"기다려봐." 그녀가 말했다.

카메라는 보가트를 비추고 있었다. 그는 잉그리드 버그만에게 라즐로와 함께 비행기에 오르라고 말하고 있었다. 우리 세 사람의 문제는 이 미친 세상에선 한없이 보잘것없어 보일 것이라고. 그리고 카메라는 잉그리드 버그만에게로 돌아갔다. 그리고…….

잠깐. 자세히 보니 여자는 잉그리드 버그만이 아니었다.

나는 눈을 몇 번 깜빡였다. 그 유명한 모자를 쓰고 회색 불빛에 젖어 보가트를 올려다보고 있는 여자는 바로 쇼나였다.

"당신과 함께 갈 수 없어요, 릭." 화면 속 쇼나가 과장된 말투로 말했다. "왜냐하면 난 에바 가드너와 사랑에 빠졌거든요."

나는 다시 쇼나를 돌아보았다. 내 눈이 무언의 질문을 던지자 그녀가 그렇다고 고개를 끄덕였다. 나는 기어이 입을 열고 다시 물어보았다.

"그러니까……." 나는 더듬거리며 말했다. "그러니까 내가 속았다는 말이지?"

패럴이 대신 대답했다. "디지털 이미지예요. 조작하기가 매우 쉽죠." 그가 내 쪽으로 홱 돌아앉았다. "컴퓨터 이미지는 필름이 아니에요. 그저 파일에 담긴 화소들에 불과할 뿐이죠. 컴퓨터로 작성한 문서나 다름없다는 뜻입니다. 그게 얼마나 조작하기 쉬운지 알죠? 글꼴이나 행간을 바꾸는 일 말이에요."

나는 고개를 끄덕였다.

"디지털 이미지에 대한 기본적인 이해만 있어도 스트리밍 이미지를 조작하는 건 식은 죽 먹기입니다. 이것들은 사진이 아니에요.

필름도, 테이프도 아니고요. 컴퓨터 비디오 스트림은 그저 픽셀 무리에 불과할 뿐이죠. 누구라도 손쉽게 조작할 수 있단 말입니다. 잘라내서 붙인 다음 융합 프로그램만 돌려주면 끝나니까요."

나는 쇼나를 돌아보았다. "하지만 내가 본 엘리자베스는 나이가 좀 들어 보였어." 나는 말했다. "그때랑 달라 보였다고."

쇼나가 말했다. "패럴?"

그가 또 다른 키를 눌렀다. 화면에 보가트가 다시 나타났고, 잉그리드 버그만의 얼굴은 어느새 일흔 살쯤 되어 보이는 쇼나로 바뀌어 있었다.

"얼굴 변환 프로그램이에요." 패럴이 설명했다. "실종된 아이들의 사진에 주로 쓰이는데요, 요즘에는 소프트웨어 스토어에서 개인용으로도 구할 수 있어요. 이것만 있으면 쇼나의 어떤 부위라도 원하는 대로 바꿀 수 있죠. 머리 스타일은 물론이고, 눈 색깔과 코의 크기까지. 입술을 가늘게, 또는 두껍게 만들 수도 있고요, 문신도 그려넣을 수 있어요."

"고마워요, 패럴." 쇼나가 말했다.

"저는 이만 가볼게요." 눈치 빠른 패럴이 그녀의 심상치 않은 표정을 읽고 사무실을 나갔다.

나는 여전히 멍한 상태였다.

패럴이 나간 것을 확인한 쇼나가 입을 열었다. "지난달에 촬영이 있었어. 사진 하나가 아주 완벽하게 뽑혔지. 광고주도 꽤 만족했고. 그런데 자세히 보니 귀걸이가 살짝 흘러내렸더라고. 그 이미지를 이곳에 가져왔더니 패럴이 순식간에 뚝딱뚝딱해서 귀걸이를 원위치로 되돌려놓았어."

나는 고개를 저었다.

"잘 생각해봐, 벡. FBI는 네가 엘리자베스를 죽였다고 믿고 있어. 하지만 그걸 증명할 길이 없다고. 헤스터가 했다는 말 기억하지? 그들이 점점 더 필사적으로 발악할 거라고. 그래서 말인데, 혹시 그들이 너한테 심리작전을 펼치고 있는 게 아닐까? 그들이 너를 심리적으로 압박하려고 그 이메일을 보냈는지도 모르잖아."

"하지만 키스 타임은?"

"그게 뭐?"

"그들이 키스 타임을 어떻게 알아?"

"나도 아는 걸, 뭐. 린다도 알고. 보나마나 레베카도 알고 있을걸. 엘리자베스의 부모님도 알 거고. FBI라면 그 정도 암호를 알아내는 건 어렵지 않을 거야."

순간 눈물이 차올랐다. 나는 애써 덤덤한 척하며 목멘 소리로 말했다. "정말 그들의 계략일까?"

"나도 모르겠어, 벡. 정말로. 하지만 우리 이성적으로 한번 생각해보자고. 만약 엘리자베스가 살아 있었다면 지난 8년간 어디에서 숨어 지냈을까? 왜 하필 지금 모습을 드러낸 거지? 그것도 FBI가 너를 살인범으로 지목하기 시작했을 때? 설마 그녀가 진짜로 살아 있다고 믿는 건 아니지? 물론 네가 그러고 싶어한다는 거 알아. 나도 그런걸. 하지만 좀 더 이성적으로 살펴볼 필요가 있어. 네가 보기에 어느 시나리오가 더 이치에 닿는 것 같아?"

나는 휘청대며 자리로 돌아가 앉았다. 심장이 미친 듯이 요동쳤고, 희망의 불씨는 서서히 꺼져가고 있었다.

계략. 이 모든 게 다 거짓이었단 말인가?

17

////////

레베카 셰이즈의 스튜디오에 도착한 래리 갠들은 휴대전화로 아내에게 전화를 걸었다. "오늘은 좀 늦을 것 같아." 그가 말했다.

"약 챙겨 먹는 거 잊지 마." 아내가 그에게 말했다.

갠들은 인슐린 없이 식습관과 약으로 통제가 가능한 가벼운 당뇨병을 앓고 있었다.

"알았어."

에릭 우는 헤드폰으로 음악을 들으며 문 앞에 바닥 보호용 비닐을 깔고 있었다.

갠들은 전화를 끊고 라텍스 장갑을 꺼내 손에 꼈다. 빈틈없는 수색작업은 시간이 많이 걸리는 법이다. 대부분의 사진작가들이 그렇듯 레베카 셰이즈 또한 무수한 네거티브 필름을 고스란히 보관해왔다. 금속으로 된 네 개의 파일 캐비닛은 필름으로 빽빽이 채워져 있었다. 그들은 레베카 셰이즈의 스케줄을 체크했다. 지금 그녀는 촬영을 마무리 짓고 있다. 곧 스튜디오로 돌아와 암실에서 한 시간가량 작업을 할 것이다. 시간이 빠듯했다.

"지금 우리에게 뭐가 필요한 줄 아세요?" 우가 말했다.

"뭐?"
"우리가 뭘 찾고 있는지에 대한 아이디어."
"벡은 수상한 이메일을 받았어." 갠들이 말했다. "그는 그걸 받자마자 무려 8년 만에 아내의 친구를 만나러 달려왔지. 우리는 그 이유를 밝혀내야 해."
우는 그를 빤히 바라보고 물었다. "그냥 기다렸다가 그녀에게 물어보면 안 되나요?"
"그럴 거야, 에릭."
우는 천천히 고개를 끄덕이고 돌아섰다.
갠들은 암실에서 발견한 긴 금속 책상을 손으로 흔들어보았다. 책상은 튼튼했고, 크기도 적당했다. 사람을 눕혀놓고 책상다리마다 팔다리 하나씩을 묶어놓기에 알맞은 크기.
"테이프는 얼마나 가져왔지?"
"충분해요." 우가 대답했다.
"그럼 이제." 갠들이 말했다. "비닐을 테이블 밑으로 끌어오게."

메일에서 언급한 시각까지 삼십 분.
쇼나의 시범은 불시에 날아든 레프트 훅처럼 나를 놀라게 했다. 나는 실신 직전의 상태에서 풀카운트*를 맞았다. 그런데 그 후에 웃기는 일이 벌어졌다. 나는 링 바닥을 박차고 일어나 정신을 가다듬은 후 다시 링 안을 빙빙 돌기 시작했다.
쇼나와 나는 내 차에 올라 있었다. 쇼나가 굳이 집까지 따라오겠다고 했다. 나중에 리무진을 타고 돌아오면 된다면서. 두 가지는

* 레퍼리가 다운을 선언한 다음에 십 초의 카운트를 끝낸 상황.

분명했다. 그녀가 나를 위로하고 싶어한다는 것. 그리고 아직 귀가 할 마음도 없다는 것.

"이해가 안 되는 게 있어."

쇼나가 나를 돌아보았다.

"FBI는 내가 엘리자베스를 죽였다고 믿고 있어. 그렇지?"

"그래."

"그런데 왜 내게 그런 이메일을 보낸 거지? 엘리자베스가 아직 살아 있는 것처럼 꾸며서?"

쇼나에게는 그 답이 없었다.

"생각해봐." 나는 말했다. "내게서 자백을 끌어내기 위한 그들의 치밀한 계략이라고 네가 그랬잖아. 하지만 만약 내가 엘리자베스를 죽였다면 이게 가짜라는 걸 진작 눈치챘겠지. 안 그래?"

"저들의 심리작전이라니까." 쇼나가 말했다.

"하지만 그게 말이 돼? 진짜 심리작전을 쓰려면 그냥 살인현장을 목격한 사람인 척하면서 이메일을 보내면 끝이잖아."

쇼나는 잠시 골똘한 생각에 잠겼다. "네가 마음의 평정을 잃도록 수를 쓰는 거겠지."

"아무리 그래도 그렇지, 이건 말이 안 되잖아."

"다음 메시지가 도착하려면 얼마나 더 기다려야 하지?"

나는 시계를 확인했다. "이십 분."

쇼나가 등받이에 몸을 붙였다. "그럼 일단 기다려보자. 이번엔 또 뭐라고 하는지 보자고."

에릭 우는 레베카 셰이즈의 스튜디오 한구석에 랩톱 컴퓨터를 펼쳐놓았다.

그는 우선 벡의 사무실 컴퓨터부터 살펴보았다. 아직 가동하기 전이었고, 시계는 8시가 막 지났음을 알리고 있었다. 병원은 영업을 마치고 문을 닫은 지 오래였다. 그는 벡의 자택 컴퓨터도 살펴보았다. 처음 몇 초간 잠잠하던 컴퓨터가 갑자기 가동을 시작했다.

"벡이 방금 접속했어요." 우가 말했다.

래리 갠들이 후다닥 달려왔다. "벡이 메시지를 열어보기 전에 우리가 먼저 확인할 수는 없나?"

"그건 별로 좋은 생각이 아닌 것 같습니다."

"어째서?"

"우리가 먼저 접속한 상태에서 그가 접속을 시도하면 시스템이 그에게 누군가가 같은 아이디를 쓰고 있다고 알려주거든요."

"자기가 감시당하고 있다는 걸 알게 되는 거야?"

"그렇죠. 하지만 그런 건 아무래도 상관없습니다. 우리는 그를 실시간으로 모니터하고 있으니까요. 그가 메시지를 확인하는 순간 우리도 그 화면을 고스란히 보게 될 겁니다."

"좋아. 이메일이 열리면 알려줘."

우는 눈을 가늘게 뜨고 화면을 들여다보았다. "그가 방금 사이트에 접속했습니다. 곧 열릴 것 같아요."

나는 사이트 주소를 입력하고 엔터 키를 눌렀다.

오른쪽 다리가 드릴처럼 덜덜 떨리기 시작했다. 긴장할 때마다 나오는 반응이었다. 쇼나가 내 무릎에 한 손을 얹자 덜덜대던 다리가 서서히 진정을 되찾았다. 그러나 그녀가 손을 떼기가 무섭게 다시 들썩이기 시작했다. 쇼나는 다시 내 무릎에 손을 얹어놓았다.

쇼나는 태연한 척하면서도 연신 곁눈질로 내 반응을 확인하느라 바빴다. 그녀는 내 가장 친한 친구다. 나를 위해서라면 무엇이라도 할 사람이고. 상황이 상황인지라 나에 대한 그녀의 우려는 하늘을 찌를 듯했다. 사람들은 정신병이 심장병이나 지능처럼 유전적인 영역이라고들 말한다. 스트리트 캠에서 엘리자베스를 처음 본 후로 나는 줄곧 그게 사실일지 모른다는 불길한 생각을 해왔다.

나의 아버지는 내가 스무 살 때 교통사고로 세상을 떠났다. 아버지가 몰고 가던 차가 둑 너머로 추락해버린 것이다. 유일한 목격자인 와이오밍 출신 트럭 운전사는 우리 아버지의 자동차가 둑을 향해 무섭게 돌진했다고 말했다. 추운 밤이었고, 비록 제설차가 다니기는 했지만 도로는 꽤 미끄러웠다.

많은 이가 아버지의 죽음을 자살로 결론지었다. 앞에서는 조의를 표했지만 적어도 내 뒤에서는 그렇게들 속삭여댔다. 나는 그 말을 믿지 않는다. 아버지는 생의 마지막 몇 달 동안 마음의 문을 꼭꼭 닫아버렸다. 입도 거의 열지 않았고. 한때 나는 그런 것들이 아버지의 비극적인 사고를 암시한 게 아닐지 생각했다. 하지만 자살? 그건 지나친 결론이다.

늘 섬약했던 어머니는 그 사건 이후 노이로제에 사로잡혀 조금씩 미쳐갔다. 한껏 움츠러든 어머니는 결국 자신 안에 갇혀버렸다. 린다는 무려 3년에 걸쳐 그런 어머니를 곁에서 보살폈다. 증상이 점점 심해지는 어머니에겐 요양원의 전문적인 보살핌이 필요하다는 데 찬성할 때까지. 린다는 거의 매일 요양원을 찾았지만 나는 그러지 않았다.

잠시 후, 홈페이지가 화면에 떠올랐다. 나는 아이디 칸에 '배트 스트리트'를 입력했다.

그럼 다음, 탭 키를 눌러 패스워드 칸으로 넘어갔다. 이번에는

'틴에이지'를 입력하고 엔터 키를 눌렀다.

아무 일도 벌어지지 않았다.

"로그인 아이콘을 클릭해야지." 쇼나가 말했다.

나는 그녀를 바라보았다. 그녀는 어깨를 으쓱였다. 나는 아이콘을 클릭했다.

그러자 화면이 하얗게 변했다. 그리고 이내 광고가 떠올랐다. 화면 하단에서는 실행률을 나타내는 막대가 조금씩 기어가고 있었다. 그런데 실행률이 18퍼센트에 도달하자 막대가 사라졌다. 그리고 몇 초 후, 메시지 하나가 화면에 떠올랐다.

ERROR - 데이터베이스에 없는 아이디이거나 패스워드입니다.

"다시 해봐." 쇼나가 말했다.

나는 다시 입력해보았다. 이번에도 같은 오류 메시지가 떠올랐다. 메시지는 계정 자체가 존재하지 않는다고 알려주고 있었다.

이게 무슨 뜻이지?

내게는 그 답이 없었다. 나는 계정이 존재하지 않는 이유를 떠올리려 애썼다.

나는 다시 시각을 확인했다. 8시 13분 34초.

키스 타임.

이게 답일까? 어쩌면 어제 접속한 링크와 마찬가지로 계정이 아직 생성되지 않았는지도 몰라. 하지만 가능성은 있어도 크진 않아 보였다.

그때 내 생각을 읽은 것처럼 쇼나가 말했다. "8시 15분까지 기다려보자."

나는 8시 15분에 다시 시도해보았다. 8시 18분에도. 그리고 8시 20분에도.

여전히 똑같은 오류 메시지만 떠오를 뿐이었다.

"FBI가 서버를 닫아놓은 모양이야." 쇼나가 말했다.

나는 고개를 저었다. 아직은 포기할 때가 아니었다.

내 다리가 또다시 덜덜대기 시작했다. 쇼나는 내 무릎에 손을 얹어 들썩이는 다리를 진정시켰고 또 다른 손으로는 휴대전화를 꺼내 전화를 받았다. 그녀가 발신자에게 큰 소리로 무언가를 지시했다. 나는 시각을 확인한 후 다시 시도했다. 여전히 아무 일도 벌어지지 않았다. 그 후로 두 번이나 더 시도했지만 결과는 바뀌지 않았다.

어느새 8시 30분이 되어 있었다.

"좀 늦는 모양이네." 쇼나가 말했다.

나는 인상을 찌푸렸다.

"어제 엘리자베스를 봤을 때 말이야." 쇼나가 말했다. "걔가 어디 있는지 몰랐다고 했지?"

"그래."

"어쩌면 다른 시간대에 갇혀 있는지도 몰라." 쇼나가 말했다. "그래서 늦는 걸 수도 있다고."

"다른 시간대?" 내 미간의 주름이 한층 더 깊어졌다. 쇼나는 어깨를 으쓱였다.

우리는 그렇게 앉아 한 시간을 흘려보냈다. 쇼나는 고맙게도 '그러게 내가 뭐랬어?'라며 핀잔을 주지 않았다. 그러다 갑자기 한 손을 내 등에 얹으며 말했다. "좋은 생각이 떠올랐어."

나는 그녀를 돌아보았다.

"나는 다른 방에 가서 기다릴게." 쇼나가 말했다. "그게 나을 것 같아."

"어째서?"

"만약 이게 영화라면 지금이 바로 내가 짜증을 내며 밖으로 홱 나가버릴 타이밍이야. 그럼 기다렸다는 듯 화면에 메시지가 뜨겠지. 결국 메시지는 너 혼자 보게 될 거고, 모두는 계속해서 너를 미치광이 취급하는 거지. 그 왜 만화영화를 보면 오직 주인공들 눈에만 유령이 보이잖아. 그들을 믿어주는 사람은 단 한 명도 없고."

나는 잠시 생각에 잠겼다. "한번 그렇게 해볼까?" 내가 말했다.

"좋아. 나는 주방에 가서 기다릴 테니까 조급하게 굴지 말고 천천히 해봐. 메시지가 떠오르면 부르고."

그녀가 일어났다.

"지금 나 놀리는 거지?"

쇼나가 잠시 뜸을 들이다가 말했다. "아마도."

그녀는 방을 나갔다. 나는 다시 몸을 틀어 화면을 응시했다. 그리고 묵묵히 메시지를 기다렸다.

18

////////

"아직도 무소식이네요." 에릭 우가 말했다. "벡은 계속 로그인만 해대고, 화면에는 오류 메시지만 떠오르고 있어요."

래리 갠들이 질문을 던지려는 순간, 엘리베이터 올라오는 소리가 들려왔다. 그는 황급히 시계를 확인했다.

레베카 셰이즈가 예상한 시간에 맞춰 나타난 것이다.

에릭 우가 컴퓨터에서 눈을 떼고 돌아앉았다. 그는 누구라도 물러서게 할 만한 섬뜩한 눈빛으로 래리 갠들을 올려다보았다. 갠들은 권총을 뽑았다. 이번에는 9밀리미터짜리였다. 우는 얼굴을 찌푸리고 문 쪽으로 달려가 불을 껐다.

두 사람은 어둠 속에서 기다렸다.

이십 초 후, 엘리베이터가 멈춰 섰다.

레베카 셰이즈는 지금껏 엘리자베스와 벡 생각을 거의 하지 않았다. 이미 8년이나 지났으니. 하지만 오늘 아침에 겪은 일이 오랫동안 잠자고 있던 트라우마를 휘저었다.

문제의 '교통사고'.

까맣게 잊고 있었는데 벡이 불쑥 나타나 그걸 되물을 줄이야.

8년 전, 레베카는 그에게 모든 걸 들려주려 했다. 하지만 아무리 연락해봐도 벡은 답이 없었다. 그렇게 시간이 흘렀다. 범인은 체포됐고. 과거의 악몽을 더는 들춰댈 이유가 없어진 것이다. 그 사건을 알렸다가는 벡이 더욱더 깊이 상처받을 것이 뻔했다. 킬로이가 체포된 순간 사건은 종결된 것이나 마찬가지였다.

하지만 찜찜한 기분은 끝내 가시지 않았다. 무엇보다도 엘리자베스가 '교통사고' 때문이라고 둘러댄 멍 자국들이 그녀의 죽음과 어떻게든 연관되어 있을지도 모른다는 생각이 레베카의 마음을 산란하게 만들었다. 그녀는 자신이 '교통사고'에 대한 진실을 고집스럽게 파헤쳤더라면 친구의 죽음을 막을 수 있었을지도 모른다는 생각에 한동안 괴로워했다.

하지만 그 죄책감은 시간이 지나면서 조금씩 사그라졌다. 엘리자베스는 그녀의 친구였고, 둘 사이가 얼마나 가까웠든 친구의 죽음은 극복해야 할 비극이다. 3년 전, 게리 러몬트가 그녀의 인생에 들어온 후로 모든 것이 바뀌었다. 그리니치빌리지 출신의 보헤미안 사진사인 레베카가 탐욕스러운 월스트리트 채권 중개인과 사랑에 빠진 것이다. 그들은 결혼 후 어퍼 웨스트사이드의 트렌디한 고층 아파트에 신혼살림을 차렸다.

정말 알 수 없는 게 사람 인생이었다.

레베카는 화물 엘리베이터에 올랐다. 불은 꺼져 있었다. 이 건물에서는 흔하지 않은 일이었다. 엘리베이터는 그녀의 목적지를 향해 오르기 시작했다. 윙윙 소리가 돌벽을 타고 쩌렁쩌렁 울려 퍼졌다. 이따금 한밤중에 1층의 마구간에서 말들의 울음소리가 들려오곤 했지만 지금은 조용했다. 건초 냄새가 정체를 알 수 없는 악취와 한데 뒤섞여 풍겨왔다.

그녀는 이곳에서 맞는 밤을 좋아했다. 도시에 울려퍼지는 한밤중의 소음과 고독이 그녀에게 '예술감'을 한껏 일으켰다.

그녀는 전날 밤 게리와 나누었던 대화를 떠올려보았다. 그는 뉴욕을 떠나 태어나고 자란 롱아일랜드 샌즈 포인트의 널찍한 집으로 이사하고 싶어했다. 그러나 그녀는 교외에서의 삶이 두려웠다. 도시 생활에 대한 애정이 크기도 했지만, 무엇보다도 보헤미안으로 살아온 자신의 뿌리를 배신하고 싶지 않았기 때문이었다. 그녀는 어머니와 어머니의 어머니처럼은 죽어도 되고 싶지 않았다.

마침내 엘리베이터가 멈춰 섰고 그녀는 복도로 나왔다. 모든 조명이 꺼져 있었다. 그녀는 머리를 뒤로 단정히 쓸어 넘겨 묶었다. 그녀의 시선이 손목시계로 떨어졌다. 9시가 다 된 시각. 건물은 텅 비어 있을 것이다. 적어도 사람은 그녀뿐일 것이다.

그녀의 구두가 차가운 시멘트 바닥에서 또각또각 소리를 냈다. 사실 레베카에게는 고민이 있었다. 진정한 보헤미안이라면 꿈도 꾸어서는 안 될 일이지만 그녀는 문득 아이가 갖고 싶어졌다. 그리고 도시는 아이를 키우기에 최악의 장소다. 아이들에게는 뒤뜰과 그네와 신선한 공기가 필요하다. 그리고…….

결국 브로커 남편을 황홀하게 만들고도 남을 결심에 이른 레베카 셰이즈는 한결 홀가분한 기분으로 자물쇠를 풀고 문을 열었다. 그녀는 안으로 들어서자마자 불부터 켰다.

그 순간 기묘한 차림의 아시아인 남자가 그녀 눈에 들어왔다.

두 남자가 멀거니 서서 그녀를 바라보고 있었다. 레베카는 바짝 얼어붙었다. 아시아인 남자가 민첩하게 다가와 그녀의 뒤를 차지했다. 그리고 주먹으로 그녀의 잘록한 허리춤을 냅다 가격했다.

마치 큰 해머로 얻어맞은 듯한 충격이었다.

레베카는 그대로 무릎을 꿇었다. 남자가 손가락 두 개로 그녀의 목을 잡았다. 그리고 급소를 힘껏 눌렀다. 순간 레베카의 눈앞에 섬광이 번쩍였다. 남자는 또 다른 손을 송곳처럼 만들어 그녀의 흉곽을 찔렀다. 손가락이 거의 간에 닿은 듯한 고통에 그녀의 눈이 튀어나올 것처럼 휘둥그레졌다. 상상을 초월하는 극심한 통증이 엄습했다. 그녀는 비명을 지르고 싶었지만 입에서는 끙하고 앓는 소리만이 겨우 새어 나올 뿐이었다.

의식이 사그라져가는 그녀 앞에서 또 다른 남자의 목소리가 들려왔다.

"엘리자베스는 어디 있지?" 목소리가 물었다.

처음으로 던져진 질문.

그리고 앞으로 숱하게 던져질 질문.

19

////////

나는 빌어먹을 컴퓨터 앞에 앉아 술을 들이켜며 기다렸다. 온갖 방법을 총동원해 로그인을 시도해보았다. 익스플로러로도, 넷스케이프로도 접속해보았다. 사용기록도 지워보고, 새로고침도 눌러보고, 인터넷을 끊었다가 다시 연결해보기도 했다.

하지만 다 소용없었다. 계속해서 오류 메시지만 떠올랐다.

쇼나는 10시에 다시 서재로 돌아왔다. 그녀도 술을 마시다 왔는지 볼이 벌게져 있었다. 보나마나 내 볼도 마찬가지리라. "됐어?"

"집에 가." 나는 말했다.

그녀가 고개를 끄덕였다. "그래. 아무래도 그래야 할 것 같아."

리무진은 호출한 지 오 분 만에 나타났다. 버번위스키와 롤링 록 맥주에 취한 쇼나와 나는 비틀거리며 도로로 나갔다.

쇼나가 차 문을 열고 나를 돌아보았다. "바람피우고 싶다는 생각 안 해봤어? 너희가 결혼하고 나서 말이야."

"아니."

쇼나는 실망한 표정으로 고개를 저었다. "너는 인생을 망치는 방법을 너무 몰라."

나는 그녀의 볼에 살짝 입을 맞추고 다시 집으로 들어갔다. 그리고 계속해서 화면을 응시했다. 마치 그것이 신성한 보물이라도 되는 것처럼. 화면은 여전히 요지부동이었다.

몇 분 후, 클로이가 나타났다. 녀석이 젖은 코로 내 손을 쿡 찔렀다. 북슬북슬한 털에 파묻힌 클로이의 까만 눈이 나를 빤히 쳐다보고 있었다. 클로이는 내 심정을 이해하는 듯했다. 나는 키우는 개에게 인간의 특성을 대입시키는 사람이 아니다. 그건 오히려 개에게 못 할 짓이다. 하지만 개들은 인간의 감정을 훤히 꿰뚫어볼 수 있다. 뿐만 아니라 개들은 공포를 느낄 때의 냄새를 안다고 한다. 어쩌면 기쁨과 분노와 슬픔의 냄새까지도.

나는 미소를 지으며 클로이를 내려다보았다. 머리를 살살 쓰다듬자 개는 위로하듯 내 팔뚝에 한쪽 발을 얹었다. "산책하러 나가고 싶어?"

그 말에 클로이는 각성제라도 먹은 양 갑자기 펄쩍펄쩍 뛰기 시작했다. 작은 일에도 크게 기뻐할 줄 아는 기특한 녀석.

밤공기를 들이마시니 폐가 따끔거렸다. 나는 클로이에게 온 신경을 집중하려 애썼다. 경쾌한 걸음걸이와 요동치는 꼬리. 하지만 이내 나는 풀이 죽어버렸다. 의기소침. 내가 흔히 쓰는 단어는 아니지만 그것은 지금 내 상태를 가장 잘 표현해주는 단어였다.

나는 쇼나의 지나치게 깔끔한 디지털 조작설을 100퍼센트 믿지는 않았다. 물론 누군가가 사진을 조작해 비디오 영상에 삽입했을 수도 있다. 누군가가 키스 타임에 대해 알고 있었을 수도 있고. 누군가가 그녀의 입술을 움직여 "미안해"라고 속삭이는 것처럼 꾸몄을 수도 있다. 크나큰 갈망이 나로 하여금 그런 조작에 깜빡 속아 넘어가게 만든 것인지도 모른다.

어쨌든 죽은 아내가 살아 돌아왔을 가능성보다는 쇼나의 추측이 훨씬 신빙성 있었다.

게다가 그 모든 것을 압도하는 두 가지가 있었다. 첫째, 나는 터무니없는 상상에 집착하는 타입이 아니다. 나는 놀라울 만큼 따분하고 지나칠 만큼 현실적인 사람이다. 둘째, 엘리자베스를 향한 내 갈망이 합리적 추론을 방해했을 수 있다. 디지털 사진은 조작이 아주 수월하다지 않은가.

하지만 그때 본 눈빛은…….

아내의 눈. 엘리자베스의 눈. 조작한 옛 사진을 디지털 비디오에 삽입해서는 절대 연출할 수 없는 눈빛이었다. 그건 아내의 눈빛이 분명했다. 내가 이성적으로 그렇게 확신하는 건 결코 아니다. 나는 바보가 아니다. 그러나 한편으로 나는 이런 자기합리화 사이에 내가 몇 가지 사실을 거의 뭉개버리고 있다는 걸 알고 있었다. 반박할 여지가 없는 쇼나의 비디오 재연. 내가 엘리자베스로부터 메시지를 받게 될 거라 굳게 믿고서 귀가했단 사실.

이젠 무엇을 더 어떻게 생각해야 할지도 모르겠다. 보나마나 거기에는 술도 단단히 한몫했을 것이다.

클로이가 코를 킁킁대기 시작했다. 나는 가로등 아래 서서 기다란 내 그림자를 내려다보며 기다렸다.

키스 타임.

그때 클로이가 덤불 속 움직임을 감지하고 요란하게 짖어대기 시작했다. 불쑥 튀어나온 다람쥐 한 마리가 길 건너로 달아나버렸다. 클로이는 으르렁거리며 뒤쫓는 척했다. 갑자기 멈춰 선 다람쥐가 우리를 돌아보았다. 클로이는 계속해서 짖어댔다. 목줄에게 고마워하라는 듯이. 하지만 진심은 아닐 것이다. 클로이는 순전히 겁쟁이니까.

키스 타임.

이상한 소리를 들었을 때 클로이가 늘 그러듯 나는 고개를 갸웃거렸다. 어제 컴퓨터에서 본 이미지가 또다시 뇌리를 스쳐갔다. 이 모든 걸 비밀로 간직하기 위해 누군가는 적잖은 고통을 겪었으리라. 첫 번째 이메일은 내게 '키스 타임'에 클릭하라고 주문했었다. 그리고 두 번째 이메일은 누군가가 내 이름으로 새 계정을 준비했다고 말했다.

그들이 지켜보고 있어…….

누군가가 이 소통을 꽁꽁 숨기기 위해 애쓰고 있다.

키스 타임…….

만약 누군가가, 엘리자베스가 내게 메시지를 전달하려 했다면 왜 진작 전화나 이메일을 사용하지 않았을까? 왜 나를 이렇게 골탕 먹이는 거지?

그 이유는 뻔했다. 비밀 유지. 누군가가 이 모든 걸 비밀에 부치려 하고 있다.

이게 비밀이라면 과연 '누구에게' 비밀로 하려는 것인지 알아볼 필요가 있다. 어느 누군가는 나를 감시하고 있거나 나를 찾으려 혈안이 되어 있을 것이다. 아니면, 그냥 내가 노이로제에 걸린 걸지도. 평소 같았으면 노이로제 쪽에 무게를 뒀겠지만…….

그들이 지켜보고 있어…….

그게 정확히 무슨 뜻이지? 대체 누가 지켜보고 있다는 거지? FBI? 만약 FBI가 이메일을 보내왔다면 어째서 이런 식으로 내게 경고를 하는 거지? 내가 어떤 행동을 취하기를 바라는 걸까.

키스 타임…….

순간 나는 바짝 얼어붙었다. 클로이가 내 쪽으로 고개를 돌렸다.
오, 맙소사. 어쩜 이리도 미련할 수 있지?

그들은 접착테이프도 쓰지 않았다.
레베카 셰이즈는 테이블에 누워 도로변에서 죽어가는 개처럼 낑낑대고 있었다. 이따금 단어 두어 개가 새어 나왔지만 알아들을 수 있는 문장은 완성되지 못했다. 인사불성이 된 그녀는 울음도 그친 상태였고, 애원조차 하지 않았다. 눈은 여전히 휘둥그레져 있었다. 분명 아무것도 보이지 않을 것이다. 지금 이 상황이 이해될 리 만무했다. 비명을 지르다 넋을 잃은 것이 벌써 십오 분 전이었다.
놀랍게도 우는 그녀의 몸에 어떠한 흔적도 남기지 않았다. 그러나 상처는 없을지라도 그녀는 그새 20년은 늙어버린 모습이었다.
레베카 셰이즈는 아는 게 없었다. 벡은 수상쩍은 '교통사고' 때문에 그녀를 찾아왔었다. 그리고 사진. 벡은 그녀가 찍었을 거라 믿었지만 알고 보니 아니었다.
래리 갠들은 그의 마음속에서 꿈틀대는 불길한 기운을 느꼈다. 호숫가에서 시체들이 발견됐다는 소식을 처음 접했을 때는 단지 간질거림에 가까운 정도였지만 그새 강도가 세졌다. 그날 밤, 무언가가 잘못됐음은 이제 확실했다. 하지만 지금 래리 갠들은 하나가 아닌, 모든 게 잘못됐을 가능성에 두려워하고 있었다.
이제 진실을 씻어낼 때가 온 것일까.
그는 감시 담당을 통해 벡이 홀로 개를 끌고 산책에 나섰음을 확인했다. 우가 심어놓을 증거에 비하면 그건 너무나도 부실한 알리바이일 것이다. 당연히 FBI는 손쉽게 그것을 찾아낼 테고.
래리 갠들이 테이블로 다가갔다. 레베카 셰이즈가 그를 올려다보며 섬뜩한 소리를 냈다. 카랑카랑한 신음과 절규에 가까운 웃음을 반씩 섞어놓은 듯한 소리였다.

그는 그녀의 이마에 권총의 총구를 가져가 댔다. 그녀는 또다시 같은 소리를 냈다. 그는 방아쇠를 두 번 당겼고, 그녀의 세상은 이내 심연에 빠져버렸다.

집을 향해 돌아서는 순간 뇌리를 스치는 생각이 하나 있었다.

그들이 지켜보고 있어.

일부러 위험을 무릅쓸 필요가 있나? 세 블록 떨어진 곳에 킨코스*가 있었다. 스물네 시간 영업하는 곳. 그곳에 도착해보니 그 이유를 알 것 같았다. 자정을 넘긴 시각임에도 손님들로 발 디딜 틈이 없었다. 녹초가 된 직장인들이 각종 문서와 슬라이드와 포스터 보드를 들고 분주히 움직이고 있었다.

나는 복잡한 인파가 만들어놓은 미로 안에 서서 내 차례를 기다렸다. 마치 현금 인출기가 발명되기 전의 은행 풍경을 보는 듯했다. 바로 앞에 선 여자는 정장 차림을 하고 있었다. 자정이 넘은 시각에. 다크서클이 내려앉은 그녀의 눈은 밤을 꼬박 지새운 호텔 사환을 연상시켰다. 내 바로 뒤에는 짙은 색 운동복 차림의 곱슬머리 남자가 서 있었다. 남자는 휴대전화를 들고 바쁘게 버튼을 눌러대기 시작했다.

"손님?"

킨코스 제복 차림의 누군가가 클로이를 가리켰다.

"죄송하지만 개를 끌고 들어오시면 안 됩니다."

* 문서 작성과 인쇄, 복사가 가능하며 사무용품을 취급하는 가게.

나는 이미 끌고 들어왔다고 받아치려다 말았다. 정장 차림의 여자는 아무 반응이 없었고, 짙은 색 운동복 차림의 곱슬머리 남자는 내게 어깨를 으쓱여 보였다. 뭐 어쩌겠느냐는 의미인 듯했다. 나는 밖으로 달려 나가 주차 미터기에 클로이를 묶어놓고 다시 안으로 들어갔다. 곱슬머리 남자가 친절하게 자신의 앞자리를 내주었다.

십 분 후, 나는 줄의 맨 앞에 서게 됐다. 젊고 열의 넘치는 킨코스 직원이 나를 맞아주었다. 그는 컴퓨터 섹션으로 나를 안내하며 분당 요금제도를 지나치다 싶을 만큼 느리게 설명해주었다.

나는 진지하게 듣는 척하며 고개를 끄덕였고, 컴퓨터 앞에 앉기가 무섭게 인터넷에 접속했다.

키스 타임.

그것이 열쇠였다. 첫 번째 이메일은 오후 6시 15분이 아닌, 키스 타임을 언급했었다. 엉뚱한 사람들이 이메일을 가로채지 못하도록 조치를 취한 것이었다. 발신자는 이메일이 타인에게 노출될 가능성을 인지한 상태였다. 그리고 오직 나만이 '키스 타임'의 의미를 알고 있음을 파악하고 있었다.

그 사실을 인지한 순간 뇌리를 스치는 생각이 있었다.

우선, 배트 스트리트라는 아이디. 엘리자베스와 내가 어렸을 때 우리는 자전거를 타고 모어우드 가를 따라 리틀 리그 경기장으로 향하곤 했다. 그곳의 오래된 노란 집에는 으스스한 노파가 살고 있었는데, 혼자 사는 그녀는 아이들이 집 앞을 지나칠 때마다 매섭게 노려보았다. 마을마다 한 명씩은 꼭 있다는 무시무시한 노파. 그런 노파들에게는 대개 별명이 있다. 우리 마을도 예외는 아니었다.

배트 레이디Bat Lady.

나는 다시 빅풋 홈페이지에 접속했다. 그리고 사용자 이름 칸에

'모어우드'를 입력했다.

내 옆자리에서는 젊고 활기 넘치는 킨코스 직원이 곱슬머리 남자에게 컴퓨터 사용법을 반복해 설명하고 있었다. 나는 탭 버튼을 눌러 패스워드 칸으로 넘어갔다.

'틴에이지'라는 힌트는 어렵지 않았다. 고등학교 2학년 시절의 어느 금요일 밤, 열 명 남짓의 우리 무리는 조던 골드먼의 집에 모였다. 조던이 아버지가 숨겨놓은 포르노 비디오를 찾아냈기 때문이었다. 당시 우리 중 누구도 포르노를 본 적이 없었다. 당돌하고 맹랑했던 우리는 그렇게 모여앉아 부자연스러운 웃음을 연신 터뜨리며 영화를 보았다. 교내 소프트볼 팀이 생겨 이름이 필요했을 때 우리는 함께 본 영화 제목을 제안했다.

틴에이지 섹스 푸들스[Teenage Sex Poodles].

나는 패스워드 칸에 '섹스 푸들스'를 입력했다. 그리고 마른침을 꿀꺽 삼키며 '로그인' 아이콘을 클릭했다.

내 시선이 곱슬머리 남자 쪽으로 살짝 돌아갔다. 그는 야후 사이트에서 무언가를 검색하고 있었다. 나는 데스크를 돌아보았다. 정장 차림의 여자가 활기 넘치는 또 다른 킨코스 직원을 못마땅한 눈빛으로 바라보고 있었다.

또다시 오류 메시지일까. 하지만 이번에는 새로운 화면이 나를 맞아주었다. 화면 상단에 이런 메시지가 떠올랐다.

안녕, 모어우드!

그 밑에는 이렇게 적혀 있었다.

우편함에 이메일이 하나 담겨 있을 거야.

가슴 속에 갇힌 새가 힘차게 날갯짓하듯 심장이 요동쳤다.

나는 '새 메일' 아이콘을 클릭했다. 내 다리는 어느새 덜덜 떨리고 있었지만 지금은 초조함을 달래줄 쇼나도 없었다. 창문 밖으로 주차 미터기에 묶여 있는 클로이의 모습이 보였다. 나랑 눈이 마주치자 녀석이 짖기 시작했다. 나는 손가락을 입술에 대고 조용히 기다리라는 신호를 보냈다.

잠시 후, 이메일이 열렸다.

워싱턴스퀘어. 남동쪽 구석에서 만나.

내일 5시.

미행이 있을 거야.

그리고 그 밑에는,

무슨 일이 있더라도 나는 당신을 사랑해.

희망, 꿋꿋이 버텨온 새장 속의 새는 그렇게 자유의 몸이 됐다. 나는 앉은 채로 몸을 살짝 젖혔다. 눈물이 끝도 없이 흘러내렸다. 내 얼굴에는 아주 오랜만에 진짜 미소가 떠올랐다.

엘리자베스. 아내는 여전히 내가 아는 가장 똑똑한 사람이었다.

20

////////

새벽 2시, 나는 침대로 기어 올라가 몸을 웅크리고 누웠다. 술이 아직 덜 깼는지 눈앞에서 천장이 빙빙 돌기 시작했다. 나는 두 손을 뻗어 침대 양옆을 꼭 붙잡았다.

쇼나는 그렇게 물었다. 결혼 후 바람을 피우고 싶다는 충동이 있었는지. 그녀는 굳이 '결혼하고 나서'라는 부분을 덧붙였다. 또 다른 사건에 대해 알고 있기 때문이었다.

솔직히 말하면, 나는 딱 한 번 엘리자베스 몰래 바람을 피운 적이 있었다. '바람'이라는 표현이 적절한지는 모르겠지만. 그 일로 엘리자베스가 상처를 받거나 하지는 않았다. 그것만큼은 분명했다. 대학교 신입생 시절, 나는 '원나잇 스탠드'라는 한심한 통과의례에 참가했었다. 순전히 호기심 때문이었다. 나는 순전히 실험적이고 육체적인 그 신고식이 별로 마음에 들지 않았다. 사랑 없는 섹스는 무의미하다는 진부한 소리는 아니다. 그건 사실이 아니니까. 잘 모르거나 좋아하지 않는 상대와도 섹스는 전혀 어렵지 않다. 그러나 그런 상대와 긴 밤을 보내는 건 결코 쉬운 일이 아니다. 호르몬의 반응 없이는 끌림도 없었다. 사정 후 나는 최대한 빨리 그녀로부터 벗어나고 싶은 마음뿐이었다. 섹스는 누구나 즐길 수 있지만 그 이후는 연인들의 몫이다.

물론 엿같은 합리화에 불과한 소리지만.

엘리자베스에게도 이와 유사한 일이 있었을 것이다. 우리는 대학 진학을 앞두고 각자 다른 사람을 사귀어보기로 했다. 문제는 '사귄다'라는 게 아주 모호하고, 아우르는 범위가 큰 표현이라는 사실이었다. 각자가 취하는 무분별한 행동 하나하나가 충성심 테스트나 다름없었다. 이 얘기가 나올 때마다 엘리자베스는 다른 사람을 만나본 적이 없다고 힘주어 말했다. 나 또한 같은 답을 늘어놓았고.

침대가 계속해서 핑핑 돌았다. 이제 어쩌지?

일단 내일 5시까지 기다려야 한다. 하지만 그때까지 손 놓고 있을 수만은 없었다. 아무것도 하지 않는 건 이미 충분했다. 인정하고 싶지 않지만 사실 나는 호수에서 주저했었다. 두려워서. 뭍으로 올라왔을 때 나는 바짝 얼어붙었다. 놈은 그 틈을 타 나를 가격했고. 한 대 얻어맞은 후에도 나는 반격하지 않았다. 놈을 향해 몸을 날리지 않았다. 심지어 주먹을 휘두르지도 않았다. 그냥 묵묵히 얻어맞기만 했다. 놈이 아내를 데려가는데도 나는 웅크린 채 엎드려 백기만 흔들었다.

이제는 달라져야 한다.

장인을 다시 찾아가볼까? 저번에 만나 얘기를 나누었을 때 호이트는 무언가를 숨기는 듯한 인상을 주었다. 하지만 다시 찾아가 캐묻는다고 뭐가 달라지겠는가. 호이트는 거짓말을 하고 있거나 아니면…… 나도 모르겠다. 하지만 메시지는 명확했다. *아무에게도 말하지 마*. 장인의 입을 여는 유일한 방법은 그에게 내가 스트리트 캠 영상에서 본 것들을 털어놓는 것뿐이었다. 하지만 나는 아직 그럴 준비가 되어 있지 않았다.

나는 침대를 내려와 컴퓨터 앞에 앉았다. 그리고 다시 검색을 시작했다. 아침이 되자 계획이라 부를 만한 게 하나 만들어졌다.

레베카 셰이즈의 남편, 게리 러몬트는 괜한 걱정에 빠지지 않았다. 적어도 처음에는. 그의 아내는 종종 아주 늦은 시간까지 일을 하곤 했다. 스튜디오 오른쪽 구석에 덩그러니 놓인 낡은 간이침대에서 밤을 보낼 때도 많았다. 새벽 4시가 넘었음에도 레베카가 귀가하지 않자 그는 살짝 걱정이 됐다. 하지만 당황하지는 않았다.

그는 스스로에게 그렇게 되뇌었다.

게리는 아내의 스튜디오에 전화를 걸어보았지만 자동응답기 메시지만 거듭 흘러나왔다. 그러나 그 또한 드문 일은 아니었다. 레베카는 일할 때 방해받는 것을 극도로 싫어했다. 암실에는 아예 전화기가 없었다. 그는 메시지를 남기고 다시 침대로 올라갔다.

잠이 쏟아졌다. 게리는 어떻게든 연락을 취해야 하지 않을까 싶었지만 레베카에게 피해가 가는 것만큼은 원치 않았다. 그녀는 자유로운 영혼의 소유자다. 그의 비교적 '전통적인' 생활방식은 그들의 무난한 관계에 긴장을 불어넣는, 그리고 그녀의 창의적인 날개를 꺾는 유일한 요소였다.

그래서 그는 아내에게 충분한 여유를 주기로 결심했다. 그녀가 꺾인 날개를 다시 활짝 펼 수 있도록.

그러나 아침 7시, 걱정은 어느새 심각한 두려움으로 바뀌어 있었다. 게리는 전화를 걸어 수척한 얼굴로 늘 검은 옷만 걸치고 다니는 레베카의 조수, 아르투로 라미제즈를 깨웠다.

"이제 막 일어났어요." 아르투로가 진 빠진 목소리로 말했다.

게리는 그에게 상황을 설명했다. 옷을 걸친 채 잠이 들었던 아르투로는 화들짝 놀라 밖으로 후다닥 뛰쳐나갔다. 아르투로와 스튜디오에서 만나기로 약속하고 게리는 곧장 다운타운 A를 따라 맹렬히 차를 몰았다.

아르투로는 스튜디오에 먼저 도착했고, 살짝 열려 있는 스튜디오 문을 밀고 안으로 들어갔다.

"레베카?"

답이 없었다. 아르투로는 다시 그녀의 이름을 불러보았다. 여전히 답이 없었다. 그는 스튜디오 안을 샅샅이 뒤져보았다. 그녀는 보이지 않았다. 그는 암실 문을 열었다. 익숙한 필름 현상액의 톡 쏘는 냄새와 함께 희미한 무언가가 그의 눈에 들어왔다. 순간 그의 온몸에서 털이 쭈뼛 곤두섰다.

의심할 나위 없는 인간의 형체.

뒤늦게 도착한 게리가 모퉁이를 돌아서는 순간 스튜디오 안에서 비명이 터져 나왔다.

21

////////

날이 밝자마자 나는 베이글을 사 들고 80번 고속도로를 따라 서쪽으로 사십오 분간 달려갔다. 뉴저지의 80번 고속도로는 별 특징이 없다. 새들 브룩을 지나면 풍경에서 건물들이 사라지고 도로 양옆으로 동일하게 늘어선 나무들만 볼 수 있다. 그 단조로움을 간간이 끊어놓는 것은 고속도로 표지판뿐이다.

163번 출구로 빠져나오니 가든스빌이라는 소도시가 나타났다. 나는 속도를 줄이고 웃자란 풀을 내다보았다. 처음 와보는 곳이었지만 심장이 세차게 요동치기 시작했다. 지난 8년간 나는 일부러 이곳을 피해 다녔다. 내가 차를 몰아가는 이곳에서 90미터도 채 떨어지지 않은 곳에 엘리자베스의 시체가 발견된 현장이 자리하고 있다.

나는 전날 밤 출력해온 약도를 들여다보았다. 서식스 카운티 검시소의 정확한 위치는 인터넷 검색을 통해 확인할 수 있었다. 건물의 모든 창문엔 블라인드가 쳐져 있고, 간판을 비롯한 어떠한 표식도 없었다. 시체 보관소다운 수수한 벽돌 건물이었다. 8시 30분을 몇 분 남기고 도착한 나는 건물 뒤편에 차를 세웠다. 다행히 사무실 문은 아직 잠겨 있었다.

잠시 후, 노란 카나리아 색 자동차가 나타나 '티모시 하퍼, 카운티 검시관'이라고 적힌 주차공간에 멈춰 섰다. 한 남자가 담배를 비벼 끄고 차에서 내렸다. 검시관이라는 직업과 담배는 끊을 수 없는 관계인 모양이었다. 하퍼는 183센티미터가 살짝 안 되는 내 키와 비슷했다. 피부는 올리브색을 띠고 있었고, 회색 머리는 심하게 성긴 상태였다. 문 옆에 서 있는 나를 발견한 그의 얼굴이 딱딱하게 굳어졌다. 아침 일찍 검시소를 찾은 사람이 기분 좋은 대화를 나누려고 왔을 리 만무했으니.

그가 천천히 다가와 물었다. "무슨 일로 오셨습니까?"

"하퍼 선생님이십니까?"

"네, 그렇습니다만."

"저는 데이비드 벡, 의사입니다." 의사. 우리가 얼추 비슷한 일을 하는 동료라는 사실부터 피력하고 싶었다. "잠시만 시간을 내주시겠습니까?"

그는 내 이름을 듣고도 반응하지 않았다. 그가 열쇠를 꺼내 문을 열었다. "사무실로 들어갑시다."

"고맙습니다."

나는 그를 따라 복도로 들어섰다. 하퍼가 스위치를 올리자 천장에서 형광등이 차례로 켜졌다. 바닥은 심하게 긁힌 리놀륨으로 덮여 있었다. 죽음의 집이라기보다 특징 없는 교통국 사무실에 가까운 분위기였다. 어쩌면 일부러 이렇게 꾸며놓은 것인지도 몰랐다. 우리의 발소리는 조명의 윙윙거림과 뒤섞여 복도를 쩌렁쩌렁 울려댔다. 하퍼는 수북이 쌓인 우편물을 집어 들고 걸어가는 동안 하나씩 빠르게 훑어나갔다.

하퍼의 개인 사무실 역시 딱 필요한 만큼만 갖춰져 있었다. 금속 책상은 초등학교 교실에서나 볼 법한 평범한 것이었다. 니스 칠이 과하게 된 나무 의자들도 특별해 보이지 않았다. 한쪽 벽에는 졸업장이 몇 개 걸려 있었다. 그도 나와 마찬가지로 컬럼비아 대학 출신이었다. 그것도 내 20년 선배. 가족사진은 어디에도 보이지 않았다. 골프 트로피도, 아크릴 상패도 없었다. 이곳의 방문자들은 화기애애한 한담이나 하려고 오는 사람들이 아니다. 비탄에 빠진 그들에게 환히 웃는 손주 사진 따위를 내보이는 건 예의가 아니리라.

하퍼가 가지런히 모은 두 손을 책상에 얹어놓았다. "무슨 일로 오셨습니까, 닥터 벡?"

"8년 전에 제 아내가 이곳에 보내졌습니다. 킬로이라는 별명으로 알려진 연쇄살인범의 피해자였습니다."

나는 상대의 표정을 잘 읽어내지 못한다. 상대와 시선을 마주치기를 잘했던 적은 한 번도 없었다. 나는 몸짓 언어를 중요하게 생각하지 않는 편이다. 하지만 하퍼를 지켜보고 있노라니 사자死者들에게 부대끼며 사는 노련한 검시관을 무엇이 이토록 핼쑥하게 만들어놓았는지 궁금해졌다.

"아, 기억 납니다." 그가 나지막이 말했다.

"직접 부검을 하셨나요?"

"그랬죠. 부분적으로는."

"부분적으로?"

"네. FBI가 와서 거들었거든요. 그들과 함께 작업했는데, 아시다시피 FBI에는 검시관이 없지 않습니까. 그래서 저희가 작업을 이끌었어요."

"그들이 시신을 이곳에 들여왔을 때, 혹시 무엇을 보셨는지 기억하십니까?"

하퍼가 의자에 앉은 채로 몸을 뒤척였다. "그게 왜 궁금하신지 여쭤봐도 되겠습니까?"

"남편이니까요."

"8년이나 지난 일이지 않습니까."

"그런 비통함은 사라지는 게 아니지 않습니까."

"네, 이해는 합니다만……."

"그런데요?"

"정확히 뭘 원하시는지 말씀해주시겠습니까?"

나는 단도직입적인 접근 방법을 선택했다. "이곳으로 보내지는 모든 시신을 촬영하시죠?"

그가 대답을 머뭇거리는 게 뚜렷이 보였다. 내게 눈빛을 읽혀버린 그가 헛기침을 한 번 했다. "네. 요즘에는 디지털 카메라를 사용합니다. 덕분에 촬영된 이미지를 손쉽게 컴퓨터에 저장할 수 있게 됐습니다. 진단과 목록 작성도 수월해졌고요."

나는 고개를 끄덕였다. 전혀 궁금하지 않은 내용이었다. 한동안 재잘대던 그가 입을 다물자 내가 물었다. "제 아내를 부검하셨을 때도 사진을 찍으셨겠죠?"

"물론입니다. 하지만…… 정확히 몇 년 전이라고 하셨죠?"

"8년입니다."

"그땐 아마 폴라로이드로 촬영했을 겁니다."

"그때 촬영한 폴라로이드 사진은 어디에 보관되어 있습니까?"

"파일에 있죠."

나는 한쪽 구석에 보초병처럼 우뚝 서 있는 높은 서류 캐비닛을 돌아보았다.

"저 안에는 없고요." 그가 덧붙였다. "부인의 사건은 종결됐습니다. 살인범도 잡혔고, 유죄판결을 받았잖아요. 게다가 이건 5년도 더 넘은 사건입니다."

"그럼 어디에 보관되어 있을까요?"

"레이턴에 있는 창고에 있을 겁니다."

"그 사진을 보고 싶습니다."

그가 종이에 무언가를 적었다. "제가 한번 알아보겠습니다."

"선생님?"

그가 고개를 들고 나를 쳐다보았다.

"제 아내를 기억한다고 하셨죠?"

"네, 생생하게는 아니어도 기억은 납니다. 여긴 살인사건이 많이 들어오지 않거든요. 게다가 부인 사건은 세간의 이목을 끄는 큰 사건이지 않았습니까."

"그 사람의 상태가 어땠는지 기억하십니까?"

"자세히는 기억나지 않죠."

"누가 신원확인을 했는지 아십니까?"

"직접 하지 않으셨습니까?"

"아뇨."

하퍼가 관자놀이를 살살 긁어댔다. "아내분의 부친이셨던 것 같은데."

"제 장인이 얼마 만에 신원을 확인하셨는지 기억하십니까?"

"얼마 만이라면……?"

"곧장 알아보셨습니까? 아니면 조금 걸렸었나요? 오 분? 십 분?"

"그건 모르겠습니다."

"대번에 알아봤는지 시간이 좀 걸렸는지 기억을 못 하신다고요?"

"미안합니다. 기억이 안 나요."

"방금 세간의 이목을 끄는 큰 사건이라고 하지 않으셨습니까."

"네."

"선생님 경력에서 가장 큰 사건이었습니까?"

"몇 년 전에 피자 배달 스릴킬* 사건이 있긴 했습니다만, 부인 사건이 제 경력에서 가장 큰 사건이었다고 할 수 있을 겁니다."

"그런데도 제 장인이 딸의 신원을 확인하는 데 얼마나 걸렸는지 기억이 안 나신다고요?"

그는 내 추궁이 불쾌한 모양이었다. "닥터 벡, 정확히 뭘 알고 싶으신 겁니까?"

"말씀드린 대로 저는 피해자의 남편입니다. 비통한 마음으로 간단하게 몇 가지 여쭙고 있을 뿐입니다."

"하지만 목소리가 살짝 적대적인 것 같아서 말입니다."

"그래야 하지 않겠습니까?"

"그게 무슨 뜻입니까?"

"제 아내가 킬로이의 피해자라는 걸 어떻게 아셨습니까?"

"몰랐어요."

"그럼 FBI가 어떻게 알고 개입한 겁니까?"

"아무래도 특징이 있었으니……."

"'K'자 낙인 말씀입니까?"

"네."

심문이 순조롭게 진행되자 묘한 쾌감이 찾아들었다. "경찰이 제 아내를 데려왔고, 박사님은 곧바로 부검을 시작하셨습니다. 그러

* 특정한 이유 없이 재미로 살인을 저지르는 것.

다가 'K'자 낙인을 발견하시고……."
"아닙니다. 그들이 한걸음에 달려왔어요. FBI 말입니다."
"시신이 도착하기도 전에 말씀입니까?"
그가 천장을 올려다보았다. 기억을 더듬는 것일까, 아니면, 거짓을 날조하려는 것일까. "시신이 도착한 직후 들이닥쳤던 것 같기도 하고요. 정확히 기억은 나지 않습니다."
"그들이 어떻게 시신에 대해 그토록 빨리 알 수 있었을까요?"
"그야 저도 모르죠."
"짐작 가는 데가 없으십니까?"
하퍼가 가슴 앞으로 팔짱을 꼈다. "현장에서 한 경관이 낙인을 발견하고 FBI에 연락하지 않았을까요? 물론 이건 제 추측일 뿐입니다."
그때 내 벨트에서 호출기가 진동하기 시작했다. 병원에 응급상황이 벌어진 모양이었다.
"부인 일에 대해선 심히 유감스럽게 생각합니다." 그가 부자연스러운 말투로 말했다. "상심이 꽤 크시겠죠. 하지만 제가 오늘 좀 바빠서 말입니다. 나중에 약속을 잡고 다시 방문해주시면……."
"제 아내의 파일은 언제쯤 볼 수 있을까요?" 나는 물었다.
"그게 가능할지 모르겠습니다. 일단 담당자에게……."
"정보 자유법."
"네?"
"오늘 아침에 알아봤습니다. 제 아내 사건은 종결됐어요. 제게는 아내의 파일을 볼 수 있는 권리가 있습니다."
하퍼도 알고 있을 것이다. 부검 파일 공개요청을 받은 게 이번이 처음은 아닐 테니까. 그가 고개를 끄덕였다. "그래도 적절한 절차를 통해 진행해야만 합니다. 작성해야 할 서류도 적지 않고요."

"지연작전을 쓰시는 겁니까?" 나는 말했다.

"뭐라고요?"

"제 아내는 끔찍한 범죄의 피해자였습니다."

"알고 있습니다."

"그리고 제게는 아내의 파일을 들여다볼 권리가 있습니다. 계속 이렇게 비협조적으로 나오시면 저는 자연스럽게 그 이유를 궁금해할 수밖에 없습니다. 저는 지금껏 언론에 제 아내나 살인범에 대해 언급한 적이 없었습니다만, 이제는 기꺼이 그러려고 합니다. 지극히 당연하고 간단한 요청에 대해 담당 검시관이 이토록 완강히 거부하고 있는 상황을 그 누가 이해하겠습니까?"

"협박처럼 들리는군요."

나는 자리에서 일어났다. "내일 아침에 다시 오겠습니다." 나는 말했다. "그때까지 제 아내의 파일을 준비해주시기 바랍니다."

처음 해보는 적극적인 행동이 묘한 쾌감을 안겨주었다.

22

////////

NYPD 강력계 형사 롤런드 디몬테와 케빈 크린스키는 제복 경관들보다 먼저 현장에 도착했다. 수사의 지휘권은 디몬테가 맡았다. 기름이 좔좔 흐르는 머리, 흉측한 뱀가죽 구두를 신은 그는 너덜너덜해진 이쑤시개를 연신 씹어대는 중이었다. 그는 우렁찬 목소리로 경관들에게 신속한 현장 봉쇄를 지시했다. 몇 분 후, 현장감식반 대원들이 소리 없이 들어와 작업을 시작했다.

"목격자들도 격리시키고." 디몬테가 말했다.

목격자는 달랑 둘뿐이었다. 남편과 새까맣게 차려입은 괴짜 조수. 남편은 제정신이 아닌 듯했지만 연기일 가능성도 배제할 수 없었다.

디몬테는 여전히 이쑤시개를 질겅질겅 씹어대며 아르투로라는 괴짜 조수를 한쪽으로 불러냈다. 청년의 얼굴은 마치 마약을 한 듯 창백했다. 시체를 발견하자마자 미친 듯이 속을 비워댔다니 그럴만도 했다.

"좀 나아졌어요?" 디몬테가 걱정하는 척하며 물었다.

아르투로는 고개를 끄덕였다.

디몬테는 그에게 최근 들어 피해자에게 이상한 점이 없었는지를 물었다. "있었어요." 아르투로는 대답했다. "어제 레베카가 어떤 전화를 받고 나서 좀 이상했어요." 그게 누구 전화였느냐는 질문에는 이렇게 대답했다. "글쎄요. 모르겠어요. 하지만 한 시간쯤 지나서 어떤 남자가 레베카를 찾아왔더라고요. 그가 돌아간 후에 레베카는 넋 나간 모습을 하고 있었어요."

그 남자의 이름을 기억하느냐는 질문에 아르투로가 말했다.

"벡. 레베카가 그 남자를 벡이라고 불렀어요."

쇼나는 마크의 이불을 건조기에 쑤셔넣었다. 린다가 그녀 뒤로 다가갔다.

"밤에 또 지도를 그렸나 보네." 린다가 말했다.

"지각 능력이 대단하시네."

"비꼬지 마." 린다가 뒤로 물러나며 말했다. 쇼나는 사과를 하려고 입을 열었지만 아무 말도 나오지 않았다. 쇼나가 딱 한 번 집을 나갔을 때 마크는 심상치 않은 반응을 보였다. 그때부터 시작된 야뇨증은 신기하게도 린다와 재결합한 후 마법처럼 멎었었다. 비록 이렇게 재발하기는 했지만.

"아이도 상황이 어떻게 돌아가는지 아는 거야." 린다가 말했다. "집 안에 감도는 팽팽한 긴장감을 애라고 못 느끼겠어?"

"대체 내가 어쩌기를 바라는 거야, 린다?"

"뭐라도 하길 바라지."

"또다시 집을 나가는 일은 없을 거야. 약속해."

"마크의 반응을 보니 그걸로는 부족한 것 같아."

쇼나가 종이 섬유유연제를 건조기에 던져넣었다. 지친 그녀의 얼굴에 주름이 깊어졌다. 그녀는 이런 상황을 조금도 원한 적 없었다. 다크서클과 푸석푸석한 머리는 그녀 같은 최정상 모델에게 적합하지 않았다. 무언가 다른 조치가 절실히 필요했다.

그녀는 이 모든 일에 지쳤다. 짜증 나는 집안 분위기와 공상적 박애주의자들이 가해오는 압력에서 벗어나고 싶었다. 차라리 편견 따위는 얼마든지 견딜 수 있었다. 하지만 선의의 지지자들이 아이를 키우는 레즈비언 커플에게 가하는 스트레스는 숨이 막힐 정도였다. 두 사람의 관계가 파국에 이르면 그것은 모든 레즈비언들의 실패나 다름없다는 듯이, 마치 이성애자 커플들은 절대 결별 같은 건 하지 않는다는 듯이 구는 인간들. 쇼나는 운동가가 아니다. 이기적이라 비난할지 몰라도 그녀는 자신의 행복을 '공익'이라는 이름으로 희생하고 싶지 않았다.

그녀는 린다도 같은 입장일지 궁금했다.

"사랑해." 린다가 말했다.

"나도 사랑해."

그들은 서로를 바라보았다. 마크의 야뇨증이 재발하다니. 쇼나는 공익을 위해 자신을 희생할 마음은 없지만, 마크를 위해서라면 기꺼이 그럴 각오가 되어 있었다.

"이제 어떡하지?" 린다가 물었다.

"어떻게든 답을 찾아야지."

"우리가 할 수 있을까?"

"나를 사랑해?"

"사랑한다는 거 알잖아." 린다가 말했다.

"아직도 너한테 내가 세상에서 가장 흥미롭고 멋있는 사람이야?"

"오, 물론이지." 린다가 말했다.

"나도." 쇼나가 미소를 지어 보였다. "나, 짜증 날 정도로 나르시스트 같지 않아?"

"알긴 아네."

"그래도 나는 너의 나르시스트니까 이해해줄 거지?"

"그걸 말이라고."

쇼나가 바짝 다가갔다. "나같이 변덕스러운 사람이랑 같이 사는 거 힘들지 않아?"

"너는 변덕스러울 때가 제일 섹시해." 린다가 말했다.

"그건 그렇지 않을 때도 마찬가지야."

"닥치고 키스나 해줘."

그때 아래층 정문에서 벨이 울렸다. 린다가 쇼나를 바라보았다. 쇼나는 어깨를 으쓱였고, 린다가 인터폰 버튼을 누르고 말했다.

"네?"

"린다 벡 씨?"

"누구시죠?"

"FBI 킴벌리 그린 요원입니다. 제 파트너 릭 펙과 함께 왔습니다. 올라가서 몇 가지 묻고 싶은 게 있어요."

린다가 답하기 전에 쇼나가 먼저 나섰다. "헤스터 크림스타인이 우리 변호사예요." 쇼나가 인터폰에 대고 소리쳤다. "그 사람에게 연락하세요."

"당신은 용의자가 아닙니다. 그냥 몇 가지 물어볼 게……"

"헤스터 크림스타인." 쇼나가 말을 끊었다. "연락처는 알고 있죠? 안녕히 가세요."

쇼나가 버튼에서 손을 뗐다. 린다가 그녀를 멀뚱히 바라보았다. "이게 무슨 일이지?"

"네 동생이 곤경에 빠졌어."
"뭐?"
"앉아봐." 쇼나가 말했다. "어떻게 된 일인지 들려줄 테니까."

벡의 할아버지를 담당하는 간병인, 라이사 마르코프는 노크 소리를 듣고 문을 열었다. NYPD 소속 디몬테와 크린스키 형사를 이끌고 나타난 칼슨과 스톤 요원이 그녀에게 문서를 하나 내밀었다.
"수색영장입니다." 칼슨이 말했다.
라이사는 덤덤하게 옆으로 물러났다. 구 소련에서 유년기를 보낸 그녀에겐 조금도 당황스러운 상황이 아니었다.
곧장 칼슨이 데려온 여덟 명의 요원들이 벡의 집으로 우르르 들이닥쳤다.
"모든 걸 녹화해." 칼슨이 큰 소리로 지시했다. "실수하지 말고."
그들은 헤스터 크림스타인보다 반 발짝이라도 앞서가기 위해 신속히 움직였다. 칼슨은 O. J. 심슨 사건* 이후 헤스터와 같은 엘리트 변호사들이 절박한 구혼자처럼 '경찰의 무능과 직권남용'을 필사적으로 물고 늘어졌음을 잘 알고 있었다. 스스로를 엘리트 법 집행관이라 자부하는 칼슨은 그녀에게 어떠한 반격의 빌미도 제공하지 않겠다고 다짐했다. 요원들에겐 이미 수색의 모든 과정을 꼼꼼하게 기록하라고 지시한 상태였다.
칼슨과 스톤이 레베카 셰이즈의 스튜디오에 들이닥쳤을 때 디몬테는 불쾌한 기색을 감추지 못했다. 모두의 예상대로 관할권을

* 1994년 6월 미국 로스앤젤레스에서 일어난 살인 사건. 전 미식축구 선수 O. J. 심슨이 체포되며 세간의 주목을 받았고, 1995년 10월 무죄로 종결되었다. 맨손으로 범행 현장을 조사하고 증거물을 수집하는 등, 경찰과 검찰의 많은 실수가 무죄 판정의 큰 요인으로 작용했다.

놓고 NYPD와 FBI 사이에 팽팽한 힘겨루기가 벌어졌다. 뉴욕 같은 대도시에서는 FBI와 지역 경찰의 총화단결이 거의 불가능한 법이니.

하지만 헤스터 크림스타인이 그 어려운 일을 가능케 했다.

양측 모두 언론의 관심을 몰고 다니며 수사 방해에 천부적인 소질을 자랑하는 헤스터를 부담스러워했다. 그녀 덕분에 온 세상 사람이 이 일에 주목할 테니까. 사소한 실수 하나라도 용납할 수 없었다. 그것이 바로 이번 수사의 원동력이었다. 팔레스타인과 이스라엘만큼이나 앙숙인 그들이 마지못해 통 큰 동맹에 합의했다. 헤스터가 진흙탕 전법을 쓰기 전에 확실한 물증을 손에 넣어야 하니까.

FBI는 이미 신속하게 수색영장을 받아놓았다. 그들에게는 손쉬운 작업이었다. 자기들 건물만 가로지르면 남부 연방법원에 다다를 수 있으니. 디몬테를 위시한 NYPD가 수색영장을 신청하려 했다면 반드시 뉴저지의 카운티 법원을 거쳐야 했을 것이다. 그러는 동안 헤스터 크림스타인은 물을 흐려놓았을 테고.

"칼슨 요원님!"

길모퉁이에서 들려온 목소리였다. 칼슨은 뒤뚱거리는 스톤과 함께 황급히 밖으로 뛰쳐나갔다. 디몬테와 크린스키가 그들을 뒤따랐다. 젊은 FBI 요원 하나가 뚜껑 열린 쓰레기통 앞에 서 있었다.

"뭔가?" 칼슨이 물었다.

"좀 수상해서 말입니다. 여기……." 젊은 요원이 누군가가 대충 벗어 던져놓은 라텍스 장갑을 가리켰다.

"증거품 봉투에 담아." 칼슨이 명령했다. "총기발사 잔여물이 남아 있는지도 검사하고." 칼슨이 디몬테를 돌아보았다. 추가 협력이 필요한 상황이었다. 경쟁을 붙여서라도 신속하게. "그쪽에 보내면 얼마나 걸립니까?"

"하루." 디몬테가 말했다. 그는 새 이쑤시개를 씹고 있었다. "어쩌면 이틀?"

"그럼 곤란해요. 아무래도 샘플을 콴티코* 연구소로 보내야 할 것 같군요."

"그건 안 됩니다." 디몬테가 화를 내며 말했다.

"어디든 빠른 곳에서 진행하기로 하지 않았습니까."

"여기서 작업하는 게 빠릅니다." 디몬테가 말했다. "내가 책임지고 진행하죠."

칼슨이 고개를 끄덕였다. 예상한 대로였다. 지역 경찰을 서두르게 만드는 가장 좋은 방법은 사건을 빼앗겠다고 으름장을 놓는 것이다.

삼십 분 후, 차고에서 그들을 부르는 또 다른 고함이 들려왔다. 그들은 그쪽으로 부리나케 달려갔다.

스톤의 입에서 나지막한 휘파람 소리가 새어 나왔다. 디몬테의 눈이 휘둥그레졌다. 칼슨은 몸을 숙이고 유심히 살폈다.

분리수거함 속 신문 밑에 9밀리미터 권총이 버려져 있었다. 화약 냄새가 최근에 발사되었음을 알려주었다.

스톤이 칼슨을 돌아보았다. 그는 자신의 미소가 카메라에 포착되지 않도록 몸을 틀었다.

"잡았어." 스톤이 나지막이 말했다.

칼슨은 아무 말도 하지 않았다. 총기를 증거품 봉투에 담는 현장 감식반원을 지켜보며, 생각에 잠긴 채 얼굴을 찌푸릴 뿐이었다.

* 미국 버지니아 주의 도시. FBI 아카데미와 FBI 연구소 등이 있다.

23

////////

비상호출을 받고 달려가니 티제이가 있었다. 이번에는 문설주에 팔을 긁혔다고 했다. 다른 아이들 같으면 따끔거리는 소독제를 뿌려주면 그만이었을 것이다. 하지만 티제이는 고작 이 정도 부상에도 하룻밤 병원 신세를 져야 한다. 티제이는 이미 링거를 맞고 있었다. 혈우병은 한랭 침전물이나 동결 혈장 같은 혈액 제제로 다스려야 한다. 나는 오는 길에 간호사에게 연락해 즉시 링거를 놓으라고 했다.

내가 티제이의 아버지 타이리스를 처음 만난 건 6년 전이었다. 그가 수갑을 찬 채로 고래고래 욕을 해댔던 그날. 그로부터 한 시간 전, 그는 생후 9개월 된 아들 티제이를 안고 응급실로 들이닥쳤다. 나도 그 자리에 있었지만 급성 질환은 당시 나의 영역이 아니었다. 티제이의 진료는 다른 의사가 맡았다.

티제이는 반응이 없었고 무기력했다. 호흡도 불안정했다. 얌전히 지켜보던 타이리스는 갑자기 흥분하며(젖먹이를 안고 응급실로 달려온 아버지의 당연한 반응일 테지만) 담당의에게 아이의 상태가 하루 종일 좋지 않았다고 말했다. 담당의는 잠시 간호사와 눈빛을 교환했다. 간호사는 고개를 끄덕이고 전화기로 달려갔다. 혹시 모르는 일이니.

안저眼底 검사 결과 아이의 양쪽 눈에서 망막 출혈이 진행되고 있었다. 눈 안쪽의 혈관이 터진 것이다. 망막 출혈과 기면 상태. 그리고 아버지의…… 몰골. 퍼즐이 맞춰지자 담당의는 진단을 내렸다.

흔들린 아이 증후군*.

무장한 경비원들이 응급실로 우르르 몰려왔다. 그들은 타이리스에게 수갑을 채웠고, 그는 요란하게 욕설을 쏟아냈다. 나는 모퉁이 너머로 현장을 지켜보았다. 잠시 후, NYPD 소속 제복 경관 두 명과 아동복지국에서 급파한 지친 모습의 직원이 도착했다. 타이리스는 억울하다고 외쳐댔다. 그 장면을 지켜보던 모든 이들이 아버지가 어떻게 그럴 수 있느냐는 듯 고개를 저으며 혀를 찼다.

병원에서 숱하게 목격해온 장면이었다. 사실 이보다 더한 경우도 많았다. 성병에 걸린 세 살배기 소녀를 진료한 적도 있고, 내출혈로 실려 온 네 살배기 소년에게서 성폭력 증거를 채취한 적도 있었다. 이와 유사한 모든 학대 사건의 범인은 단 한 번의 예외도 없이 가족의 일원이거나 어머니의 새 남자친구로 밝혀졌다.

얘들아, 악당은 놀이터에 숨어 있지 않아. 악당은 집에서 너희랑 같이 살고 있단다.

두개내손상을 입은 유아의 95퍼센트 이상은 아동학대 피해자들이다. 실로 충격적인 통계가 아닐 수 없다. 그것이 담당의가 타이리스의 아동학대 가능성을 높이 보게 만들었다.

응급실에서는 온갖 변명이 난무한다. 아이가 소파에서 굴러떨어

* 양육자가 고의로 아이를 강하게 흔들어 생기는 질환. 가정 내 폭력상황이 빈번이 발생하거나 양육자가 약물중독에 빠져 있는 경우가 많다.

졌어요, 오븐 문이 아이의 머리로 떨어졌어요, 형이 장난감을 머리에 떨어뜨렸어요……. 응급실에서 오래 일하다보면 베테랑 경찰보다 더 냉소적인 인간이 되어버린다. 보통의 건강한 아이들은 이런 돌발적인 사고를 잘 버텨낸다. 단지 소파에서 굴러떨어졌다고 망막 출혈이 발생하는 경우는 거의 없다고 봐야 한다.

처음 한동안은 타이리스가 아동학대를 저질렀을 거라는 판단이 크게 거슬리진 않았었다.

하지만 어떤 이유에서인지 타이리스가 억울해하는 모습이 내게 묘한 인상을 심어주었다. 그가 결백하다고 생각했기 때문은 아니었다. 나는 이따금 상대의 외모만 보고 섣부른 판단을 내릴 때가 있다. 한마디로, 인종에 대한 편견에 휘둘릴 때가 있다는 얘기다. 비단 나뿐이겠는가. 불량해 보이는 흑인 아이들을 피하려고 길을 건너는 것도 인종에 대한 편견이다. 그 상황에서 인종차별주의자로 비치는 게 싫어 길을 건너지 않는 것 역시 마찬가지이다. 흑인 패거리를 보고도 아무 생각이 없다면 자신이 외계인이라는 뜻이고.

그때 나를 멈칫하게 만든 건 순전히 이전 사건과의 유사성 때문이었다. 뉴저지 쇼트 힐스의 한 부촌에서 교대근무를 했을 때 소름끼치도록 유사한 케이스를 본 적이 있었다. 말쑥하게 차려입은 백인 부부가 최고급 승용차에 생후 6개월 된 딸을 싣고 응급실을 찾아왔을 때, 부부의 셋째 아이인 소녀도 티제이와 같은 상태였다.

그때는 누구도 아버지에게 달려들어 수갑을 채우지 않았다.

그래서 나는 타이리스에게 슬그머니 다가갔다. 그는 나를 매섭게 노려보았다. 거리에서였다면 무척 당황했을 것이다. 하지만 이곳에서는 안심할 수 있었다. 병원은 무서운 늑대가 아무리 힘껏 입김을 불어도 끄떡없는 벽돌집이었으니까. "아이가 이 병원에서 태어났나요?" 내가 물었다.

타이리스는 대답이 없었다.

"아들이 여기서 태어났느냐고요."

그가 겨우 흥분을 가라앉히고 입을 열었다. "그래요."

"포경수술은 했고요?"

타이리스가 또다시 나를 노려보았다. "너 뭐야? 호모 새끼야?"

"그렇다면 어쩌게요?" 나는 받아쳤다. "아이가 여기서 포경수술을 했습니까? 예, 아니오로만 대답해요."

타이리스가 이를 갈며 말했다. "그래요."

나는 티제이의 사회보장번호를 찾아 컴퓨터에 조회해보았다. 아이의 기록이 화면에 떠올랐다. 나는 포경수술 여부를 확인해보았다. 정상. 젠장. 그때 또 다른 내용이 눈에 들어왔다. 티제이가 병원을 찾은 것은 이번이 처음이 아니었다. 생후 2주 때 티제이는 배꼽, 탯줄 출혈로 응급실에 실려 왔었다.

갑자기 의구심이 일었다.

나는 즉시 혈액검사를 요청했다. 경찰은 이미 타이리스를 경찰서로 끌고 가려던 참이었다. 타이리스는 저항하지 않았다. 그가 요구한 건 단지 아이를 위한 신속한 검사뿐이었다. 나는 검사를 독촉하고 싶었지만 당시 내게는 그럴 만한 힘이 없었다. 병원에서 그게 가능한 사람은 손에 꼽을 정도였다. 어쨌든 이후에 나온 검사 결과, 부분트롬보플라스틴시간*은 연장됐지만 프로트롬빈시간**과

* partial thromboplastin time, 출혈 및 혈전질환 검사의 일종. 출혈 시 혈액응고에 관여하는 인자들의 결핍 여부를 확인할 수 있다. 내인성 및 공통 경로의 응고인자의 양이 부족하거나 기능에 문제가 있을 경우 연장된다.

** prothrombin time, 주로 부분트롬보플라스틴시간 검사와 함께 시행하는 검사로, 외인성 등에 문제가 있는지 판별할 수 있다.

혈소판 수치는 정상이었다. 황당하지 않은가?

다행스러운 사실과 최악의 사실이 한꺼번에 확인된 것이다. 아이는 빈민가 출신의 아버지에게 학대당한 것이 아니었다. 망막 출혈의 원인은 바로 혈우병이었다. 아이는 그렇게 시력을 잃고 말았다.

경비원들은 그제야 한숨을 내쉬며 타이리스의 수갑을 풀어주었고 아무 말 없이 물러났다. 타이리스는 욱신대는 손목을 문질렀다. 어린 아들을 학대해 눈을 멀게 했다는 억울한 누명을 쓴 이 남자에게 그 누구도 사과를 하거나 동정의 말을 건네지 않았다.

부촌의 병원에서 같은 일이 벌어졌다면 그 결과가 어땠을까.

그 후로 티제이는 내 환자가 됐다.

지금 나는 병실에서 티제이의 멍한 눈을 들여다보며 아이의 머리를 쓰다듬고 있었다. 어린 환자들은 대개 공포와 흠모가 반씩 섞인 경이의 눈빛으로 나를 쳐다본다. 동료들과 나는 자신들이 처한 상황에 대한 아이들의 이해가 어른들보다 훨씬 깊다고 믿는다. 그 이유는 간단하다. 아이들은 부모를 용감무쌍하고 전능하게 여긴다. 하지만 병원에서는 그런 부모가 의사를 우러러본다. 그것도 공포와 갈망이 가득한 눈빛으로. 마치 종교적 환희에 빠져 있기라도 한 것처럼.

어린아이에게 그보다 더 무시무시한 광경이 또 있을까?

몇 분 후, 티제이의 눈이 스르르 감겼다. 잠에 빠져든 것이다.

“문 옆에 부딪쳤어요.” 타이리스가 말했다. “정말 그뿐이었는데……. 앞을 못 보니 이런 일이 벌어질 수밖에요. 안 그렇습니까?”

“오늘 밤은 여기 두고 지켜볼게요.” 나는 말했다. “하지만 걱정 말아요. 곧 나아질 테니까.”

“어떻게요?” 타이리스가 나를 쳐다보았다. “지혈이 안 되는데 어떻게 곧 나아질 수 있죠?"

내게는 그 답이 없었다.

"녀석과 여길 떠야할 것 같아요."

병원 얘기가 아니었다.

타이리스가 주머니에서 돈을 꺼냈다. 지금은 그의 호의에 응할 기분이 아니었다. 나는 한 손을 들어 보이며 말했다. "나중에 다시 올게요."

"고마워요, 닥. 정말 고마워요."

나는 그가 아닌, 티제이를 위해 왔음을 상기시키려다 입을 꼭 닫아버렸다.

신중해야 해. 칼슨은 생각했다. 그의 맥박이 점점 빨라지고 있었다. 명심해. 최대한 신중해야 한다고.

칼슨과 스톤, 크린스키, 디몬테는 지방검사인 랜스 파인과 함께 회의실 테이블에 둘러앉아 있었다. 야욕을 품은 족제비 같은 파인은 쉴 새 없이 씰룩이는 눈썹에 당장이라도 열기 속에서 녹아내릴 듯한 밀랍 같은 얼굴을 하고 있었다. 그는 결의에 찬 표정으로 상기되어 있었다.

디몬테가 말했다. "당장 잡아들입시다."

"한 번만 더 설명해줘요." 랜스 파인이 말했다. "앨런 더쇼비츠* 조차 그를 감옥에 보내고 싶어할 만큼 설득력 있게."

디몬테가 파트너를 돌아보며 고개를 끄덕였다. "이번에는 자네가 해봐, 크린스키. 아주 쐐기를 박아버리자고."

* 하버드 대학교 형법 교수이자 변호사.

크린스키가 수첩에 적힌 내용을 읽어 내려가기 시작했다.

"레베카 셰이즈는 근거리에서 발사된 9밀리미터 자동 권총에 머리를 두 방 맞았습니다. 즉시 영장을 발부받아 수색을 진행했고, 데이비드 벡의 집 차고에서 9밀리미터 권총을 찾았습니다."

"총에 지문이 남아 있었나요?" 파인이 물었다.

"없었습니다. 하지만 탄도 검사 결과 벡의 차고에서 발견된 9밀리미터 권총이 직접적인 살인 도구였음을 확인했습니다."

디몬테가 미소를 흘리며 한쪽 눈썹을 씰룩였다. "지금 내 젖꼭지만 딱딱해졌나요?"

파인이 눈살을 찌푸렸다. "계속해요." 그가 말했다.

"같은 영장으로 수색을 벌이던 중 데이비드 벡의 집 근처 쓰레기통에서 라텍스 장갑을 발견했습니다. 오른쪽 장갑에는 화약 잔여물이 남아 있었고요. 참고로, 벡은 오른손잡이입니다."

디몬테가 뱀가죽 구두를 신은 두 발을 번쩍 들었다. 그의 입에서 이쑤시개가 요동쳤다. "오, 예, 베이비, 세게, 더 세게. 아주 좋아."

파인의 얼굴이 일그러졌다. 크린스키는 수첩에서 눈을 떼지 않은 채 손가락에 침을 발라 페이지를 넘겼다.

"바로 그 오른쪽 라텍스 장갑에는 레베카 셰이즈의 머리카락이 붙어 있었습니다. 조회를 해봤더니 색깔이 일치했어요."

"오, 예! 오, 예!" 디몬테가 오르가슴에 도달한 척 연기를 했다. 어쩌면 정말로 그런지도 몰랐다.

"DNA 검사 결과가 나오려면 시간이 좀 걸릴 겁니다." 크린스키가 말을 이었다. "사건 현장에서는 데이비드 벡의 지문도 검출됐습니다. 시체가 발견된 암실에서 나온 건 아니지만 말입니다."

크린스키가 수첩을 닫았다. 모두의 시선이 랜스 파인에게로 돌아갔다.

파인이 턱을 문지르며 자리에서 일어났다. 디몬테의 연기와 무관하게 그들 모두 흥분을 가라앉히려 애쓰고 있었다. 용의자 체포를 앞둔 수사관들은 이 파렴치하고 거대한 사건이 안겨줄 특유의 도취감에 한껏 들뜬 상태였다. 이제 곧 기자회견과 정치인들의 축하전화와 신문에 큼지막하게 실릴 사진들이 이어질 것이다.

하지만 닉 칼슨은 찜찜한 기분을 떨쳐내지 못했다. 자리에 앉아 초조하게 클립을 비비 꼬았다. 시야 끝자락에 매달려 그의 신경을 거슬리게 하는, 알 수 없는 무언가가 있었다. 벡의 집에는 도청장치가 설치되어 있었다. 누가 그를 감시해온 것이다. 그의 전화기도 마찬가지였다. 하지만 그 누구도 그 이유를 알지 못했다. 아니, 알려고도 하지 않았다.

"파인?" 디몬테가 말했다.

랜스 파인이 헛기침을 한 번 했다. "지금 벡은 어디 있습니까?" 그가 물었다.

"병원에 있어요." 디몬테가 대답했다. "제복 경관 둘에게 잘 감시하라고 시켰습니다."

파인이 고개를 끄덕였다.

"파인." 디몬테가 말했다. "할 말 없어요?"

"일단 헤스터에게 먼저 연락합시다." 파인이 말했다. "예의상 그러는 게 맞겠죠."

쇼나는 린다에게 모든 걸 들려주었다. 벡이 컴퓨터에서 엘리자베스를 본 사실만 빼고. 그 주장을 믿기 때문은 아니었다. 오히려 그녀는 그것이 누군가의 장난일 거라 확신했다. 그러나 벡의 생각은 달랐다. 아무에게도 말하지 말라고? 그녀는 린다에게 만큼은 솔직하고 싶었다. 하지만 그렇다고 벡을 배신할 수는 없었다.

린다는 쇼나의 눈을 뚫어지게 응시하고 있었다. 그녀는 고개를 끄덕이지도, 입을 열지도, 몸을 움직이지도 않았다. 쇼나의 말이 끝나자 린다가 물었다. "너도 그 사진을 봤어?"

"아니."

"경찰은 그걸 어디서 구했대?"

"몰라."

린다가 자리에서 일어났다. "데이비드가 엘리자베스에게 그랬다는 게 말이나 돼?"

"내 말이."

린다는 두 팔을 모아 자신의 양팔을 끌어안았다. 얼굴이 잿빛으로 변한 그녀의 호흡이 점점 가빠지기 시작했다.

"괜찮아?" 쇼나가 말했다.

"나한테 뭘 감추고 있지?"

"왜 그렇게 생각해?"

린다는 말없이 그녀를 쳐다보았다.

"네 동생한테 직접 물어봐." 쇼나가 말했다.

"왜?"

"내가 얘기하는 건 적절치 않으니까."

그때 또다시 벨이 울렸다. 이번에는 쇼나가 응답했다.

"네?"

스피커에서 여자의 목소리가 흘러나왔다. "헤스터 크림스타인이에요."

쇼나가 버튼을 눌러 문을 열어주었다. 이 분 후, 헤스터가 곧장 안으로 들어왔다.

“레베카 셰이즈라는 사진작가를 알아요?”

“네.” 쇼나가 말했다. “오랫동안 못 봤는데. 린다, 너는?”

“나도 몇 년 됐어.” 린다가 말했다. “엘리자베스와 다운타운 아파트에서 같이 살았었잖아. 그런데 그건 왜 묻죠?”

“어젯밤 살해됐어요.” 헤스터가 말했다. “다들 벡이 죽였다고 믿고 있어요.”

두 여자는 마치 뺨이라도 얻어맞은 듯 바짝 얼어붙었다. 둘 중 쇼나가 먼저 정신을 차렸다.

“벡은 어젯밤에 나랑 같이 있었는데요.” 그녀가 말했다. “그의 집에서도.”

“몇 시까지 같이 있었죠?”

“몇 시까지 같이 있었다고 해야 하죠?”

헤스터의 미간이 찌푸려졌다. “이건 장난이 아니에요, 쇼나. 어제 둘이서 몇 시까지 같이 있었어요?”

“10시, 10시 반. 레베카가 살해된 시각은요?”

“그건 아직 몰라요. 하지만 내부 정보원 얘기를 들어보니 경찰이 확실한 증거를 확보한 모양이에요.”

“말도 안 돼.”

그때 휴대전화가 울렸다. 헤스터 크림스타인이 전화를 받았다.

“네?”

그녀는 한동안 상대의 말을 묵묵히 듣고 있었다. 그녀의 얼굴에 좌절의 빛이 살짝 비쳤다. 몇 분 후, 그녀는 제대로 된 인사도 없이 거칠게 전화를 끊었다.

“예의상 전화했다고?” 그녀가 웅얼거렸다.

"무슨 일이죠?"

"그들이 당신 동생을 체포할 거래요. 한 시간 안에 찾아서 자수시키랍니다."

24

////////

내 머릿속은 온통 워싱턴스퀘어 생각뿐이었다. 아직 네 시간이나 남았음에도 초조함을 떨칠 수가 없었다. 마침 오늘은 쉬는 날이었지만, 예고 없이 들이닥친 응급환자를 돌보느라 여유가 없었다. 레너드 스키너드가 '프리 버드free bird'에서 노래했듯이 새처럼 자유로운 몸이 되어, 지금 당장 워싱턴스퀘어로 날아가고 싶었다.

겨우 병원을 나서려는데 호출기가 다시 불길하게 울어대기 시작했다. 나는 한숨을 내쉬며 번호를 확인했다. 헤스터 크림스타인의 휴대전화. 비상코드가 함께 떠 있었다.

좋은 소식일 것 같지 않은데.

나는 그녀에게 연락할지를 놓고 잠시 고민에 빠졌다. 그냥 무시해버릴까? 하지만 무슨 큰일이 터졌는지도 모르잖아. 나는 돌아서서 진료실로 향했다. 하지만 굳게 잠긴 문에는 빨간 레버가 걸려 있었다. 다른 의사가 방을 쓰고 있다는 뜻이다.

나는 복도 끝으로 걸어갔다. 산부인과가 자리한 왼편에 빈방이 하나 보였다. 꼭 적진에 들어온 스파이가 된 기분이었다. 방 안의 금속장비들이 조명을 받아 반짝거렸다. 침대 다리걸이를 비롯한 여러 장치들이 마치 섬뜩한 중세 고문도구처럼 보였다. 나는 그 안에 들어가 전화를 걸었다.

헤스터 크림스타인은 인사조차 하지 않았다. "벡, 큰 문제가 생겼어요. 지금 어디 있죠?"

"병원에요. 무슨 일인데요?"

"한 가지만 물어볼게요." 헤스터 크림스타인이 말했다. "레베카 셰이즈를 마지막으로 본 게 언제였죠?"

순간 가슴이 철렁 내려앉았다. "어제 봤는데요. 그건 왜요?"

"그 전에는요?"

"8년 전."

헤스터가 나지막이 욕을 내뱉었다.

"대체 무슨 일인데 그래요?" 나는 물었다.

"어젯밤 레베카 셰이즈가 자기 스튜디오에서 살해됐어요. 누군가 머리에 총을 두 방 쏴 죽였다더군요."

잠에 빠져들기 직전 찾아드는, 땅이 푹 꺼지는 듯한 몽롱한 기분이 느껴졌다. 갑자기 다리가 후들거려서 나는 의자에 털썩 주저앉았다. "오, 맙소사……."

"벡, 내 말 잘 들어요."

어제 본 레베카의 모습이 떠올랐다.

"어젯밤, 어디 있었죠?"

나는 수화기를 잠시 귀에서 떼고 깊게 숨을 들이쉬었다. 죽었다니. 레베카가 죽었다니. 윤기 흐르던 그녀의 머릿결이 눈앞에서 아른거렸다. 그다음엔 얼굴도 모르는 그녀의 남편이 떠올랐다. 밤마다 침대에 누워 아내를, 베개에 늘어뜨려졌던 아내의 탐스러운 머릿결을 그리워할 그녀의 남편이.

"벡?"

"집에 있었어요." 나는 말했다. "쇼나랑 같이 집에 있었어요."

"쇼나랑 헤어진 후에는요?"

"산책을 나갔어요."

"어디로요?"

"집 근처."

"집 근처 어디?"

나는 대답하지 않았다.

"잘 들어요, 벡. 그들이 당신 집에서 범행도구를 찾아냈어요."

그녀의 설명이 이어졌지만 그 의미는 내 머리에 와닿지 않았다. 갑자기 방 안이 답답하게 느껴졌다. 방에는 창문이 없었고, 호흡은 점점 가빠져갔다.

"내 말 듣고 있어요?"

"네." 나는 가까스로 대답했고, 잠시 정신을 가다듬고 다시 입을 열었다. "그건 불가능해요."

"지금 이럴 시간이 없어요. 경찰이 곧 들이닥칠 거예요. 방금 검사라는 놈과 통화했어요. 기다려줄 테니 자수를 하라네요."

"나를 체포하겠대요?"

"지금 그게 문제가 아니라니까요, 벡."

"나는 아무 짓도 안 했다고요."

"그건 아무래도 상관없어요. 그들은 기어이 당신을 체포하고 말 거예요. 곧바로 기소 인정 절차를 밟게 될 거고요. 우리는 당연히 보석을 신청할 거예요. 지금 당신을 데리러 병원으로 가고 있어요. 그러니 거기 꼼짝 말고 있어요. 누구에게도 입을 열어서는 안 돼요. 알아듣겠어요? 경찰에게도, FBI에게도, 새로 사귄 유치장 친구에게도. 알아들었냐고요."

내 시선이 검진용 테이블 위에 걸린 시곗바늘에 멈춰 섰다. 2시가 막 지난 시각. 워싱턴스퀘어. 나는 또다시 워싱턴스퀘어를 생각했다. "지금 체포되면 안 돼요, 헤스터."

"아무 일 없을 거예요."

"얼마나 기다려야 하죠?" 나는 말했다.

"뭐가요?"

"보석으로 풀려날 때까지."

"그건 그때 가봐야 알 수 있겠죠. 보석 자체는 문제가 아니에요. 당신에게는 전과가 없잖아요. 공동체의 강직한 구성원이기도 하고. 기껏해야 여권을 내주는 정도에서……."

"정확히 얼마나 걸릴 것 같아요?"

"그게 무슨 소리예요, 벡? 이해가 안 돼요."

"제가 다시 나올 수 있을 때까지요."

"내가 최대한 밀어붙여볼게요. 됐죠? 하지만 그들이 서둘러준다고 해도, 물론 그러진 않겠지만, 당신 지문을 올버니로 보낼 때가지는 구금할 거예요. 그게 원칙이거든요. 운이 좋으면, 아주아주 운이 좋으면 자정 즈음에 기소 인정 절차를 밟을 수 있을 거예요."

자정이라고?

순간 공포가 강철 띠처럼 내 가슴을 조이기 시작했다. 유치장에 갇히면 제시간에 맞춰 워싱턴스퀘어에 갈 수 없게 된다. 엘리자베스와의 연결고리는 베니스산 유리그릇만큼이나 연약하다. 5시에 맞춰 워싱턴스퀘어에 나가지 못한다면…….

"안 되겠어요." 나는 말했다.

"네?"

"그들을 최대한 막아줘요, 헤스터. 내일 와서 체포하라고 해요."

"지금 나랑 농담해요? 어쩌면 그들이 이미 거기 도착했을지도 몰라요."

나는 고개를 문밖으로 빼고 복도를 살펴보았다. 이곳에서는 접수 데스크만 간신히 보였지만 그것으로 충분했다.

제복 경관 두어 명이 데스크 주변을 서성이고 있었다.

"오, 맙소사." 나는 방 안으로 머리를 거두며 말했다.

"벡?"

"유치장에는 갈 수 없어요. 오늘은 절대 안 돼요."

"흥분을 좀 가라앉혀요, 벡. 거기 꼼짝 말고 있어요. 아무 말도 하지 말고, 아무것도 하지 말아요. 사무실에 틀어박혀 기다리고 있으란 말이에요. 지금 가는 길이니까."

그녀가 전화를 끊었다.

레베카가 죽었다. 그들은 내가 그녀를 죽였다고 믿고 있다. 황당하게도 그녀와 나 사이엔 그들이 의심할 만한 연결고리가 있다. 나는 어제, 무려 8년 만에 그녀를 찾아갔다. 그리고 그날 밤, 그녀는 살해됐다.

대체 이게 무슨 일이지?

나는 문을 열고 다시 밖을 살폈다. 경관들은 내 쪽을 보고 있지 않았다. 나는 슬그머니 나와 복도를 가로질렀다. 건물 뒤편에 비상구가 있었다. 나는 그곳으로 빠져나갈 생각이었다. 서두르면 늦지 않게 워싱턴스퀘어에 다다를 수 있을 것이다.

내가 꿈을 꾸고 있는 걸까? 정말 경찰이 나를 쫓고 있다고?

비상구에 다다랐을 때 나는 용기를 내어 뒤를 돌아보았다. 경관 하나가 나를 바라보고 있었다. 그가 나를 가리키며 맹렬히 달려오기 시작했다.

나는 문을 열고 밖으로 뛰쳐나갔다.

도무지 믿어지지 않는 상황이었다. 내가 경찰에게 쫓기는 신세가 되다니.

문을 빠져나오자 어두운 뒷골목이 나타났다. 내게는 익숙하지 않은 풍경이다. 이상하게 들릴지 모르지만 여긴 내 동네가 아니었다. 나는 그저 이곳에 와서 일만 하고 돌아갈 뿐이다. 근무는 온종일 창문도 없는 환경에서 이루어졌다. 햇빛이 들지 않는 방에 오래 갇혀 있다 보면 마치 풀 죽은 올빼미가 된 기분이 들었고, 병원에서 한 블록만 벗어나도 생소한 풍경에 당황하기 일쑤였다.

나는 특별한 이유 없이 오른쪽으로 방향을 틀었다. 동시에 뒤에서 문이 거칠게 열리는 소리가 들렸다.

"거기 서! 경찰이다!"

그들이 그렇게 외쳐댔지만 나는 무시했다. 정말로 총을 쏠까? 아마 그럴 일은 없을 것이다. 비무장 상태로 달아나는 사람을 섣불리 쏘았다가 무슨 곤욕을 치르려고……. 사실 불가능할 것 같지는 않다. 적어도 이런 뒷골목에서는. 그래도 쉽게 쏘지는 못하리라.

몇 안 되는 행인들은 전력으로 내달리는 내게 별 관심도 보이지 않았다. 나는 멈추지 않고 계속 달려갔다. 흐릿해진 세상이 빠르게 스쳐 지나갔다. 사나워 보이는 덩치 큰 개와 산책 중인 험상궂은 남자. 모퉁이에 앉아 투덜대는 노인들. 버거울 정도로 많은 쇼핑백을 들고 가는 여자들. 아마도 학교를 땡땡이치고 거리로 쏟아져 나온 듯한 아이들.

그리고 경찰에게 쫓기고 있는 남자.

여전히 이해가 되지 않는 상황이었다. 다리가 뻐근해졌지만 나는 카메라를 응시하는 엘리자베스의 모습을 떠올리며 참아냈다.

호흡은 조절이 안 될 정도로 가빠져 있었다.

아드레날린은 초인적인 힘을 안겨주는 대가로 사람을 극도로 흥분시켜 통제 불능 상태에 빠뜨리기도 한다. 마비가 올 정도로 감각이 고조되기도 하고. 솟구치는 기운을 잘 다스리지 못하면 오히려 큰 화를 당하게 된다.

나는 마침 나타난 좁은 샛길로 영화에서 본 것처럼 몸을 날렸다. 하지만 골목은 막다른 길이었다. 가로막힌 골목 끝에는 지구상에서 가장 지저분할 것 같은 쓰레기 컨테이너 여럿이 모여 있었다. 지독한 악취에 속이 울렁거렸다. 피오렐로 라과디아가 뉴욕 시장이었을 때 이 도시의 모든 쓰레기 컨테이너는 초록색이었다. 하지만 이제는 컨테이너 전체가 녹으로 뒤덮인 상태였다. 녹이 심하게 슨 부분은 부식되기까지 했다. 덕분에 쥐들은 파이프 속에서 쓸려다니는 오물처럼 컨테이너를 마음껏 드나들 수 있으리라.

나는 빠져나갈 구멍을 찾았다. 하지만 막다른 골목에는 그 흔한 문조차도 보이지 않았다. 창문을 깨고 들어갈까 생각했지만 불행하게도 낮게 나 있는 창문 모두 창살이 설치되어 있었다.

왔던 길을 되돌아가는 수밖에 없었다. 하지만 그랬다가는 경관들에게 덜미를 잡힐 게 뻔했다.

함정에 빠져버린 것이다.

그때 좌우를 살피던 내 눈이 갑자기 위로 향했다.

비상 사다리.

머리 위로 비상 사다리가 여러 개 보였다. 여전히 아드레날린에 취해 있던 나는 충동적으로 힘껏 뛰어올랐다. 그러나 길게 뻗은 손은 사다리에 닫지 않았고, 나는 그대로 엉덩방아를 찧고 말았다. 두 번째 시도도 실패로 돌아갔다. 사다리들은 너무 높았다.

이젠 어쩐다?

쓰레기 컨테이너를 끌어와 그걸 밟고 올라가볼까? 하지만 녹이 잔뜩 낀 컨테이너 뚜껑에 구멍이 숭숭 뚫려 있다. 컨테이너 속 쓰레기를 딛고 올라선다 해도 사다리를 잡기에는 역부족일 것이다.

나는 심호흡을 하며 머리를 굴려보았다. 악취가 여전히 나를 뒤흔들고 있었다. 한번 콧속으로 파고든 지독한 냄새는 가실 줄 몰랐다. 나는 골목 입구 쪽으로 달려가보았다.

무전기 소음. 분명 경찰 무전기에서 흘러나오는 잡음이었다.

나는 벽에 등을 붙이고 서서 귀를 쫑긋 세워보았다.

숨어야 해. 지금 당장 몸을 숨겨야 해.

잡음과 목소리가 점점 크게 들려왔다. 경찰이 빠르게 다가오고 있다. 그들에게 노출된 것이다. 나는 벽에 몸을 좀 더 밀착시켰다. 그런다고 달라질 건 없지만. 그들이 나를 벽화로 오해하기라도 한다면 모를까.

정적을 깨는 요란한 사이렌 소리가 들려왔다.

나를 향한 사이렌.

발소리. 어느새 그들은 바짝 다가와 있었다. 이제 숨을 곳은 딱 한 곳뿐이었다.

나는 가장 양호해 보이는 컨테이너를 골랐다. 그리고 눈을 질끈 감은 채 그 안으로 파고들었다.

심하게 상한 우유. 가장 먼저 찾아든 냄새였다. 물론 그 냄새만 풍기는 건 아니었다. 토사물과 흡사한 역겨운 냄새도 나는 것 같았다. 나는 컨테이너 안에 주저앉았다. 축축하고 부패한 무언가가 밑에서 짓이겨졌다. 온몸에 쓰레기가 달라붙자 헛구역질이 시작됐고, 배 속은 요동쳤다.

누군가가 골목 입구를 지나쳐 달려가는 소리가 들려왔다. 나는 몸을 좀 더 낮추었다.

그때 쥐 한 마리가 내 다리로 올라왔다.

하마터면 비명을 지를 뻔했지만 다행히도 잠재의식 속 무언가가 신속하게 목구멍을 막아버렸다. 맙소사. 이 비현실적인 상황이 실제상황이라고? 숨을 참았지만 오래 못 가 포기하고 말았다. 입으로만 숨을 쉬어도 소용이 없었다. 나는 셔츠 자락으로 코와 입을 틀어막았다. 미미한 효과가 있었지만 큰 차이는 없었다.

얼마나 지났을까, 무전기 소음이 사라지고 발소리도 더는 들려오지 않았다. 내 작전이 성공한 건가? 하지만 기쁨도 잠시, 이내 더 많은 경찰 사이렌이 한데 뒤섞여 들려왔다. 이것이야말로 진정한 협주곡이라 할 수 있었다. 경관들이 지원을 요청한 모양이었다. 이제 곧 누군가가 쓰레기 컨테이너를 수색하러 올 것이다. 이제 어쩌지?

나는 컨테이너의 가장자리를 붙잡고 몸을 일으켰다. 녹슨 부분이 파고들면서 손바닥에 상처를 냈다. 피가 배어나자 나는 무의식적으로 손을 입으로 가져갔다. 하지만 이내 멈칫했다. 파상풍의 위험에 대해서는 소아과 의사인 내가 누구보다 잘 알기 때문이었다. 물론 파상풍 따위를 걱정할 때가 아니었지만.

나는 다시 귀를 쫑긋 세워보았다.

발소리도, 무전기 소음도 들리지 않았다. 사이렌은 계속 울어댔지만 그 정도는 예상했던 일이었다. 추가 지원. 살인자가 거리를 활보하고 있는데 민중의 지팡이인 경찰이 가만히 두고 볼 리 만무했다. 당연히 현장을 봉쇄하고 수사망을 좁혀오겠지.

내가 병원에서 얼마나 벗어난 걸까?

알 길이 없었다. 하지만 한 가지는 분명했다. 계속 움직여야 한다는 것. 병원으로부터 최대한 벗어나야 한다는 것.

그러려면 우선 이 골목을 빠져나가야만 했다.

나는 다시 골목 입구로 나가보았다. 발소리와 무전기 소음은 들려오지 않았다. 다행이었다. 여길 빠져나가는 건 옳은 선택이야. 목적지까지 있다면 금상첨화일 텐데. 나는 잠시 머리를 굴려보았다. 계속 동쪽으로 가보는 거야. 동네가 점점 험해지더라도. 나는 지상 철로를 보았던 기억을 떠올렸다.

전철.

바로 그거야. 가는 길에 열차를 몇 번 갈아타면 감쪽같이 사라질 수 있을 거야. 여기서 가장 가까운 역이 어디지?

머릿속으로 노선도를 떠올리고 있을 때 경관 하나가 골목 입구로 불쑥 들어왔다.

앳되고 말쑥한 그의 얼굴은 분홍빛을 띠고 있었다. 그의 파란색 셔츠 소매는 반듯하게 말려 올라가 있었고, 두꺼운 이두박근에는 압박붕대 두 개가 묶여 있었다. 나를 발견한 그가 화들짝 놀랐다. 그를 보고 내가 놀란 만큼.

우리는 일제히 얼어붙었다. 하지만 회복은 내가 좀 더 빨랐다.

만약 권투선수나 쿵푸 유단자처럼 신중하게 그에게 접근했다면 내 머리는 금세 박살이 나버렸을 것이다. 하지만 불안과 공포에 휩싸인 나는 그렇게 침착할 수 없었다.

대신 그를 향해 온몸을 날렸다.

고개를 푹 숙인 채 로켓처럼 그의 몸통 정중앙을 공략했다. 테니스를 잘 치던 엘리자베스가 언젠가 나에게 들려준 얘기였다. 네트에 바짝 접근한 상대를 공략하는 최고의 방법은 그들의 복부로 공을 날리는 것이라고. 그러면 상대는 어느 쪽으로 움직여야 할지 몰라 당황하게 된다고 했다. 일종의 반응 지연 전략이다.

방금 전, 나는 그 전략을 경관에게 써먹었다.

순식간에 그와 충돌했다. 나는 울타리를 붙잡고 버티는 원숭이처럼 그의 어깨를 움켜잡았다. 우리는 한데 뒤엉켜 고꾸라졌다. 나는 무릎을 그의 가슴에 얹고 정수리로 경관의 턱을 짓이겼다.

우리는 둔탁한 소리와 함께 쓰러졌다.

무언가 부러지는 소리가 났다. 그의 턱뼈와 맞닿은 내 두개골에서 찌릿찌릿한 통증이 느껴졌다. 젊은 경관의 입에서 나지막한 신음이 터져 나왔다. 그의 폐에서 공기가 새는 소리였다. 그의 턱뼈가 부러진 듯했다. 걷잡을 수 없는 두려움에 나는 마치 전기 충격기에 쏘이기라도 한 듯 그를 밀치며 일어났다.

내가 경찰을 폭행하다니.

하지만 감상에 빠질 여유도 없었다. 최대한 신속히 달아나야 했다. 그런데 가까스로 정신을 부여잡고 돌아서서 내달리려는 순간, 그의 손이 내 발목을 움켜잡았다. 나는 그를 내려다보았다.

그는 무척 고통스러워하고 있었다. 내가 그 꼴로 만든 것이다.

그러나 나는 중심을 잡고 서서 그를 힘껏 걷어찼다. 내 발끝이 그의 늑골을 파고들었다. 외마디 비명과 함께 그의 입에서 피가 터져 나왔다. 그 순간에도 믿을 수가 없었다. 내가 이런 짓을 하고 있다니. 죄책감도 잠시, 나는 그를 다시 걷어찼다. 그의 손에서 힘이 풀리자 나는 붙잡혀 있던 발을 재빨리 빼냈다.

그러고는 전속력으로 내달리기 시작했다.

25

////////

헤스터와 쇼나는 택시를 잡아타고 병원으로 향했다. 린다는 1번 열차를 타고 세계 금융센터로 달려갔다. 동생의 보석금을 마련하기 위해 재정 컨설턴트를 만나 자산을 매각할 생각으로.

병원 앞에는 잔뜩 취한 사람이 던진 다트처럼 열 대가 넘는 순찰차가 어지럽게 세워져 있었다. 빨간색과 파란색의 경광등 불빛이 사방에 뿌려졌고, 사이렌은 연신 징징댔다. 순찰차의 수는 점점 늘어가고 있었다.

"이게 어떻게 된 일이죠?" 쇼나가 물었다.

헤스터는 인파 속에서 랜스 파인 지방검사를 찾아냈다. 그녀를 먼저 알아본 파인이 먼저 그들 앞으로 성큼 다가왔다. 그의 얼굴은 진홍색으로 물들어 있었고, 이마에서는 정맥이 꿈틀거렸다.

"벡이 달아났습니다." 파인이 한마디 인사도 없이 툭 내뱉었다.

헤스터가 받아쳤다. "당신들이 겁을 주니 그럴 수밖에요."

순찰차 두 대와 채널7 뉴스 취재차량이 추가로 도착했다. 파인이 나지막이 말했다. "기자들이 도착했군요. 빌어먹을. 헤스터, 지금 내 입장이 어떤지 알아요?"

"이봐요, 파인……."

"부자들만 특별대우한다고 아우성을 칠 겁니다. 어떻게 나한테 이럴 수 있죠, 헤스터? 시장이 나를 가만둘 것 같아요? 앞으로 얼마나 들들 볶일지 불 보듯 뻔하다고요. 게다가 터커……. 맙소사, 그 맨해튼 지방검사가 어떻게 나올지 상상이 돼요?"

"파인 씨!"

그때 경관 하나가 그를 불렀다. 파인은 두 여자를 잠시 노려보다가 홱 돌아섰다.

헤스터가 쇼나를 돌아보았다. "벡은 도대체 왜 그런 거죠?"

"겁이 났겠죠." 쇼나가 말했다.

"경찰을 피해 달아났다잖아요." 헤스터가 빽 소리쳤다. "이게 이해가 돼요? 이게 무슨 뜻인지 정말 모르겠어요?" 그녀가 취재차량을 가리켰다. "기자들이 몰려들었다고요, 젠장. 이제 뉴스는 도망친 범죄자에 대해 떠들어댈 거예요. 벡이 끔찍한 범죄자처럼 비쳐질 거라고요. 나중에 배심원들이 어떻게 생각하겠어요?"

"진정해요." 쇼나가 말했다.

"진정하라고요? 벡이 무슨 짓을 했는지 아직도 모르겠어요?"

"그냥 달아났을 뿐이에요. O.J.가 그랬던 것처럼. 그때 배심원단은 그의 편을 들어줬잖아요."

"이건 O.J. 사건과는 달라요. 벡은 돈 많은 백인 의사라고요."

"벡은 부자가 아니에요."

"그게 중요한 게 아니잖아요. 이제 그는 공공의 적이 되어버렸어요. 보석은 꿈도 꾸지 말아요. 공정한 재판은 말할 것도 없고." 헤스터가 깊게 숨을 들이쉰 후 팔짱을 꼈다. "게다가 이번 일로 평판에 손상을 입은 건 랜스 파인만이 아니에요."

"무슨 뜻이죠?"

"나도 마찬가지라고요!" 헤스터가 버럭 화를 냈다. "벡의 어리석은 결정으로 내 신뢰도에 금이 가버렸단 말이에요. 책임지고 그를 자수시키겠다고 큰소리 떵떵 쳐놨는데."

"헤스터?"

"왜요?"

"나는 당신의 그 빌어먹을 평판이 어떻게 되든 상관 안 해요."

그때 어딘가에서 요란한 굉음이 들려왔다. 그들은 일제히 움찔하며 그쪽으로 시선을 돌렸다. 구급차 한 대가 맹렬히 달려오고 있었다. 여기저기에서 고함이 터져 나왔다. 경관들은 핀볼 기계 안으로 쏟아진 공들처럼 사방으로 튀었다.

구급차가 미끄러지며 멈춰 섰다. 구급대원 두 사람이 차에서 황급히 내리더니 신속하게 뒷문을 열고 들것을 내렸다.

"이쪽이에요!" 누군가가 소리쳤다. "이쪽에 있어요!"

쇼나의 가슴이 철렁 내려앉았다. 그녀가 랜스 파인에게로 달려갔다. 헤스터도 그녀를 뒤따랐다. "왜 그러죠?" 헤스터가 물었다. "무슨 일이에요?"

파인은 그녀를 무시했다.

"무슨 일이냐고요?"

그제야 그가 두 여자를 돌아보았다. 잔뜩 경직된 그의 얼굴이 씰룩거렸다. "당신 의뢰인 말이에요."

"그가 왜요? 다쳤어요?"

"경관을 폭행하고 달아났어요."

단단히 미쳤다.

선을 넘어버렸다. 도망친 것으로도 모자라 젊은 경관을 두들겨 패기까지 하다니……. 하지만 수습하기에는 너무 늦어버렸다. 그래서 나는 더 필사적으로 내달렸다.

"경찰이 당했다!"

누군가가 소리쳤다. 사방에서 일제히 고함이 터져 나왔다. 무전기 소음과 사이렌도 끊이지 않았다. 모두가 나를 향해 모여들고 있었다. 심장이 목구멍으로 튀어나올 것만 같았다. 나는 뻣뻣하고 무거워진 다리를 쉴 새 없이 굴렀다. 근육과 인대가 돌처럼 굳어진 느낌이었다. 체력이 한도에 이르렀고, 질질 흐르는 콧물이 윗입술에 묻은 흙과 범벅이 되어 입으로 스며들었다.

나는 모퉁이에 접어들 때마다 방향을 요리조리 틀었다. 그런 유치한 방법으로는 경찰의 추격을 따돌릴 수 없다는 걸 알면서도. 뒤를 돌아보지 않았다. 사이렌과 무전기 소음만으로도 그들이 바짝 뒤쫓고 있음을 알 수 있었다.

희망이 없었다.

나는 차를 타고도 들어서기 꺼리던 동네를 휘젓고 다녔다. 울타리를 뛰어넘고, 한때 아이들의 놀이터였을지 모르는 빈터의 높이 자란 풀을 헤치고 나아갔다. 사람들은 날로 가격이 치솟는 맨해튼 부동산에 대해서만 이야기한다. 하지만 리버 드라이브 할렘 가에서 얼마 떨어지지 않은 이곳에는 유리 파편과 녹슨 그네와 정글짐, 한때 차였을 어떤 것들이 널린 황량한 빈터뿐이다.

저소득층이 모여 사는 고층 건물 앞에 흑인 아이들이 무리 지어 서성이고 있었다. 거들먹거리며 걷는 폼만 봐도 불량스런 아이들이라는 것을 대번에 알 수 있었다. 그들은 마치 먹다 남은 접시 위의 탐스러운 음식을 보듯 나를 노려보며 내게 몰려들었다. 그러다 한순간 아이들이 멈칫했다. 경찰이 나를 뒤쫓고 있다는 걸 깨달은 것이다.

그들이 갑자기 나를 응원하기 시작했다.

“달려, 흰둥이 자식아!”

나는 무성의하게 고개를 끄덕이고는 그들을 지나쳐 힘껏 내달렸다. 꼭 팬들의 환호를 받으며 뛰는 마라톤 선수가 된 기분이었다. 그들 중 하나가 소리쳤다. “디알로!” 나는 못 들은 척 계속 달렸다. 하지만 디알로가 누구인지는 알고 있었다. 뉴욕에 산다면 절대 모를 수가 없는 이름이었다. 비무장 상태였던 가나 출신 이민자 아마두 디알로는 경찰이 쏜 마흔한 발의 총을 맞고 숨졌다. 문득 나 역시 그와 같은 운명을 맞게 될지 모른다는 불안감이 엄습했다.

하지만 아주 엉뚱한 일이 벌어졌다.

재판에서 피고 측은 디알로가 지갑을 꺼내기 위해 주머니에 손을 넣는 순간 경관들이 오해하고 총을 쏘았다고 주장했다. 그 후로 사람들은 주머니에서 지갑을 꺼내며 “디알로!”라고 외치는 방법으로 시위를 이어왔다. 경관들은 상대가 주머니에 손을 넣으려 할 때마다 공포에 사로잡힌다고 토로했고.

지금 내 눈앞에서도 같은 일이 벌어지고 있었다. 나를 살인자라 오해한 게 뻔한 내 새로운 동지들이 일제히 지갑을 꺼내 들었다. 나를 맹렬히 쫓던 두 경관이 그걸 보고 멈칫했다. 덕분에 나는 그들과의 거리를 조금이나마 늘릴 수 있었다.

하지만 그 정도로 안심할 수는 없었다.

너무 많은 양의 공기를 한꺼번에 빨아들이느라 목구멍이 타들고 있었다. 운동화는 납덩이처럼 무거웠고, 내 몸놀림은 서서히 둔해져갔다. 발가락이 땅에 끌리면서 잠시 휘청이던 나는 그만 앞으로 고꾸라져버리고 말았다. 땅에 긁힌 손바닥과 얼굴과 무릎에서는 피가 배어났다.

간신히 몸을 일으켰지만 다리는 여전히 후들거렸다.

경관들은 계속해서 나를 추격해왔다.

땀에 젖은 셔츠가 몸에 달라붙었다. 귓속에서 거칠게 부서지는 파도 소리가 들렸다. 나는 원래 뛰는 걸 좋아하지 않는다. 사람들은 조깅을 하다보면 러너스 하이라는, 묘한 황홀감에 젖을 때가 있다고 한다. 솟구치는 엔도르핀 때문이라기보다는 뇌로 충분한 양의 산소가 전달되지 못하면서 가사假死 상태에 빠져버리기 때문일 것이다.

하지만 지금 이 상황에서는 조금의 황홀감도 느껴지지 않았다.

지쳤다. 너무 지쳐버렸다. 언제까지나 이렇게 내달릴 수만은 없었다. 나는 뒤를 흘끔 돌아보았다. 경관들의 모습이 보이지 않았다. 다시 찾아든 정적 속에서 나는 눈에 들어오는 문들을 차례로 당겨보기 시작했다. 잠시 후, 먼발치에서 무전기 소음이 아득하게 들려왔다. 나는 돌아서서 다시 내달렸다. 블록 끝 집의 지하실 문이 살짝 열려 있는 게 보였다. 그 문 역시 심하게 녹이 슨 상태였다. 과연 이 동네에 녹이 슬지 않은 게 하나라도 있을지 궁금해졌다.

나는 몸을 숙이고 금속 손잡이를 잡아당겼다. 요란한 소리와 함께 문이 열리자 칠흑 같은 어둠이 나를 맞아주었다.

뒤에서 한 경관이 소리쳤다. "반대쪽으로 돌아가서 놈을 막아!"

나는 굳이 돌아보지 않았다. 어둠 속으로 파고든 나는 허둥대며 계단을 내려가기 시작했다. 하지만 후들거리는 다리 탓에 두 계단도 채 내딛지 못하고 앞으로 고꾸라져버렸다.

그 순간 몸이 허공으로 붕 떠올랐다. 절벽을 넘어서까지 달려버린 만화 속 캐릭터처럼. 나는 새까만 구덩이 속으로 빠져들었다.

고작 3미터 정도밖에 되지 않는 높이였지만 땅에 떨어지기까지의 시간이 아득하게만 느껴졌다. 나는 두 팔을 미친 듯이 휘저어댔다. 하지만 부질없는 짓이었다. 몸이 시멘트 바닥에 닿는 순간 엄청난 충격에 이가 달가닥거렸다.

나는 바닥에 누워 허공을 올려다보았다. 위에서 문이 거칠게 닫혔다. 다행이었다. 하지만 완전한 어둠 속이라서 아무것도 보이지 않았다. 급한 대로 몸 상태부터 살폈다. 아프지 않은 곳이 없었다.

또다시 경관들의 발소리가 들려왔다. 그리고 조금도 수그러들지 않은 사이렌. 어쩌면 그 소리는 이명인지도 몰랐다. 한데 뒤섞여 들려오는 목소리들. 무전기 소음들.

나는 독 안에 든 쥐였다.

옆으로 굴러 억지로 몸을 일으켰다. 오른손으로 바닥을 짚자 상처 난 손바닥이 따끔거렸다. 힘겹게 일어서자 머릿속이 욱신거리기 시작했다. 하마터면 다시 고꾸라질 뻔했다.

이젠 어쩌지?

여기 계속 숨어 있어야 하나? 그건 안 돼. 경찰이 집집마다 두드리며 수색할 거야. 게다가 나는 몸을 숨기려고 이 축축한 지하실로 내려온 게 아니잖아. 어떻게든 워싱턴스퀘어에 가서 엘리자베스를 만나야 한다고.

어서 가.

하지만 어디로?

눈이 어둠에 익자 사방에 널린 검은 형체들이 보이기 시작했다. 대충 쌓아놓은 상자들. 누더기 더미와 술집 의자 몇 개, 깨진 거울. 무심코 거울을 들여다본 나는 화들짝 놀랐다. 이마에 깊이 베인 상처가 나 있었다. 바지의 양쪽 무릎 부분은 뜯겼고, 셔츠는 헐크처럼 갈가리 찢겨 있었다. 온몸이 마치 굴뚝을 청소하고 나온 것처럼 검댕투성이였다.

어디로 가야 하지?

계단. 어딘가에 계단이 있을 거야. 나는 뇌성마비에 걸린 사람처럼 손을 더듬거리며 앞으로 힘겹게 나아갔다. 뻣뻣해진 왼쪽 다리가 꼭 하얀 지팡이 같았다. 발밑에서 유리 파편이 짓이겨졌다. 나는 계속해서 걸음을 옮겨나갔다.

그때 앞에서 웅얼거리는 소리가 들려왔다. 무덤 같은 거대한 누더기 더미가 솟아오르더니 그 안에서 손 하나가 불쑥 튀어나왔다. 나는 터져 나오려는 비명을 간신히 참아냈다.

"힘러*는 참치 스테이크를 좋아해!" 남자가 내게 소리쳤다.

남자가 천천히 몸을 일으켰다. 덩치 큰 흑인. 방금 양을 잡아먹은 사람처럼 얼굴 전체가 회색 수염으로 뒤덮여 있었다.

"내 말 들려?" 남자가 소리쳤다. "내가 하는 얘기 듣고 있어?"

그가 내 앞으로 성큼 다가왔다. 나는 주춤 물러났다.

"힘러! 그는 참치 스테이크를 좋아해!"

턱수염 남자는 무언가에 단단히 화가 나 있었다. 그가 불끈 쥔 주먹을 내 앞으로 휘둘렀다. 나는 황급히 옆으로 피했다. 주먹은 나를 비껴갔고, 술에 취한 듯 그는 중심을 잃고 쓰러졌다. 엎어진 그는 바닥에 얼굴을 찧고 말았다. 나는 그 틈을 타 때마침 눈에 들어온 계단을 달려 올라갔다.

계단 위의 문은 굳게 걸려 있었다.

* 하인리히 힘러. 나치 정권에서 유대인 학살의 실무를 주도한 최고책임자.

"힘러!"

그의 목소리는 컸다. 너무 우렁찼다. 나는 있는 힘껏 문을 밀어보았지만 소용없었다.

"내 말 들려? 내 말 듣고 있는 거야?"

그때 뒤편에서 삐걱 소리가 들려왔다. 뒤를 돌아보는 순간 가슴이 철렁 내려앉았다.

햇빛.

누가 내가 열고 들어온 덧문을 뜯어낸 것이다.

"거기 누구요?"

권위적인 목소리. 바닥에 뿌려진 손전등 불빛이 춤을 추기 시작했다. 불빛은 금세 턱수염 남자를 찾아냈다.

"힘러는 참치 스테이크를 좋아해!"

"방금 아저씨가 소리친 거요?"

"내 말 듣고 있냐고!"

나는 어깨를 문에 갖다 대고는 있는 힘껏 밀어보았다. 문틀에 조금씩 금이 가기 시작했다. 컴퓨터에서 본 엘리자베스의 이미지가 뇌리를 스쳤다. 앞을 향해 들어 올린 한 팔, 간절히 부르는 눈빛. 순간 온몸에 기운이 솟구쳤다.

마침내 문이 열렸다.

나와보니 건물의 정문에서 얼마 떨어지지 않은 1층이었다.

이젠 어쩌지?

아직도 똑똑히 들리는 무전기 소음을 통해 짐작하건대, 경관들은 이미 바짝 다가와 있었다. 그들 중 하나는 힘러의 전기작가를 취조하고 있었다. 내게는 시간이 많지 않았다. 도움이 절실했다.

하지만 과연 누가 나를 돕겠다고 나서주겠나?

쇼나에게 연락할 수도 없다. 이미 경찰에게 붙잡혀 있을 테니까. 린다도 마찬가지일 테고. 헤스터는 자수하라는 얘기만 늘어놓을 게 뻔했다.

그때 누군가가 정문을 열고 들어왔다.

나는 복도를 따라 내달리기 시작했다. 리놀륨이 깔린 지저분한 바닥. 금속으로 된 모든 문은 굳게 잠겨 있었고, 벽 곳곳에는 페인트가 벗겨져 있었다. 나는 방화문을 몸으로 밀어 열고 3층으로 올라갔다.

한 노파가 복도에 서 있었다.

놀랍게도 백인이었다. 소란스러운 소리를 듣고 호기심에 나온 모양이었다. 나는 멈춰 서서 노파의 등 뒤로 활짝 열린 현관문을 흘끔 쳐다보았다. 잘만 하면 저 노파를 밀치고 안으로 들어갈 수도…….

그래도 될까? 탈출을 위해 꼭 그렇게까지 해야만 하나?

나는 노파를 바라보았다. 노파도 나를 바라보았다. 그런데 그 순간 노파가 권총을 뽑아 들었다.

오, 맙소사…….

"원하는 게 뭐지?" 노파가 물었다.

"죄송하지만 전화기를 잠시 빌려도 되겠습니까?" 나는 말했다.

노파는 주저 없이 대답했다. "20달러."

나는 지갑에서 돈을 꺼냈다. 노파는 고개를 끄덕이고 나를 집 안으로 안내했다. 비좁은 아파트는 깔끔하게 정리되어 있었다. 소파와 짙은 색 나무 테이블이 레이스로 덮여 있었다.

"저쪽이야." 노파가 말했다.

다이얼식 전화기였다. 나는 작은 구멍들에 손가락을 쑤셔넣었다. 나는 지금껏 이 번호로 전화를 걸어본 적이 없었다. 그러고 싶은 마음도 없었고. 그럼에도 나는 이 번호를 늘 머릿속에 넣고 다녔다. 정신과 의사들이 이걸 어떻게 해석할지 문득 궁금해졌다. 나는 다이얼을 돌린 후 기다렸다.

두 번의 신호음이 흐르고 목소리가 들렸다. "어이."

"타이리스? 저 벡이에요. 당신 도움이 필요해요."

26

////////

쇼나는 고개를 저었다. "벡이 사람을 때렸다고요? 말도 안 돼."

랜스 파인 검사의 정맥이 다시 꿈틀거렸다. 그는 얼굴이 맞닿을 만큼 그녀 앞으로 바짝 다가섰다. "놈은 골목에서 경관을 공격했습니다. 경관은 턱뼈와 늑골 몇 개가 부러지는 심각한 부상을 입었고요." 파인이 몸을 앞으로 조금 더 기울였고, 그의 침이 쇼나의 볼에 사정없이 튀었다. "무슨 말인지 알아듣겠습니까?"

"네." 쇼나가 말했다. "알았으니까 내게서 떨어져요. 안 그러면 무릎으로 거길 차버릴 테니까."

파인은 몇 초 더 버티며 노려보다가 돌아섰다. 헤스터 크림스타인도 그를 따라 브로드웨이 쪽으로 걸어가기 시작하자 쇼나가 황급히 그녀를 뒤쫓았다.

"어디 가는 거예요?"

"나 그만둘래요." 헤스터가 말했다.

"뭐라고요?"

"다른 변호사를 알아봐요, 쇼나."

"지금 농담하는 거예요?"

"농담 아니에요."

"갑자기 이렇게 나오면 우리더러 어쩌라는 거예요?"

"그건 내가 상관할 바가 아니에요."

"제발 이러지 말아요."

"나는 그를 찾아 자수시키겠다고 약속했어요." 그녀가 말했다.

"당신들 사이의 약속은 중요하지 않아요. 당신이 아닌, 벡을 최우선으로 생각해야 한다고요."

"당신 입장에서는 그렇겠죠."

"의뢰인보다 당신 자신이 더 중요하다는 말인가요?"

"그런 짓을 저지른 사람을 의뢰인으로 삼고 싶지 않아요."

"지금 그걸 말이라고 해요? 당신은 연쇄 강간범들도 변호했었잖아요."

그녀가 한 손을 들어 휘저었다. "말싸움하고 싶지 않아요."

"당신은 스포트라이트만 쫓는 위선자예요."

"말이 좀 심하네요, 쇼나."

"이 일을 알리겠어요."

"네?"

"언론을 찾아가겠다고요."

헤스터가 걸음을 멈추었다. "가서 무슨 얘기를 늘어놓게요? 내가 부정직한 살인자의 변호를 포기했다고요? 좋아요. 어디, 당신 마음대로 해봐요. 나도 벡에 대한 민감한 정보를 마구 흘릴 거예요. 벡에 비하면 제프리 다머*도 양반일 걸요."

"누설할 비밀은 있고요?" 쇼나가 말했다.

* 미국의 연쇄살인마. '밀워키의 식인귀'로 불렸다.

헤스터가 어깨를 으쓱였다. "그건 내가 알아서 할게요."
두 여자가 서로를 노려보았다. 누구도 시선을 돌리지 않았다.
"당신은 내 평판이 아무 상관없다고 생각할지 몰라요." 헤스터가 한층 누그러진 목소리로 말했다. "하지만 그렇지 않아요. 검찰이 나를 신뢰하지 않으면 나는 의뢰인들에게 쓸모없는 변호사가 되는 거예요. 벡에게도 마찬가지이고요. 당신네 철부지가 내 커리어와 내 의뢰인들을 곤란하게 만드는 걸 좌시할 수 없어요."
쇼나가 고개를 저었다. "닥치고 꺼져요."
"이 얘기만 하죠."
"뭐죠?"
"결백한 사람은 도망치지 않아요, 쇼나. 나는 벡이 레베카 셰이즈를 살해했다고 확신해요."
"좋아요. 나랑 내기해요." 쇼나가 말했다. "나도 당신에게 마지막으로 할 얘기가 있어요, 헤스터. 또다시 벡에 대해서 함부로 말했다가는 뼈도 못 추릴 줄 알아요. 알아듣겠어요?"
헤스터는 대답하지 않았다. 그녀가 쇼나로부터 한 걸음 물러나는 순간 어딘가에서 요란한 총성이 들려왔다.

몸을 웅크린 채 녹슨 비상계단을 내려가고 있을 때 총성이 들려왔다. 그 소리에 놀란 나는 하마터면 계단을 구를 뻔했다. 나는 쇠격자로 된 바닥에 납작 엎드려 기다렸다.
더 많은 총성이 들려왔다.
그리고 누군가의 고함이 들려왔다. 이토록 효험이 있는 계획일 줄은 미처 몰랐다. 타이리스는 내게 비상계단으로 내려와 기다리라고 했다. 그가 나를 어떻게 이곳에서 탈출시켜줄지 궁금했는데,

이제야 그 방법이 대충이나마 짐작됐다.

주의 분산.

멀리서 누군가가 소리쳤다. "흰둥이 새끼가 총을 갈겨댄다!" 그리고 또 다른 목소리. "흰둥이 새끼가 총을 쏜다! 흰둥이 새끼가 총을 쏜다!"

계속되는 총성. 하지만 귀를 쫑긋 세워봐도 경찰 무전기 소음이 더는 들려오지 않았다. 나는 여전히 몸을 낮춘 채 혼란해진 머릿속을 비워내려 애썼다. 뇌에 누전이 일어난 것 같았다. 사흘 전까지만 해도 나는 초점 없는 눈으로 지루한 인생길을 터덜터덜 걸어가는 헌신적인 의사에 불과했다. 그러나 그 후로 나는 유령을 보았고, 죽은 자의 이메일을 받았으며, 두 건의 살인사건에 대한 유력한 용의자로 전락해버렸다. 그뿐만 아니라 경찰의 추격을 받고 있고, 경관을 폭행했으며, 악명 높은 마약상에게 도움을 요청하기까지 했다.

실로 파란만장한 일흔두 시간이었다.

나는 웃음을 터뜨릴 뻔했다.

"안녕, 닥."

나는 밑을 내려다보았다. 어느새 타이리스가 도착해 있었다. 그의 옆에는 20대 초반으로 보이는 육중한 흑인 남자가 서 있었다. 거구의 남자가 나를 올려다보았다. 짙은 선글라스로 눈을 덮어 어떤 표정도 읽히지 않았다.

"내려와요, 닥. 시간이 없어요."

나는 비상계단을 황급히 내려갔다. 타이리스는 계속해서 좌우를 살폈고, 덩치 큰 남자는 팔짱을 낀 채 미동도 없이 서 있었다. 한때 '버펄로 스탠스'라 불렸던 자세로. 나는 마지막 사다리 앞에서 멈칫했다. 마저 내려가려면 사다리를 밑으로 늘어뜨려야만 했다.

"요, 닥. 왼쪽에 레버가 있어요."

레버를 찾아 당기니 포개져 있던 사다리가 스르르 내려졌다. 내가 땅에 닿기가 무섭게 타이리스가 얼굴을 찌푸리며 자신의 코앞으로 한 손을 휘저었다. "이게 무슨 냄새예요?"

"샤워를 할 틈이 없었어요. 미안해요."

"이쪽이에요."

타이리스는 건물 뒤편으로 나를 이끌었다. 나는 거의 뛰어서 그의 빠른 걸음을 간신히 따라잡았다. 거구의 남자는 말없이 우리를 뒤따랐다. 그의 고개는 조금도 돌아가지 않았지만 주변의 아주 작은 움직임도 놓치지 않을 거라는 믿음이 갔다.

주차장에는 검은 BMW 한 대가 시동이 켜진 채 세워져 있었다. 유리는 짙게 선팅이 되어 있었고, 지붕에는 안테나가 번잡하게 붙어 있었다. 뒤쪽의 번호판은 체인 프레임이 감싸고 있었다. 닫힌 차 문 안에서 진동하는 요란한 랩 음악의 베이스 소리가 소리굽쇠처럼 내 가슴을 두들겼다.

"이 차, 너무 튀지 않아요?"

"당신이 경찰이라면 이런 차에 백옥같이 하얀 의사 선생님이 타고 있을 거라 생각하겠어요?"

일리 있는 말이었다.

거구의 남자가 뒷문을 열어주었다. 순간 콘서트장을 방불케 하는 요란한 음악이 터져 나왔다. 나는 호텔 지배인처럼 팔을 뻗어 안내하는 타이리스를 지나 차에 올랐다. 그는 내 옆자리에 앉았고, 거구의 남자가 운전석을 차지했다.

CD 속 래퍼가 속사포처럼 내뱉는 말은 당최 이해할 수 없었다.

분명한 것은 그가 '그 새끼'에게 단단히 화가 나 있다는 사실뿐이었다.

"이 친구는 브루투스예요." 타이리스가 말했다.

운전석의 남자. 나는 룸미러로 선글라스 낀 그의 얼굴을 바라보았다.

"반가워요."

브루투스는 대꾸가 없었다.

나는 다시 타이리스를 돌아보았다. "어떻게 한 거예요?"

"내가 데리고 있는 애들 몇 명이 147번 가에서 총질을 해대고 있어요."

"그러다 경찰에 잡히면요?"

타이리스가 피식 코웃음을 쳤다. "그놈들이 무슨 수로 우리 애들을 잡죠?"

"정말 괜찮겠어요?"

"거긴 아무 문제없어요. 호바트 하우스 5번지 건물을 우리가 꽉 잡고 있거든요. 그곳 세입자들에게 매달 10달러씩 쥐여주고 쓰레기를 뒷문 밖에 쌓아놓으라고 시켰어요. 문이 완전히 막혀 있어서 경찰이 절대 들이닥칠 수 없죠. 일을 벌이기에 그만한 곳이 없어요. 아무튼 거기 있는 우리 애들이 창밖으로 총을 쏴대고 있어요. 경찰이 간신히 진입해봐야 이미 달아난 후일 겁니다."

"흰둥이 새끼가 총을 쏘고 있다고 외쳐댄 사람은 누구죠?"

"걔들도 내가 데리고 있는 애들이에요. 미치광이 백인 남자에 대해 외쳐대면서 골목을 뛰어다니라고 얘기해뒀어요."

"미치광이 백인 남자. 바로 내 얘기군요." 나는 말했다.

"이론상 그렇죠." 타이리스가 씩 웃으며 말했다. "와우, 내가 이런 고상한 단어를 쓸 줄 알았다니."

나는 고개를 젖혀 뒤통수를 머리 받침대에 기댔다. 피로가 뼛속 깊숙이 스며들었다. 브루투스는 동쪽으로 차를 몰았다. 우리는 양키 스타디움 옆 이름 모를 파란 다리를 건너고 있었다. 우리가 브롱크스로 들어섰다는 뜻이었다. 한순간 밖에서 누가 들여다볼 수도 있다는 생각에 나는 몸을 잔뜩 움츠렸다. 하지만 이내 창문이 새까맣게 선팅되어 있다는 사실을 깨닫고 밖을 내다보았다.

마치 종말 영화에서 폭탄이 터지고 난 직후의 풍경을 보는 듯했다. 한때 건물들이 빽빽했을 빈터는 다양한 상태로 퇴락하고 있었다. 내부 지지대가 부식됐는지 구조물들이 죄다 무너진 상태였다.

우리는 계속 달려갔다. 차분히 정신을 가다듬어보려 했지만 생각이 계속 어떤 벽에 부딪치는 느낌이었다. 분명 쇼크상태인 것 같았지만 내 일부는 그 사실을 인정하려 하지 않았다. 나는 주변 풍경에 집중했다. 드라이브가 길어질수록 동네는 점점 황량해져만 갔다. 병원에서 불과 몇 킬로미터 벗어났을 뿐임에도 나는 어디쯤인지 위치를 파악하지 못했다. 아직은 브롱크스일 거라고 나는 생각했다. 브롱크스 남쪽 어딘가라고.

도로 곳곳에는 헌 타이어와 뜯긴 매트리스가 전쟁의 사상자들처럼 널려 있고, 높이 자란 풀 밖으로는 커다란 시멘트 덩어리들이 튀어나와 있었다. 처참한 상태로 버려진 차도 여러 대 눈에 들어왔다. 사방이 불길에 휩싸여 있다 해도 전혀 이상할 것 같지 않았다.

"여기 자주 와요, 닥?" 타이리스가 킥킥대며 말했다.

나는 대답하지 않았다.

브루투스가 허름한 건물 앞에 차를 멈춰 세웠다. 건물에는 철조망 울타리가 둘러져 있었다. 모든 창문이 합판으로 막혀 있었고,

정문에는 종이가 한 장 붙어 있었다. 철거를 예고하는 경고문인 듯했다. 정문 역시 합판으로 막아놓은 상태였다. 그 문이 열리면서 한 남자가 걸어 나왔다. 두 손을 올려 눈 위에 붙여놓은 그는 마치 햇빛을 본 드라큘라처럼 비틀거렸다.

내 머릿속은 여전히 핑핑 돌고 있었다.

"자, 갑시다." 타이리스가 말했다.

브루투스가 먼저 차에서 내렸다. 그가 나를 위해 차 문을 열어주었다. 고맙다고 인사를 건네보았지만 브루투스의 딱딱하게 굳은 표정에는 변화가 없었다. 마치 담배 가게 인디언*을 보는 듯한 기분이었다.

누군가 끊어놓았는지 오른편 철조망 울타리 밑부분에 비집고 들어갈 수 있을 만큼의 틈이 나 있었다. 우리는 그 밑으로 기어들었다. 휘청대는 남자가 타이리스에게 다가왔다. 브루투스가 막아섰지만 타이리스가 손을 흔들어 그를 진정시켰다. 남자와 타이리스는 복잡하고 독특한 악수법으로 서로를 반갑게 맞은 후 떨어졌다.

"들어갑시다." 타이리스가 내게 말했다.

나는 여전히 멍한 상태로 그를 뒤따랐다. 어딘가에서 악취가 풍겼다. 시큼한 소변 냄새와 의심의 여지가 없는 대변 냄새. 무언가가 타고 있는 매캐한 냄새. 그리고 벽마다 풍기는 축축한 누린내. 죽음의 임박을 알리는 괴저壞疽의 냄새 같다고나 할까. 아직 숨은 붙어 있지만 서서히 죽어가는, 그리고 부패해가는 무언가가 풍길 법한 냄새.

마치 용광로에 들어온 듯 숨 막히는 열기가 엄습했다. 바닥에 수

* 옛날 담배 가게의 간판으로 쓰였던 인디언 목각상.

십 명의 사람들이 마치 장외 경마 도박장 바닥에 아무렇게나 버려진 마권馬券처럼 널브러져 있었다. 실내는 컴컴했다. 전기도, 수도도, 가구도 갖춰져 있지 않았다. 죽음의 신이 들고 있는 커다란 낫처럼 창문에 대놓은 널빤지 틈으로 아주 소량의 햇빛이 스며들었다. 그림자와 형체만 간신히 구분할 수 있을 뿐이었다.

나는 그동안 마약 문제에 대해 순진무구한 입장을 취해왔다. 응급실에서 마약의 폐해를 숱하게 목격해온 것은 사실이다. 마약은 지금껏 한 번도 내 관심을 끌어본 적이 없었다. 마약보다는 술을 선호했기 때문이었을까. 아무튼 이곳이 마약 소굴이라는 건 아무것도 모르는 나조차도 어렵지 않게 짐작할 수 있었다.

"이쪽으로." 타이리스가 말했다.

우리는 널브러진 사람들을 헤치고 걸어갔다. 브루투스가 앞장섰다. 그가 모세라도 되는 양 사람들이 양옆으로 후다닥 물러났다. 나는 타이리스 뒤를 졸졸 쫓느라 바빴다. 어둠 속에서 누군가 빨아대는 파이프가 속속 불을 밝혔다. 어릴 적 서커스를 구경하면서 자그마한 손전등을 휘휘 휘둘러댔던 일이 떠올랐다. 마치 그때 그 자리로 되돌아간 듯한 기분이었다. 어둠. 그림자. 반짝이는 불빛들.

음악은 들리지 않았다. 수군거림도 없었다. 그저 웡웡대는 소음뿐이었다. 그리고 파이프 빠는 소리. 이따금 인간의 것 같지 않은 비명이 터져 나와 공기를 뒤흔들었다.

신음도 들려왔다. 확 트인 공간 곳곳에서 난잡한 성행위가 펼쳐지고 있었다. 어떤 수치심도 프라이버시도 없었다.

한쪽에서 펼쳐지고 있는 광경이 나를 경악케 했다. 두 눈이 똑똑히 목격한 광경을 뇌가 받아들이기도 거부할 정도로 추악한 장면. 타이리스는 내 반응을 재미있어하는 눈치였다.

"돈이 없으니 약을 하려면 저렇게라도 해야죠." 타이리스가 그쪽을 가리키며 말했다.

나는 울렁거리는 속을 간신히 달래고 그를 돌아보았다. 그가 어깨를 으쓱여 보였다.

"그냥 거래일 뿐이에요, 닥. 세상은 다 저렇게 돌아가는 거예요."

타이리스와 브루투스는 계속해서 걸음을 옮겼다. 나는 휘청대며 그들을 뒤따랐다. 안벽 대부분은 허물어진 상태였다. 사람들은 달리의 시계처럼 사방에 축 늘어져 있었다. 노인, 청년, 흑인, 백인, 남자, 여자 할 것 없이 모두 다.

"당신도 혹시 마약에 중독됐나요, 타이리스?" 나는 물었다.

"한때는요. 열여섯 살 때 처음 손을 댔었죠."

"어떻게 끊었죠?"

타이리스가 씩 웃어 보였다. "여기, 브루투스 보이죠?"

"못 보기가 더 힘들죠."

"이 친구에게 약속했어요. 마약 없이 한 주를 버틸 때마다 천 달러씩 주겠노라고. 그 후로 브루투스는 우리 집에 들어와 살게 됐죠."

나는 고개를 끄덕였다. 왠지 그 방법이 중독자 치료시설에서 한 주 보내는 것보다 훨씬 효과적일 것 같았다.

브루투스가 어떤 문을 열었다. 잘 꾸며지지는 않았지만 테이블과 의자, 전등과 냉장고 정도는 갖춰진 공간이 나타났다. 한구석에 휴대용 발전기가 놓여 있었다.

타이리스와 나는 안으로 들어갔다. 브루투스는 문을 닫고 복도를 지켰다. 방 안에는 우리 둘뿐이었다.

"여기가 내 사무실이에요." 타이리스가 말했다.

"브루투스가 아직까지도 약을 끊는 데 도움을 주고 있나요?"

그가 고개를 저었다. "아뇨. 그건 이제 티제이가 하고 있어요. 무슨 뜻인지 알죠?"

"여기서 이러는 건 괜찮고요?"

"뭐 어쩌겠습니까, 닥?" 타이리스가 의자에 앉으며 내게도 앉으라고 권했다. 그의 번뜩이는 눈빛이 영 거슬렸다. "원래 이런 놈인 것을."

뭐라 대꾸해야 할지 난감했다. 그래서 나는 화제를 돌려보기로 했다. "5시까지 워싱턴스퀘어에 가야 해요."

그가 몸을 젖혔다. "왜 그래야 하죠?"

"설명하자면 길어요."

타이리스가 무딘 칼날을 꺼내 손톱 정리를 시작했다. "내 아이가 아프면 나는 전문가를 찾아갑니다. 그러는 게 맞죠?"

나는 고개를 끄덕였다.

"법적으로 문제가 생겼을 때도 전문가를 찾아가야 하고."

"꽤 적절한 비유네요."

"보아하니 당신에게 나쁜 일이 생긴 것 같군요, 닥." 그가 두 팔을 벌리며 말했다. "나쁜 일은 내 전문 분야예요. 그 바닥에 나만 한 전문가는 또 없을 겁니다."

그래서 나는 그에게 모든 걸 털어놓았다. 거의 모든 내용을. 그는 연신 고개를 끄덕였지만 내 말을 곧이곧대로 믿는 것 같지는 않았다. 특히 내가 살인사건과 아무 관련이 없다고 주장했을 때, 과연 그가 귀담아듣기는 했는지 의문이었다.

"좋아요." 내 설명이 끝나자 그가 입을 열었다. "이제 슬슬 준비해볼까요? 따로 할 얘기가 있지만 그건 나중에 합시다."

"준비라니요?"

타이리스는 대답 대신 한쪽 구석에 놓인 금속 로커 앞으로 다가가 열쇠로 문을 열었다. 그런 다음, 그 안으로 몸을 기울여 권총 하나를 꺼내 들었다.

"글록, 베이비, 글록." 그가 내게 총을 건네며 말했다. 순간 내 몸이 바짝 얼어붙었다. 기억 속 어둠과 낭자한 피의 이미지가 뇌리를 빠르게 스쳐갔다. 하지만 나는 그것을 쫓지 않았다. 아득한 과거의 일이었다. 나는 두 손가락으로 조심스레 권총을 집었다. 마치 그것이 뜨겁게 달구어져 있기라도 한 듯이. "총을 아는 사람들이 쓰는 모델이죠." 그가 덧붙였다.

거부하고 싶었지만 그건 어리석은 일이었다. 경찰은 나를 두 건의 살인사건에 대한 유력한 용의자로 지목한 상태였다. 게다가 경찰 폭행죄와 체포 불응죄까지 전부 용서받기 힘든 혐의이지 않은가. 거기에 무기 은닉죄가 더해진다고 한들 무슨 큰일이 있을까?

"장전됐어요." 그가 말했다.

"안전장치나 뭐 그런 건요?"

"없습니다."

"오." 나는 권총을 이리저리 뒤집어보았다. 오래전, 권총을 손에 쥐었었던 그 마지막 기억이 머릿속에 다시 떠올랐다. 다시 쥐게 된 권총의 감촉이 나쁘지 않았다. 묘하게 안정을 주는 묵직한 느낌과 강철이 머금은 서늘한 기운, 그리고 손에 착 달라붙는 느낌. 이런 내가 싫었다.

"이것도 가져가요." 그가 휴대전화처럼 생긴 무언가를 내밀었다.

"이게 뭐죠?" 나는 물었다.

타이리스가 얼굴을 찌푸렸다. "딱 보면 모르겠어요? 휴대전화죠. 훔친 번호라서 추적당할 우려가 없어요."

내키지는 않았지만 나는 말없이 고개를 끄덕였다.

"저 문 뒤에 화장실이 있어요." 타이리스가 내 오른편을 가리키며 말했다. "샤워기는 없지만 욕조는 있어요. 들어가서 씻고 나와요. 갈아입을 옷을 가져올 테니까. 브루투스랑 내가 당신을 워싱턴 스퀘어로 데려다줄 겁니다."

"아까 따로 할 얘기가 있다고 했죠? 그게 뭔가요?"

"일단 씻고 나와요." 타이리스가 말했다. "그럼 들려줄 테니까."

27

////////

에릭 우는 가지가 제멋대로 뻗어나간 나무를 응시했다. 그는 차분한 표정으로 고개를 살짝 치켜들고 있었다.

"에릭?" 래리 갠들이 말했다.

우는 돌아서지 않았다. "이 나무 이름이 뭔지 알아요?" 그가 질문했다.

"아니."

"교수형 집행인의 느릅나무."

"멋지군."

우가 미소지었다. "어떤 사학자들은 18세기에 이 공원이 공개 처형장으로 쓰였다고 믿고 있어요."

"그래?"

"네."

웃통을 벗은 남자 둘이 롤러블레이드를 타고 지나갔다. 대형 스피커에서 제퍼슨 에어플레인의 곡이 흘러나오고 있었다. '워싱턴 스퀘어'라는 이름은 당연하게도 조지 워싱턴의 이름을 따서 지은 것이었다. 공원의 트레이드마크라 할 수 있는 1960년대 분위기는 조금씩 퇴색되고 있었다. 늘 그렇듯 공원 한쪽을 메운 시위자들은 진정한 혁명가라기보다 과거의 추억을 되살리기 위해 투입된 배우들처럼 보였다. 거리 공연자들은 기교가 엄청났고, 노숙자들은 부자연스러워 보일 만큼 생기가 넘쳐났다.

"물샐틈없이 준비해뒀겠지?" 갠들이 물었다.

우는 여전히 나무에서 눈을 떼지 않은 채 고개를 끄덕였다. "여섯 명을 배치해뒀어요. 밴에도 두 명이 대기하고 있고요."

갠들이 뒤를 흘끔 돌아보았다. 하얀색 밴에는 'B&T 페인트'라는 상호가 적혀 있었고, 그 밑에는 전화번호와 모노폴리맨*처럼 생긴 남자가 사다리와 페인트브러시를 쥐고 있는 귀여운 로고도 찍혀 있었다. 페인트 회사와 전화번호를 기억하는 목격자가 생긴다 해도 상관없었다.

어차피 존재하지 않는 회사이니까.

밴은 이중주차된 상태였다. 맨해튼에서는 합법적으로 주차된 밴이 불법 주차된 밴보다 훨씬 더 튀어 보인다. 물론 언제 경찰이 접근할지 모르니 한순간도 경계를 늦출 수는 없었다. 만약 경찰이 접근하면 그들은 밴을 타고 라파예트 가로 향할 참이었다. 그리고 그곳에서 번호판과 자석으로 붙여놓은 상호를 교체할 것이다. 그리고 다시 공원으로 돌아올 것이고.

"당신은 밴에 돌아가 있는 게 좋겠어요." 우가 말했다.

"벡이 시간에 맞춰 도착할 수 있을까?"

"아무래도 그건 힘들겠죠." 우가 말했다.

"그 친구가 체포되면 그녀가 모습을 드러낼 줄 알았어." 갠들이

* 미국 경제 대공황 당시 만들어진 보드게임 '모노폴리'를 대표하는 캐릭터.

말했다. "하지만 두 사람이 이렇게 약속까지 잡을 줄은 꿈에도 몰랐네."

전날 밤 킨코스에 있던 해진 운동복 바지 차림의 곱슬머리 남자는 그들이 심은 첩자였다. 그가 킨코스 컴퓨터 화면에 떠오른 메시지를 확인했었다. 그가 그 내용을 전달했을 때는 우가 이미 벡의 집에 증거를 심어놓은 후였지만.

무슨 상관이겠는가. 모든 게 뜻대로 잘 풀린다면.

"둘을 한꺼번에 잡으면 좋겠지만 굳이 순서를 따진다면 그녀가 우선이야." 갠들이 말했다. "최악의 경우에는 두 사람 다 죽여야 하고. 하지만 기왕이면 둘 다 산 채로 잡는 게 좋겠지. 그래야 그들이 뭘 알고 있는지 확인할 수 있을 테니까 말이야."

우는 대꾸가 없었다. 그는 아직도 나무를 응시하고 있었다.

"에릭?"

"사람들이 우리 어머니를 이렇게 생긴 나무에 걸었어요." 우가 말했다.

갠들은 어떻게 대꾸해야 할지 난감했다. "저런."

"그들은 우리 어머니를 간첩으로 오해했어요. 남자 여섯 명이 달려들어 어머니의 옷을 벗기고 가죽 채찍으로 마구 후려쳤죠. 그것도 몇 시간에 걸쳐서. 온몸이 다 찢겨나갔어요. 얼굴에서도 살점이 뜯겼고요. 그러는 동안에도 어머니의 의식은 꺼지지 않았어요. 몇 시간 동안 고래고래 비명을 질러대셨죠. 숨을 거두기까지 정말 오래 걸렸어요."

"하느님 맙소사." 갠들이 나지막이 말했다.

"그 짓거리가 끝난 후에 어머니를 커다란 나무에 그대로 매달았어요." 그가 교수형 집행인의 느릅나무를 가리켰다. "딱 이렇게 생긴 나무였죠. 그들은 본보기로 그랬다고 했어요. 또 다른 간첩이 나오지 않도록. 새와 짐승들이 어머니에게 몰려들었고, 이틀 후엔 뼈만 앙상히 남았어요."

우는 헤드폰을 다시 귀에 꽂고 나서 돌아섰다. "어서 밴으로 돌아가요." 그가 갠들에게 말했다.

거대한 느릅나무에서 힘겹게 시선을 뗀 갠들은 고개를 끄덕인 후 걸음을 옮겼다.

28

////////

나는 트럭 타이어도 들어갈 만큼 허리가 큰 검은 청바지를 걸쳤다. 바짓단을 접어 올리고 벨트를 꽉 조여 맸다. 화이트 삭스 유니폼 셔츠도 바지 못지 않게 헐렁했다. 검은색 야구모자에는 처음 보는 로고가 붙어 있었다. 타이리스는 브루투스의 것과 같은 스타일의 선글라스를 내주었다.

옷을 모두 갈아입은 나를 보고 타이리스는 웃음을 감추지 못하고 말했다. "썩 잘 어울리네요, 닥."

"이럴 땐 아주 쿨하다고 해야 하는 거 아닌가요?"

타이리스가 피식 웃으며 고개를 저었다. "백인들이란." 이내 그는 심각한 표정을 지으며 스테이플러로 고정시킨 종이 몇 장을 내 앞으로 내밀었다. 나는 그것을 받아들고 내용을 훑어보았다. 맨 앞장에 '유언장'이라고 적혀 있었다. 나는 어리둥절한 얼굴로 그를 바라보았다.

"당신과 이 문제를 의논하고 싶었어요." 타이리스가 말했다.

"당신 유언장인가요?"

"내가 세워둔 계획이 있는데 이제 2년 남았어요."

"계획이라뇨?"

"이 일을 딱 2년만 더 하고 그만둘 거예요. 돈이 충분히 모이면 티제이를 데리고 떠날 겁니다. 계획대로 될 가능성은 60퍼센트 정도로 보고 있어요."

"계획대로 되다니, 그게 무슨 소리죠?"

타이리스가 내 눈을 똑바로 바라보았다. "알잖아요."

그 의미는 분명했다. 살아남는 것. "어디로 갈 건데요?"

그가 내게 사진엽서를 건넸다. 이글거리는 태양, 새파란 바다, 야자나무. 얼마나 만지작거렸는지 종이가 쪼글쪼글해져 있었다. "플로리다로 내려갈 거예요." 그가 살짝 들뜬 듯 말했다. "거기 잘 아는 곳이 있거든요. 조용한 동네에 수영장도 있고, 학교도 괜찮아요. 내가 이 돈을 어떻게 벌었는지 궁금해할 사람도 없을 거고."

나는 그에게 엽서를 돌려주었다. "나더러 뭘 어쩌라는 거죠?"

"이게 바로." 그가 엽서를 번쩍 들어 보였다. "가능성 60퍼센트짜리 계획이에요. 그리고 그게……." 그가 유언장을 가리켰다. "가능성 40퍼센트짜리 계획이고요."

나는 아직도 무슨 얘기인지 모르겠다고 말했다.

"6개월 전에 다운타운에 다녀왔어요. 쓸 만한 변호사를 고용했는데 두 시간 봐주고 2천 달러를 청구하더군요. 조엘 마커스라는 변호사예요. 만약 내가 죽으면 당신이 유언 집행자 자격으로 가서 그를 만나주세요. 필요한 서류는 다 준비됐어요. 돈이 보관된 곳을 알려줄 겁니다."

"왜 하필 나죠?"

"당신이 내 아들을 성심껏 돌봐줬으니까요."

"라티샤는요?"

그가 코웃음을 쳤다. "여자잖아요, 닥. 내가 죽으면 곧바로 새 남자를 찾아나설 겁니다. 어떤 놈이랑 엮여 또 임신을 하겠죠. 또다시 약에 손댈지도 모르고요." 그가 등받이에 몸을 붙이고 팔짱을 꼈다. "여자들은 절대 믿어서는 안 돼요, 닥. 당신도 명심하세요."

"그래도 티제이의 어머니잖아요."

"그래서요?"

"당연히 아들을 사랑할 게 아닙니까."

"그야 그렇죠. 하지만 라티샤에게 이런 거금을 떠안기면 눈 깜짝할 새에 탕진해버릴걸요. 그래서 신탁 자금을 마련해뒀습니다. 당신은 그것의 집행자고요. 그 사람이 티제이를 앞세워 돈을 요구하면 당신과 그 변호사가 그게 타당한 요구인지 판단해야 돼요."

성차별주의자라고, 구석기 시대를 사는 사람 같다고 쓴소리를 퍼붓고 싶었지만 지금은 그럴 때가 아니었다. 나는 의자에 앉아 자세를 조금 고치고 그를 빤히 바라보았다. 타이리스는 스물다섯 살쯤 되어 보였다. 나는 그와 같은 유형의 사람들을 숱하게 보아왔다. 나는 그들 전체를 악인이라는 이름의 한 덩어리로 묶고, 각각의 진짜 얼굴을 보려 하지 않았었다. "타이리스?"

그가 고개를 들고 나를 바라보았다.

"그냥 당장 떠나요."

그가 얼굴을 찌푸렸다.

"지금까지 모은 돈을 챙겨 당장 떠나란 말입니다. 플로리다에 내려가서 일자리를 찾아요. 모자란다면 내가 돈을 빌려줄게요. 식구들을 데리고 하루빨리 내려가요."

그는 고개를 저었다.

"타이리스?"

그가 자리에서 일어났다. "이제 갑시다, 닥. 시간이 촉박해요."

"아직 찾고 있습니다."

랜스 파인의 밀랍 같은 얼굴에서 당장이라도 촛농이 뚝뚝 떨어질 것만 같았다. 디몬테는 껌만 씹어댔고, 크린스키는 괜히 수첩을 뒤적이고 있었으며, 스톤은 연신 바지를 추켜올리느라 정신이 없었다.

마음이 산란해진 칼슨은 방금 전달된 팩스를 유심히 훑었다.

"그 총질하던 놈들 정체가 뭐지?" 랜스 파인이 다그치듯 물었다.

제복 차림의 경관이 어깨를 으쓱이며 대답했다. "아직 밝혀진 게 없습니다. 제 생각에는 서로 무관한 것 같습니다."

"무관하다고?" 파인이 새된 소리로 말했다. "지금 그걸 말이라고 하나? 그놈들이 골목을 내달리며 백인 남자에 대해 고래고래 외치고 다녔잖아."

"하지만 이젠 다들 모르는 일이라고 발뺌하고 있습니다."

"계속 밀어붙여." 파인이 말했다. "더 강하게 압박해보라고. 아무리 생각해도 이해가 안 돼. 어떻게 그런 사람이 영화처럼 탈출에 성공할 수 있는지."

"기필코 잡아오겠습니다."

스톤이 칼슨의 어깨를 톡톡 두드렸다. "뭘 보고 있어?"

칼슨은 미간을 찌푸리고 출력된 내용을 말없이 노려봤다. 그는 깔끔한 사람이었다. 특히 정리에 있어서는 강박적으로 보일 만큼 유난을 떨었다. 손도 병적으로 자주 씻었고, 집을 나설 때면 현관문 자물쇠를 열 번도 넘게 걸고 풀었다. 무언가 거슬리는 부분을 찾아낸 그는 팩스에서 눈을 떼지 않았다.

"닉?"

칼슨이 그를 돌아보았다. "세라 굿하트의 안전금고에서 발견한 38구경 권총 있지?"

"시체의 주머니에서 나온 열쇠로 열어본 금고 말인가?"

"그래."

"그게 어째서?" 스톤이 물었다.

칼슨은 여전히 인상을 찌푸리고 있었다. "구멍이 너무 많은데."

"구멍?"

"우선." 칼슨이 계속 이어나갔다. "우리는 세라 굿하트의 안전금고가 엘리자베스 벡의 것이라고 추측해왔어. 그렇지?"

"그래."

"하지만 누군가가 지난 8년간 금고 사용료를 지불해왔어." 칼슨이 말했다. "엘리자베스 벡은 죽었잖아. 죽은 여자가 어떻게 그럴 수 있었지?"

"아버지가 대신 내줬겠지. 그가 뭔가를 숨기고 있는 게 분명해."

칼슨은 영 찝찝했다. "벡의 집에서 발견한 도청장치는? 왜 거기에 그런 장치가 설치되어 있는 거지?"

"글쎄." 스톤이 어깨를 으쓱이며 말했다. "경찰에서도 벡을 유력한 용의자로 지목해온 모양이지 뭐."

"하지만 지금껏 그런 얘기가 없었잖아. 그리고 금고에서 나온 38구경 권총에 대한 이 보고서 말인데." 그가 팩스를 가리켰다. "ATF*의 검사 결과가 어떻게 나왔는지 알아?"

"아니."

* 미국 주류, 담배, 화기 및 폭발물 단속국.

"예상대로 불릿프루프Bulletproof에는 아무것도 걸리지 않았어. 8년도 넘은 사건이니 그럴 수밖에." 불릿프루프는 ATF가 과거 범죄 데이터와 최근에 발견된 화기를 연결 짓기 위해 사용하는 총알 분석 모듈이었다. "그런데 NTC*에서는 일치하는 결과가 나왔다더군. 그 총이 누구 이름으로 등록됐는지 알아?"

그가 스톤에게 출력된 내용을 건넸다. 스톤은 대번에 문제의 내용을 찾아냈다. "스티븐 벡?"

"데이비드 벡의 아버지야."

"이미 사망했잖아."

"맞아."

스톤은 칼슨에게 종이를 돌려주었다. "아들이 총을 물려받은 모양이네." 그가 말했다. "그럼 벡이 그 총의 주인이라는 얘기잖아."

"그럼 그의 아내가 왜 안전금고에 그 총을 숨겨뒀을까? 그 사진들과 함께 말이야."

스톤은 잠시 머리를 굴려보았다. "남편이 그 총으로 자길 해칠까 봐 두려웠겠지."

칼슨의 얼굴에서 주름이 한층 깊어졌다. "우리가 뭔가를 빠뜨린 게 분명해."

"이봐, 닉, 굳이 문제를 더 복잡하게 만들 필요 있어? 레베카 셰이즈 사건의 범인은 벡이 틀림없다고. 그를 체포하는 데 아무런 하자가 없어. 엘리자베스 벡은 잊자고. 응?"

칼슨이 그를 보았다. "엘리자베스를 잊자고?"

스톤이 헛기침을 한 번 하고 두 손을 펼쳐 보였다. "현실적으로

* 국립추적센터.

따져봐. 벡을 셰이즈 사건의 범인으로 모는 건 식은 죽 먹기보다 쉬워. 하지만 그의 아내는…… 그 사건은 벌써 8년 전 일이잖아. 단서가 좀 나왔지만 그것만으로는 턱없이 부족해. 손을 쓰기에는 너무 늦었다고. 그냥…….” 그가 과장되게 어깨를 으쓱여 보였다. “우리가 괜히 긁어 부스럼 만드는 게 아닌지 모르겠어.”

“대체 그게 무슨 소리야?”

스톤이 바짝 다가서며 칼슨에게 몸을 숙여보라고 손짓했다. “FBI는 우리가 이걸 끝까지 파헤치는 걸 원치 않아.”

“FBI의 누가 원치 않는다는 거야?”

“그건 중요하지 않아, 닉. 결국 우리는 모두 같은 편이니까. 만약 킬로이가 엘리자베스 벡을 죽이지 않았다는 게 밝혀지면 그 후폭풍이 엄청날 거야. 킬로이의 변호사가 재심을 신청할 거고…….”

“킬로이는 엘리자베스 벡 사건으로 재판받은 적이 없어.”

“하지만 우리는 엘리자베스가 킬로이의 피해자라고 못을 박아버렸잖아. 물론 의혹의 눈초리는 피할 수 없겠지만 그래도 이게 훨씬 깔끔하고 좋다고.”

“나는 깔끔한 엔딩을 원치 않아.” 칼슨이 말했다. “그저 진실을 알고 싶다고.”

“그건 모두가 마찬가지야, 닉. 하지만 진실보다 정의가 더 중요하잖아. 안 그래? 벡은 결국 레베카 셰이즈를 살해한 혐의로 종신형을 선고받을 거야. 킬로이는 계속 감방에 남아 있을 거고. 그럼 되는 거 아니야?”

“자네 얘기엔 구멍이 너무 많아, 톰.”

“그놈의 구멍 타령 좀 작작 해. 대체 어디에 그딴 게 있다는 거야? 자네 입으로 그랬었지? 벡이 아내를 죽이고도 남았을 사람이라고."

"그래." 칼슨이 말했다. "하지만 나는 그가 아내를 죽였을 거라고 했지, 그가 레베카 셰이즈까지 죽였을 거라고는 안 했어."

"자네가 지금 무슨 얘기를 하고 있는지 통 모르겠어."

"벡을 셰이즈 사건에 우격다짐으로 끼워 맞추지 말란 얘기야."

"억지로 끼워 맞추려는 게 아니라 상식적으로 따져보면 그게 맞다니까. 셰이즈는 뭔가를 알고 있었어. 우리가 점점 압박해 들어가니 불안해진 벡이 그녀의 입을 영영 막아버린 거라고."

칼슨이 다시 얼굴을 찌푸렸다.

"왜?" 스톤이 말했다. "어제 우리에게 취조당한 벡이 그녀의 스튜디오를 찾아간 게 우연의 일치였다고 생각해?"

"아니." 칼슨이 말했다.

"그럼 또 뭐가 거슬리는데, 닉? 아직도 그가 셰이즈를 죽인 범인이라는 게 믿어지지 않아?"

"너무 완벽하게 들어맞아서 의심이 돼." 칼슨이 말했다.

"아, 젠장. 거기까지만 해."

"뭐 하나 물어볼게. 벡이 아내를 죽이려고 얼마나 치밀하게 계획하고, 또 실행에 옮겼지?"

"엄청나게 공을 들였지."

"맞아. 그는 목격자들까지 모조리 찾아 죽였어. 시체도 철저하게 숨겨놓았고. 기록적인 강우와 곰이 아니었으면 우리는 아무런 단서도 손에 넣지 못했을 거야. 하지만 고작 그것만으로는 유죄판결은커녕 기소조차 불가능하다고."

"그래서?"

"그렇게 치밀했던 벡이 왜 갑자기 바보가 되어버린 거지? 우리가 바짝 쫓고 있다는 걸 뻔히 알고 있을 텐데. 살인이 발생하기 바로 전날 그가 레베카 셰이즈를 찾아간 사실을 그녀의 조수가 법정에서 증언할 거라는 걸 과연 몰랐을까? 그 총은 대체 왜 자기 집 차고에 숨겨놓은 거지? 장갑은 어쩌자고 자기 집 쓰레기통에다가 버렸고?"

"그야 뭐." 스톤이 말했다. "이번에는 그만큼 서둘렀다는 뜻이 아닐까? 아내를 살해했을 땐 시간적 여유가 충분했을 테고."

"이거 봤어?"

그가 스톤에게 감시 보고서를 건넸다.

"오늘 아침 벡은 검시관을 찾아갔었어." 칼슨이 말했다. "대체 왜 그랬을까?"

"글쎄. 부검 파일에 뭔가 찜찜한 내용이 기록되어 있을지 모른다고 생각했던 게 아닐까?"

칼슨의 미간이 또다시 찌푸려졌다. 그는 빨리 가서 손을 씻고 싶은 마음뿐이었다. "지금 우리가 놓치고 있는 게 분명 있어, 톰."

"어쨌든 하루속히 그를 잡아들여야지. 그래야 풀릴 문제잖아."

스톤은 파인에게로 자리를 옮겼다. 의심이 가시지 않은 칼슨은 벡이 검시관 사무실에 다녀온 이유를 곰곰이 따져보다가 휴대전화를 꺼내 들었다. 그는 휴대전화를 손수건으로 문질러 닦은 후 번호를 눌렀다. 누군가가 전화를 받자 그가 말했다. "서식스 카운티 검시관 사무실로 연결 부탁합니다."

29

////////

10년 전, 그녀에게는 웨스트 23번 가의 첼시 호텔에 사는 친구들이 있었다. 호텔 고객 가운데 절반은 관광객이었고, 나머지 반은 괴짜 상주자였다. 예술가, 작가, 학생, 메타돈* 중독자들. 새까만 손톱과 새하얀 얼굴, 새빨간 립스틱에 생머리. 그런 스타일이 대세가 아니었을 때부터 그들은 그런 모양새였다.

그 후로도 변화는 거의 없었다. 익명으로 남고 싶은 이들에게는 말 그대로 천국이나 다름없었다.

그녀는 길 건너에서 피자 한 조각을 사 들고 호텔에 체크인했다. 그리고 방에서 한 발짝도 나오지 않았다. 뉴욕. 한때 그녀는 이 도시를 집이라고 불렀다. 하지만 지난 8년간 그녀는 겨우 두 번 이곳을 찾았을 뿐이다.

그녀는 이곳이 그리웠다.

그녀는 능숙한 손놀림으로 가발을 썼다. 오늘 그녀가 선택한 가발은 검은 뿌리가 드러난 금발이었다. 그녀는 금속테 안경을 쓰고

* 합성 진통마취제. 헤로인 중독 치료에 쓰이기도 한다.

의치를 입에 끼웠다. 그 장치들이 그녀의 얼굴 형태를 완전히 바꾸어놓았다.

그녀의 두 손이 덜덜 떨렸다.

주방 테이블에는 항공권 두 장이 놓여 있었다. 오늘 밤, 그들은 존 F. 케네디 공항JFK에서 영국항공 174편을 타고 히스로 공항으로 향하게 될 것이다. 런던에 도착해서는 새로운 신분을 받게 될 것이고. 그들은 그곳에서 기차를 타고 개트윅 공항으로 향할 것이고, 공항에서 케냐의 나이로비로 떠나는 오후 비행기에 몸을 실을 것이다. 도착하면 지프차가 그들을 탄자니아의 메루산으로 데려갈 것이다. 그리고 이어질 사흘간의 하이킹.

라디오도, 텔레비전도, 전기도 없는 그곳에서 그들은 진정한 자유의 몸이 될 것이다.

항공권에 찍힌 이름은 리사 셔먼이었다. 그리고 데이비드 벡.

그녀는 가발을 움직여 자연스럽게 고쳐 쓰고는 거울을 들여다보았다. 그녀의 시야가 흐려졌다. 어느새 그녀는 그날 밤 호수로 돌아가 있었다. 그녀의 가슴속에서 희망이 꿈틀거렸다. 이번만큼은 그냥 내버려두고 싶었다. 그녀는 미소를 머금고 돌아섰다.

엘리베이터를 타고 로비로 내려온 그녀는 23번 가로 빠져나왔다. 그리고 가벼운 발걸음으로 워싱턴스퀘어를 향해 걸음을 옮겼다.

타이리스와 브루투스는 나를 웨스트 4번 가 라파예트 도로 모퉁이에 내려주었다. 공원에서 네 블록쯤 떨어진 지점으로, 전에도 와본 익숙한 곳이었다. 엘리자베스와 레베카는 한때 워싱턴스퀘어의 아파트에서 함께 살았다. 사회복지 변호사인 아내와 사진작가인 레베카는 아방가르드한 웨스트 빌리지 셋방에서 교외 출신의 신탁

자금 혁명가 친구들과 한데 어울리며 자유분방한 나날을 만끽했었다. 솔직히 나는 그런 보헤미안적인 삶이 이해되지 않았지만 아무래도 어쩌랴 싶었다.

당시 나는 컬럼비아 의과대학에 재학하고 있었고, 뉴욕 장로 병원에서 가까운 주택가인 헤이븐 가에 살고 있었다. 하지만 아내 덕분에 이곳에서 많은 시간을 보내곤 했다.

정말 꿈같은 시절이었는데.

약속 시각까지는 이제 삼십 분도 채 남아 있지 않았다.

나는 웨스트 4번 가를 따라 빠르게 걸어갔다. 타워 레코드를 지나자 뉴욕 대학교NYU가 나타났다. 학교는 이 동네 곳곳에 'NYU'가 쓰인 자주색 로고 깃발을 걸어 주변 땅에 대한 권리를 명확히 표시했다. 그리니치빌리지의 음울한 벽돌 건물들과 현란한 자주색 깃발은 전혀 조화를 이루지 못했다. 소유욕과 텃세의 상징으로 뒤덮인 진보적인 동네. 여기는 바로 그런 곳이었다.

가슴 속에서 심장이 늑골을 부수고 튀어나올 듯이 요동쳤다.

먼저 나와 기다리고 있을까?

나는 뛰지 않았다. 냉정을 유지한 채 앞으로 벌어지게 될 일들을 떠올리지 않으려 애썼다. 몸에 난 상처들은 쓰라리다가 간지럽기를 반복하고 있었다. 건물 유리창에 비친 내 모습이 눈에 띄었다. 타이리스에게 빌린 옷을 걸친 내 꼴이 우스꽝스러웠다. 갱스터 연습생.

바지가 계속해서 흘러내렸다. 나는 한 손으로 연신 바지를 추켜올리면서도 걷는 속도를 유지하려 애썼다.

먼저 도착해 있을 엘리자베스를 떠올리면서.

마침내 공원이 서서히 눈에 들어오기 시작했다. 이제 남동쪽 모퉁이까지는 딱 한 블록 남아 있었다. 폭풍이 오려는지 공기에서 묵직한 기운이 느껴졌지만, 어쩌면 그것은 한껏 긴장한 내 상상력의 산물인지도 몰랐다. 나는 고개를 푹 숙이고 걸었다. 방송국이 내 사진을 공개했을까? 앵커들이 내 인상착의를 신나게 떠들어대고 있으면 어쩌지? 그럴 가능성은 희박했지만 나는 계속해서 사방을 경계했다.

내 걸음은 점점 빨라졌다. 여름의 워싱턴스퀘어는 지나치다 싶을 만큼, 언제나 열정이 넘쳐났다. 너무도 많은 일들이 너무나 치열하게 벌어졌다. 가공된 열정. 나는 그걸 그렇게 불렀다. 이곳에서 내가 가장 좋아하는 장소는 사람들로 북적대는 시멘트 게임 테이블 근처였다. 나는 이따금 그곳에서 체스를 두곤 했다. 흑과 백의 오래된 체스 말들 앞에서 만큼은 부자, 빈민, 백인, 흑인, 노숙자, 고급 아파트 주민, 세입자 할 것 없이 모두가 융화되어 게임을 즐길 수 있었다. 이곳에서 본 최고의 고수는 줄리아니가 뉴욕 시장이 되기 전, 매일 오후 거리에 나와 와이퍼를 교환하자며 운전자들에게 달라붙던 흑인 남자였다.

엘리자베스는 아직 보이지 않았다.

나는 벤치에 자리를 잡고 앉았다.

그렇게 십오 분이 흘러갔다.

가슴이 점점 답답해졌다. 지금껏 살아오면서 이토록 두려웠던 적은 없었다. 쇼나가 보여준 디지털 영상 변환 장면이 다시 떠올랐다. 혹시 누군가의 장난에 놀아나고 있는 건가? 만약 이 모든 게 짓궂은 장난이라면? 엘리자베스가 죽은 게 틀림없다면? 그럼 나는 어떻게 해야 하지?

그런 추측은 하지 마. 나는 나 자신을 타일렀다. 아까운 에너지만 소모될 뿐이야.

그녀는 살아 있어. 그러니 불길한 생각하지 마.

나는 등받이에 몸을 기대고 묵묵히 기다렸다.

"그가 왔어요." 에릭 우가 휴대전화에 대고 말했다.

래리 갠들이 선팅된 밴의 창문을 통해 거리의 불량배처럼 차려입은 데이비드 벡을 바라보았다. 그의 얼굴은 찰과상과 멍 자국으로 뒤덮여 있었다.

갠들이 고개를 저었다. "대체 어떻게 경찰을 따돌린 거지?"

"뭐 그건, 나중에 물어봐야죠."

"실수 없이 해치워야 해."

"알아요."

"다들 준비됐겠지?"

"물론입니다."

갠들이 손목시계를 들여다보았다. "곧 그녀가 나타나겠군."

설리번 가와 톰슨 가 사이에 자리한 워싱턴스퀘어의 가장 매력적인 건축물은 공원 남쪽에 갈색 벽돌로 지어놓은 높은 타워다. 사람들은 그 타워가 아직도 저드슨 메모리얼 교회의 일부일 거라 믿고 있었다. 하지만 그건 사실이 아니었다. 지난 20년간 타워는 뉴욕 대학교 학생들의 기숙사와 사무실로 쓰여왔다. 접근 방법만 알고 있다면 누구라도 타워 꼭대기에 오를 수 있었다.

공원 전체를 훤히 내려다볼 수 있는 그곳에서 한동안 공원을 내려다보던 그녀는 갑자기 울음을 터뜨렸다.

벡이 도착해 있었다. 그는 변장한 상태였다. 미행이 있을지 모른다는 그녀의 경고 때문이었을 것이다. 그녀는 홀로 벤치에 앉아 기다리는 남편을 바라보았다. 그의 오른쪽 다리가 덜덜 떨리고 있었다. 긴장할 때마다 나오는 벡의 습관.

"아, 벡……."

그녀는 자신의 목소리에서 묻어나는 고통과 쓰디쓴 비탄을 똑똑히 느낄 수 있었다. 그러면서도 그녀의 시선은 그에게 단단히 고정되어 있었다.

내가 저 사람에게 무슨 짓을 한 거지?

너무 어리석었어.

그녀는 힘겹게 돌아섰다. 다리가 풀려버렸고 그녀는 벽에 등을 기댄 채 스르르 미끄러져 바닥에 주저앉았다. 벡은 그녀를 찾으러 와주었다.

문제는 그들도 여기에 있다는 사실이었다.

그녀는 이미 세 명을 찾아냈다. 보나마나 몇 명 더 숨어 있을 것이다. 그녀는 또한 수상한 B&T 페인트 밴도 찾아냈다. 밴에 적힌 번호로 전화를 걸어보았지만 불통이었다. 전화번호 안내 서비스는 B&T 페인트라는 업체가 등록되어 있지 않다고 확인해주었다.

그들에게 들켜버린 것이다. 치밀하게 준비해온 모든 예방책이 수포로 돌아가버린 것이다.

그녀는 눈을 질끈 감았다. 어리석었어. 내가 너무 어리석었어. 이 무모한 계획이 성공할 거라고 믿다니. 어쩜 이렇게 미련할 수 있지? 벡을 향한 갈망이 판단력을 흐렸다. 진작 깨달았어야 했는데. 이 모든 계획의 실패는 호숫가에서 두 구의 시체가 발견된 엄청난 사건을 뜻밖의 횡재로 여기고 무모하게 달려든 그녀 탓이었다.

어리석게도.

그녀는 다시 일어나 벡을 내려다보았다. 그녀의 가슴이 우물에 떨어진 돌멩이처럼 곤두박질쳤다. 그는 너무나 외로워 보였다. 한없이 작고 연약하고 무력해 보였다. 벡이 내 죽음 후의 삶에 적응했을까? 아마도. 악몽 같은 과거를 잊고 새 출발에 성공했을까? 아마도. 내 어리석은 결정이 간신히 새 삶을 찾은 그에게 치명타를 입혔을까?

틀림없이.

또다시 눈물이 나왔다.

그녀는 항공권 두 장을 꺼내 들었다. 철저한 준비. 바로 그것이 생존의 비결이었다. 모든 만일의 사태에 완벽히 대비하는 것. 그래서 약속 장소도 이곳으로 잡은 것이다. 그녀가 누구보다도 잘 아는 공원. 그녀가 유리한 위치에 설 수 있는 곳. 인정하고 싶지는 않았지만 그녀는 모든 계획이 수포로 돌아가는 이 가능성에 대해서도 사실 알고 있었다.

이제 다 끝났어.

실낱같은 한 가닥 희망마저도 사그라져버렸다.

이제는 떠날 시간이었다. 그녀 혼자서. 이번에는 영원히.

그녀는 자신이 끝내 나타나지 않았을 때 남편이 어떤 반응을 보일지 궁금했다. 컴퓨터 앞에 앉아 영영 도착하지 않을 이메일을 하염없이 기다릴까? 나를 찾아 낯선 이들의 얼굴을 유심히 살피고 다닐까? 아니면, 모든 걸 잊고 자기 인생을 살게 될까? 과연 나는 남편이 그래주기를 진심으로 바라는 걸까?

아무래도 상관없었다. 살아남는 게 급선무였다. 앞으로의 운명은 그의 선택에 달려 있었다. 더 지체할 시간이 없었다.

그녀는 힘겹게 눈을 떼고 계단을 달려 내려갔다. 뒤편에는 웨스트 3번 가로 통하는 출구가 있었다. 그 덕분에 공원에는 한 발짝도 들일 필요가 없었다. 그녀는 무거운 금속 문을 밀고 밖으로 나갔다. 그녀의 눈에 길모퉁이에 서 있는 택시가 들어왔다.

그녀는 차에 올라 눈을 감았다.

"어디로 모실까요?" 택시 기사가 물었다.

"JFK 공항으로 가주세요." 그녀가 말했다.

30

////////

너무 많은 시간이 흘렀다.

나는 벤치에 앉아 하염없이 기다렸다. 먼발치에 공원의 명물, 대리석 아치가 보였다. 아치는 세기의 전환기에 활동했던 유명한 건축가, 스탠퍼드 화이트가 설계한 것으로 알려져 있었다. 화이트는 한 젊은 여자를 놓고 삼각관계를 벌이던 남자에게 살해됐다. 어찌됐건 나는 그의 아치가 영 마음에 들지 않았다. 남의 디자인을 고스란히 복제해놓은 것을 어떻게 곱게 볼 수 있겠는가. 워싱턴 아치가 파리 개선문의 모작이라는 사실은 이미 널리 알려진 사실이었다. 나는 뉴요커들이 복제물에 이토록 흥분하는 이유를 도저히 이해할 수 없었다.

아치는 이제 만질 수 없다. 사우스 브롱크스의 아치들과 다르게 이곳 아치에는 '그래피티 예술가'들을 막기 위한 울타리가 둘러져 있다. 공원 곳곳에 울타리가 마구잡이로 설치되어 있다. 풀로 덮인 거의 모든 공간에 느슨한 울타리가 둘러져 있고, 이중으로 둘러진 곳도 적지 않았다.

대체 어디 있는 거지?

비둘기들이 정치인을 연상시키는 거만한 모습으로 뒤뚱뒤뚱 걷고 있었다. 내 앞에도 한 무리가 진을 쳐놓은 상태였다. 녀석들은 신나게 쪼아대던 내 운동화가 먹을 수 없는 것임을 깨닫고 실망한 듯 나를 올려다보았다.

"여기는 타이 자리인데."

어느새 다가온 노숙자가 말했다. 스팍* 같은 뾰족한 귀를 가진 그는 바람개비 모자를 쓰고 있었다. 그가 내 맞은편에 자리를 잡고 앉았다.

"오."

"타이가 이놈들에게 먹을 걸 던져주거든. 녀석들이 타이를 아주 잘 따른다고."

"오." 나는 다시 말했다.

"그래서 자네에게 몰려들어 이 난리를 치고 있는 거야. 자네가 싫어서 이러는 게 아니라, 자네가 타이나 타이의 친구일 거라 착각을 해서 이러는 거라고."

"그렇군요."

나는 손목시계를 들여다보았다. 공원에 도착한 지 두 시간이 다 되어가고 있었다. 아내는 오지 않을 것이다. 정말로 이 모든 게 누군가의 장난이었을까? 하지만 나는 이내 고개를 저었다. 앞으로도 영원히 엘리자베스가 문제의 메시지를 보냈다고 믿는 편이 나았다. 만약 장난이라면 어차피 머지않아 들통이 날 테니까.

무슨 일이 있더라도 나는 당신을 사랑해…….

메시지에는 분명 그렇게 적혀 있었다. 무슨 일이 있더라도. 마치

* 미국의 SF 드라마 〈스타트렉〉에 나오는 과학반장.

무언가가 잘못되기라도 할 것처럼. 마치 무언가 좋지 않은 일이 터지기라도 할 것처럼. 마치 이 모든 걸 잊고 원래의 삶으로 되돌아가야 할 것처럼.

그럴 순 없어.

기분이 이상했다. 나는 최악의 상황에 처해 있었다. 경찰에 쫓기는 몸이었고, 미쳐버리기 일보직전이었다. 흠씬 두들겨 맞은 듯 진이 빠져 있었다. 그럼에도 나는 그 어느 때보다 기운이 났다. 신기한 일이었다. 나는 이 끈을 끝까지 놓고 싶지 않았다. 이메일에 담긴 내용은 오직 엘리자베스만이 알 수 있는 것들이었다. 키스 타임, 배트 레이디, 틴에이지 섹스 푸들스. 이메일은 엘리자베스가 보내온 것이 틀림없다. 누군가가 엘리자베스에게 그런 이메일을 작성하고 전송할 것을 주문했거나. 어느 쪽이든 아내는 분명 살아 있다. 그러니 나는 계속 진실을 파헤쳐야 한다. 다른 옵션은 없다.

그럼 이제 뭘 해야 하지?

나는 타이리스에게서 새로 얻은 휴대전화를 꺼냈다. 턱을 문지르며 머리를 굴려대고 있을 때 괜찮은 아이디어 하나가 불쑥 떠올랐다. 나는 전화를 걸었다. 한동안 펼쳐든 신문에 집중하던 맞은편 남자가 나를 흘끔 보았다. 살짝 불안한 마음이 들었다. 혹시 모르니 조심하는 편이 나을 것 같았다. 나는 자리에서 일어나 그로부터 멀리 벗어났다.

쇼나가 전화를 받았다. "여보세요?"

"테디 노인네 전화로 해."

"벡? 그게 무슨……."

"삼 분 후에."

나는 전화를 끊었다. 쇼나와 린다의 전화는 이미 도청되고 있을 것이다. 경찰에게 우리 대화를 고스란히 들려줄 수는 없었다. 다행히도 그들의 아래층에는 나이 든 홀아비가 살고 있었다. 쇼나와 린다는 이따금 들러 그의 상태를 살피곤 했기에 그의 아파트 열쇠를 갖고 있었다. 나는 그곳으로 전화를 걸어보기로 했다. FBI나 경찰이 그 집 전화까지 감시하고 있지는 않을 테니. 적어도 아직은.

나는 그의 집으로 전화를 걸었다.

쇼나가 숨을 몰아쉬며 전화를 받았다. "여보세요?"

"도움이 필요해."

"지금 일이 어떻게 돌아가고 있는지 알고는 있어?"

"나를 잡으려고 대대적인 사냥을 하고 있겠지." 나는 이상하리만큼 차분한 상태였다. 적어도 내 생각으로는.

"벡, 지금 당장 자수해야 해."

"나는 누구도 죽이지 않았어."

"나도 알아. 하지만 계속 이렇게 도망만 다니다간……."

"도와줄 거야 말 거야?" 나는 그녀의 말을 끊었다.

"얘기해." 그녀가 말했다.

"사망 추정 시각은 나왔어?"

"자정쯤이었을 거래. 추정 시각상 그들 주장대로 네가 범죄를 저지르기엔 좀 빠듯한 시간이긴 해. 하지만 그들은 내가 떠난 직후 네가 레베카를 죽였다고 믿고 있어."

"그렇군. 미안한데 날 위해 뭘 좀 해줘야겠어."

"뭐든."

"우선, 클로이부터 맡아줘."

"너희 집 개?"

"응."

"왜?"
"산책을 시켜줘야 하거든." 나는 말했다.

에릭 우가 휴대전화에 대고 말했다. "누군가와 통화하고 있습니다. 하지만 가까이 접근은 못 할 것 같아요."
"감시자가 있다는 걸 알아차렸나?"
"그런 것 같습니다."
"약속을 취소하려는 걸지도 모르겠군."
우는 대답하지 않았다. 그는 벡이 휴대전화를 주머니에 넣고 공원을 가로지르는 모습을 지켜보았다.
"문제가 생겼습니다." 우가 말했다.
"뭔데?"
"벡이 공원을 떠나려는 것 같습니다."
갠들은 잠시 말이 없었다. 우는 묵묵히 기다렸다.
"이미 한 번 놓쳐봤잖아." 갠들이 말했다.
우는 말없이 듣고만 있었다.
"그냥 놔두면 위험해. 얼른 가서 잡아와. 잡아놓고 그가 뭘 알고 있는지 알아보라고. 이제 그만 끝낼 시간이야."
우는 밴이 세워진 쪽을 돌아보며 고개를 끄덕였다. 그리고 벡을 향해 걸음을 옮겼다. "알았습니다."

나는 칼을 뽑아 든 주세페 가리발디*의 동상을 지나쳐 걸어갔다. 놀랍게도 나는 이미 목적지를 정해놓았다. 킬로이를 면회하는

* 이탈리아의 통일에 공헌한 장군.

건 이제 급선무가 아니었다. 하지만 엘리자베스의 다이어리에 적힌 'PF', 피터 플래너리라는 악덕 변호사는 또 다른 차원의 문제였다. 당장 그의 사무실로 찾아가 얘기를 나눠봐야겠다. 그의 입에서 무슨 얘기가 나올지 전혀 모르겠지만 여기 가만있을 수만은 없으니 그거라도 하는 수밖에.

내 오른편에는 놀이터가 있었다. 하지만 그곳에서 놀고 있는 아이들은 열 명도 채 되지 않았다. 왼편으로는 강아지 놀이공원이 보였다. 과하게 장식된 놀이공원은 목장식을 두른 개들과 그들의 보호자들로 발 디딜 틈이 없었다. 공원 한쪽에 마련된 무대에서는 두 남자가 저글링 묘기를 선보이고 있었다. 나는 반원을 그리고 앉은 판초* 차림의 학생들을 지나쳐 걸어갔다. 염색한 금발에 〈판타스틱 포〉에 나오는 씽처럼 탄탄한 체구를 가진 아시아인 남자가 나를 지나쳐갔다. 나는 뒤를 흘끔 돌아보았다. 방금 전까지만 해도 신문을 펼쳐들고 있었던 남자는 어디론가 사라져버린 후였다.

무언가 수상했다.

그는 내가 앉아 있는 내내 맞은편 벤치를 지켰다. 하지만 몇 시간 후, 나와 같은 시간에 자리를 떴다. 우연의 일치였을까? 어쩌면 그랬는지도.

미행이 있을 거야…….

이메일은 분명 그렇게 경고했다. 그럴지 모른다는 것도 아니라, 분명 그럴 거라는 확신에 찬 경고였다. 나는 골똘히 생각에 잠긴 채 계속 걸음을 옮겼다. 그럴 리 없어. 설혹 지상 최고의 미행꾼이라도 어떻게 내게 바짝 붙어다니겠어? 내가 하루 종일 무슨 일을

* 커다란 천 가운데 머리를 내놓는 구멍만 있는 일종의 외투.

겪었는데.

신문 보던 남자가 미행이었을 리 없었다. 아무리 생각해도 말이 되지 않는 가능성이었다.

혹시 이메일을 훔쳐봤나?

하지만 어떻게? 내가 신속히 삭제해버렸는데. 내 컴퓨터로 열어 본 것도 아니고.

나는 워싱턴스퀘어 서쪽으로 건너갔다. 그런데 보도블록 끝에 다다랐을 때 누군가가 내 왼쪽 어깨에 손을 얹었다. 마치 슬그머니 다가와 나를 놀라게 하려는 오랜 친구라도 되듯이. 홱 돌아보니 아까 지나쳤던 금발로 염색한 아시아인 남자였다.

내 어깨를 쥔 그의 손에 갑자기 힘이 들어갔다.

31

////////

그의 손가락이 관절 사이로 파고들었다.

내 몸 왼편으로 극심한 통증이 퍼졌고 이내 다리가 풀려버렸다. 비명을 지르거나 저항하려 했지만 몸이 말을 듣지 않았다. 그때 하얀 밴이 옆으로 다가와 멈춰 섰다. 밴의 옆문이 스르르 열렸다. 아시아 남자의 손이 내 목으로 올라왔다. 그가 목 양쪽의 급소를 힘껏 누르자 내 눈은 뒤로 돌아갔다. 그의 다른 손이 내 척추를 꾹 눌렀다. 순간 내 몸이 반으로 접히면서 앞으로 기울어졌다.

그는 손쉽게 나를 밴 안으로 떠밀었다. 안에서 튀어나온 또 다른 손들이 나를 힘껏 잡아끌었고, 나는 차가운 금속 바닥으로 고꾸라졌다. 밴 안에는 좌석이 없었다. 곧장 문이 닫히고 밴은 출발했다.

어깨에 손이 얹어진 순간부터 밴이 출발할 때까지 걸린 시간은 불과 오 초 남짓이었다.

나는 권총을 떠올렸다.

총을 향해 손을 뻗으려 했지만 누군가가 내 등에 올라타고 있어 그럴 수 없었다. 내 두 손도 완전히 속박당한 상태였다. 그들은 찰칵 소리와 함께 바닥에 고정된 수갑을 내 오른팔에 채웠다. 그리고는 우악스럽게 내 몸을 뒤집었다. 어깨가 빠질 듯한 통증이 밀려들었다. 남자 두 명의 얼굴이 똑똑히 보였다. 백인이었고, 서른 살쯤 되어 보였다. 그들은 내게 얼굴을 감추려 하지도 않았다.

극도의 두려움이 엄습했다.

그들은 내 왼손에도 수갑을 채웠다. 나는 팔다리를 벌린 자세로 바닥에 널브러졌다. 그들은 내 다리까지 하나씩 깔고 앉았다.

"원하는 게 뭐죠?" 내가 물었다.

아무도 대답하지 않았다. 밴이 모퉁이에 멈춰 섰다. 아시아 남자가 차에 오르자 밴은 다시 출발했다. 그가 몸을 숙이고 호기심에 찬 눈으로 나를 내려다보았다.

"공원에는 왜 갔었지?" 그가 내게 물었다.

위협적이고 걸걸한 목소리를 예상했던 나는 흠칫 놀랐다. 섬뜩하게도 그의 목소리는 아이처럼 부드럽고 가늘었다.

"당신 누구야?"

그가 주먹으로 내 복부를 내리찍었다. 강도가 어찌나 센지 그의 손가락 마디가 바닥에 닿았다 해도 믿을 정도였다. 두 팔을 구속하고 있는 수갑과 다리를 하나씩 깔고 앉은 백인 남자들 때문에 몸을 구부릴 수조차 없었다. 공기. 내가 원하는 건 공기뿐이었다. 당장이라도 구토가 쏟아질 것 같은 기분이었다.

미행이 있을 거야…….

익명의 이메일, 암호, 경고. 아내가 그토록 깐깐하게 예방책을 마련해둔 이유를 이제야 알 것 같았다. 엘리자베스는 두려웠던 것이다. 나는 그 무엇 하나 제대로 풀지 못했지만 한 가지는 확실했다. 아내는 너무나도 두려운 나머지 수수께끼 같은 방법으로 소통을 시도했던 것이다. 아내는 공포에 떨고 있었다.

이들에게 발각될까 봐.

숨이 턱 막혀왔다. 몸속의 모든 세포가 산소를 갈망하고 있었다. 마침내 아시아 남자가 나머지 둘에게 고개를 끄덕여 신호했다. 그제야 두 남자가 깔고 앉아 있던 내 다리에서 떨어졌다. 나는 무릎을 가슴으로 웅크리고 간질 환자처럼 몸부림치며 숨을 헐떡거렸다. 서서히 호흡이 안정되어 갈 무렵 아시아 남자가 내 앞으로 다가와 무릎을 꿇었다. 나는 그의 얼굴을 똑바로 쳐다보았다. 아니, 그러려고 애썼다. 생기가 조금도 엿보이지 않는 그의 눈빛은 인간이나 짐승, 어떤 생물의 것도 아니었다. 만약 파일 캐비닛에 눈이라도 생긴다면 그와 같으리라.

그럼에도 나는 눈을 깜빡이지 않았다.

그는 꽤 앳되어 보였다. 스무 살에서 스물다섯 살 사이? 그가 내 팔뚝 안쪽에 손을 얹었다. 팔꿈치 바로 윗부분. "공원에는 왜 갔었지?" 그가 단조로운 말투로 다시 물었다.

"나는 그 공원이 좋아."

그가 손가락을 두 개만 이용해 내 팔뚝을 꾹 눌렀다. 순간 숨이 턱 막혔다. 그의 손가락이 칼날처럼 내 살을 파고들어 신경을 헤집었다. 내 눈이 튀어나올 듯 휘둥그레졌다. 지금껏 이런 통증은 느껴본 적이 없었다. 온몸이 마비된 듯한 기분. 나는 낚싯바늘에 걸려 죽어가는 물고기처럼 필사적으로 몸부림쳤다. 고무줄처럼 맥없이 늘어져버린 다리로는 그를 걷어찰 수도 없었다. 또다시 호흡곤란이 찾아들었다.

그의 손은 내게서 떨어지지 않았다.

나는 계속해서 그의 손이 떨어지기를, 조금이라도 힘을 빼주기를 기다렸다. 하지만 그는 그러지 않았다. 내 입에서 신음이 터져 나왔다. 그의 표정엔 오직 지루함만 가득했다.

밴은 계속해서 내달렸다. 나는 통증에 익숙해지려 애썼다. 그게 힘들면 아주 잠시 동안이라도 고통을 잊거나. 하지만 모두 소용없었다. 나는 차라리 기절하기를 바랐다. 단 일 초 만이라도. 하지만 바위처럼 굳어진 그는 미동도 하지 않았다. 그의 공허한 눈은 계속해서 나를 응시했다. 머릿속까지 압력이 전해졌다. 그가 원하는 답을 내놓고 싶어도 목구멍이 닫혀 말을 할 수가 없었다. 그도 이런 내 상태를 아는 듯했다.

통증으로부터의 탈출. 머릿속은 온통 그 생각뿐이었다. 어떻게 벗어나야 하지? 내 모든 신경은 그가 붙잡고 있는 팔뚝에 집중됐다. 온몸이 불에 타는 듯한 기분이었다. 머릿속의 압력이 점점 커져가고 있었다.

머리가 터져버리기 직전, 그가 갑자기 내게서 손을 뗐다. 안도의 한숨이 터져 나왔다. 하지만 안도감도 잠시, 스르르 미끄러져 내려간 그의 손이 내 아랫배에서 멈췄다.

"공원에는 왜 갔었지?"

나는 그럴듯한 거짓말을 찾아 머리를 굴려보았다. 하지만 그는 내게 생각할 시간조차 주지 않았다. 그가 내 복부 깊이 손가락을 찔러넣었다. 아까보다 몇 배는 심한 통증이 엄습했다. 그의 손가락이 총검처럼 내 간을 파고들었다. 나는 다시 발버둥치기 시작했다. 벌어진 입에서 들리지 않는 비명이 터져 나왔다.

내 고개가 앞뒤로 거칠게 휘둘러졌다. 그러는 와중에 운전석 남자의 뒤통수가 눈에 들어왔다. 신호 대기에 걸렸는지 밴은 멈춰 선 상태였다. 운전석 남자의 시선은 눈앞 도로에 고정되어 있었다. 바로 그때 예기치 못한 일들이 눈 깜짝할 사이 벌어졌다.

무슨 소리를 듣기라도 한 듯 운전석 남자의 머리가 창문 쪽으로 돌아갔다. 하지만 그는 한발 늦고 말았다. 무언가가 날아와 그의 머리 측면을 가격했다. 그는 사격 연습장 청동오리처럼 픽 고꾸라졌고, 그 순간 밴의 앞문이 열렸다.

"손 들어!"

두 개의 총구가 들이닥쳐 밴 뒤편을 겨누었다. 아시아 남자의 손이 내게서 떨어졌다. 잔뜩 경직됐던 내 몸이 축 늘어졌다.

총 뒤로 눈에 익은 얼굴들이 나타나서 하마터면 환희의 비명을 지를 뻔했다.

타이리스와 브루투스.

백인 남자 하나가 몸을 크게 움직이자 타이리스가 머뭇거림 없이 방아쇠를 당겼다. 남자의 가슴에서 피가 터져 나왔다. 그는 눈을 크게 뜬 채로 나가떨어졌다. 즉사. 의심의 여지가 없었다. 운전석에서 의식을 되찾은 남자가 앓는 소리를 냈다. 브루투스가 팔꿈치로 얼굴을 내리찍자 다시 조용해졌다.

또 다른 백인 남자는 두 손을 높이 들고 있었지만 나를 괴롭혔던 아시아 남자는 표정 하나 바뀌지 않았다. 그는 손을 들지도, 내리지도 않은 채 상황을 지켜볼 뿐이었다. 브루투스가 운전석에 올라 기어를 걸었다. 타이리스의 총구는 여전히 아시아 남자를 겨누고 있었다.

"저 친구 풀어줘." 타이리스가 말했다.

백인 남자가 아시아 남자를 흘끔 보았다. 아시아 남자가 고개를 끄덕이자 백인 남자가 다가와 나를 풀어주었다. 나는 힘겹게 일어나 앉았다. 몸속에서 산산조각 난 무언가의 파편이 내장 깊이 박혀 버린 듯한 느낌이었다.

"괜찮아요?" 타이리스가 물었다.

나는 고개를 끄덕였다.

"이놈들, 다 죽여버릴까요?"

나는 옆에서 씩씩대는 백인 남자를 돌아보았다. "누가 당신들을 보냈죠?"

백인 남자의 눈이 다시 젊은 아시아 남자에게로 돌아갔다. 내 시선도 그를 따라갔다.

"누가 보냈냐고 묻잖아요."

순간 아시아 남자의 얼굴에 미소가 떠올랐다. 하지만 눈빛은 그대로였다. 이번에도 예기치 못한 일들이 전광석화처럼 벌어졌다.

아시아 남자가 민첩하게 몸을 날려 내 목덜미를 움켜잡았다. 그러고는 나를 타이리스에게로 던졌다. 나는 공중에 붕 떠서 무력하게 날아갔다. 제때 피하지 못한 타이리스가 온몸으로 나를 받았다. 우리가 다시 몸을 일으켰을 때 아시아 남자는 이미 밴의 반대쪽 문으로 빠져나간 후였다.

그는 그렇게 사라져버렸다.

"스테로이드 맞은 이소룡인 줄 알았네." 타이리스가 말했다.

나는 고개를 끄덕였다.

운전사가 또다시 의식을 되찾았다. 브루투스가 주먹 쥔 손을 들자 타이리스가 그를 말렸다. "이놈들은 아는 게 없을 거예요." 그가 내게 말했다.

"네."

"죽일까요, 보내줄까요? 결정해요." 그는 어느 쪽이든 상관없는 모양이었다.

"그냥 보내주죠."

브루투스는 한산한 장소를 찾아 밴을 세웠다. 브롱크스 어딘가인 듯했다. 생존한 백인 남자가 제 발로 차에서 내렸다. 브루투스는 운전사와 죽은 남자를 마치 쓰레기 버리듯 밖으로 내던졌다. 우리는 다시 움직이기 시작했다. 모두 한동안 입을 열지 않았다.

타이리스가 두 손을 목 뒤에 대고 물었다. "제때 들이닥쳐서 망정이지 정말 큰일 날 뻔했어요. 안 그래요, 닥?"

나는 그의 굉장히 절제된 표현에 고개를 끄덕였다.

32

////////

오래된 부검 파일들은 뉴저지 레이턴의 창고에 보관된다. 펜실베이니아 주 경계에서 얼마 떨어지지 않은 곳이다. 닉 칼슨 요원은 혼자 그곳에 도착했다. 그는 창고 시설을 별로 좋아하지 않았다. 마치 검은 고양이를 보는 것 같은 불길한 기분을 안기기 때문이었다. 경비도 없이 스물네 시간 영업하는 창고의 입구에 감시 카메라가 설치되어 있었다. 자물쇠가 채워진 시멘트 건물마다 무엇이 잔뜩 쌓여 있는지 궁금했다. 마약? 돈? 온갖 밀수품? 그런 건 아무래도 상관없지만 몇 년 전, 납치된 정유회사 임원이 이런 창고에서 발견됐었다. 임원은 그 안에서 질식해 숨져 있었다. 그때 칼슨도 현장에 있었다. 이곳 어딘가에도 살아 있는 사람이 붙잡혀 있을지 모른다는 불길한 상상이 그의 마음을 심란하게 만들었다. 어쩌면 가까운 어딘가에서 실제로 쇠사슬과 재갈로 속박된 실종자가 구조의 손길을 애타게 기다리고 있는지도 몰랐다.

사람들은 세상이 미쳐 돌아간다고들 하지만 현실은 알려진 것보다 훨씬 더 참혹하다.

카운티 검시관인 티모시 하퍼가 끈으로 봉해진 커다란 서류 봉투를 들고 차고처럼 생긴 건물에서 걸어 나왔다. 그는 곧장 칼슨에게 엘리자베스 벡의 이름이 적힌 부검 파일을 건넸다.

"서명이 필요해요." 하퍼가 말했다.

칼슨이 서식에 서명했다.

"벡이 이걸 보고 싶어하는 이유를 말하던가요?" 칼슨이 물었다.

"비탄에 빠진 남편이 사건의 종결을 직접 확인하고 싶을 뿐이라더군요. 딱 그 얘기만 했습니다." 하퍼가 어깨를 으쓱였다.

"이 사건에 대한 또 다른 질문은 없었고요?"

"특별한 질문은 없었습니다."

"특별한 질문 외에는요?"

하퍼가 잠시 기억을 더듬었다. "시신의 신원확인을 누가 했느냐고 물었습니다."

"그걸 기억하고 계십니까?"

"처음에는 기억나지 않았어요."

"누가 했습니까?"

"그녀의 부친이 했습니다. 시간이 얼마나 걸렸는지도 묻더군요."

"뭐가 말입니까?"

"신원확인."

"이해가 안 되는군요."

"솔직히 저도 마찬가지였습니다. 그는 그녀의 부친이 대번에 딸을 알아보았는지, 아니면 알아보기까지 오래 걸렸는지 궁금해했습니다."

"그걸 왜 물었을까요?"

"저도 모르겠습니다."

칼슨은 잠시 머리를 굴려보았지만 답은 떠오르지 않았다. "그래서 뭐라고 대답하셨습니까?"

"솔직히 대답했습니다. 기억이 안 난다고 말이죠. 적절한 타이밍에 확인하지 않았을까요? 그러지 않았다면 이상해서라도 더 생생히 기억하고 있었을 테니까요."

"또 다른 건요?"

"그게 전부입니다." 그가 말했다. "궁금한 걸 다 물으셨다면 저는 이만 가보겠습니다. 자동차를 몰고 가다 전신주를 들이받은 두 아이가 기다리고 있어서 말입니다."

칼슨이 파일을 꼭 말아쥐었다. "네." 그가 말했다. "나중에 추가로 여쭐 게 있을 땐 어떻게 연락을 드려야 하죠?"

"제 사무실로 오십시오."

문의 울퉁불퉁한 유리에 '피터 플래너리, 변호사'라는 스텐실*이 찍혀 있었다. 유리에는 주먹만 한 구멍이 나 있었다. 구멍에는 회색 접착테이프를 붙여 막아놓은 상태였다. 테이프는 무척 오래되어 보였다.

나는 모자를 푹 눌러썼다. 육중한 아시아 남자에게 시달렸던 온몸이 아직도 욱신거렸다. 이십이 분 안에 세상의 모든 주요 뉴스를 전달한다는 라디오 채널에서 내 이름을 반복해서 읊어대고 있었다. 내가 공식적으로 지명수배자가 되었다는 의미였다.

내 머리로는 도저히 이해할 수 없는 상황이었다. 신기하게도 이 엄청난 곤경이 아득하고 비현실적으로만 느껴졌다. 마치 내가 모르는 누군가가 겪고 있는 시련인 것처럼. 나랑은 아무 상관도 없는

* 글자나 그림 모양을 오려낸 후, 그 구멍 위에 물감을 찍어내는 기법.

일인 것처럼. 나는 오로지 엘리자베스를 찾을 생각뿐이었다. 그 외의 것들은 조금도 인식되지 않았다.

타이리스는 여전히 내 곁을 지키고 있었다. 대기실에는 의뢰인 대여섯 명이 드문드문 앉아 있었고, 그중 두 사람은 목 보호대를 두르고 있었다. 어떤 이유인지 새장을 꼭 끌어안은 사람도 보였다. 힘들여 눈길을 줄 만한 가치가 없다고 판단했을까, 대기실의 누구도 우리를 신경 쓰지 않았다.

흉측한 가발을 쓴 접수 담당자는 마치 개똥 보듯 우리를 맞아주었다.

나는 피터 플래너리를 만나러 왔다고 말했다.

"지금 의뢰인과 상담 중이십니다." 그녀는 있지도 않은 껌을 불량하게 씹어대듯 말했다.

이번에는 타이리스가 나섰다. 그는 날랜 손재주를 가진 마술사처럼 내 손목보다 두꺼운 현금 다발을 꺼내 보였다. "의뢰비를 두둑이 내겠다고 전해줘요." 그가 씩 웃으며 덧붙였다. "신속히 들여보내주면 당신에게도 사례하죠."

이 분 후, 우리는 플래너리 씨의 사무실로 안내됐다. 방 안에는 시가 연기와 레몬향 가구 광택제 냄새가 진하게 배어 있었다. 가구 할인점에서 취급할 법한 조잡한 가구들이 눈에 들어왔다. 라스베이거스 가발만큼이나 허접해 보이는, 오크와 마호가니를 흉내 낸 싸구려 가구들이 검은 얼룩으로 뒤덮여 있었다. 벽에는 졸업장 대신 엉성한 사람들을 홀리기 위한 온갖 엉터리 기념장들이 잔뜩 걸려 있었다. 그중 하나는 플래너리가 '국제 와인 감정사 협회' 회원임을 알려주었다. 그가 1996년, '롱아일랜드 법률 콘퍼런스'에 참석한 사실을 화려한 캘리그래피로 기록한 기념장도 보였다. 아무것도 아닌 걸 이렇게 걸어두다니. 한쪽 벽에는 젊은 시절의 플래너리가 마치 유명인사나 지역 정치인들과 함께 찍은 듯한 색바랜 사진이 여럿 걸려 있었다. 그러나 나는 그들 중 단 한 명도 알아보지 못했다. 책상 뒤편 진열장에는 나무 액자에 담긴 골프 선수들의 사진이 놓여 있었다.

"자." 플래너리가 손을 살랑이며 말했다. "앉으시죠."

나는 자리에 앉았다. 타이리스는 팔짱을 끼고 벽에 붙어 섰다.

"무엇을 도와드릴까요?" 플래너리가 질질 끄는 말투로 물었다.

피터 플래너리는 한물간 운동선수 같은 분위기를 풍겼다. 한때 황금빛으로 풍성했을 머리가 많이 벗어져 있었고, 얼굴에는 주름이 자글자글했다. 그는 보기 드문 브랜드의 정장 차림이었다. 조끼에는 모조 금줄에 달린 회중시계가 붙어 있었다.

"오래된 사건에 대해 여쭤볼 게 있습니다."

그는 아직도 젊은 시절의 담청색 눈빛을 띠고 있었다. 그리고 그 눈은 지금 나를 겨누고 있었다. 책상 위에는 플래너리가 통통한 중년 여자, 그리고 열네 살쯤 되어 보이는 사춘기 소녀와 함께 찍은 사진이 놓여 있었다. 사진 속 모두가 미소 짓고 있었지만 왠지 모르게 긴장한 것 같은 얼굴이었다.

"오래된 사건이라고요?" 그가 말했다.

"8년 전, 제 아내가 무슨 일로 이곳을 찾았는지 알고 싶습니다."

플래너리가 타이리스 쪽을 힐끔거렸다. 타이리스는 여전히 팔짱을 낀 채 서 있었고, 그의 눈빛은 선글라스에 감춰져 있었다. "어떤 사건을 말씀하시는지 모르겠습니다. 이혼이었나요?"

"아뇨."

"그럼?" 그가 두 손을 펼쳐 보이며 어깨를 으쓱였다. "변호사로서 의뢰인의 기밀을 지켜야 할 의무가 있습니다. 죄송합니다만 제가 도와드릴 방법이 있을까 싶네요."

"아내는 의뢰인이 아니었을 겁니다."

"무슨 말씀이신지요, 그런데 성함이……." 그는 내가 빈칸을 채워주기를 기다렸다.

"벡, 의사입니다."

내 이름을 듣자 그의 이중 턱이 축 늘어졌다. 뉴스에서 내 이름을 들었나? 왠지 그 이유는 아닌 것 같았다.

"아내 이름은 엘리자베스입니다."

플래너리는 대꾸가 없었다.

"기억하시죠? 네?"

그는 또 한 번 타이리스를 힐끔거렸다.

"그녀가 의뢰인이었습니까, 플래너리 씨?"

그가 목을 가다듬고 대답했다. "아닙니다." 그가 말했다. "그녀는 제 의뢰인이 아니었습니다."

"제 아내를 만났던 건 기억하시죠?"

플래너리가 앉은 채로 몸을 들썩였다. "네."

"그 사람과 무슨 얘기를 나누셨습니까?"

"아주 오래된 일입니다, 닥터 벡."

"기억이 안 난다는 말씀인가요?"

그는 그 질문을 무시해버렸다. "아내분께서…… 살해되셨죠? 안 그렇습니까? 뉴스로 소식을 접했던 기억이 있습니다."

나는 얘기가 옆으로 새는 걸 막았다. "그 사람이 왜 이곳을 찾아왔습니까, 플래너리 씨?"

"저는 변호사입니다." 그가 가슴을 펴고 말했다.

"하지만 그 사람의 변호사는 아니시잖아요."

"그래도요." 그가 반격에 나섰다. "제가 내드리는 시간에 대한 보상은 해주셔야겠습니다." 그가 주먹에 대고 기침을 했다. "아까 밖에서 비용에 대해 언급하셨다고 들었습니다."

나는 어깨 너머를 돌아보았다. 타이리스는 이미 행동에 들어간 상태였다. 그는 돈다발을 꺼내더니 벤저민 프랭클린 석 장을 뽑아 책상에 떨어뜨린 뒤, 선글라스 너머로 플래너리를 매섭게 쏘아보고는 뒤로 물러났다.

플래너리는 돈을 향해 손을 뻗지 않았다. 그가 손가락을 꼼지락거리다가 양쪽 손바닥을 합장하듯 모았다. "제가 거부한다면요?"

"거부하실 이유가 없지 않습니까. 제 아내가 사건을 의뢰한 것도 아니었는데."

"그 얘기가 아닙니다." 플래너리가 말했다. 그는 나를 응시하며 뜸을 들였다. "아내분을 사랑하셨습니까, 닥터 벡?"

"아주 많이요."

"재혼은 하셨습니까?"

"아뇨. 그건 왜 물으시죠?"

그가 등받이에 몸을 기댔다. "돌아가십시오. 이 돈도 다시 거두시고요."

"제게는 무척 중요한 일입니다, 플래너리 씨."

"이유를 모르겠네요. 아내분은 8년 전에 세상을 떠났잖아요. 살인범은 사형선고를 받고 집행을 기다리는 중이고요."

"뭐가 두려워서 입을 열지 않으시는 겁니까?"

플래너리는 즉답을 피했다. 타이리스가 다시 벽에서 떨어졌다. 그가 책상 앞으로 바짝 다가서자 플래너리가 긴 한숨을 내쉬었다.

"그만하시죠." 그가 타이리스에게 말했다. "이런다고 제가 꿈쩍이라도 할 줄 아십니까? 제가 지금껏 변호해온 사이코들에 대면 선생은 그저 메리 포핀스 수준밖에 되지 않습니다."

타이리스가 반응하기 전에 나는 그의 이름을 불렀다. 거칠게 몰아붙인다고 해결될 일이 아니었다. 타이리스가 나를 바라보았다. 내가 고개를 가로젓자 타이리스는 뒤로 물러났다. 플래너리가 아랫입술을 살며시 깨물었다. 나는 묵묵히 기다렸다.

"모르는 게 약입니다." 한참 후, 그가 입을 열었다.

"그래도 알아야겠습니다."

"그런다고 죽은 아내분이 살아 돌아오지는 않습니다."

"그야 모르죠." 나는 말했다.

그 말에 그가 움찔했다. 잔뜩 찌푸려졌던 그의 얼굴이 조금 부드러워졌다.

"제발 부탁드립니다." 나는 말했다.

그는 의자를 돌려 몸을 뒤로 최대한 젖히고 창문의 블라인드를 응시했다. 블라인드는 워터게이트 청문회가 한창이던 1970년대에 달아놓은 듯 노랗게 변색되어 있었다. 그가 두 손을 모아 불룩한 자신의 배 위에 얹어놓았다. 나는 그의 손이 천천히 오르내리는 걸 지켜보았다.

"그때 저는 국선 변호사였습니다." 그가 말했다. "뭔지 아시죠?"

"가난한 이들을 변호하셨군요." 나는 말했다.

"그랬죠. 미란다 원칙을 보면 나오지 않습니까. 형편이 안 되면 국선 변호사를 붙여준다는 내용. 저는 변호사를 선임할 형편이 안 되는 사람들을 변호했습니다."

나는 고개를 끄덕였다. 그의 시선은 여전히 블라인드에 고정되어 있었다.

“언젠가 꽤 유명한 살인사건 재판이 제게 배정된 적 있습니다.”

그 말에 내 안에서 차가운 기운이 꿈틀댔다. “누구의 살인 사건이었죠?” 나는 물었다.

“브랜던 스코프. 억만장자의 아들. 그 사건, 기억하십니까?”

순간 나는 바짝 얼어붙어버렸다. 숨을 제대로 쉴 수가 없었다. 어쩐지 플래너리의 이름이 귀에 익더라니. 브랜던 스코프. 나는 고개를 저었다. 기억나지 않아서가 아니라, 그가 그 이름만은 입 밖에 내지 않기를 바라서.

신문기사에서 본 내용에 따르면 8년 전, 당시 33세였던 브랜던 스코프는 강도에게 살해됐다. 엘리자베스가 살해되기 두 달 전에 발생한 사건이었다. 그는 총을 두 방 맞고 할렘의 저소득층 임대주택 단지 인근에 버려졌다. 범인은 그의 수중에 있던 돈을 가지고 달아나버렸다. 언론은 한동안 이 사건을 경쟁적으로 보도했다. 그들은 브랜던 스코프의 자선활동을 언급하며 그가 아버지의 다국적 기업을 물려받는 대신 거리의 아이들과 가난한 이들을 위해 헌신해온 사실을 집중 조명했다. 나라 전체를 충격에 빠뜨린 이 엄청난 사건에 사람들은 분노했고, 또 절망했다. 그 여파로 브랜던 스코프의 이름을 딴 자선재단이 설립됐고, 나의 누나 린다가 그곳의 운영을 맡았다. 재단에 대한 누나의 헌신은 상상을 초월할 정도였다.

“기억합니다.” 나는 나지막이 말했다.

“체포된 범인도 기억하십니까?”

“부랑아.” 나는 말했다. “그에게 도움을 받았던 아이였다죠?”

“그렇습니다. 헬리오 곤잘레스. 당시 스물두 살이었죠. 바커 가에 있던 할렘 주민이었습니다. 중죄 전과가 아주 화려했어요. 무장 강도, 방화, 폭행…… 보통내기가 아니었죠. 그 곤잘레스라는 녀석 말입니다."

내 입안이 바짝 타들었다. "기소가 중지되지 않았었나요?" 나는 물었다.

"그렇습니다. 증거가 충분치 않았거든요. 현장에서 그의 지문이 검출됐지만, 다른 이의 지문도 무수히 검출됐었죠. 곤잘레스가 사는 곳에서 스코프의 머리카락과 작은 혈흔도 발견됐지만 스코프는 이전에 그 건물을 방문한 적이 있었습니다. 그곳에서 그의 흔적이 발견된 건 이상한 일이 아니었죠. 물론 그럼에도 그를 체포하기에 충분한 증거가 있었고, 경찰은 곧 추가 증거가 발견될 거라며 자신만만해했습니다."

"그런데 어떻게 된 겁니까?" 나는 물었다.

플래너리는 여전히 내 눈을 피하고 있었다. 내 안의 불안감이 점점 더 커져갔다. 플래너리는 광나는 구두와 눈 맞춤에 목숨을 거는 윌리 로먼* 스타일이었다. 나는 그런 타입을 잘 안다. 비록 좋아하지는 않지만.

"경찰이 사망 시각을 꽤 정확히 추정했습니다." 그가 계속 이어나갔다. "검시관도 그걸 확인해주었고요. 스코프는 11시에 살해됐습니다. 오차범위는 그 전후로 삼십 분 정도였죠."

"이해가 안 되는군요. 그게 제 아내와 무슨 상관이죠?"

그가 다시 양쪽 손끝을 맞부딪혔다. "아내분도 가난한 사람들을 돕는 일을 하셨죠?" 그가 말했다. "피해자와 같은 사무실에서 말입니다."

* 아서 밀러의 희곡 〈세일즈맨의 죽음〉에 등장하는 늙은 외판원.

그가 무슨 말을 하려는지 짐작이 되지 않았다. 하지만 그것이 무엇이든 내게 적잖은 충격을 안겨줄 게 뻔했다. 플래너리의 말이 옳았나? 모르는 게 약이라는 말? 더 듣지 말고 돌아갈까? 이 문제는 깨끗이 잊어버리고? 그러나 나는 설명을 재촉했다. "그래서요?"

"아주 숭고한 일이죠." 그가 고개를 살짝 끄덕이며 말했다. "억압받는 이들을 위해 일하는 것 말입니다."

"그렇죠."

"그건 제가 법대를 선택한 이유이기도 했습니다. 가난한 이들을 돕고 싶은 마음."

나는 끓어오르는 짜증을 간신히 삼키고 자세를 바로잡았다. "이게 제 아내와 무슨 상관이 있는지 말씀해주시겠습니까?"

"아내분이 그를 풀어주셨습니다."

"누굴 말입니까?"

"제 의뢰인. 헬리오 곤잘레스. 아내분이 그를 석방해주셨어요."

나는 얼굴을 찌푸렸다. "어떻게요?"

"그에게 알리바이를 제공하셨습니다."

순간 가슴이 철렁 내려앉았다. 숨이 턱 막혀왔다. 하마터면 멈춰버린 장기들을 다시 깨우기 위해 가슴을 두드릴 뻔했다.

"어떻게 말입니까?"

"아내분이 어떤 알리바이를 제공했는지를 물으시는 겁니까?"

나는 넋 나간 모습으로 고개를 끄덕였다. 하지만 그는 여전히 먼 산만 바라보고 있었다. 나는 쉰 목소리로 겨우 그렇다고 말했다.

"아주 간단했죠." 그가 말했다. "사건 발생 시각에 아내분이 헬리오와 함께 계셨거든요."

머릿속이 핑핑 돌았다. 마치 구명조끼 하나 없이 바다 한가운데

서 표류하는 듯한 기분. "신문에는 그런 내용이 없었는데요." 나는 말했다.

"그 부분을 비밀에 부쳤으니까요."

"어째서요?"

"아내분의 간곡한 요청이 있었습니다. 검찰도 그들이 벌인 부당한 체포가 언론에 공개되는 걸 원치 않았고요. 그래서 다들 쉬쉬했던 겁니다. 애초에 아내분의 증언에도 문제가 좀 있었고요."

"문제라뇨?"

"처음에 허위로 증언을 하셨습니다."

머릿속이 한층 더 복잡해졌다. 수면 위로 오르기 위해 필사적으로 바둥대고 있는 기분이었다. "그게 무슨 말씀입니까?"

"아내분께서는 사건 발생 시각에 재단 사무실에서 곤잘레스와 진로상담을 했다고 증언하셨습니다. 하지만 그 말을 믿는 사람은 아무도 없었죠."

"어째서죠?"

그가 한쪽 눈썹을 추켜세웠다. "밤 11시에 진로상담이라니, 그게 정상입니까?"

나는 멍하게 고개를 끄덕였다.

"곤잘레스 씨의 변호사로서 아내분께 경찰이 알리바이를 꼼꼼히 확인할 거라고 알려드렸습니다. 그건 어려운 일이 아니거든요. 상담실 곳곳에 보안 카메라가 설치되어 있으니까요. 그랬더니 아내분께서 실토하시더군요."

그가 잠시 말을 멈추었다.

"계속 말씀해보세요." 나는 말했다.

"이제 모든 게 짐작되실 텐데요."

"그래도 들려주십시오."

플래너리가 어깨를 으쓱였다. "아내분께서는 자신과 선생님의 입장이 난처해지는 걸 원치 않으셨습니다. 그래서 그토록 비밀 유지에 집착하셨던 거죠. 아내분은 곤잘레스의 집에 계셨습니다, 닥터 벡. 두 사람이 관계를 가져온 지 두 달쯤 된 상황이었고요."

나는 아무 대답도 하지 않았다. 아무도 입을 열지 않았다. 어딘가에서 새가 울어대고 있었다. 대기실에 있는 새장에서 들려오는 소리인지도 몰랐다. 나는 자리에서 일어났다. 타이리스가 뒤로 주춤 물러났다.

"귀한 시간 내주셔서 감사합니다." 나는 애써 차분하게 말했다.

플래너리는 블라인드를 응시하며 고개를 끄덕였다.

"하지만 그건 사실이 아닙니다." 나는 그에게 말했다.

그는 대꾸가 없었다. 대꾸할 거라고 예상하지도 않았지만.

33

////////

칼슨은 차 안에 앉아 있었다. 그는 여전히 넥타이를 반듯하게 매고 있었지만 양복 재킷은 뒷좌석의 나무 옷걸이에 걸어놓았다. 에어컨이 맹렬하게 돌아가고 있었다. 칼슨은 부검 보고서가 담긴 봉투를 읽어보았다. 엘리자베스 벡, 부검 보고서 94-87002. 칼슨은 칭칭 감긴 끈을 풀어 봉투를 열었고, 내용물을 꺼내 조수석에 펼쳤다.

벡은 대체 뭘 알고 싶었던 거지?

스톤은 이미 그에게 당연한 답을 말했었다. 벡이 자신을 용의자로 지목할 단서가 기록되어 있는지 확인하고 싶었던 거라고. 처음 그들이 내놓은 시나리오와 일치하는 추측이다. 엘리자베스 벡 살인사건에 대한 기존의 판결에 가장 먼저 의문을 가졌던 건 바로 칼슨 자신이었다. 그 사건에 무언가 석연찮은 구석이 있다고 가장 먼저 주장한 것도 그였고. 그는 그녀의 남편, 데이비드 벡이 아내를 살해할 치밀한 계획을 진작부터 세워왔다고 굳게 믿었다.

그런데 왜 갑자기 그 확신이 흔들리는 거지?

그는 이제 자신의 초반 이론에 구멍이 적지 않음을 인정했다. 하지만 스톤은 어떻게든 그 구멍들을 메워보려 애쓰고 있다. 모든 사건에는 허점이 있기 마련이니. 칼슨도 그걸 잘 알고 있다. 하지만 모든 사건에는 모순도 존재한다. 그게 보이지 않는다면 그건 수사 과정에 문제가 있다는 뜻이다.

그래서 왜 갑자기 벡이 범인이라는 추측에 의심을 갖게 됐지?

사건이 너무 깔끔하게 정리되고 있어서. 모든 증거가 그들의 이론에 딱딱 맞춰 줄을 서고 있어서. 어쩌면 그의 의심이 '직감'만큼이나 신뢰할 수 없는 무언가에 근거하고 있기 때문인지도 모른다. 칼슨은 직감을 앞세운 수사를 좋아하지 않는다. 직감에 휩쓸리면 원칙이 무시되고, 구체적인 증거와 사실 대신 애매하고 변덕스러운 요소들에 집착하게 된다. 칼슨이 아는 최악의 수사관들은 소위 말하는 직감에 의존하는 놈들이었다.

그는 부검 보고서의 첫 장을 펼쳤다. 사망자 정보가 기재되어 있었다. 이름, 엘리자베스 파커 벡. 주소와 생년월일(사망 당시 그녀는 스물다섯 살이었다), 백인 여성, 키 170센티미터에 몸무게 44킬로그램. 몹시 말랐다. 시신을 검안했을 때는 사후 경직이 풀린 상태였다. 피부에는 수포가 생겼고 몸의 모든 구멍에서 체액이 새어 나왔다. 사망한 지 사흘 이상 지났다는 뜻이다. 사망 원인은 가슴에 난, 칼에 찔린 상처였다. 사망기전은 실혈失血과 대동맥 오른쪽에서 발생한 대량의 출혈이었다. 손과 손가락에는 베인 상처가 있었는데, 칼을 휘두르는 범인에게 저항하는 과정에서 입은 부상으로 보였다.

칼슨은 수첩과 몽블랑 펜을 꺼내 들었다. 그리고 '칼 공격에 대한 방어흔?!?!'이라고 적은 후 밑줄을 몇 번 그었다. 방어흔. 그건 킬로이의 스타일이 아니다. 킬로이는 피해자들을 고문했다. 밧줄로 몸을 결박한 채 온갖 흉포한 짓을 벌였고, 흥미를 잃으면 가차 없이 살해했다.

그녀의 손에 어떻게 방어흔이 남게 된 걸까?

칼슨은 계속 읽어 내려갔다. 머리와 눈 색깔…… 두 번째 페이지 중간 부분에 다다랐을 때 또 하나의 충격적인 내용이 그의 눈에 들어왔다.

문제의 낙인은 엘리자베스 벡의 사후에 찍은 것이었다.

칼슨은 그 부분을 다시 읽어보았다. 그는 다시 수첩을 꺼내 '사후'라는 단어를 휘갈겨 적어놓았다. 이것도 말이 되지 않았다. 킬로이는 늘 피해자들이 살아 있을 때 낙인을 찍었다. 지글거리며 살이 타는 냄새를 맡는 동안, 피해자들이 지르는 비명을 즐겼다고 법정에서 털어놓았다.

방어흔도 그렇고, 사후의 낙인도 그렇고, 석연찮은 구석이 한두 곳이 아니었다.

칼슨은 안경을 벗고 눈을 질끈 감았다. 모든 게 엉망이라고, 그는 생각했다. 깔끔하지 못한 것은 늘 그를 거슬리게 했다. 수사에 있어 논리의 작은 구멍은 피할 수 없다. 하지만 이건 구멍의 수준을 한참 벗어나 있었다. 부검 결과는 엘리자베스 벡 살인사건이 마치 킬로이의 소행인 것처럼 연출되었다는 그의 추정을 뒷받침해주었다. 만약 그게 사실이라면 수사는 다시 원점으로 돌아가고 만다.

그는 하나하나 차분하게 따져보기로 했다. 첫째, 어째서 벡은 이 파일을 그토록 보고 싶어했을까? 그 답은 뻔했다. 표면상으로는. 부검 결과를 꼼꼼히 살펴본 사람이라면 누구라도 킬로이가 엘리자베스 벡을 살해하지 않았을 가능성을 높이 보았을 것이다. 그렇다고 곧이곧대로 믿을 수도 없다. 연쇄살인범들은 널리 알려진 것과 달리 일관적이기만 하지는 않다. 킬로이가 뜬금없이 범행수법을 바꾸었거나 다양성을 추구했을지 누가 알겠는가. 부검 결과는 칼슨에게 무수한 고민거리를 던져주었다.

생각할수록 이해가 되지 않는 또 하나의 미스터리. 어째서 지금껏 증거의 모순을 포착한 이가 단 한 사람도 없었을까?

칼슨은 여러 가능성을 차례로 따져보았다. 킬로이는 엘리자베스 벡 살인사건의 범인으로 기소된 적이 없다. 그 이유는 이제 명백해졌다. 어쩌면 당시 수사관들은 진실을 알고 있었는지도 모른다. 그들은 수사과정에서 엘리자베스 벡을 끼워 맞추는 게 불가능하다는 걸 깨달았음에도 아무 조치도 취하지 않았다. 그걸 인정하면 킬로이만 유리해질 테니까. 연쇄살인범을 기소하는 데 가장 큰 문제는 던져지는 그물이 별로 촘촘하지 못하다는 것이다. 그 틈으로 얼마든지 빠져나갈 수 있다. 피고 측 변호사가 문제의 틈을 집요하게 파헤쳐 모순되는 부분을 찾을 수도 있다. 관련된 다른 사건들도 같은 모순으로 엮일 수도 있었다. 자백이 없으면 모든 살인혐의를 한꺼번에 씌워 법정에 세울 수 없다. 답답하더라도 하나씩 차례로 처리하는 수밖에 없다. 그걸 아는 수사관이 엘리자베스 벡 살인사건을 치워버린 것이다.

하지만 이 시나리오에도 엄청나게 큰 문제가 존재한다.

법집행관인 엘리자베스 벡의 아버지와 작은아버지가 시체의 신원을 확인했다. 그들은 분명 부검 보고서를 보았을 것이다. 그걸 보았다면 모순된 내용에 대해 궁금해하지 않았을까? 킬로이의 유죄판결을 끌어내기 위해 그녀를 죽인 살인범을 일부러 잡지 않았던 거라고? 설마.

그럼 이제부터 어디에 초점을 맞춰야 하지?

계속해서 파일을 읽어가던 그의 눈에 또 다른 충격적인 내용이

들어왔다. 에어컨 바람의 냉기가 그의 뼛속 깊이 스며들었다. 칼슨은 창문을 내리고 자동차 열쇠를 뽑았다. 문서 맨 위에는 이렇게 적혀 있었다. 약물 검사 보고서. 검사 결과는 엘리자베스의 혈액에서 코카인과 헤로인이 검출됐음을 확인해주었다. 뿐만 아니라, 모발과 조직에서도 같은 흔적이 발견됐다. 그녀가 마약 중독자가 아니고서는 불가능한 일이었다.

이게 말이 되나?

한참 머리를 굴려대고 있을 때 그의 휴대전화가 울렸다. 그는 곧바로 전화를 받았다. "칼슨입니다."

"찾았어." 스톤이 말했다.

칼슨이 파일을 내려놓았다. "뭘?"

"벡. JFK 공항에서 런던행 비행기를 타려고 해. 두 시간 후 출발이야."

"지금 갈게."

타이리스가 내 어깨에 손을 얹었다. "개자식이에요." 그가 또다시 말했다. "저런 놈들은 당최 믿을 수가 없다니까요."

나는 대꾸하지 않았다.

타이리스는 자신의 인맥을 이용해 놀라울 만큼 신속하게 헬리오 곤잘레스를 찾아내는 데 성공했다. 모건 스탠리 소속 중개인이 골드만 삭스 소속 대응인물을 손쉽게 찾아낼 수 있는 것처럼. 나 또한 전화 한 통이면 내 환자를 이 나라의 어느 전문의에게든 보낼 수 있다. 거리의 흉악범들이라고 다르지 않았다.

헬리오는 무장 강도죄로 유죄를 선고받고 뉴욕 주 북부 교도소에서 4년을 살다 나왔다. 그는 척 봐도 전과자처럼 보였다. 선글라스, 두건, 하얀 티셔츠, 그리고 맨 위 단추만 채워 망토나 박쥐 날개처럼 보이는 플란넬 셔츠. 말려 올라간 소매 아래로 단단한 팔뚝에 새겨진 교도소 문신이 드러났다. 교도소에서 단련했을 근육은 헬스클럽에서 키운 근육과 달리 대리석처럼 매끄러웠다.

우리는 퀸즈 어딘가의 현관 입구 계단에 앉아 있었다. 정확한 장소는 알 수 없었다. 가슴 속에서는 심장이 라틴 리듬처럼 뛰고 있었다. 타-타-타. 검은 머리의 여자들이 가까운 곳에서 어슬렁거리고 있었다. 그들은 어깨끈이 가느다랗고 몸에 딱 붙는 상의를 걸치고 있었다. 타이리스가 나를 바라보며 고개를 끄덕였다. 나는 헬리오 쪽으로 몸을 틀었다. 그는 능글맞게 웃고 있었다. 단어 하나가 연신 뇌리를 스쳐갔다. *인간쓰레기.* 음흉하고 냉혹한 인간쓰레기. 발길이 닿는 모든 곳을 초토화시키는 잔혹한 파괴자. 타이리스와 마찬가지로 그의 외모에서도 섬뜩한 기운이 느껴졌다. 인간 말종의 갱생을 믿지 않는 나와 달리 엘리자베스는 도덕성이 마비된 거리의 깡패들도 얼마든지 구원이 가능하다고 믿었던 모양이었다.

"몇 년 전, 브랜던 스코프를 살해한 혐의로 체포됐었지? 당신이 복역을 마치고 출소했다는 거 알아. 곤란하게 만들려고 온 게 아니니 걱정하지 마. 하지만 나는 진실을 알아야겠어."

헬리오가 선글라스를 벗어 쥐고 타이리스를 흘끔 보았다. "경찰을 데려온 거야?"

"나는 경찰이 아니야. 엘리자베스 벡의 남편이야."

기대했던 것과 달리 그는 어떠한 반응도 내보이지 않았다.

"당신에게 알리바이를 제공했던 여자 말이야."

"누군지 알아."

"그날 밤 그녀랑 같이 있었나?"

헬리오가 잠시 망설였다. “그래.” 그가 누런 치아를 드러내고 미소를 흘리며 말했다. “밤새도록 나랑 같이 있었지.”

“거짓말하지 마.” 나는 말했다.

헬리오가 다시 타이리스를 돌아보았다. “지금 뭐 하자는 거야?”

“진실을 알고 싶다고 했잖아.” 나는 말했다.

“내가 스코프를 죽였다고 생각해?”

“당신이 죽이지 않았다는 거 알아.”

뜻밖의 대답이었는지 그가 흠칫 놀랐다.

“나한테 원하는 게 뭐지?” 그가 말했다.

“나를 위해 한 가지만 확인해주면 좋겠어.”

헬리오는 내 말이 이어지기를 기다렸다.

“그날 밤 내 아내랑 같이 있었나? 예, 아니오로 대답해.”

“내가 뭐라고 답해주기를 바라지?”

“진실.”

“그녀가 밤새도록 나랑 같이 있었다는 게 진실이라면?”

“그건 진실이 아니야.” 나는 말했다.

“그걸 어떻게 확신하지?”

타이리스가 불쑥 끼어들었다. “순순히 이 친구가 듣고 싶어하는 답을 내놔.”

헬리오는 다시 뜸을 들였다. “그녀가 얘기한 대로야. 우리는 밤새 같이 있었어. 미안하지만 그게 사실이야. 밤새도록 뜨겁게 사랑을 나누었다고.”

나는 타이리스를 돌아보았다. “잠시만 자리를 피해줄래요?”

타이리스가 고개를 끄덕였다. 그가 자리에서 일어나 자신의 차로 돌아갔다. 그는 브루투스와 함께 차 문에 몸을 기대고 팔짱을

겼다. 나는 다시 헬리오를 보았다.

"내 아내를 처음 만난 게 어디였지?"

"보호센터."

"그녀가 먼저 당신을 돕겠다고 나섰나?"

그는 내 눈을 피한 채 어깨를 으쓱였다.

"브랜던 스코프를 전부터 알고 있었어?"

순간 그의 얼굴에 공포가 살짝 묻어났다. "이제 그만 갈래."

"여긴 당신과 나뿐이야, 헬리오. 원한다면 내 몸을 수색해도 좋아. 도청장치가 숨겨져 있는지 확인해보라고."

"내 알리바이를 포기하라는 거야?"

"그래."

"내가 왜 그래야 하지?"

"왜냐하면 누군가가 브랜던 스코프 사건에 연루된 모두를 죽이고 있으니까. 어젯밤, 내 아내의 친구가 자신의 스튜디오에서 살해됐어. 오늘은 날 죽이려 들었고. 타이리스가 없었으면 나는 목숨을 건질 수 없었을 거야. 놈들은 내 아내까지 없애려 하고 있어."

"그 여자는 이미 죽은 줄 알았는데."

"설명하자면 길어, 헬리오. 하지만 한 가지 분명한 건 이 악몽이 아직 끝나지 않았다는 사실이야. 내가 당시 일에 대해 알아내지 못하면 우리 모두 죽은 목숨이라고."

나도 이게 사실인지 과장인지 알 길은 없었다. 하지만 아무래도 상관없었다.

"그날 밤 어디 있었지?"

"그녀랑 같이 있었다니까."

"그게 거짓이라는 걸 증명할 수 있어."

"뭐?"

"내 아내는 애틀랜틱시티에 있었어. 아내의 신용카드 사용내역을 조회해봤거든. 나는 그걸 증명할 수 있어. 당신의 알리바이를 단번에 박살 낼 증거가 있단 말이야, 헬리오. 나는 당장이라도 폭로할 준비가 되어 있어. 당신이 브랜던 스코프를 죽이지 않았다는 거 알아. 하지만 내게 진실을 털어놓지 않으면 이 증거를 폭로할 거야."

그냥 속임수에 불과했지만 그는 명백히 당황하고 있었다.

"진실을 들려줘. 그럼 계속 자유인으로 살 수 있어."

"나는 그를 죽이지 않았어. 맹세코."

"알아." 나는 다시 말했다.

그는 잠시 고민에 빠졌다. "그녀가 왜 그랬는지는 나도 몰라."

나는 그의 말을 끊지 않고 입을 꼭 닫은 채 고개만 끄덕였다.

"그날 밤, 나는 포트 리에 있는 어떤 집을 털었어. 그래서 알리바이가 없었던 거야. 하마터면 그 일로 잡혀갈 뻔했지만 그녀가 나를 구해줬어."

"왜 그랬는지 물어봤어?"

그가 고개를 저었다. "그냥 하자는 대로만 했어. 내 변호사도 그녀랑 같은 얘기를 하더라고. 그래서 그냥 말없이 따르기로 했지. 덕분에 이렇게 풀려났고 말이야."

"그 후로 내 아내를 만난 적 있어?"

"아니." 그가 나를 똑바로 보았다. "그녀랑 내가 불륜 관계가 아니었다는 걸 어떻게 확신했지?"

"내 아내는 누구보다도 내가 잘 아니까."

그가 미소를 지어 보였다. "당신 마누라가 다른 남자랑 절대로 엮이지 않았을 거라 믿어?"

나는 대답하지 않았다.

헬리오가 자리에서 일어났다. "타이리스에게 전해. 이번 일로 나한테 빚을 진 거라고."

그는 낄낄대며 돌아서서 걸음을 옮겼다.

34

////////

짐은 없었다. 전자 탑승권이라 대면 서비스 없이 기계로만 체크인이 가능했다. 그녀는 옆 터미널로 이동해 모니터 스크린을 지켜보며 탑승 시각을 기다렸다.

그녀는 플라스틱 의자에 앉아 활주로를 내다보았다. 텔레비전에서는 CNN 뉴스가 요란하게 흘러나오고 있었다. "다음은 '헤드라인 스포츠'입니다." 그녀는 머릿속 잡념을 떨쳐냈다. 5년 전, 그녀는 인도 고아 인근의 작은 마을에서 시간을 보낸 적이 있다. 지옥 같은 곳이었지만 백 살 된 요가 수행자를 주민으로 둔 덕분에 늘 활기가 넘쳤다. 그는 그녀에게 명상법, 호흡수련, 그리고 마음 정화법을 전수하려 애썼으나 실패했다. 간신히 암흑 속에 빠져들 때마다 눈앞에 벡이 떠올랐기 때문이었다.

그녀는 앞으로 할 일을 떠올려보았다. 애석하게도 그녀에게는 다른 선택의 여지가 없었다. 이제는 오로지 살아남는 일에 집중할 때였다. 살아남으려면 도망쳐야만 했고. 그녀는 이번에도 자신이 저지른 일을 남에게 떠맡기고 달아나고 있다. 그녀에게 남겨진 유일한 선택지였다. 그런데 불행히도 그들이 냄새를 맡아버렸다. 들키지 않게 그토록 조심해왔건만. 8년이 지나서까지 잊지 않고 끈질기게 감시해올 줄 누가 알았겠는가?

그때 어린아이 하나가 커다란 판유리 앞으로 내달렸다. 쩍 하는 소리와 함께 소년의 손바닥이 유리에 부딪혔다. 아버지가 놀라며 달려와 아이를 번쩍 들었고, 소년은 아버지에게 안겨 까르르 웃음을 터뜨렸다. 그녀는 그들 부자를 바라보며 한때 자신이 꿈꾸었던 삶을 떠올렸다. 그녀의 오른편에서는 노부부 한 쌍이 정겹게 수다를 떨고 있었다. 10대 시절, 그녀와 벡은 자식들을 모두 출가시킨 스타인버그 씨 부부가 매일 밤 팔짱을 끼고 다우닝 플레이스를 따라 산책하는 모습을 지켜보았다. 벡은 나중에 자신도 그리하겠다고 굳게 약속했다. 스타인버그 부인은 여든두 살에 세상을 떠났다. 꽤 정정했던 스타인버그 씨도 마치 약속이라도 한 것처럼 4개월 후 아내를 따라가버렸다. 그렇게 함께 세상을 뜨는 노부부가 적지 않다고 들었다. 브루스 스프링스틴의 노래 가사처럼 두 개의 심장이 하나가 되어서. 과연 데이비드와 나도 그럴 수 있을까? 스타인버그 씨 부부는 자그마치 61년을 함께 살았다. 하지만 상대적 측면에서 보면 그녀와 데이비드도 그들 못지않게 정분이 두터웠다. 그녀와 벡은 일곱 살 때부터 떨어지고는 못 사는 불가분의 관계였다. 그들의 기억 속에서 두 사람이 함께하지 않은 순간을 찾기란 불가능했다. 햇수가 아닌, 전체 인생의 백분율로 따져보면 서로에게 귀속된 시간은 그들이 스타인버그 씨 부부보다 훨씬 많은 셈이었다.

그녀는 다시 스크린을 돌아보았다. 영국항공 174편 옆에 '탑승 중'이라는 단어가 깜빡이고 있었다.

그녀가 탈 비행기가 곧 출발하려는 모양이었다.

칼슨과 스톤, 그리고 디몬테와 크린스키는 영국항공 예약 담당 매니저와 함께 서 있었다.

"나타나지 않았습니다." 예약 담당 매니저가 매혹적인 악센트로 말했다. 목에 스카프를 두른 그녀는 파란색과 하얀색 제복 차림이었고, '에밀리'라고 적힌 명찰을 달고 있었다.

디몬테가 나지막이 욕을 내뱉었다. 크린스키는 어깨를 으쓱였다. 전혀 예상치 못했던 상황은 아니었다. 벡은 하루 종일 당국의 추적망을 용케 피해 다녔다. 그가 바보가 아닌 이상 본명을 사용해 비행기에 오를 리 없었다.

"막다른 길이군." 디몬테가 말했다.

여전히 부검 파일을 손에 쥔 칼슨이 에밀리에게 물었다. "컴퓨터를 가장 잘 다루는 직원이 누구입니까?"

"전데요." 그녀가 여유로운 미소를 지으며 말했다.

"예약 내용을 보여주십시오." 칼슨이 말했다.

에밀리는 그의 요청에 따랐다.

"그가 언제 예약했는지 알 수 있습니까?"

"사흘 전이었어요."

디몬테가 불쑥 끼어들었다. "그때 이미 달아날 계획을 세워둔 모양이군. 개자식."

칼슨이 고개를 저었다. "아닙니다."

"어째서 아니라는 거죠?"

"우리는 그가 레베카 세이즈의 입을 막기 위해 살해했다고 추정해왔어요." 칼슨이 설명했다. "하지만 어차피 이 나라를 떠날 계획이었다면 왜 굳이 그런 일을 벌였겠습니까? 게다가 왜 당장 떠나지 않고 사흘이나 기다렸을까요? 무모한 살인까지 저지르면서?"

스톤이 고개를 저었다. “너무 복잡하게 생각하는 것 같아, 닉.”
“우리는 분명 뭔가를 빠뜨렸어.” 칼슨이 말했다. “벡이 왜 갑자기 도망칠 생각을 하게 됐을까?”
“우리가 수사망을 점점 좁혀왔으니까.”
“사흘 전에는 우리에게 쫓기지 않았어.”
“그래도 머지않아 덜미를 잡힐 거라는 건 알고 있었겠지.”
칼슨의 주름이 한층 깊어졌다.
디몬테가 크린스키를 돌아보았다. “여기서 시간 허비하지 말고 어서 가자고.” 그가 칼슨을 바라보았다. “혹시 모르니 경관 몇 명을 여기 배치하겠습니다.”
칼슨이 그 말을 한 귀로 흘리며 고개를 끄덕였다. 그들이 먼저 떠나자 그가 에밀리에게 물었다. “일행이 있었습니까?”
에밀리가 키보드를 몇 번 두드렸다. “한 좌석만 예약했습니다.”
“예약은 어떻게 했습니까? 직접 찾아와서? 아니면 전화로? 아니면 여행사를 통해서?”
그녀가 다시 키보드를 두드렸다. “여행사를 통하지는 않았어요. 그랬다면 예약 내역에 따로 표시가 되어 있을 겁니다. 수수료를 지급해야 하니까요. 예약은 영국항공을 통해서 직접 한 것으로 나와 있습니다.”
아쉽게도 소득은 없었다. “지불방법은요?”
“신용카드로 결제했습니다.”
“카드번호를 볼 수 있을까요?”
그녀는 카드번호를 불러주었고, 그는 그 정보를 스톤에게 전달했다. 스톤이 고개를 저었다. “그의 카드번호와 일치하지 않아. 적어도 우리가 아는 카드는 아니야.”

"한번 알아봐줘." 칼슨이 말했다.

스톤은 마침 손에 쥐고 있던 휴대전화로 번호를 눌렀다.

칼슨이 자신의 턱을 살살 문질러댔다. "그가 사흘 전에 항공권을 예약했다고 했죠?"

"그렇습니다."

"정확한 시각을 알 수 있을까요?"

"오후 6시 14분으로 나와 있네요."

칼슨이 고개를 끄덕였다. "좋습니다. 혹시 그즈음에 예약한 다른 승객은 없었습니까?"

에밀리는 잠시 생각에 잠겼다. "그건 미처 생각 못 했네요." 그녀가 말했다. "잠시만 기다리세요. 한번 살펴볼게요." 그녀가 키보드를 두드리다가 멈추기를 몇 번 반복했다. "컴퓨터가 예약 날짜에 따라 분류해놓지는 않아서요."

"그래도 정보는 남아 있을 거 아닙니까."

"그럼요. 잠시만요." 그녀의 손가락이 다시 키보드 위에서 춤을 추었다. "정보를 스프레드시트에 옮겨볼게요. 50건씩 살펴볼 수 있어요. 이게 가장 신속한 방법이죠."

50명으로 구성된 첫 그룹에는 같은 날 항공권을 예약한 부부가 한 쌍 있었다. 하지만 예약 시간은 몇 시간 빨랐다. 두 번째 그룹에는 부부가 없었다. 그리고 세 번째 그룹…… 빙고!

"리사 셔먼." 에밀리가 말했다. "이 사람이 같은 날 예약했어요. 그보다 팔 분 늦게."

확실한 건 없지만 칼슨은 뒤통수에서 머리칼이 곤두서는 기분을 느꼈다.

"오, 이거 흥미롭네요." 에밀리가 덧붙였다.

"뭐가요?"

"이 사람의 좌석 배치."

"그게 왜요?"

"데이비드 벡 바로 옆자리에 앉게 되어 있었어요. 열여섯 번째 줄, 좌석번호 E와 F."

순간 그가 움찔했다. "이 사람 체크인했나요?"

또다시 타이핑. 모니터 화면이 지워지고 또 다른 정보가 떠올랐다. "체크인한 것으로 나와 있네요. 아마 지금쯤 탑승 절차를 밟고 있을 거예요."

그녀는 핸드백 끈 길이를 조절한 후 자리에서 일어나 고개를 높이 쳐들고 빠르게 걸음을 옮겼다. 그녀는 아직 안경과 가발, 의치를 착용하고 있었다. 여권 사진 속 리사 셔먼과 마찬가지로.

게이트를 네 개 남겨두고 있을 때 CNN 보도 한 토막이 그녀의 귀에 들어왔다. 순간 그녀의 걸음이 멎었고, 그 바람에 커다란 가방을 질질 끌고 오던 남자와 충돌하고 말았다. 흥분한 그가 무례하게 손짓을 해댔다. 마치 그녀가 고속도로에서 끼어들기라도 한 것처럼. 그녀는 무시하고 스크린을 응시했다.

여성 앵커가 속보를 전하고 있었다. 화면 우측 하단에 그녀의 친구, 레베카 셰이즈의 사진이 벡의 사진과 나란히 떠올라 있었다.

그녀는 스크린 앞으로 바짝 다가갔다. 이미지들 아래 걸린 피처럼 붉은 자막. *암실에서 살해.*

"……과연 이것이 용의자로 지목된 데이비드 벡이 저지른 유일한 살인일까요? CNN의 잭 터너가 계속 전해드립니다."

여성 앵커가 사라지고 NYPD 점퍼 차림의 남자 둘이 검은 보디

백이 실린 들것을 밀고 나오는 영상이 나타났다. 순간 그녀의 숨이 턱 막혀버렸다. 화면에 비친 문제의 건물을 대번에 알아보았기 때문이었다. 8년. 무려 8년이나 지났음에도 레베카는 지금껏 같은 곳에서 스튜디오를 운영해왔다.

남자의 목소리가 보도를 이어나갔다. “뉴욕 최고의 패션 사진작가가 끔찍하게 살해된 사건입니다. 레베카 셰이즈는 자신의 스튜디오 암실에서 숨진 채 발견됐습니다. 범인이 근거리에서 그녀의 머리에 총을 두 번 쏜 것으로 확인됐습니다.” 그들은 레베카가 환히 미소 짓는 사진을 화면에 띄웠다. “용의자는 피해자의 오랜 친구이자 업타운에서 소아과 의사로 활동해온 데이비드 벡으로 밝혀졌습니다.” 이번에는 딱딱하게 굳은 표정을 한 벡의 사진이 화면에 떠올랐다. 그녀는 하마터면 기절할 뻔했다.

“닥터 벡은 오늘 오전 자신을 체포하려는 경관을 폭행한 후 극적으로 탈출했습니다. 경찰은 그가 무기를 소지한 위험인물이라고 경고했습니다. 용의자의 행방에 대한 제보는…….” 화면에 노란색 전화번호가 떠올랐다. 남자는 그 번호를 한차례 읊고 나서 계속 이어나갔다.

“FBI는 최근, 닥터 벡의 가족이 소유한 펜실베이니아 여름 별장 인근에서 시체로 발견된 두 남성을 살해한 혐의로 그를 수사 중이었다고 덧붙였습니다. 뿐만 아니라, 데이비드 벡은 8년 전, 부인인 엘리자베스 벡을 살해한 유력한 용의자로도 지목되고 있어 더 큰 충격을 던져주고 있습니다.”

낯익은 여자의 사진이 화면에 걸렸다. 그녀는 발가벗겨져 구석에 내몰린 듯한 기분을 느꼈다. 잠시 후, 사진이 사라지고 다시 여성 앵커가 모습을 드러냈다. “엘리자베스 벡은 연쇄살인범 ‘킬로이', 엘로이 켈러턴의 피해자가 아니었나요?"

"당국은 이와 관련해 말을 아끼고 있습니다만, 저희는 믿을 만한 소식통을 통해 계속해서 관련 소식을 접하고 있습니다."

"경찰이 벡의 범행동기를 파악한 상태인가요?"

"그 부분은 아직 확인되지 않았습니다. 하지만 일각에서는 삼각관계가 그 원인이었다는 추측도 조심스레 나오고 있습니다. 한편 셰이즈 씨의 남편, 게리 러몬트는 현재 칩거 중이며, 이 부분에 대한 명확한 입장을 내지 않고 있습니다."

화면을 뚫어지게 들여다보던 그녀의 눈에서 뜨거운 눈물이 흘러내렸다.

"현재까지도 벡의 행방은 오리무중인가요?"

"그렇습니다. 경찰은 시민들의 제보에 전적으로 의존하고 있는 상황이라면서도, 용의자에게 접근은 자제할 것을 당부했습니다."

그리고 의미 없는 수다가 끊임없이 이어졌다.

마침내 그녀가 돌아섰다. 레베카. 오, 맙소사. 레베카마저. 한때 드레스와 유리 그릇을 고르며 법석을 떨어대는 여자들을 조롱하고 경멸했던 레베카가 결혼을 했다는 사실마저 그녀에게는 큰 충격이었지만…… 어떻게? 대체 어떻게 레베카가 이 일에 엮이게 됐지? 레베카는 내 사건에 대해 아는 게 없었을 텐데.

그들은 왜 그녀를 죽인 걸까?

순간 그녀의 뇌리를 스치는 생각. 대체 내가 무슨 짓을 한 거지?

그녀가 돌아온 것이 화근이었다. 그들은 그녀를 찾으려 혈안이 되어 있다. 그들이 무슨 수로 나를 찾을까? 간단했다. 그녀와 가까운 사람들을 지켜보는 것. 그녀가 어리석었다. 그녀가 다시 돌아옴으로써 모두가 위험에 빠진 것이다. 모든 게 그녀 탓이었다. 가장 가까운 친구가 잔혹하게 살해된 것도.

"런던행 영국항공 174편 승객 여러분께서는 지금 탑승해주시기 바랍니다."

더는 지체할 시간이 없었다. 머리를 굴려봐. 이젠 뭘 어째야 하지? 그녀가 사랑하는 사람들이 위험에 처해 있다. 벡은 쫓겨 다니고 있고. 그녀의 뇌리에 우스꽝스러운 변장을 하고 나타났던 남편의 모습이 스쳤다. 그는 엄청난 힘을 가진 자들을 상대하고 있다. 만약 그들이 벡에게 살인죄를 뒤집어씌우려 한다면 그는 꼼짝없이 당할 수밖에 없다.

이대로 떠나버리는 건 무책임한 일이다. 늦더라도 벡이 안전하다는 걸 확인해야만 한다.

그녀는 몸을 돌려 출구를 향해 걸어 나갔다.

데이비드 벡 수색작전 관련 보도를 확인한 피터 플래너리는 수화기를 집어 들고 검찰 내 친구에게 전화를 걸었다.

"벡 사건은 누가 지휘하고 있지?" 플래너리가 물었다.

"파인."

그 멍청이가? 플래너리는 그렇게 생각했다. "오늘 자네가 찾고 있는 사람을 봤어."

"데이비드 벡을?"

"그래." 플래너리가 말했다. "그가 나를 찾아왔더라고."

"왜?"

플래너리는 푹신한 안락의자에 앉은 채 몸을 뒤로 뉘었다. "파인을 바꿔줘. 아무래도 그와 얘기를 해봐야 할 것 같아."

35

////////

어둠이 내려앉자 타이리스가 내가 숨어 있는 곳으로 찾아왔다. 그의 아내 라티샤의 사촌의 아파트였다. 경찰은 죽었다 깨어나도 나와 타이리스의 관계를 밝혀내지 못할 것이다. 하지만 그렇다고 일부러 위험을 무릅쓸 이유는 없었다.

타이리스에게는 랩톱 컴퓨터가 있었다. 나는 그것으로 인터넷에 접속해 이메일을 체크했다. 내심 기대했던, 신비에 싸인 이메일 발송자의 새 메시지는 보이지 않았다. 내 업무용 계정에도, 개인 계정에도 새로 도착한 이메일은 없었다. bigfoot.com도 뒤져보았지만 역시 새 메시지는 없었다.

우리가 플래너리의 사무실을 나온 후로 타이리스는 줄곧 나를 이상한 눈으로 바라보았다. "뭐 하나 물어봐도 돼요, 닥?"

"뭐든지요."

"아까 변호사가 살해된 그 남자를 언급했을 때……."

"브랜던 스코프."

"맞아요, 그 친구. 변호사가 그를 언급했을 때 당신 표정이 어땠는지 알아요? 마치 전기충격기에 한 방 맞은 사람 같았어요."

실제로 전기충격기에 맞은 기분이었다. "그 이유가 궁금해요?"

타이리스가 어깨를 으쓱였다.

"나는 브랜던 스코프를 잘 알아요. 그와 내 아내는 자선재단에서 같은 사무실을 썼죠. 우리 아버지가 그의 아버지와 함께 자랐고, 나중에는 그의 밑에서 일하기도 했어요. 브랜던에게 가족 소유 재산에 대해 가르쳐준 것도 바로 우리 아버지였어요."

"그랬군요." 타이리스가 말했다. "또 뭐가 있죠?"

"그거로 부족해요?"

타이리스가 어깨를 으쓱였다. 나는 그를 돌아보았다. 그의 흔들림 없는 눈빛이 내 영혼 가장 어두운 구석까지 파고드는 느낌이었다. 다행히 불편한 순간은 금세 지나갔다. "이제 어쩔 거죠?" 타이리스가 말했다.

"몇 군데 전화를 걸어야 해요. 저들이 추적할 수 없는 거 맞죠?"

"당연하죠. 방식을 이해할지 모르겠는데, 또 다른 휴대전화로 전화회담을 이용하는 거예요. 추적이 더 힘들어지게끔."

나는 고개를 끄덕였다. 타이리스가 신속히 전화를 설정해주었다. 나는 모르는 이에게 전화를 걸어 다른 번호를 불러줘야 했다. 타이리스가 문으로 향했다. "잠깐 티제이가 어쩌고 있는지 봐야겠어요. 한 시간 후에 돌아올게요."

"타이리스?"

그가 나를 돌아보았다. 나는 고맙다는 말을 건네고 싶었지만 웬지 그 말조차 적절하지 않은 것 같아 참았다. 타이리스도 그런 내 마음을 이해하는 듯했다. "당신에게 무슨 일이 생기면 내 아이도 죽는 거예요. 알죠, 닥?"

내가 고개를 끄덕이자 그가 밖으로 나갔다. 나는 손목시계를 한

번 들여다본 후 쇼나의 휴대전화로 전화를 걸었다. 그녀는 첫 번째 신호음이 흐른 후 전화를 받았다. "여보세요?"

"클로이는 어때?" 나는 물었다.

"잘 있어." 그녀가 말했다.

"얼마나 걸었어?"

"최소한 5킬로미터는 더 걸은 것 같아. 7킬로미터쯤?" 나는 안도의 한숨을 내쉬었다. "그럼 이제 어떻게……."

나는 웃으며 전화를 끊었다. 그리고 전달 파트너에게 전화를 걸어 또 다른 번호를 불러주었다. 그는 교환원 취급 말라며 투덜거리면서도 내 요청대로 전화를 연결해주었다.

헤스터 크림스타인이 마치 수화기를 물어뜯을 것처럼 받았다. "뭐죠?"

"벡이에요." 나는 말했다. "그들이 도청하고 있나요? 마음 놓고 통화해도 돼요?"

그녀는 잠시 뜸을 들였다. "안전해요." 그녀가 말했다.

"달아날 수밖에 없었어요." 나는 말했다.

"죄책감 때문이었나요?"

"네?"

그녀가 또다시 뜸을 들였다. "미안해요, 벡. 내가 일을 망쳤어요. 당신이 그렇게 달아났을 때 정말 돌아버리는 줄 알았어요. 쇼나에게도 어리석게 굴었고요. 당신 변호를 포기하겠다고 했어요."

"나는 못 들었어요. 당신 도움이 절실해요, 헤스터."

"당신의 도주를 도울 수는 없어요."

"더는 도망치고 싶지 않아요. 이제 항복하겠어요. 하지만 조건이 있어요."

"당신은 조건을 내걸 입장이 아니에요, 벡. 그들이 당신을 붙잡기만 하면 보석도 꿈도 못 꿀 거라고요."

"내가 레베카 셰이즈를 죽이지 않았다는 증거를 가져오면요?"

그녀가 잠시 침묵에 빠졌다. "정말 그럴 수 있어요?"

"네."

"어떤 증거인데요?"

"완벽한 알리바이."

"누가 보장하죠?"

"그게 흥미로운 지점이에요." 내가 말했다.

칼슨 요원이 휴대전화를 꺼내 받았다. "네."

"뭔가 걸려들었어." 그의 파트너, 스톤이 말했다.

"뭔데?"

"몇 시간 전, 벡이 플래너리라는 삼류 변호사를 찾아갔었대. 흑인 깡패놈을 데리고서."

칼슨이 얼굴을 찌푸렸다. "헤스터 크림스타인이 그 친구 변호사인 줄 알았는데."

"변호사를 선임하러 간 게 아니었어. 지난 사건에 대해 물어보러 간 거였다고."

"그게 무슨 사건인데?"

"8년 전, 곤잘레스라는 남자가 브랜던 스코프를 살해한 혐의로 체포됐었어. 엘리자베스 벡이 그의 알리바이를 제공해주었지. 벡은 그 사건에 대해 알고 싶어했어."

칼슨의 머릿속이 핑핑 돌기 시작했다. 이게 대체 무슨……?

"또 다른 건?"

"그게 다야." 스톤이 말했다. "그건 그렇고, 지금 어디야?"

"나중에 연락할게." 칼슨은 전화를 끊고 또 다른 번호를 다이얼했다.

"국립추적센터입니다."

"늦게까지 고생이 많네요, 도나."

"그렇지 않아도 퇴근하려던 참이었어요, 닉. 무슨 용건이죠?"

"부탁 하나만 할게요."

"안 돼요." 그녀가 말했다. 하지만 이내 땅이 꺼져라 긴 한숨을 내쉬고 물었다. "뭔데요?"

"우리가 세라 굿하트의 안전금고에서 찾은 38구경 권총, 아직 보관하고 있죠?"

"그건 왜요?"

그는 자신이 원하는 걸 설명했다. 그의 말이 끝나자 그녀가 말했다. "지금 농담하는 거죠?"

"내가 유머 감각이 없다는 거 알잖아요, 도나."

"그건 그래요." 그녀가 또다시 한숨을 내쉬었다. "신청해놓을게요. 하지만 오늘 밤에는 불가능해요."

"고마워요, 도나. 당신이 최고예요."

낯선 목소리가 건물 로비로 막 들어선 쇼나를 불러세웠다.

"실례합니다. 쇼나 씨?"

그녀는 머리에 젤을 바르고 고급 슈트를 차려입은 남자를 돌아보았다. "누구시죠?"

"닉 칼슨 요원입니다."

"안녕히 가세요, 요원님."

"벡이 당신에게 연락한 사실을 알고 있어요."

쇼나가 입술을 두드리며 하품하는 척했다. "되게 자랑스러우시겠어요."

"방조죄와 사후 종범에 대해 들어봤어요?"

"겁주지 말아요." 그녀가 과장되게 단조로운 목소리로 말했다. "이러다가 여기 싸구려 카펫에 쉬야를 해버릴지도 몰라요."

"내가 과장하는 것 같아요?"

그녀가 가지런히 모은 두 손을 앞으로 내밀었다. "당장 나를 체포해요, 미남 요원님." 그녀가 그의 어깨 너머를 흘끔 살폈다. "당신들 원래 둘씩 붙어 다니지 않아요?"

"여기는 나 혼자 왔어요."

"그런 것 같군요. 나는 이만 올라가볼게요."

칼슨이 안경을 조심스레 고쳐 썼다. "벡이 누굴 죽였다고 생각하지 않아요."

그 말에 그녀가 걸음을 멈췄다.

"오해하지 말아요. 그가 죽였다는 증거는 차고 넘치니까. 동료들 모두 그가 범인이라고 확신하고 있어요. 대대적인 탈주자 수색도 계속 진행하고 있고요."

"그래서요?" 쇼나가 의심이 살짝 묻어나는 말투로 말했다. "당신은 그들과 생각이 다르다, 이건가요?"

"나는 이 사건에 또 다른 뭔가가 있다고 생각해요."

"그게 뭔데요?"

"그걸 물어보려고 당신을 찾아온 겁니다."

"이게 속임수가 아니라는 걸 내가 무슨 수로 확인하죠?"

칼슨이 어깨를 으쓱였다. "못 믿겠다면 어쩔 수 없고요."

그녀가 잠시 생각에 잠겼다. "어차피 상관없어요. 나는 아무것도 모르니까."

"그가 어디 숨어 있는지 알죠?"

"몰라요."

"만약 안다면요?"

"당연히 당신에게 가르쳐주지 않겠죠. 그걸 몰라서 물어요?"

"물론 잘 압니다." 칼슨이 말했다. "그럼 개 산책 어쩌고 하는 얘기가 어떤 의미인지도 가르쳐주지 않겠군요."

그녀가 고개를 저었다. "머지않아 당신들도 알게 될 거예요."

"그가 다칠 수도 있어요. 당신 친구가 경찰을 폭행했다는 거 알죠? 그럼 지금 경찰 내 분위기가 어떤지도 짐작이 되겠네요."

쇼나의 눈빛에는 흔들림이 없었다. "그래서 나더러 어쩌라고요?"

"잘 생각해봐요."

"뭐 하나 물어봐도 되나요?"

"뭐든지." 칼슨이 말했다.

"어째서 그가 범인이 아니라고 생각하는 거죠?"

"글쎄요. 자잘한 이유가 많아요." 칼슨이 고개를 한쪽으로 기울였다. "벡이 런던행 항공권을 예약해둔 사실을 알고 있었어요?"

쇼나는 잠시나마 시간을 벌기 위해 로비를 찬찬히 둘러보는 척했다. 한 남자가 들어와 미소를 흘리며 쇼나에게 인사했다. 그녀는 못 본 척 그를 무시했다. "거짓말 말아요." 한참 후, 그녀가 다시 입을 열었다. "젠장."

"방금 공항에서 돌아왔어요." 칼슨이 말했다. "항공권은 사흘 전에 예약이 됐더군요. 물론 그는 끝내 나타나지 않았고요. 흥미롭게도 그 항공권을 구매할 때 사용된 신용카드는 로라 밀스라는 여자의 것이었어요. 혹시 아는 사람인가요?"

"아뇨."

"아니라고 할 것 같았어요. 아무튼 우리는 계속 알아보고 있어요. 가명인 것 같은데 말이죠."

"누구의 가명이라는 거죠?"

칼슨이 어깨를 으쓱였다. "그럼, 리사 셔먼은 알고 있습니까?"

"아뇨. 그건 또 누구죠?"

"그녀도 같은 런던행 비행기 티켓을 예약해둔 상태였습니다. 바로 벡의 옆자리에 앉기로 되어 있었죠."

"그녀도 나타나지 않았고요?"

"체크인은 했는데 끝내 탑승하지 않았습니다. 이상하죠?"

"뭐가 어떻게 된 일인지 모르겠네요." 쇼나가 말했다.

"불행하게도 리사 셔먼의 신원이 아직까지 확인되지 않고 있어요. 그녀는 수화물을 부치지도, 전자 탑승권 기계도 쓰지 않았습니다. 그래서 신원조회를 해봤죠. 그랬더니 뭐가 나왔는지 알아요?"

쇼나가 고개를 저었다.

"아무것도 안 나왔습니다." 칼슨이 말했다. "또 다른 가명인 모양이에요. 그럼 브랜던 스코프라는 이름은 들어봤습니까?"

순간 쇼나가 바짝 얼어붙었다. "지금 뭐 하자는 거죠?"

"오늘 벡이 어떤 흑인 남자와 함께 피터 플래너리라는 변호사를 찾아갔습니다. 플래너리는 브랜던 스코프 살인사건 용의자를 변호했었죠. 벡이 그에게 그 사건에 대해 물어봤답니다. 용의자가 풀려나는 데 엘리자베스가 어떤 역할을 했는지. 왜 그랬을까요?"

쇼나가 갑자기 핸드백을 뒤적이기 시작했다.

"뭘 찾죠?"

"담배." 그녀가 말했다. "있어요?"
"아뇨."
"벌어먹을." 그녀가 그의 눈을 똑바로 바라보았다. "왜 내게 그 얘기를 하는 거죠?"
"살해된 피해자가 네 명이나 됩니다. 어떻게 된 일인지 궁금하지 않아요?"
"네 명이라고요?"
"레베카 셰이즈와 멜빈 바르톨라, 로버트 울프…… 이 둘은 호수에서 발견된 시체들입니다. 그리고 엘리자베스 벡."
"엘리자베스는 킬로이가 죽였잖아요."
칼슨이 고개를 저었다.
"어떻게 아니라고 확신하죠?"
그가 서류 봉투를 들어 보였다. "이걸 봤으니까요."
"그게 뭔데요?"
"엘리자베스의 부검 보고서입니다."
쇼나가 마른침을 꿀꺽 삼켰다. 온몸으로 퍼진 공포가 그녀의 손끝을 따끔거리게 했다. 결론이 어떻게 맺어지든, 마지막이 될 증거. 그녀가 애써 차분한 목소리로 말했다. "내가 봐도 될까요?"
"왜요?"
그녀는 대답하지 않았다.
"그보다 더 궁금한 건 대체 왜 벡이 이걸 그토록 보고 싶어했는지예요."
"무슨 소린지 도통 모르겠네요." 그녀가 말했다. 그녀 자신에게도 공허하게 들렸다.
"엘리자베스 벡이 마약 중독자였나요?" 칼슨이 물었다.

뜻밖의 질문에 쇼나는 흠칫 놀랐다. "엘리자베스가요? 절대 아니에요."

"확실합니까?"

"물론이죠. 오히려 그녀는 마약 중독자들을 갱생시키는 일을 했어요. 그게 업무의 일부였다고요."

"매춘 단속반 형사 중 그 바닥에서 놀지 않는 사람은 없어요."

"엘리자베스는 그런 사람이 아니었어요. 그녀가 도덕군자는 아니었지만 그래도 이건 너무 심하잖아요. 마약이라니. 말도 안 돼."

그가 다시 서류 봉투를 들어 보였다. "그녀의 체내에서 코카인과 헤로인이 검출되었다고 약물 검사 보고서에 기록되어 있더군요."

"켈러턴이 그녀에게 억지로 먹였겠죠."

"아닙니다." 칼슨이 말했다.

"그건 또 어떻게 확신할 수 있죠?"

"다른 검사도 돌려봤으니까요, 쇼나. 조직과 모발 검사. 패턴을 보니 최소한 몇 달 전부터 마약을 복용한 듯하더군요."

쇼나의 다리가 후들거리기 시작했다. 벽에 기대고 있던 그녀의 몸이 축 늘어졌다. "이봐요, 칼슨, 나는 당신과 게임을 할 마음이 없어요. 그러니 어서 그 보고서를 보여줘요."

칼슨은 잠시 고민에 빠졌다. "그럼 이렇게 할까요?" 그가 말했다. "이 중에서 딱 한 장만 공개할게요. 딱 하나의 정보만. 어때요?"

"계속 이렇게 장난칠 거예요, 칼슨?"

"이만 가볼게요, 쇼나."

"워, 워, 잠깐만요." 쇼나가 혀로 입술을 핥았다. 그녀는 요상한 이메일을 떠올렸다. 경찰에 쫓기고 있는 벡도. 레베카 셰이즈 살인 사건과 말도 안 되는 약물 검사 보고서 내용도. 디지털 이미지 조작의 가능성은 어느새 설득력을 잃고 말았다.

"사진." 그녀가 말했다. "피해자 사진을 보여줘요."

칼슨이 미소를 지어 보였다. "흥미로운 요청이군요."

"어째서죠?"

"이 안에는 사진이 없어요."

"하지만……."

"나도 이해가 안 되기는 마찬가지예요." 칼슨이 그녀의 말을 끊었다. "좀 전에 하퍼 검시관에게 연락했어요. 그가 이 사건의 담당 검시관이었거든요. 누가 또 이 파일을 대출했었는지 그에게 알아봐달라고 요청해놨어요. 지금 한창 확인하고 있을 겁니다."

"누군가가 이 파일에서 사진을 빼돌렸다는 얘긴가요?"

칼슨이 어깨를 으쓱였다. "쇼나, 제발 이러지 말고 지금 무슨 일이 벌어지고 있는지 다 털어놔요."

그녀는 하마터면 입을 열 뻔했다. 하마터면 이메일과 스트리트 캠 링크에 대해 죄다 털어놓을 뻔했다. 하지만 벡의 단호한 말이 다시 떠올랐다. 번지르르한 말재간을 선보인 이 칼슨이라는 요원도 어쩌면 그들의 적인지도 몰랐다. "파일 전체를 보고 싶어요."

그가 그녀 앞으로 천천히 다가갔다. 이제 더는 심드렁하게 반응하면 안 되겠어. 그녀는 그렇게 생각했다. 그녀가 앞으로 튀어나가 파일을 낚아챘다. 그리고 봉투를 우악스럽게 뜯어 보고서를 꺼냈다. 첫 장을 빠르게 훑어 내려가던 그녀의 가슴이 철렁 내려앉았다. 시체의 키와 체중을 확인한 그녀는 뛰는 가슴을 진정시키려 애썼다.

"왜 그래요?" 칼슨이 물었다.

그녀는 대답하지 않았다.

그때 휴대전화 벨소리가 요란하게 터져 나왔다. 칼슨은 바지 주머니에서 휴대전화를 꺼내 전화를 받았다. "칼슨입니다."

"티모시 하퍼예요."

"찾으셨습니까?"

"네."

"엘리자베스 벡의 부검 보고서 대출 기록이 남아 있던가요?"

"3년 전에 그런 일이 있었습니다." 하퍼가 말했다. "창고로 가져가 보관한 직후에 누군가가 대출해갔어요."

"그게 누구였습니까?"

"피해자의 아버지였습니다. 이름은 호이트 파커. 경찰입니다."

36

////////

래리 갠들과 그리핀 스코프는 스코프 저택 뒤편 정원에 나와 마주앉아 있었다. 깔끔하게 손질된 정원은 어둠에 묻혀 있었고, 귀뚜라미 우는 소리가 듣기 좋은 선율을 만들어내고 있었다. 유리 미닫이문 뒤에서 피아노 반주가 흘러나왔고, 집 안에서 새어 나오는 은은한 불빛이 정원에 불그스름하고 누르스름한 그림자를 드리웠다.

두 남자 모두 카키색 바지 차림이었다. 갠들은 파란색 폴로 셔츠를, 그리핀은 홍콩에서 맞춘 버튼다운식 실크 셔츠를 입고 있었다. 차가운 맥주가 갠들의 손을 식혀주었다. 그의 시선은 드넓은 뒤뜰을 향해 돌아앉은 노인의 완벽한 구릿빛 윤곽에 고정된 상태였다. 다리를 꼰 채 앉은 그리핀의 고개는 살짝 젖혀져 있었다. 그의 오른손은 의자 팔걸이에 걸쳐져 있었고, 그가 쥔 작은 술잔 안에서는 황색 술이 찰랑대고 있었다.

"그가 어디 숨어 있는지 알아냈나?" 그리핀이 물었다.

"아직은요."

"그를 데려간 흑인 남자들은?"

"그들이 어떤 관계인지는 모르겠지만 우가 알아보고 있으니 곧

답이 나올 겁니다."

그리핀이 술을 한 모금 넘겼다. 시간은 뜨겁고 끈적이는 발을 옮겨 터덜터덜 흘러가고 있었다. "정말로 그 여자가 아직 살아 있다고 믿나?"

갠들은 그렇게 믿는 이유와 그렇게 믿지 않는 이유, 모든 가능성을 죄다 쏟아낼 생각이었다. 하지만 막상 열린 그의 입에서는 짧은 대답만이 흘러나왔다. "네."

그리핀이 눈을 감고 말했다. "자네 첫 아이가 태어났을 때를 기억하나?"

"네."

"그 자리를 지키고 있었나?"

"네."

"우리 땐 그러지 않았어." 그리핀이 말했다. "아버지들은 대기실을 서성이며 케케묵은 잡지만 훑어댔지. 나도 그러고 있는데 간호사가 들어와 나를 부르더군. 나는 그녀를 따라 복도를 내달렸어. 모퉁이를 돌자 브랜던을 품고 있는 앨리슨이 눈에 들어왔지. 나는 아직도 그 순간을 생생히 기억하고 있어. 아주 오묘한 기분이 들더라고. 안에서 뭔가가 끓어오르는 것 같은 기분. 그대로 폭발해버릴 것만 같았지. 엄청나게 강렬하고, 엄청나게 압도적인 기분이었어. 설명도, 이해도 안 되는 기분. 세상의 모든 아버지가 비슷한 경험을 했을 거야."

그가 잠시 말을 멈췄다. 갠들은 고개를 들고 그를 바라보았다. 노인의 볼을 타고 흘러내린 눈물이 어스레한 불빛을 받아 반짝이고 있었다. 갠들은 그의 입이 다시 열리기를 기다렸다.

"환희와 불안. 그 두 가지 감정이 가장 컸어. 이 자그마한 아이를 내가 끝까지 챙기고, 또 책임져야 한다는 불안감. 하지만 그 외에도 뭔가가 또 있었어. 딱 꼬집어 설명할 순 없었지. 적어도 그때는. 브랜던이 입학하던 날이 되어서야 비로소 그게 뭔지 알겠더라고."

목이 메는지 노인이 기침을 몇 번 했다. 그의 눈에서 눈물이 배어났다. 피아노 선율이 한층 부드럽게 들렸다. 귀뚜라미도 노인의 말을 경청하는지 더는 울어대지 않았다.

"우리는 함께 나가 스쿨버스를 기다렸어. 나는 그 애 손을 꼭 잡고 있었고. 그때 브랜던은 다섯 살이었지. 그렇게 서 있는데 걔가 나를 빤히 올려다보더라고. 그 나이 애들이 그러듯이 말이야. 브랜던은 갈색 바지 차림이었는데 무릎엔 잔디가 묻어 있었어. 마침내 노란 버스가 다가와 멈춰 섰지. 요란한 소리를 내면서 문이 열렸고, 브랜던은 내 손을 놓고 계단을 올라갔어. 마음 같아서는 손을 뻗어 그 앨 잡아끌고 싶었지. 녀석을 꼭 끌어안고 집으로 데려가고 싶었다고. 하지만 나는 그냥 그렇게 서 있기만 했어. 바짝 얼어붙은 채로 말이야. 브랜던은 버스 안으로 쏙 들어가버렸고, 문은 또 다시 요란한 소리를 내면서 닫혔어. 녀석은 창가 쪽에 앉았지. 나는 그 애 얼굴을 똑똑히 볼 수 있었어. 브랜던이 내게 손을 흔들더라고. 나도 손을 흔들어줬지. 그러고는 점점 멀어지는 버스를 보며 생각했어. '내 모든 게 떠나가버렸네.' 누군지도 모르는 놈이 모는 조잡한 노란 버스가 내 전부를 싣고 사라졌다고. 바로 그 순간, 나는 브랜던이 태어났을 때 찾아들었던 그 요상한 기분을 다시 느꼈어. 공포. 불안감보다도 서늘하고 극심한 공포가 엄습하는 걸 느꼈어. 멀어지는 버스를 바라보며 느낀 공포는 질병, 노화, 죽음, 그런 것들에 대한 공포와는 비교도 안 될 만큼 압도적이었지. 무슨 얘기인지 알아듣겠나?"

갠들이 고개를 끄덕였다. "네."

"그때, 바로 그 순간에 나는 깨달았지. 내가 아무리 용을 써도 녀석에게는 언제든 나쁜 일이 생길 수 있다는 걸 말이야. 내가 항상 녀석의 곁을 지켜줄 수 없다는 것도. 나는 늘 그런 공포에 사로잡혀 살아왔어. 아버지라면 누구나 마찬가지일 거야. 하지만 실제로 그런 일이 벌어지고 나면……." 그가 다시 말을 멈추고 래리 갠들을 돌아보았다. "나는 아직도 그 애를 포기하지 못했어." 그가 말했다. "여전히 신과 흥정을 벌여보려 애쓰고 있지. 브랜던이 다시 살아 돌아올 수 있게만 해준다면 세상 그 무엇도 다 구해와 바치겠다고 말이야. 물론 그런 일은 벌어지지 않을 거라는 걸 아네. 하지만 내 아들, 내 삶의 전부가 땅속에서 썩어가고 있는데…… 정작 그 여자는 멀쩡히 살아 있다니, 이게 말이나 되는가?" 그가 고개를 저었다. "더는 두고 볼 수가 없네. 무슨 말인지 이해하는가?"

"네." 그가 말했다.

"나는 이미 그 앨 지켜내지 못했어. 하지만 두 번 다시 실패하지는 않을 거야."

그리핀 스코프가 정원을 바라보며 술을 한 모금 더 넘겼다. 래리 갠들은 노인의 입장을 십분 이해했다. 그는 말없이 자리에서 일어나 어둠 속으로 유유히 사라졌다.

10시, 칼슨은 굿하트 가 28번지의 현관문 앞으로 다가갔다. 늦은 시각이었지만 그는 걱정하지 않았다. 아래층 창문 너머의 희미한 불빛과 텔레비전의 깜빡임을 보았기 때문이었다. 설령 그렇지 않았어도 지금은 남의 숙면 따위를 생각할 때가 아니었다.

그가 초인종을 누르려는 찰나 현관문이 열렸다. 호이트 파커. 두 사람은 벨트 아래를 치면 안 되며, 다운이 선언됐을 때는 공격을 금한다는 심판의 무의미한 경고를 무시한 채 링 중앙에 마주 서서 서로를 노려보는 권투선수 같았다.

칼슨은 공이 울리기를 기다리지 않았다. "따님이 생전에 마약을 했었나요?"

뜻밖의 질문에 호이트 파커가 움찔했다. "그건 왜 묻는 거요?"

"잠시 들어가도 되겠습니까?"

"아내가 자고 있소." 호이트가 말했다. 그는 슬그머니 밖으로 빠져나와 문을 닫았다. "여기서 얘기하면 안 되겠소?"

"그러시죠."

호이트가 팔짱을 끼고 몸을 좌우로 살짝 흔들었다. 건장한 체구의 그는 5킬로그램이 늘기 전쯤 딱 맞았을 법한 청바지와 티셔츠 차림이었다. 칼슨은 호이트 파커가 베테랑 형사라는 걸 알고 있었다. 그가 어떤 함정을 파든 먹히지 않을 게 뻔했다.

"제 질문에 대답해주시겠습니까?" 칼슨이 말했다.

"왜 그걸 묻는지부터 얘기하시오." 호이트가 받아쳤다.

칼슨은 전술을 바꿔보기로 했다. "왜 따님의 파일에서 부검 사진을 가져가셨습니까?"

"내가 그걸 가져갔다고 누가 그럽니까?" 그의 말투에서는 격노도, 거짓 부정도 묻어나지 않았다.

"오늘 부검 보고서를 봤습니다." 칼슨이 말했다.

"왜?"

"네?"

"내 딸이 죽은 지 8년이 넘었소. 살인범은 감옥에 들어가 있고. 그런데 왜 갑자기 그 애 부검 보고서를 들여다본 거지? 그 이유를 듣고 싶단 말이오."

대화에 아무런 진전이 없자 칼슨은 그가 파고들 수 있도록 가드를 살짝 내려보았다. "어제 사위분이 카운티 검시관을 만나고 왔습니다. 아내의 파일을 보여달라고 요구했다더군요. 저는 그 이유가 궁금했습니다."

"그가 부검 보고서를 봤다고?"

"아뇨." 칼슨이 말했다. "그가 왜 그걸 보려 했는지 아십니까?"

"난들 알겠소?"

"그런데 뭔가 불안한 듯이 보이네요."

"누가 봐도 수상한 일이니까."

"그것 때문만은 아닌 것 같은데요." 칼슨이 말했다. "선생님께서는 방금 그가 기어이 보고서를 들여다봤는지 무척 궁금해하셨습니다. 왜 그러셨죠?"

호이트가 어깨를 으쓱였다.

"가져가신 부검 사진은 어떻게 하셨습니까?"

"그게 무슨 소리요?" 그가 덤덤하게 말했다.

"보고서에 직접 서명하시지 않았습니까. 대출 기록엔 선생님 성함밖에 없었어요."

"그게 뭘 증명한다는 거요?"

"파일에 사진이 있었습니까?"

호이트가 눈을 깜빡거렸다. 하지만 주저하는 모습은 보이지 않았다. "그래요." 그가 말했다. "있었어요."

칼슨의 얼굴에 미소가 떠올랐다. "좋은 답변입니다." 그것은 덫이었고, 호이트는 용케 피해갔다. "만약 아니라고 답하셨다면 그때 그 자리에서 검시관에게 알리지 않으신 이유가 궁금해졌을 겁니다. 그렇죠?"

"이제 보니 의심이 많은 분이셨군. 칼슨 요원."

"그렇습니다. 혹시 그 사진들이 어디로 사라졌는지 아시나요?"

"담당자가 실수로 엉뚱한 파일에 넣어두었나 보지."

"그런데도 별로 언짢아하시지 않는군요."

"내 딸은 죽었소. 사건은 이미 종결됐고. 내가 뭣 때문에 언짢아하지?"

아까운 시간이 허비되고 있다. 하지만 소득이 아주 없었던 건 아니다. 비록 수사에 도움이 되는 정보는 많이 얻어내지 못했지만 호이트의 태도는 많은 것을 시사하고 있었다.

"아직도 킬로이가 따님을 살해했다고 생각하십니까?"

"당연하지."

칼슨이 부검 보고서를 번쩍 들어 보였다. "이걸 보셨는데도요?"

"그렇소."

"적지 않은 상처가 사후에 생겼습니다. 그걸 확인하시고도 이상하다 생각하지 않으세요?"

"오히려 위안이 되는군." 그가 말했다. "딸이 그만큼 덜 고통스러웠을 거라는 뜻이니까."

"그게 아니라, 그 부분이 켈러턴이 범인이라는 주장과 대치된다고 말씀드린 겁니다."

"나는 그 파일에서 그 사실을 부정하는 내용을 못 봤네만."

"다른 살인들과 일관성이 없지 않습니까."

"나는 동의하지 않소." 호이트가 말했다. "일관성이 없었던 건 오히려 내 딸의 힘이었지."

"무슨 말씀이신지?"

"켈러턴은 피해자들을 고문하길 즐겼소. 그들이 살아 있을 때 낙인을 찍었고. 하지만 우리는 엘리자베스가 탈출을 시도했거나 최소한 맞서 싸웠을 거라 짐작했지. 그 애가 킬로이를 자극했고, 놈이 몸싸움을 벌이던 중에 그 애를 죽였다고. 손에 난 자상들과 사후에 찍힌 낙인이 그걸 증명하는 거고."

"그렇군요." 예기치 못한 한 방이었다. 칼슨은 애써 태연한 척했다. 좋은 답변이었다. 아니, 완벽한 답변이었다. 이치에도 딱 들어맞았다. 자그마한 사람이라도 필사적으로 저항하면 진압하기가 쉽지 않다. 그의 설명은 모순되는 모든 부분을 놀랍도록 일관성 있게 만들었다. 하지만 문제는 아직 남아 있었다. "그럼 약물 검사 보고서의 내용은 어떻게 설명하시겠습니까?"

"그건 이 사건과 아무 상관이 없지 않소." 호이트가 말했다. "강간 피해자에게 성적 이력을 묻는 것과 뭐가 다르지? 내 딸이 깨끗한 사람이었든 마약쟁이였든, 그게 무슨 상관이냐는 말이오."

"따님은 어느 쪽이었습니까?"

"그건 중요한 게 아니라니까." 그가 다시 말했다.

"살인사건 수사에 있어 중요하지 않은 건 없습니다. 선생님께서도 잘 아시지 않습니까."

호이트가 칼슨 앞으로 바짝 다가섰다. "조심하게." 그가 말했다.

"지금 절 협박하시는 겁니까?"

"전혀. 나는 그저 내 딸을 두 번 죽이지 말라고 경고하는 거요."

두 사람은 말없이 서로를 노려보았다. 마지막 라운드의 공이 울렸다. 그들은 심판의 판정을 기다렸다. 어느 쪽 손이 들어 올려지든, 누구도 만족하지 않을 테지만.

"이제 됐소?" 호이트가 말했다.

칼슨이 고개를 끄덕이며 뒤로 물러나자 파커가 손잡이를 향해 손을 뻗었다.

"호이트?"

호이트가 그를 돌아보았다.

"오해하실까 봐 말씀드립니다만, 저는 선생님께서 하신 말씀을 한마디도 믿지 않습니다. 아시겠어요?"

"알다마다." 호이트가 말했다.

37

////////

아파트로 돌아온 쇼나는 긴 소파에서 자신이 가장 좋아하는 자리에 풀썩 주저앉았다. 린다는 그 옆에 앉아 그녀의 무릎을 토닥여 주었다. 쇼나가 고개를 젖히고 눈을 감자 린다가 그녀의 머리를 살살 쓸어내렸다.

"마크는 괜찮아?" 쇼나가 물었다.

"그래." 린다가 말했다. "그나저나 어디 다녀온 거야?"

"설명하자면 좀 길어."

"내 동생 얘기를 들으려고 지금껏 기다렸단 말이야."

"전화가 왔었어." 쇼나가 말했다.

"뭐?"

"아직 무사해."

"오, 하느님 감사합니다."

"네 동생은 레베카를 죽이지 않았어."

"당연하지."

쇼나가 고개를 살짝 틀고 천장을 올려다보았다. 린다는 눈을 깜빡였다. "별일 없을 거야. 걱정 마." 쇼나가 말했다.

린다는 고개를 끄덕이고는 고개를 돌렸다.

"왜 그래?"

"그 사진, 내가 찍었어." 린다가 말했다.

쇼나가 자리에서 벌떡 일어났다.

"엘리자베스가 내 사무실로 찾아왔었어. 몰골이 말이 아니었지. 병원으로 데려가려고 했는데 가지 않겠다고 끝까지 버티더라고. 그냥 자신의 상태를 기록으로 남기고 싶다고만 했어."

"교통사고를 당한 게 아니었단 말이야?"

린다가 고개를 끄덕였다.

"누가 그렇게 때린 거지?"

"아무에게도 얘기하지 말라고 신신당부했어."

"그건 8년 전이었잖아. 얘기해봐."

"그렇게 간단한 문제가 아니야."

"그걸 말이라고 해?" 쇼나가 잠시 머뭇거렸다. "왜 하필 너한테 갔던 거지? 대체 네가 어떻게 보호해준다고……." 그녀는 말끝을 흐리며 린다를 매섭게 노려보았다. 그러나 린다는 조금도 움츠러 들지 않았다. 쇼나는 아래층에서 칼슨이 들려준 얘기를 다시 곱씹어보았다.

"브랜던 스코프." 쇼나의 나지막한 말에도 린다는 대꾸가 없었다. "그 자식이 그 애를 그 지경으로 만들어놓은 거였어? 오, 맙소사. 어쩐지. 너에게 갈 수밖에 없었던 상황이었네. 그 일을 비밀에 부치고 싶었을 테니까. 레베카나 내게 왔으면 경찰서로 데려갔을 게 뻔하잖아. 하지만 너는 그러지 않았겠지."

"엘리자베스에게 약속을 했어." 린다가 말했다.

"그래서 너는 그냥 약속에 따랐고?"

"그럼 내가 뭘 어떻게 했어야 하지?"
"어떻게든 그 애를 경찰서로 끌고 갔어야지."
"모두가 너처럼 용감하고 강한 건 아니야, 쇼나."
"변명은 집어치워."
"걔는 경찰에 알리고 싶어하지 않았어." 린다가 말했다. "시간이 더 필요하다고, 증거가 충분치 않다면서 말이야."
"증거라니? 무슨 증거?"
"브랜던이 폭행한 증거겠지. 나도 잘 몰라. 아무리 얘기해도 설득이 안 되더라고. 그렇다고 강제로 끌고 갈 수도 없는 일이잖아."
"하긴…… 그럴 수밖에 없었겠지."
"그게 무슨 뜻이야?"
"너는 그 집안이 자금을 대는 자선단체에서 일하잖아. 브랜던은 그곳의 책임자로 있고." 쇼나가 말했다. "그가 여자를 때렸다는 소문이 퍼졌을 때의 후폭풍이 두려웠겠지?"
"엘리자베스가 비밀로 해달라고 애원했다니까."
"그래서 너는 기꺼이 입을 닫아줬고. 그렇지? 네가 속한 그 빌어먹을 조직을 보호하기 위해서?"
"말이 좀 심하네."
"그녀의 안위보다 네 경력이 더 중요했어?"
"세상이 우리를 얼마나 필요로 하는지 알아?" 린다가 소리쳤다. "우리 도움 없이는 살 수 없는 사람이 얼마나 되는지 알기나 해?"
"단지 그런 이유로 엘리자베스 벡을 희생시키려 했던 거야?" 쇼나가 말했다.
린다가 그녀의 뺨을 냅다 후려쳤다. 두 사람은 연신 씩씩대며 서로를 노려보았다. "나도 다 털어놓고 싶었어." 린다가 말했다. "하지만 그 애가 그러지 말아달라고 울며불며 애원하는데 난들 어쩌라고? 그래, 내가 너무 물러터져서 그랬는지도 몰라. 아무리 그래도 선은 넘지 말아줬으면 좋겠어."

"엘리자베스가 호수에서 납치됐을 때…… 대체 너는 무슨 생각을 했어?"

"그 일과 관련이 있는 줄 알았어. 그래서 나는 엘리자베스의 아버지를 찾아갔지. 가서 내가 아는 모든 걸 이야기했어."

"뭐라고 하셨는데?"

"고맙다고 하셨어. 이미 알고 계시다면서 말이야. 상황이 민감하니 비밀을 꼭 지켜달라고 당부하시더라고. 그리고 나중에 킬로이가 범인임이 명백해졌을 때……."

"계속 입을 닫고 있기로 결심한 거군."

"브랜던 스코프는 이미 죽었잖아. 이제 와서 그 이름을 진흙탕으로 끌어낸다고 뭐가 달라지겠어?"

그때 전화벨이 울렸다. 린다가 수화기를 들었다. 잠시 상대의 말을 듣고 있던 그녀는 쇼나에게 수화기를 건넸다. "바꿔달래."

쇼나는 시선을 멀리 돌린 채 수화기를 받아들었다. "여보세요?"

"내 사무실로 와요." 헤스터 크림스타인이 말했다.

"내가 왜 그래야 하죠?"

"나는 사과 따윈 잘 못해요, 쇼나. 그러니 나를 뚱뚱한 얼간이라고 욕하고 지난 일은 쿨하게 잊어버려요. 당장 택시 잡아타고 달려와요. 늦기 전에 무고한 사람을 구해야 하니까."

랜스 파인 검사가 크림스타인의 회의실로 들이닥쳤다. 그는 꼭 암페타민 중독으로 수면 부족에 걸려버린 족제비 같았다. 강력계 형사, 디몬테와 크린스키가 그를 뒤따라 들어왔다. 그들 모두의 얼굴은 딱딱하게 굳어 있었다.

헤스터와 쇼나가 테이블 반대편에서 일어났다. "어서오세요." 헤스터가 앉으라고 손짓하며 말했다. "앉으시죠."

파인이 그녀를 흘끔 바라본 후 역겨워하는 표정으로 쇼나에게 눈길을 돌렸다. "나를 곤란하게 만들려는 건 아니겠죠?"

"설마요. 이미 당신 혼자 충분히 했잖아요." 헤스터가 말했다. "어서 앉기나 해요."

"그의 행방을 알고 있다면……."

"앉으라니까요. 당신 때문에 머리가 지끈거린다고요."

모두가 자리를 잡고 앉았다. 디몬테는 뱀가죽 부츠가 신겨진 두 발을 테이블에 얹어놓았다. 헤스터가 온화한 미소를 머금은 채로 그의 발을 우악스럽게 떠밀어 테이블에서 내리게 했다. "우리가 오늘 여기 모인 이유는 단 한 가지, 당신들의 경력을 지키기 위해서예요. 자, 그럼 시작해볼까요?"

"그보다 나는 먼저……."

"쉿, 파인. 내가 얘기하고 있잖아요. 당신이 할 일은 묵묵히 듣고 있는 거예요. 필요할 때마다 고개를 끄덕이며 '네, 알겠습니다'와 '고마워요', 딱 그 두 가지로만 대답하면 돼요. 시키는 대로 하지 않으면 나중에 크게 후회할 거예요."

랜스 파인이 그녀를 살짝 흘겨보았다. "도망자를 법망에서 빠져나가게 한 건 바로 당신이었다고요, 헤스터."

"당신은 그렇게 말하면 자기가 터프하고 섹시하게 보일 줄 아나봐요, 파인. 전혀 안 그래요. 지금부터 내 말 잘 들어요. 두 번 얘기하지 않을 테니까. 이 문제에 대해서 당신이 세상에서 제일가는 멍청이처럼은 보이지 않게 배려해줄게요. 그냥 바보 같아 보이는 건 나도 어쩔 수 없지만 내 말을 귀담아듣는다면 아주 얼간이처럼 보이는 일은 없을 거예요. 이해해요? 다행이네요. 우선, 레베카 셰이즈의 사망 시각이 자정으로 확인된 거 맞죠? 삼십 분 정도 차이가 날 수는 있겠지만. 아무튼 그 부분은 확실히 파악이 된 상태죠?"

"그래서요?"

헤스터가 쇼나를 돌아보았다. "당신이 얘기할래요?"

"아뇨, 괜찮아요."

"하지만 고생은 당신이 다 했잖아요."

파인이 끼어들었다. "장난 그만 쳐요, 헤스터."

그때 회의실 문이 열렸다. 헤스터의 비서가 들어와 문서 몇 장과 소형 카세트테이프를 전달했다. "고마워요, 셰릴."

"별말씀을요."

"이제 퇴근해요. 내일은 늦게 나와도 돼요."

"감사합니다."

셰릴이 회의실을 나갔다. 헤스터가 반달형 돋보기를 꺼내 쓰고 손에 쥔 문서를 빠르게 훑었다.

"점점 짜증이 나려고 합니다, 헤스터."

"개를 좋아해요, 파인?"

"네?"

"개 말이에요. 나는 솔직히 좋아하지 않아요. 하지만 이 녀석은…… 쇼나, 그 사진 갖고 있죠?"

"여기 있어요." 쇼나가 모두가 똑똑히 볼 수 있게 클로이의 커다란 사진을 들어 보였다. "비어디드 콜리예요."

"귀엽죠? 안 그래요?"

랜스 파인이 자리에서 벌떡 일어났다. 크린스키도 뒤따라 일어났다. 디몬테는 꿈쩍도 하지 않았다. "더는 못 들어주겠군."

"그냥 나가버리면." 헤스터가 말했다. "이 개가 소화전만도 못한 당신 커리어에 오줌을 갈겨버릴 거예요."

"대체 그게 무슨 소립니까?"

그녀가 문서 두 장을 파인 앞으로 내밀었다. "그 개가 벡이 범인이 아니라는 걸 증명해줬어요. 어젯밤 벡은 킨코스에 있었거든요. 개랑 같이 들어갔다가 소동을 일으켰다네요. 여기 벡의 말을 확인해준 증인 네 명의 진술이 있어요. 계산서에는 정확히 12시 4분부터 12시 23분까지 컴퓨터를 썼다고 나오더군요." 그녀가 씩 웃었다. "자, 받아요. 계산서 사본이에요."

"이걸 액면 그대로 받아들이라고요?"

"그러지 않을 거라는 거 알아요. 하지만 이게 다가 아니에요."

헤스터는 크린스키와 디몬테 앞으로도 사본을 하나씩 밀어냈다. 크린스키가 사본을 받아들고 전화를 써도 되는지 물었다.

"물론이죠." 헤스터가 말했다. "대신 장거리 전화라면 경찰서 앞으로 달아놔요." 그녀가 환히 웃으며 말했다. "고마워요."

문서를 훑어나가는 파인의 얼굴은 잿빛으로 변해가고 있었다.

"사망 시각을 좀 더 늘려볼 생각인가요?" 헤스터가 물었다. "마음대로 해요. 우리에게는 확실한 알리바이가 있으니까."

파인의 온몸이 바르르 떨렸다. 그는 마녀witch인지 쌍년bitch인지 모를 단어를 나지막이 내뱉었다.

"자, 자." 헤스터 크림스타인이 혀를 쯧쯧 차며 말했다. "당신은 오히려 나한테 고마워해야 해요."

"뭐라고요?"

"내가 작정했다면 당신은 꽤 곤란한 상황을 맞을 뻔했어요. 상상해봐요. 우르르 몰려든 카메라 앞에 서서 포악한 살인자를 체포했다고 큰소리 떵떵 치는 당신 모습을. 모처럼 화려한 넥타이를 골라 매고 이제는 안심해도 된다고, 환상적인 팀워크로 이 짐승을 잡았다고, 이게 다 당신 덕분이라고 나불거리는 자신의 모습이 그려지나요? 사방에서는 연신 플래시가 터지고 당신은 회심의 미소를 흘리며 기자들의 이름을 친근하게 부르겠죠. 당신 머릿속에는 주지사 관저의 커다란 오크나무 책상이 떠올라 있고요. 그러다가 꽝! 폭탄이 터져요. 내가 불쑥 튀어나와 빈틈없는 알리바이를 언론에 공개할 테니. 이래도 계속 내 심기를 긁어댈 건가요?"

파인이 그녀를 매섭게 쏘아보았다. "그가 경찰을 폭행한 건요?"

"아뇨, 그는 그런 짓을 하지 않았어요. 아직도 머리가 잘 안 돌아가나요? 랜스 파인 지방검사님이 잘못 짚으신 거라고요. 당신이 무고한 사람을 사냥하려고 돌격대원들을 풀었잖아요. 게다가 그 무고한 사람은 큰돈을 벌 수 있는 민간 병원 대신 박봉을 받고 가난한 환자들을 돌보는 빈민가의 병원을 선택한 아주 훌륭한 의사예요." 그녀가 미소를 머금고 등받이에 몸을 붙였다. "오, 그림이 너무나 명확하게 그려지지 않나요? 경찰 수십 명이 총을 뽑아 들고 그 무고한 사람을 쫓았다고요. 그중 젊고 육중한 경관 하나가 그를 좁은 골목에 몰아넣고 먼저 구타했고요. 현장에는 보는 사람도 없었으니 혈기왕성한 경관은 공포에 질린 그를 마음껏 두들겨 팰 수 있었죠. 가엾은 홀아비, 데이비드 벡은 그저 정당방위를 했을 뿐이고."

"그런 주장은 씨도 먹히지 않을 겁니다."

"나는 아주 잘 먹힐 것 같은데요. 자만하는 것처럼 들릴지 모르지만 세상에 나보다 배심원들을 잘 구워삶는 사람은 없어요. 게다가 나는 아직 이 사건을 리처드 주얼* 사건과 비교도 하지 않았다고요. 지나치게 열정적인 검찰이 가난한 이들의 영웅인 데이비드 벡에게 살인죄 누명을 씌우기 위해 그의 집에 증거를 심어놓은 사실도 아직 지적하지 않았고."

"증거를 심어놨다고요?" 파인이 흥분하며 말했다. "지금 제정신으로 지껄이는 겁니까?"

"다 알면서 왜 이래요? 데이비드 벡이 그랬을 리 없잖아요. 우리에게는 확실한 알리바이가 있어요. 그걸 뒷받침해주는 네 명의 진술도 확보했고요. 더 파헤쳐보면 그가 죽이지 않았다는 걸 증명해줄 증인이 몇 명 더 나오겠죠. 자, 그럼 어떻게 그 증거가 그곳에서 발견되었을까요? 파인, 당신과 당신의 돌격대원들이 그런 거잖아요. 사건이 종결되고 나서는 마크 퍼먼**이 마하트마 간디처럼 보일걸요."

파인이 두 주먹을 불끈 쥐고 심호흡을 한 후 상체를 조금 젖혔다. "좋아요." 그가 느릿느릿 말했다. "그 알리바이가 사실로 확인됐다고 칩시다."

"오, 그건 걱정 말아요."

"만약 그게 사실이라면, 당신이 원하는 건 대체 뭡니까?"

"와아, 대단히 훌륭한 질문이에요. 당신은 아주 곤란한 상황에 빠져 있어요. 벡을 체포하면 당신은 세상에 바보 인증을 제대로 하게 될 거예요. 체포조를 철수시켜도 바보 같아 보일 거고요. 말 그대로 진퇴양난인 셈이죠." 헤스터 크림스타인이 자리에서 일어나

* 1996년 미국 애틀랜타 올림픽 당시 폭탄을 조기 발견해 많은 인명을 구했으나 경찰에 의해 폭탄 테러 용의자로 전락해버린 계약직 경비원.

** O. J. 심슨 사건을 수사했던 형사.

마치 법정에서 최후 변론을 하듯 회의실 안을 빙빙 맴돌았다. "그동안 머리를 많이 굴려봤어요. 피해를 최소화할 방법을 찾아냈는데, 한번 들어보겠어요?"

파인은 계속해서 그녀를 노려보았다. "얘기해요."

"당신이 잘한 게 한 가지 있어요. 딱 한 가지뿐이지만 그걸로 충분할 거예요. 바로 당신의 그 잘난 상판대기를 아직 언론에 들이대지 않은 것. 물론 의사 한 명이 당신의 포위망을 어떻게 뚫고 달아났는지 설명하는 건 쪽팔리는 일이었겠죠. 어쨌든 잘됐어요. 지금까지 보도된 내용들은 익명의 제보자가 누설한 것으로 몰아가면 되니까요. 당신이 해야 할 일을 알려줄게요. 당장 기자회견을 요청해요. 기자들을 모아놓고 누설된 내용은 다 사실이 아니라고 얘기하는 거예요. 벡을 중요 증인으로 보고 찾는 중이라고 말이에요. 그를 용의자로 보고 있지 않다고. 당신은 그가 범행을 저지르지 않았음을 확신한다고. 하지만 피해자가 살아 있는 걸 마지막으로 본 인물이니만큼 만나서 진술을 들어봐야 한다고. 알아듣겠어요?"

"절대 안 먹힐 겁니다."

"먹힐걸요. 정통으로 먹혀들지는 모르겠지만. 아무튼 어느 정도 시간을 벌어줄 거예요. 그런 다음에는 내가 알아서 할게요. 그가 당신을 곤란하게 만든 것에 대해서는 미안하게 생각해요. 사과의 의미로 검찰의 적인 내가 당신을 돕겠어요. 당신들이 얼마나 적극적으로 협조하고 있는지, 내 의뢰인의 권리를 유린하지 않으려고 얼마나 애쓰고 있는지에 대해서도 내가 언론에 잘 얘기할게요. 벡과 내가 검찰 수사를 전폭적으로 지지한다고도 할 거고요."

파인은 미동도 하지 않았다.

"내가 얘기했잖아요, 파인. 이제 모든 건 당신의 손에 달렸어요.

나를 동지로 만들든 적으로 만들든 말이에요."

"그 대가로 뭘 원합니까?"

"폭행과 체포 불응에 대한 기소를 취하해줘요."

"그건 안 돼요."

헤스터가 회의실 문을 가리키며 말했다. "곧 조롱거리로 실릴 당신 기사 잘 볼게요."

파인의 어깨가 살짝 늘어졌다. 그가 한층 부드러워진 목소리로 말했다. "우리가 제안을 받아들이면 그 친구도 우리에게 협조할 겁니까? 우리 심문에 순순히 응해줄 거냐고요."

"상황파악이 잘 안 되는 모양이군요. 지금 당신은 나랑 협상할 위치에 있지 않아요. 내가 조건을 제시했으니 받든지 말든지 알아서 해요. 단, 시간이 많지 않다는 거 명심해요." 그녀가 검지를 펴들고 시계 초침 소리를 내며 살살 흔들어댔다.

궁지에 몰린 파인은 디몬테를 바라보았지만, 디몬테는 입에 물고 있는 이쑤시개를 질겅질겅 씹어댈 뿐이었다. 통화를 마친 크린스키가 파인을 돌아보며 고개를 끄덕이자 파인도 헤스터에게로 시선을 되돌리고 고개를 끄덕였다. "알았어요. 한번 해봅시다."

38

////////

정신을 차리고 고개를 든 나는 비명을 지를 뻔했다. 뻣뻣해진 온몸의 근육이 욱신거려왔다. 내게 있는지조차 몰랐던 부위들까지도. 나는 두 다리를 침대 밑으로 내려보았지만 이내 그것이 어리석은 객기임을 깨달았다. 최대한 천천히, 몸에 무리가 가지 않도록 다뤄야 했다.

가장 아픈 부위는 바로 다리였다. 경찰의 추적을 피하기 위해 마라톤을 한 탓도 있지만 그보다도 평소에 체력관리를 제대로 하지 못한 탓이 더 컸다. 나는 옆으로 몸을 굴려보았다. 아시아 남자가 마구 주물러댄 부위들에서 봉합선이 뜯겨버린 듯한 통증이 느껴졌다. 온몸이 진통제를 달라고 아우성치고 있었다. 하지만 그걸 함부로 삼켰다가는 지금보다 훨씬 곤란한 상황에 빠질 게 뻔했다.

나는 손목시계를 들여다보았다. 오전 6시, 헤스터에게 연락할 시간이었다. 그녀는 첫 번째 신호음이 끝나기도 전에 받았다.

"작전이 먹혔어요." 그녀가 말했다. "당신은 자유예요."

기쁜 소식임에도 미세한 안도감만이 찾아들 뿐이었다.

"이제 어쩔 셈이에요?" 그녀가 물었다.

엄청난 질문이었다. "나도 모르겠어요."

"잠시만요." 수화기에서 또 다른 목소리가 희미하게 흘러나왔다. "쇼나가 바꿔달래요."

약간의 잡음과 함께 수화기가 쇼나에게로 넘겨졌다. "할 얘기가 있어."

여느 때처럼 사교적인 인사를 생략한 쇼나의 목소리에서 팽팽한 긴장감이 묻어났다. 그녀답지 않게 겁을 먹은 듯했다. 그녀의 목소리에 내 가슴이 두근대기 시작했다.

"뭔데?"

"전화로 할 얘기가 아니야." 그녀가 말했다.

"한 시간 안에 너희 집으로 갈게."

"린다에게는 아직 얘기 못 했어."

"이제 할 때도 됐지." 나는 말했다.

"그래, 알았어." 그녀가 말했다. 그리고 온화한 말투로 덧붙였다. "힘내, 벡."

"고마워."

나는 몸을 잔뜩 웅크리고 거의 기어가다시피 화장실로 들어갔다. 적재적소에 배치된 가구들 덕분에 고꾸라지지 않고 걸음을 옮길 수 있었다. 나는 뜨거운 물이 바닥날 때까지 샤워기를 떠나지 않았다. 통증이 미세하게나마 완화되는 느낌이었다.

타이리스가 자주색 벨루어 운동복을 가져왔다. 커다란 금메달까지 요청할 법한 디자인에 입이 딱 벌어졌다.

"어디로 갈 거죠?" 그가 내게 물었다.

"일단 누나 집에 가보려고요."

"그런 다음에는?"

"일하러 가봐야죠."

타이리스가 고개를 저었다.

"왜요?" 나는 물었다.

"무서운 놈들이 당신을 노리고 있어요."

"네, 그런 것 같더라고요."

"이소룡이 순순히 물러나지는 않을 겁니다."

나는 그의 말을 곱씹어보았다. 그의 말이 옳았다. 집에 돌아가 무작정 엘리자베스의 연락을 기다리는 건 어리석은 짓이다. 수동적인 태도로는 문제를 해결할 수 없고 나는 이제 물러터진 모습을 보이고 싶지 않았다. 하지만 밴에서 본 무시무시한 놈들이 나를 이대로 놓아줄 리 없었다.

"내가 뒤를 봐줄게요, 닥. 브루투스도 마찬가지고요. 일이 완전히 해결될 때까지."

나는 용기를 내어 그럴 필요까지는 없다거나 그쪽 안전부터 챙기라는 따위의 말을 건네려다가 멈칫했다. 그들이 나를 돕지 않으면 뭘 하겠는가? 마약 밀매로 돌아가겠지. 타이리스는 진심으로 나를 돕고 싶어한다. 아니, 그에게는 나를 적극 도와야 할 이유가 있다. 나 또한 그의 도움이 절실하고. 나를 돕다가는 더 큰 위험에 빠질 수도 있을 것이다. 하지만 그런 위험에 대해서는 그가 나보다 훨씬 잘 알고 있지 않겠는가. 결국 나는 고개를 끄덕이며 그의 호의를 받아들이기로 했다.

국립추적센터는 칼슨이 예상했던 것보다 일찍 연락을 해왔다.

"조회 작업이 벌써 끝났어요." 도나가 말했다.

"어떻게요?"

"IBIS라고 들어봤어요?"

"네, 몇 번." IBIS는 통합 총기 인식 시스템*의 약자였다. ATF가 새로 도입한 프로그램의 일환으로, 총알과 탄피 정보를 저장할 때 쓰는 새로운 컴퓨터 프로그램이었다.

"이제는 총알도 필요 없게 됐어요." 그녀가 설명했다. "그냥 스캔한 이미지만 있으면 되죠. 그걸 디지털화해서 화면을 보면서 비교해 확인하는 거예요."

"그랬더니요?"

"당신 말이 맞았어요, 닉." 그녀가 말했다. "정확히 일치해요."

칼슨은 전화를 끊고 황급히 번호를 눌렀다. 상대가 전화를 받자 그가 물었다. "벡은 어디 있지?"

* Integrated Ballistic Ideneification System, 사건 현장에서 총이 발견되지 않은 경우 IBIS에서 데이터베이스에 총알 정보를 입력해 이전 범행에서 사용됐는지 여부를 조사한다. 이때 IBIS 추적 대상인 사람, 도난차량, 총기 라이선스, 범죄기록 등을 열람할 수 있다.

39

////////

브루투스는 보도에서 우리와 합류했다. "안녕하세요." 나는 반갑게 인사했지만 그는 아무 대꾸가 없었다. 아직도 나는 그의 목소리를 들어보지 못했다. 뒷좌석에 오르자 타이리스가 내 옆에 앉으며 씩 웃었다. 전날 밤, 그는 사람을 죽였다. 비록 내 목숨을 구하기 위해서였지만. 그는 한없이 태평스러운 태도만을 보일 뿐이었다. 마치 자신이 방아쇠를 당긴 사실조차 잊었다는 듯이. 그의 입장을 누구보다도 잘 헤아려야 했지만 쉽지 않았다. 나는 도덕적 절대성에 집착하는 타입이 아니다. 오히려 이도 저도 아닌 회색지대에 가깝다. 나는 상황에 따라 선택한다. 반면 엘리자베스는 명확한 윤리 기준을 가지고 있었다. 이번 일로 누가 목숨을 잃었다는 걸 알면 아내는 큰 충격에 빠질 게 뻔했다. 그 죽은 사람이 나를 납치하고, 고문하고, 죽이려 했다는 사실은 그녀에게 중요하지 않을 것이다. 아니, 중요할까? 나도 모르겠다. 그새 아내에 대해 모르는 게 너무 많아졌다. 물론 아내 또한 나에 대해 모르는 게 많아졌을 것이다.

의대에서는 도덕적 선택을 하지 말라고 가르쳤다. 환자 분류를 위한 간단한 규칙. 가장 심각한 상태의 환자부터 치료하기. 그들이 누구이든, 그들이 무엇을 했든. 바람직한 규칙이며, 그것의 필요 또한 충분히 이해한다. 하지만 만약 내 조카가 심한 자창을 입고 실려온다면, 그리고 같은 시간, 그 아이를 칼로 찌른 소아성애자가 머리에 총을 맞고 실려 온다면. 우리는 선택을 할 것이다. 그리고 그 선택은 결코 어렵지 않을 것이다.

자칫 파국에 이를 수도 있는 위험한 생각이다. 하지만 삶의 대부분의 문제는 그런 선택의 도마 위에 놓인다. 문제는 회색지대에 몸담는다면 대가를 치러야 한다는 것이다. 영혼이 더럽혀진다는 등 사색적인 문제뿐만 아니라, 좀 더 현실적인, 어느 한쪽을 선택했을 때 초래될 예측불허의 파멸까지. 문득 내가 처음부터 곧장 진실을 말했다면 어떤 일이 벌어졌을지 궁금해졌다. 그리고 그 가능성이 나를 두렵게 만들었다.

"말이 없네요, 닥."

"네." 나는 말했다.

브루투스는 나를 리버사이드 도로에 자리한 린다와 쇼나의 아파트 앞에 내려주었다.

"우리는 모퉁이에서 기다릴게요." 타이리스가 말했다. "필요한 게 있으면 언제든 연락해요."

"네."

"글록 갖고 있죠?"

"네."

타이리스가 내 어깨에 손을 얹었다. "그들과 당신, 둘 중 하나가 죽는 거예요, 닥. 그러니 상황이 오면 주저하지 말고 방아쇠를 당겨요."

그래야 할 때가 오면 절대 회색지대에 갇혀 있지 말라는 충고였다. 주저하지 말라고.

나는 차에서 내렸다. 어머니와 보모 들이 여유로운 걸음으로 스쳐갔다. 그들이 밀고 가는 유모차들은 언뜻 봐도 꽤 복잡해 보였다. 접히고, 흔들리고, 음악을 틀 수 있고, 뒤로 젖히거나 앞으로 꺾을 수도 있다. 두 명 이상의 아기와 기저귀, 물티슈, 과자, 손위 형제를 위한 주스 박스, 갈아입힐 옷, 물병, 차량용 구급상자까지 싣고 다닐 만큼 거대한, 말 그대로 괴물 유모차였다. 병원에서 알게 된 것이지만 의료보호 혜택을 받는 사람들에게 그런 고급 유아용품은 그림의 떡이나 다름없다. 어쨌든 이런 단조롭고 일상적인 광경이 최근 내가 겪은 시련과 같은 세상에서 벌어지고 있다는 사실이 내게 묘한 위안을 주었다.

나는 건물 쪽으로 돌아섰다. 린다와 쇼나가 달려오는 게 보였다. 먼저 도착한 린다가 나를 와락 끌어안았다. 누나의 품은 아늑했다.

"괜찮아?" 린다가 물었다.

"괜찮아." 내가 답했다.

내 대답에도 린다는 괜찮냐는 질문을 조금 다른 표현으로 몇 번이나 더 던졌다. 쇼나는 몇 걸음 떨어져 있었다. 나는 누나의 어깨 너머로 그녀를 바라보았다. 쇼나는 눈물을 훔치고 있었다. 나는 그녀에게 미소를 지어 보였다.

우리는 엘리베이터를 타고 올라가는 내내 서로에게서 떨어지지 않았다. 쇼나는 평소와 다르게 무척 차분한 모습이었다. 다른 사람의 눈에는 이치에 맞는 광경으로 비칠 수도 있을 것이다. 남매의 가슴 벅찬 재회의 순간을 방해하지 않으려는 배려심 넘치는 모습으로. 하지만 그건 쇼나를 알지 못하는 사람들 얘기다. 쇼나는 늘 한결같은 사람이다. 그녀는 쉽게 발끈하고, 자기 요구를 당당히 말하고, 익살맞고, 너그러우며, 터무니없을 만큼 의리가 있다. 그녀는 지금껏 단 한 번도 가면을 쓰거나 가식을 떨어본 적이 없었다. 만약 반의어 사전을 찾는다면 '내성적인 사람'이라는 관용구 바로 옆에는 그녀의 화려한 이미지가 큼지막하게 박혀 있을 것이다. 쇼나는 거침없는 삶을 사는 사람이다. 파이프로 그녀의 입을 후려쳐도 그녀는 눈 하나 깜짝하지 않을 것이다.

내 안에서 무언가 따끔거리기 시작했다.

아파트에 다다르자 린다와 쇼나가 잠시 눈빛을 교환했다. 린다의 팔이 내게서 떨어졌다. "쇼나가 너랑 단둘이 할 말이 있대." 누나가 말했다. "나는 주방에 있을게. 샌드위치 만들어줄까?"

"고마워." 내가 말했다.

린다가 내게 입을 맞추고 내 어깨를 다시 꽉 쥐었다가 놓았다. 마치 이 상황이 꿈이 아니라는 걸 재차 확인하듯이. 그녀는 후다닥 자리를 비켜주었다. 나는 쇼나를 돌아보았다. 그녀는 여전히 적당한 거리를 유지하고 있었고, 그런 그녀를 향해 나는 어깨를 으쓱여 보였다.

"왜 달아났어?" 쇼나가 물었다.

"또 다른 이메일을 받았어." 나는 말했다.

"빅풋 계정으로?"

"응."

"그 이메일은 왜 그렇게 늦게 도착했지?"

"그 사람이 암호를 썼거든. 그걸 해독하느라 오래 걸렸던 거야."

"어떤 암호였는데?"

나는 배트 레이디와 틴에이지 섹스 푸들스의 의미에 대해 설명해주었다.

내 설명이 끝나자 그녀가 물었다. "그래서 킨코스에서 컴퓨터를 쓴 거였어? 클로이랑 산책을 하다가 갑자기 암호가 해독돼서?"

"그래."

"해독해보니 어떤 내용이었는데?"

쇼나가 왜 이런 걸 묻는지 알 길이 없었다. 쇼나는 큰 그림을 보는 사람이었다. 세부사항을 따지는 건 그녀답지 않았다. 그런 것들은 그녀를 혼란스럽게 만들 뿐이었다. "어제 5시에 워싱턴스퀘어에서 만나자고 했어. 미행이 있을 테니 조심하라고도 했고. 앞으로 무슨 일이 벌어지더라도 나를 사랑한다는 걸 알아달라더군."

"그래서 도망친 거야? 그 자리에 나가야 해서?"

나는 고개를 끄덕였다. "헤스터는 아무리 빨라도 자정이 지나야 보석으로 나올 수 있다고 했어."

"그래서 제시간에 맞춰 공원에 나가봤어?"

"응."

쇼나가 내 앞으로 한 걸음 다가왔다. "그랬더니?"

"그 사람은 오지 않았어."

"그런데도 아직까지 그 이메일을 엘리자베스가 보낸 거라 믿는 거지?"

"달리 설명할 길이 없잖아."

내 대답에 그녀가 미소를 머금었다.

"왜?" 나는 물었다.

"내 친구, 웬디 페티노 기억해?"

"네 모델 친구? 그리스 빵처럼 푸석푸석한 여자?"

쇼나가 내 묘사에 피식 웃었다. "언젠가 그 애가 나한테 저녁을 산 적이 있어. 그 자리에서 자신의 '정신적 지주'라는 사람을 소개해주더라고.” 그녀가 손가락으로 따옴표를 만들며 말했다. “그는 상대의 생각을 읽을 줄도 알고 미래를 내다볼 수도 있대. 심지어 죽은 어머니와 소통하도록 그가 도와줬다나. 웬디의 어머니는 그 애가 여섯 살 때 자살하셨거든.”

쇼나는 필요 이상으로 뜸을 들이고 있었지만 나는 말을 끊지 않고 묵묵히 듣기만 했다.

“저녁을 먹고 나니 웨이터가 커피를 가져왔어. 웬디의 정신적 지주…… 이름이 뭐라더라, 오메이라던가? 아무튼 그가 호기심에 가득 찬 눈을 번뜩이며 나를 빤히 응시했어. 내게서 어떤 기운이 느껴진다나? 그렇게 표현했어. 느낌이 온다고. 나더러 회의론자인 것 같다면서 이제부턴 심중을 털어놓고 얘기해보라고 하더군. 너, 내 스타일 알지? 나는 그에게 사기 그만 치고 내 친구 돈을 갈취하는 것도 그만두라고 경고했어. 그런데 오메이는 조금도 언짢아하지 않더라고. 그런 그의 반응에 더 화가 났지. 그런데 그가 뜬금없이 작은 카드를 건네면서 거기에 내 인생과 관련해 의미 있는 걸 아무거나 적으라고 하더라고. 기념일이나 연인의 이니셜 따위를 말이야. 뭐든 상관없대. 나는 카드를 유심히 살펴봤어. 그냥 평범해 보이는 하얀 카드였는데, 나는 혹시 몰라서 내가 가진 카드를 쓰고 싶다고 했지. 그는 그러라고 했고. 내가 명함을 꺼냈더니 그가 펜을 건네더라고. 나는 이번에도 내가 가져온 펜을 쓰겠다고 했어. 그의 펜에 무슨 장치가 되어 있을지도 모르니까. 그건 알 수 없는 거잖아. 안 그래? 그는 흔쾌히 그러라고 했지. 그래서 나는 명함 뒷면에 네 이름을 적었어. 그냥 ‘벡’이라고만 적어서 그에게 넘겼지. 그는 명함을 받아들었고, 나는 그가 바꿔치기라도 할까 봐 그의 손을 뚫어지게 바라봤어. 하지만 그는 그냥 명함을 웬디에게 넘기더라고. 개한테 그걸 잘 쥐고 있으라고 한 후에 갑자기 내 손을 잡고 눈을 감았어. 그러고는 마치 발작이라도 일으키듯이 온몸을 바르르 떨었지. 순간 내 안에서 뭔가가 꿈틀대는 게 느껴졌어. 맹세코 그랬다고. 잠시 후, 오메이가 눈을 뜨고 말했어. '벡이 누굽니까?'"

그녀가 긴 소파로 다가가 앉았다. 나도 그녀 옆에 자리를 잡고 앉았다.

"단순한 속임수는 아니었어. 내 눈으로 똑똑히 봤거든. 하마터면 믿을 뻔했다니까. 오메이에게 특별한 능력이 있다는 것 외에는 달리 설명할 길이 없더라고. 웬디는 만족스러운 미소를 흘리며 앉아 있었지. 그가 그걸 어떻게 맞혔는지는 계속 미스터리였어."

"너에 대해 미리 조사해둔 모양이지 뭐. 그래서 우리 관계에 대해 알게 된 걸 거야."

"잘 생각해봐. 내 아들 이름도 아니고, 린다 이름도 아닌, 네 이름을 적었는데 그걸 맞히더라니까."

일리 있는 말이었다. "그래서 이제부터 그를 철석같이 믿어보기로 한 거야?"

"거의, 벡. 말했잖아. 하마터면 믿을 뻔했다고. 오메이가 그거 하난 제대로 짚었지. 내가 회의론자라는 거. 하는 짓은 꼭 심령술사 같았는데 난 그럴 리 없다고 생각했어. 왜냐하면 세상에 심령술사 따위는 없으니까. 유령이 실제로 존재하지 않는 것처럼 말이야." 쇼나가 잠시 말을 멈추었다. 그녀다운 절묘한 타이밍이었다.

"그래서 나는 조사를 했어." 그녀가 계속 이어나갔다. "유명한 모델이라 좋은 점은 상대가 누구든 내 대화 요청을 거절하지 않는다는 거야. 나는 몇 년 전 브로드웨이에서 본 적 있는 마술사에게 전화를 걸었어. 그가 내 사연을 듣고 나서 깔깔 웃더라고. 내가 뭐가 그리 웃기냐고 물었더니 대뜸 이렇게 말하더군. '그 묘기가 저녁 이후에 행해지진 않았나요?' 나는 깜짝 놀랐지. 하지만 나는 태연하게 그렇다고 대답했어. 그리고 그걸 어떻게 알았느냐고 물었지. 그랬더니 나더러 그 자리에서 커피를 마시지 않았느냐고 되묻더라고. 다시 그랬다고 대답했지. 마술사는 커피를 블랙으로 마셨는지 물었고, 난 또다시 그랬다고 대답했어." 쇼나가 환한 미소를 지어 보였다. "어떻게 된 건지 알겠어, 벡?"

나는 고개를 저었다. "전혀."

"그가 웬디에게 명함을 넘겼을 때 명함은 그의 커피잔 위를 지나갔어. 블랙커피였잖아, 벡. 커피 표면이 거울 역할을 했던 거지. 그는 그 수법으로 명함 뒷면에 적힌 네 이름을 확인할 수 있었던 거야. 아주 간단한 트릭이지? 블랙커피가 담긴 잔은 거울이나 다름없으니까. 그래서 하마터면 그를 믿을 뻔했던 거야. 무슨 말인지 이해가 돼?"

"응." 나는 말했다. "내가 웬디만큼이나 쉽게 속는다고 생각하는 거지?"

"그렇기도 하고 그렇지 않기도 해. 오메이가 쓴 속임수의 진짜 비결은 바로 욕망에 있었어, 벡. 웬디는 그의 허풍을 곧이곧대로 믿고 싶었던 거야."

"엘리자베스가 아직 살아 있다고 믿고 싶은 나처럼 말이지?"

"솔직히 너는 사막에서 오아시스를 갈망하는 마음만큼이나 간절하잖아." 그녀가 말했다. "하지만 내가 말하고자 하는 요지는 그게 아니야."

"그럼 요지가 대체 뭔데?"

"나는 그 일에서 단지 우리가 다른 설명을 찾지 못했다고 해서 무언가가 존재하지 않는 건 아니란 걸 배웠어. 그저 우리가 깨닫지 못했을 뿐이지."

나는 몸을 젖히고 다리를 꼬았다. 그녀답지 않게 쇼나는 내 시선을 피해 몸을 돌렸다. "대체 무슨 말이 하고 싶은 거야, 쇼나?"

그녀는 여전히 나를 돌아보지 않았다.

"나를 좀 이해시켜봐." 나는 말했다.

"이렇게까지 설명했는데도 모르겠어?"

"내가 무슨 얘기를 하는지 알잖아. 이건 전혀 너답지 않다고. 나랑 통화했을 때 긴히 할 말이 있다고 했지? 단둘이서만? 고작 내 아내가 여전히 죽은 거라는 얘기를 들려주려던 거야?" 나는 고개를 저었다. "그건 아니잖아."

쇼나는 반응이 없었다.

"뭔지 얘기해봐." 나는 말했다.

마침내 그녀가 나를 돌아보았다. "나는 두려워." 심상치 않은 그녀의 목소리가 내 목덜미의 털을 바짝 곤두서게 만들었다.

"뭐가?"

답은 금세 나오지 않았다. 주방에서는 린다가 바스락대고 있었다. 접시와 유리잔이 달가닥거렸고, 냉장고 문 열리는 소리도 들려왔다. "내가 방금 주절주절 늘어놓은 경고." 마침내 쇼나가 계속 이어나갔다. "그건 너뿐만 아니라 내게도 해당되는 얘기야."

"무슨 소린지 통 모르겠어."

"뭔가를 봤어." 그녀의 목소리에는 기운이 없었다. 그녀가 긴 한숨을 내쉬고는 다시 입을 열었다. "뭔가를 봤는데 이성적으로는 도저히 이해가 안 되더라고. 방금 전 오메이 이야기처럼. 분명 다른 설명이 있겠지만 나는 못 찾겠어." 그녀의 손가락이 단추를 만지작거리기 시작했다. 보이지 않는 실을 잡아 뜨는 것처럼. "이젠 믿을 수 있을 것 같아, 벡. 엘리자베스가 아직 살아 있다는 걸 말이야."

순간 내 가슴이 철렁 내려앉았다.

그녀가 천천히 몸을 일으켰다. "칵테일 한잔해야겠어. 너도 한잔 할래?"

나는 고개를 저었다.

그녀가 흠칫 놀라는 반응을 보였다. "정말 안 마실 거야?"

"뭘 봤는지나 얘기해봐, 쇼나."

"엘리자베스의 부검 보고서."

그 말을 듣는 순간 내 다리가 탁 풀려버렸다. 다시 목소리를 되찾기까지 적잖은 시간이 걸렸다. "그걸 어떻게?"

"FBI 요원, 닉 칼슨을 알아?"

"나를 심문했었지." 나는 말했다.

"그는 네가 결백하다 믿고 있어."

"내 앞에서는 전혀 그런 티를 안 내던데."

"지금은 그래. 널 범인으로 지목한 증거들이 너무나 깔끔해서 곧이곧대로 믿기가 힘들다더라."

"그가 정말 그랬어?"

"그렇다니까."

"그 말을 믿어?"

"순진하다 생각할진 모르지만 그래, 나는 그 말을 믿어."

나는 쇼나의 판단력을 신뢰했다. 쇼나가 믿을 만한 사람이라고 평했다면 그것은 칼슨이 기가 막힌 거짓말쟁이이거나 내게 죄를 뒤집어씌우려는 범행 조작을 간파했거나, 둘 중 하나였다. "아직도 이해를 못하겠어." 나는 말했다. "그게 부검이랑 무슨 상관이지?"

"칼슨이 나를 찾아왔었어. 네가 무슨 꿍꿍이인지 모르겠다면서 답답해하더라고. 내가 끝까지 입을 열지 않았더니 그동안 네 움직임을 추적했다고 털어놓더라. 네가 엘리자베스의 부검 보고서를 보고 싶어했다는 것도 알고 있었어. 그 이유가 궁금했고, 그래서 검시관 사무실에 연락해 파일을 요청했대. 그 파일을 내게 가져왔더라고. 내가 도울 만한 부분이 있을 줄 알았나봐."

"그걸 네게도 보여줬어?"

그녀가 고개를 끄덕였다.

목구멍이 타드는 기분이었다. "부검 사진도 봤고?"

"사진은 없었어, 벡."

"뭐?"

"칼슨은 누군가가 빼돌린 것 같다고 했어."

"누가?"

그녀가 어깨를 으쓱였다. "파일을 대출해간 사람은 엘리자베스의 아버지뿐이었대."

호이트. 결국 돌고 돌아서 그 사람인가? 나는 그녀를 빤히 바라보았다. "부검 보고서는 읽어봤어?"

그녀가 쭈뼛쭈뼛 고개를 끄덕였다.

"그랬더니?"

"엘리자베스가 마약을 했다고 적혀 있었어, 벡. 그냥 체내에서 검출된 정도가 아니라 오랫동안 복용해왔대."

"말도 안 돼." 나는 말했다.

"사실일 수도 있고, 아닐 수도 있지. 믿기 힘든 내용이지만 마약 남용 사실을 숨기는 건 어려운 일도 아니잖아. 물론 그랬을 가능성은 희박해. 그녀가 정말로 살아 있을 가능성만큼이나. 어쩌면 검사 결과가 잘못됐거나 확실하지 않을 수도 있고. 그런데 기록된 내용에서 그보다 훨씬 이상한 부분이 있더라. 그걸로 이 모든 게 설명되지 않을까 싶은데."

나는 혀로 입술을 핥았다. "그게 뭔데?" 나는 물었다.

"그녀의 키와 몸무게." 쇼나가 말했다. "엘리자베스는 키 170센티미터에 몸무게가 45킬로그램이 못 되는 걸로 나와 있었어."

또 한번 가슴이 철렁 내려앉았다. 아내는 키 162센티미터에 몸무게는 52킬로그램 정도였다. "차이가 너무 나는데." 나는 말했다.

"그렇지?"

"그 사람은 살아 있어, 쇼나."

"그럴지도 모르지." 그녀가 말했다. 그녀의 시선이 주방 쪽을 향했다. "하지만 그게 다가 아니야."

쇼나가 돌아서서 큰 소리로 린다를 불렀다. 린다는 문간에 멈춰 섰다. 앞치마를 두른 누나가 갑자기 왜소해 보였다. 린다는 앞치마에 두 손을 연신 닦았다. 어리둥절해진 나는 누나를 빤히 보았다.

"무슨 일이야?"

마침내 린다가 입을 열었고, 사진에 대해 말해주었다. 엘리자베스가 찾아와 사진 촬영을 부탁했으며, 어떻게든 브랜던 스코프에 대한 비밀을 지키려 했었다고. 린다는 당시 상황을 미화하지도, 설명을 덧붙이지도 않았다. 하긴, 굳이 그럴 필요도 없었지만. 누나는 그렇게 서서 자신이 아는 모든 내용을 줄줄이 쏟아냈다. 그리고 예측할 수 없는 내 비난을 숨죽여 기다렸다. 나는 푹 숙인 고개를 들지 않았다. 차마 누나를 볼 수 없었다. 하지만 용서는 어렵지 않았다. 누구에게나 맹점이 있는 법이니까. 우리 모두에게 다.

나는 누나를 끌어안고 이해한다고 말해주고 싶었다. 하지만 몸은 말을 듣지 않았다. 나는 고개를 끄덕이며 말했다. "이제라도 털어놔줘서 고마워."

내 말은 그만 나가달라는 의미였고, 린다도 이해했다. 쇼나와 나는 일 분 가까이 침묵을 지킨 채 앉아 있었다.

"벡?"

"엘리자베스의 아버지가 거짓말을 하신 거야." 나는 말했다.

그녀가 고개를 끄덕였다.

"장인을 만나야겠어."

"이제 와서 입을 열까?"

하긴. 그렇겠지. 나는 생각했다.

"이번이라고 다를 거라고 생각해?"

나는 넋 나간 표정으로 허리춤에 꽂아놓은 글록을 만지작거렸다. "모르지." 나는 말했다.

칼슨이 복도에서 나를 맞았다. "닥터 벡?" 그가 말했다.

같은 시간, 검찰청에서는 기자회견을 진행하고 있었다. 기자들은 나에 대한 파인의 복잡한 설명에 회의적인 반응을 보였다. 예상대로 말 바꾸기와 비난이 이어졌고 쟁점은 점점 더 흐려질 뿐이었다. 사건에 대한 장황한 재구성과 해명을 요구하는 과정은 매우 혼란스러웠다. 언론과 대중은 단순하게 정리된 이야기를 선호했다.

파인 입장에서는 곤란했겠지만, 검찰은 기자회견을 통해 시장의 고위 측근 여럿을 '부패의 촉수'라 부르며 그들의 기소 사실을 발표하는 장으로 활용했다. 주의 지속 시간이 두 살배기 수준에 불과한 언론은 곧바로 이 번쩍이는 새 장난감에 집중했다. 옛 장난감은 침대 밑으로 걷어차버리고.

칼슨이 내 앞으로 바짝 다가왔다. "몇 가지 물어볼 게 있습니다."
"다음에 합시다." 나는 말했다.
"부친께서 총을 소유하셨죠?" 그가 말했다.
그의 질문이 나를 얼어붙게 만들었다. "뭐라고요?"
"스티븐 벡, 당신 부친 말입니다. 등록 정보를 보니 사망하기 몇 달 전에 38구경 스미스앤드웨슨을 구매하셨더군요."
"그게 뭐 어쨌단 말입니까?"
"부친으로부터 그 총을 물려받았죠?"
"당신과는 할 말이 없어요." 나는 엘리베이터 버튼을 눌렀다.
"그 총은 우리가 갖고 있습니다." 그가 말했다. 깜짝 놀란 나는 그를 홱 돌아보았다. "세라 굿하트의 안전금고에 보관되어 있더군요. 그 사진들과 함께 말입니다."
나는 내 귀를 의심했다. "왜 진작 그 얘기를 하지 않았죠?"
칼슨이 뒤틀린 미소를 지어 보였다.
"참, 그땐 내가 나쁜 놈이었죠?" 나는 과장된 동작으로 돌아서며 덧붙였다. "그런데 그게 이 사건과 무슨 상관입니까?"
"상관이 있죠."
나는 다시 엘리베이터 버튼을 눌렀다.
"피터 플래너리를 만났다고 들었습니다." 칼슨이 계속 이어갔다. "그에게 브랜던 스코프 살인사건에 대해 물었죠? 왜 그랬습니까?"
나는 버튼을 계속 누르고 있었다. "엘리베이터에 무슨 장치라도 해놨습니까?"
"그래요. 자, 피터 플래너리를 만나러 간 이유를 들려줘요."
나는 황급히 머리를 굴려보았다. 문득 아주 위험한 아이디어 하나가 뇌리를 스쳤다. 쇼나는 이 남자를 신뢰한다고 했다. 그렇다면 나도 한번 믿어볼까? 아주 조금만이라도? "당신과 나는 같은 의심을 하고 있어요."

"무슨 의심 말입니까?"

"킬로이가 내 아내를 살해한 게 맞는지."

칼슨이 팔짱을 끼고 물었다. "피터 플래너리가 그 사건과 무슨 상관이죠?"

"내 움직임을 추적했었죠?"

"네."

"나도 같은 방법으로 엘리자베스를 추적했어요. 8년 전 그날을 시작으로 해서. 아내의 다이어리에 플래너리의 이니셜과 전화번호가 적혀 있더군요."

"그랬군요." 칼슨이 말했다. "그래서 플래너리 씨를 만나 뭘 알아냈습니까?"

"알아낸 거 없어요." 나는 거짓으로 둘러댔다. "막다른 길이었습니다."

"그럴 리가 없는데요." 칼슨이 말했다.

"그걸 어떻게 알죠?"

"탄도 검사라고 들어봤습니까?"

"텔레비전에서 봤어요."

"간단히 설명하자면, 모든 총은 발사되는 순간 총알에 독특한 흔적을 남깁니다. 해당 총기 고유의 긁힌 자국이나 홈 따위가 만들어지죠. 발자국처럼 말입니다."

"그 정도는 나도 알아요."

"당신이 플래너리의 사무실에 다녀온 후 우리는 세라 굿하트의 안전금고에서 찾아낸 38구경 권총의 탄도 검사를 실시했습니다.

그 결과가 어떻게 나왔는지 궁금하지 않습니까?"

나는 고개를 저었다. 하지만 나는 알고 있었다.

칼슨이 잠시 뜸을 들이다 말했다. "당신 부친의 총, 당신이 물려받은 바로 그 총 말입니다. 브랜던 스코프는 바로 그 총에 맞아 사망했습니다."

그때 문이 열리고 중년의 여인과 10대 소년이 복도로 나왔다. 반항적인 소년은 어깨를 축 늘어뜨린 채 연신 구시렁댔고, 고개를 번쩍 치켜든 그의 어머니는 입술을 작게 오므리고 있었다. 모자가 엘리베이터 앞으로 다가왔다. 칼슨이 무전기에 대고 무언가 지시했다. 우리는 말없이 서로를 노려보며 엘리베이터에서 멀어졌다.

"칼슨 요원님, 아직도 내가 살인자라고 생각해요?"

"솔직히 얘기할까요?" 그가 말했다. "나는 정말 모르겠어요."

그의 반응엔 의구심이 묻어났다. "내가 당신 질문에 답해야 할 의무가 없다는 거 알죠? 답변을 거부하고 헤스터 크림스타인에게 연락할 수도 있어요."

그는 발끈했지만 그 사실을 부인하지는 않았다. "그래서 하고 싶은 얘기가 뭡니까?"

"딱 두 시간만 줘요."

"뭘 하려고요?"

"두 시간." 나는 다시 말했다.

그는 잠시 고민에 빠졌다. "한 가지 조건이 있습니다."

"그게 뭐죠?"

"리사 셔먼이 누군지 말해줘요."

뜻밖의 질문에 나는 적잖이 당황했다. "처음 듣는 이름인데요."

"당신과 그녀는 어젯밤 비행기를 타고 외국으로 떠나기로 되어 있었어요."

엘리자베스.

"무슨 소리인지 모르겠네요." 그때 엘리베이터에서 띵 하는 소리가 났다. 문이 열리자 입술을 오므린 여인과 어깨를 늘어뜨린 아들이 엘리베이터에 올랐다. 그녀가 우리를 흘끔 돌아보았다. 나는 문을 잡고 있어 달라고 손짓했다.

"딱 두 시간만 줘요." 내가 다시 말했다.

칼슨은 마지못해 고개를 끄덕였다. 나는 가볍게 뛰어 엘리베이터 안으로 들어갔다.

40

////////

"늦었잖아요!" 자그마한 체구의 사진작가가 엉성한 프랑스 억양으로 쇼나에게 소리쳤다. "꼭 변기에서 나온 것 같은 꼴을 해서는."

"젠장." 쇼나가 매섭게 받아쳤다. 그녀는 그의 이름조차 몰랐다. 알고 싶지도 않았고. "대체 어디 출신이죠? 브루클린?"

그는 쇼나의 말에 두 손을 번쩍 들어 보이며 말했다. "이렇게는 일 못 해요!"

쇼나의 에이전트 아레타 펠드먼이 달려왔다. "걱정 말아요, 프랑수아. 우리 메이크업 담당이 완벽히 바꿔놓을 거예요. 쇼나는 도착할 땐 늘 이런 모습이라고요. 잠시만 기다려줘요." 아레타는 쇼나의 팔꿈치를 꽉 움켜잡고서 나지막이 속삭였다. 여전히 얼굴에서는 미소를 지우지 않은 채로. "대체 왜 이러는 거예요?"

"나도 저 사람이랑은 일 못 하겠어요."

"지금은 자존심 부릴 때가 아니에요."

"간밤에 일이 좀 있었다고요."

"그건 내가 알 바 아니고, 빨리 메이크업이나 받고 와요."

쇼나의 몰골을 확인한 메이크업 아티스트는 경악을 금치 못했다. "눈 밑에 그거, 설마 다크서클은 아니겠죠?" 그녀가 절규하듯 말했다. "오늘 찍는 게 여행가방 화보였어요?"

"하하." 쇼나가 의자 앞으로 다가갔다.

"아." 아레타가 말했다. "당신 앞으로 이게 배달됐어요." 그녀가 봉투를 내밀며 말했다.

쇼나의 눈이 가늘어졌다. "뭐예요?"

"나야 모르죠. 십 분 전에 배달부가 놓고 갔어요. 긴급한 내용이라던데요."

그녀가 쇼나에게 봉투를 쥐여주었다. 쇼나는 한 손으로 그것을 받아들고 앞면에 적힌 이름을 확인했다. 눈에 익은 글씨였다. '쇼나.' 순간 그녀의 가슴이 철렁 내려앉았다.

자신의 이름에서 눈을 떼지 못한 채 쇼나가 말했다. "자리 좀 비켜줘요."

"지금 그럴 시간이……."

"잠깐이면 돼요."

메이크업 아티스트와 에이전트가 뒤로 멀찌감치 물러났다. 쇼나는 봉투를 조심스레 뜯어보았다. 안에서 같은 글씨로 적힌 하얀 카드가 툭 떨어져 나왔다. 쇼나는 그것을 집어 들고 메시지를 확인했다. '여자 화장실로 와.'

쇼나는 뛰는 가슴을 애써 진정시키고 자리에서 일어났다.

"무슨 일이에요?" 아레타가 말했다.

"화장실 좀 다녀올게요." 그녀가 자기 자신도 놀랄 만큼 차분한 목소리로 말했다. "어디 있죠?"

"복도 끝 왼쪽 문이에요."

"금방 다녀올게요."

쇼나는 곧장 화장실로 달려가 문을 밀어보았다. 문은 꿈쩍도 하지 않았다. 그녀는 노크를 했다. "나야." 그리고 응답을 기다렸다.

몇 초 후, 안에서 잠금장치 풀리는 소리가 들려왔다. 그리고 다시 정적. 쇼나는 깊게 숨을 들이쉬고는 다시 문을 밀어보았다. 이번에는 스르르 문이 열렸다. 그녀는 타일 깔린 바닥을 딛고 안으로 들어섰고 얼어붙었다. 가까운 칸 앞에 유령이 서 있었다.

쇼나는 터져 나오려는 울음을 간신히 참아냈다.

흑갈색 가발, 많이 여윈 체구, 가는 금속 테 안경. 하지만 쇼나는 대번에 알아볼 수 있었다.

"엘리자베스……."

"문부터 잠가, 쇼나."

쇼나는 그녀가 시키는 대로 하고 돌아서서 옛 친구 앞으로 성큼 다가갔다. 엘리자베스는 한발 물러났다.

"시간이 많지 않아."

쇼나는 말문이 막혀버렸다. 태어나서 처음 겪는 일이었다.

"벡에게 내가 죽었다고 말해. 그렇게 믿게 만들어줘." 엘리자베스가 말했다.

"그러기엔 너무 늦었어."

엘리자베스는 화장실 안을 빠르게 훑었다. 마치 탈출구를 찾는 듯이. "내가 실수했어. 돌아오는 게 아니었는데. 너무 어리석었어. 나는 여기 머무를 수 없어. 그 사람에게 전해줘……."

"부검 보고서를 봤어, 엘리자베스." 쇼나가 말했다. "지니는 이미 병을 빠져나왔어. 다시 집어넣을 수 없다고."

엘리자베스가 눈을 질끈 감았다.

쇼나가 말했다. "대체 어떻게 된 거야?"

"여길 찾아오는 게 아니었는데."

"그 얘긴 방금 전에도 했잖아."

엘리자베스는 아랫입술을 깨물고 쇼나를 응시했다. 잠시 후 그녀가 다시 입을 열었다. "이만 가볼게."

"안 돼." 쇼나가 말했다.

"뭐?"

"이번에는 도망치지 말라고."

"그러지 않으면 그 사람이 죽어."

"벡은 이미 죽은 거나 다름없어." 쇼나가 말했다.

"너는 이해 못해."

"상관없어. 네가 다시 떠나면 벡은 더 버티지 못하고 무너질 거야. 지난 8년간 벡이 어떻게 살아왔는지 알아? 마음의 상처가 아무리 깊어도 세월이 흐르면 나아져야 하잖아. 삶은 계속되어야 하고. 하지만 벡은 아직도 지옥에 갇혀 있어." 쇼나는 다시 엘리자베스 앞으로 다가갔다. "그러니까 이번에는 내 말 들어."

두 사람의 눈에서 눈물이 쏟아졌다.

"네가 왜 떠나야 했는지는 중요하지 않아." 쇼나가 조금 더 다가서서 말했다. "중요한 건 네가 돌아왔다는 사실이라고."

"나는 여기 머물 수 없어." 그녀가 기운 빠진 목소리로 말했다.

"그렇게 해야 해."

"나 때문에 그 사람이 죽을 수도 있는데?"

"그래." 쇼나는 망설임 없이 말했다. "그가 죽는 한이 있더라도. 내 말이 옳다는 거 알잖아. 그래서 이렇게 돌아온 거잖아. 너는 떠나면 안 된다는 걸 알고 있어. 내가 순순히 널 보내주지 않을 거라는 것도 알고."

쇼나가 한 걸음 더 다가가 섰다.

"이젠 도망치는 것도 지쳤어." 엘리자베스가 나지막이 말했다.

"알아."

"이젠 뭘 어째야 하는지 모르겠어."

"나도 마찬가지야. 하지만 도망치는 건 안 돼. 벡에게 직접 설명해주란 말이야, 엘리자베스. 이해할 수 있게."

엘리자베스가 고개를 들었다. "내가 그 사람을 얼마나 사랑하는지 알지?"

"물론." 쇼나가 말했다. "아주 잘 알지."

"나 때문에 그가 다치는 건 원치 않아."

쇼나가 말했다. "너무 늦었어."

두 사람은 서로에게 바짝 다가서 있었다. 쇼나는 손을 뻗어 그녀를 끌어안고 싶은 충동을 꾹 참았다.

"그 사람 연락처 있지?" 엘리자베스가 말했다.

"응. 어디서 가져온 휴대전화 번호를 가르쳐줬어."

"그에게 돌고래 앞으로 나오라고 해. 오늘 밤에 거기서 보자고."

"그게 무슨 뜻이야?"

엘리자베스가 쇼나 뒤로 돌아가 문밖을 살폈다. "그 사람은 알 거야." 그녀가 말했다. 그리고 문틈으로 스르르 빠져나갔다.

41

////////

늘 그렇듯 타이리스와 나는 뒷좌석에 나란히 앉았다. 아침 하늘은 묘석 같은 암회색을 띠고 있었다. 차가 조지 워싱턴 다리를 건너자 나는 브루투스에게 어디서 방향을 틀어야 하는지 안내했다. 선글라스 뒤에 감춰진 타이리스의 눈이 내 얼굴을 유심히 뜯어보았다. 한참 후, 그가 입을 열었다. "어디로 가는 겁니까?"

"처가에요."

타이리스는 설명이 이어지기를 기다렸다.

"장인은 경찰이에요." 나는 덧붙였다.

"이름이 뭐죠?"

"호이트 파커."

브루투스와 타이리스가 일제히 미소 지었다.

"내 장인을 알아요?"

"같이 일해본 적은 없지만 이름은 들어봤어요."

"그게 무슨 소리죠? 같이 일해본 적이라뇨?"

타이리스는 손을 저어 대답을 대신했다. 우리는 어느새 도시 경계선에 다다라 있었다. 지난 사흘간 나는 비현실적인 경험을 여럿

해보았다. 마약 딜러 둘과 선팅된 차를 타고 옛 동네를 누비는 것 또한 그중 하나겠지. 브루투스는 내 안내에 따라 굿하트 가에 자리한 추억이 깃든 복층 주택 앞에 차를 세웠다.

내가 차에서 내리자 브루투스와 타이리스는 미끄러지듯 골목을 빠져나갔다. 나는 현관문 앞에 서서 길게 이어지는 초인종 소리에 귀를 기울였다. 짙어지는 구름 틈으로 번개가 번쩍였다. 나는 또다시 초인종을 눌렀다. 팔뚝에서 통증이 느껴졌다. 전날의 고문과 과로 탓에 온몸이 욱신거렸다. 나는 타이리스와 브루투스가 제때 나타나지 않았으면 어떻게 됐을지 상상해보았다. 그리고 이내 그 끔찍한 이미지를 머릿속에서 지워냈다.

마침내 호이트의 목소리가 흘러나왔다. "누구요?"

"벡입니다." 나는 말했다.

"열렸어."

나는 손잡이를 잡으려다 멈칫했다. 이상했다. 지금껏 숱하게 이곳을 찾았지만 호이트는 단 한 번도 현관에서 누구인지를 물은 적이 없었다. 그는 언제나 직접 대면을 선호했다. 문 뒤에 숨는 건 호이트 파커답지 않았다. 세상에 그가 두려워하는 건 없었다. 누군가 초인종을 누르면 그는 주저 없이 튀어나와 당당히 맞섰다.

나는 뒤를 흘끔 살폈다. 타이리스와 브루투스는 진작 사라져버린 후였다. 마약 사범들이 백인 밀집지역, 그것도 경찰의 집 앞을 어정대는 건 현명한 일이 아닐 것이다.

"벡?"

이렇게 된 이상 물러날 수 없었다. 나는 허리밴드에 꽂혀 있는 글록을 떠올렸다. 왼손으로는 현관문 손잡이를 잡고 오른손은 허리춤으로 슬그머니 가져갔다. 그리고 손잡이를 돌려 문을 연 후 좁은 문틈으로 안을 살펴보았다.

"주방에 있네." 호이트가 큰 소리로 불렀다.

나는 안으로 들어가 문을 닫았다. 실내에서는 레몬 향이 풍겼다. 소켓에 꽂아놓는 플러그식 방향제였다. 역한 냄새에 속이 울렁거렸다.

"식사는 했고?" 호이트가 물었다.

그는 여전히 내 시야를 벗어나 있었다. "했습니다."

나는 살며시 걸어 주방으로 향했다. 벽난로 선반에 놓인 오래된 사진들이 속속 눈에 들어왔지만 이번에는 움찔하지 않았다. 발이 리놀륨 바닥에 닿자 나는 주방 안을 슬쩍 살펴보았다. 그런데 장인은 보이지 않았다. 황급히 돌아서려는 순간 차가운 금속이 내 관자놀이에 느껴졌다. 호이트의 손이 내 목을 움켜잡고 뒤로 힘껏 잡아끌었다.

"총을 가져왔나, 벡?"

나는 움직일 수도, 말을 할 수도 없었다.

한 손에 총을 쥔 호이트는 내 목을 쥐고 있던 또 다른 손으로 몸을 수색했다. 그는 내 허리밴드에서 글록을 뽑아 들고 리놀륨 바닥에 떨어뜨렸다.

"누가 자네를 여기까지 태워다줬지?"

"친구들이요." 나는 대답했다.

"어떤 친구들?"

"대체 왜 이러시는 겁니까, 호이트?"

그가 뒤로 물러났다. 나는 그를 돌아보았다. 그는 내 가슴에 총을 겨누고 있었다. 총구가 나를 단숨에 삼켜버리려는 거인의 입처럼 거대해 보였다. 내 눈은 차갑고 새까만 권총에서 떨어질 줄 몰랐다.

"나를 죽이러 왔나?" 호이트가 물었다.

"네? 아뇨." 나는 고개를 들고 그를 보았다. 호이트는 면도도 하지 않은 상태였다. 눈은 벌겋게 충혈되어 있었고, 몸은 불안정하게 흔들렸다. 술을 엄청 퍼마신 모양이었다.

"장모님은 어디 계십니까?"

"집사람은 무사히 잘 있어. 멀리 보내놨네." 이상한 대답이었다.

"왜 그러셨죠?"

"그걸 몰라서 묻나?"

대충 감이 오기는 했다.

"왜 제가 장인어른을 해치려 들겠습니까?"

내 가슴에 겨누어진 그의 총은 흔들림이 없었다. "늘 이렇게 총을 숨기고 다니나, 벡? 당장 체포해 교도소에 처넣어도 할 말이 없겠는데."

"제게 그보다 더한 짓도 하셨지 않습니까." 내가 받아쳤다.

안색이 어두워진 그의 입에서 신음이 새어 나왔다.

"우리가 화장한 사람은 대체 누굽니까?"

"아무것도 모르면 가만히 있어."

"엘리자베스가 아직 살아 있다는 거 압니다." 나는 말했다.

그의 어깨가 축 늘어졌다. 하지만 권총은 제자리를 지켰다. 총을 쥔 그의 손에는 힘이 잔뜩 들어가 있었다. 당장이라도 방아쇠를 당길 것 같은 분위기였다. 몸을 날려 피하는 건 부질없는 짓이었다. 빗나갈 리 없을 테니까.

"앉아." 그가 나지막이 말했다.

"쇼나가 부검 보고서를 봤습니다. 영안실의 시체가 엘리자베스의 것이 아니었다는 걸 확인했고요."

"앉으라니까." 그가 권총을 살짝 들며 말했다. 그 말에 따르지 않으면 정말 죽을 수도 있겠다는 생각이 들었다. 그는 나를 거실로 이끌었다. 나는 우리 부부와 희로애락을 함께해온 흉측한 소파로 다가가 앉았다. 이곳에서 만든 소중한 추억들은 이제 곧 맹렬한 화염에 휩싸여 재가 되어버릴지도 몰랐다.

호이트는 내 맞은편에 앉았다. 그의 권총은 여전히 내 상체를 겨누고 있었다. 노련한 베테랑다웠지만 그의 모습에서 극심한 피로가 느껴졌다. 어느 사이엔가 서서히 수축하는 풍선이 연상되었다.

"어떻게 된 겁니까?"

그는 내 질문에 답하지 않았다. "무슨 근거로 그 애가 살아 있다고 하는 건가?"

나는 움찔했다. 내가 잘못 짚은 건가? 장인이 그 사실을 모를 수도 있을까? 설마 그럴 리가. 그는 영안실에서 시체를 보았고, 그 사체가 자신의 딸임을 확인해주었다. 그도 이 일에 깊숙이 연루되어 있을 게 분명했다. 문득 아내의 이메일이 뇌리를 스쳤다.

아무에게도 말하지 마…….

여길 찾아온 게 실수였나?

아니. 그 메시지는 일이 이토록 커지기 전에 전송된 것이었다. 지금은 좀 더 강하게 밀어붙일 필요가 있다.

"그 애를 봤나?" 그가 물었다.

"아뇨."

"그 애는 지금 어디 있지?"

"저도 모릅니다."

호이트가 갑자기 고개를 옆으로 기울이더니 손가락을 입술에 붙였다. 소리를 내지 말라는 주문이었다. 그가 자리에서 일어나 창가로 다가갔다. 창문에는 커튼이 드리워져 있었다. 그는 창문 옆에 붙어서서 밖을 살폈다.

나도 일어났다.

"앉아 있어."

"그냥 절 쏘시죠, 호이트."

장인이 나를 빤히 바라보았다.

"엘리자베스가 위험에 처해 있어요." 나는 말했다.

"자네가 그 애를 도울 수 있을 거라 생각하나?" 그가 비꼬듯 말했다. "그날 밤 나는 자네와 그 애를 구했어. 그때 자넨 뭘 했지?"

순간 가슴 속에서 무언가가 쪼그라들었다. "의식을 잃고 쓰러져 있었죠."

"맞아."

"장인어른……." 충격에 말도 잘 나오지 않았다. "장인어른이 저희를 구했다고요?"

"앉아."

"그 사람의 행방을 아신다면……."

"내가 그걸 안다면, 우리가 지금 이러고 있을 필요도 없지."

나는 그의 앞으로 한 걸음 다가갔다. 그리고 또 한 걸음. 그가 내게 권총을 겨누었다. 하지만 나는 걸음을 멈추지 않았다. 나는 총구가 흉골에 닿을 때까지 계속 걸어갔다. "말씀해주십시오. 아니면 저를 죽이시든지요."

"목숨을 걸고 도박을 해보겠다 이건가?"

나는 눈을 똑바로 뜨고 그를 노려보았다. 장인에게 눈을 부라리는 건 그와 알고 지낸 후로 처음 있는 일이었다. 우리 사이에서 정체를 알 수 없는 무언가가 감지됐다. 그가 내게 체념한 걸까? 하지만 나는 흔들리지 않았다. "제가 엘리자베스를 얼마나 그리워하고 있는지 아십니까?"

"앉게, 데이비드."

"그 전에……."

"다 들려주겠네." 그가 부드러운 목소리로 말했다. "앉게."

나는 그에게서 눈을 떼지 않은 채 소파로 돌아갔다. 내가 푹신한 쿠션 위에 앉자 그가 권총을 탁자에 내려놓았다. "한잔하겠나?"

"됐습니다."

"한잔하는 게 좋을 텐데."

"지금은 아닙니다."

그가 어깨를 으쓱이며 낡은 선반으로 다가갔다. 어지럽게 뒤섞인 유리잔들이 맞부딪치며 쨍그랑거렸다. 호이트는 온종일 술 진열장을 뒤진 듯했다. 그는 굼뜬 손놀림으로 술을 골라 따랐다. 재촉하고 싶었지만 꾹 참았다. 몰아붙이는 건 이미 충분히 했으니까. 맨정신으로는 말하기 힘든 얘기인 것 같았다. 그는 산란해진 마음과 머릿속을 정비하며 치밀한 전략을 세우고 있을 것이다.

호이트가 마침내 두 손으로 유리잔을 쥐고 의자에 앉았다. "나는 자넬 좋아하지 않았어." 그가 말했다. "사적 감정 때문은 아니었네. 자넨 집안도 괜찮고, 부친도 훌륭한 분이셨지. 모친께선…… 모친께서도 나름 노력을 하신 걸로 알고 있네." 그는 한 손에 유리잔을 쥐고, 또 다른 손으로 머리를 쓸어 넘겼다. "하지만 나는 자네와 내 딸의 관계가……." 그가 적절한 표현을 찾아 시선을 올려 천장을 보았다. "그 아이의 장래에 걸림돌이 될 거라 생각했네. 하지만 이젠 두 사람 모두 엄청나게 운이 좋다는 걸 깨닫게 됐지."

순간 서늘한 냉기가 엄습했다. 나는 그의 말을 끊지 않으려 숨을 죽인 채 미동도 하지 않았다.

"그날 밤 호숫가 얘기부터 해볼까?" 그가 말했다. "그들이 엘리자베스를 납치했을 때 말이야."

"놈들의 정체가 뭡니까?"

그는 자기 유리잔을 빤히 들여다보며 말했다. "끼어들지 말게. 잠자코 듣기만 해."

나는 고개를 끄덕였다. 하지만 장인은 나를 보지 않았다. 그의 눈은 여전히 술잔에 고정되어 있었다. 마치 유리잔 바닥에 그가 찾는 답이 숨어 있기라도 한 것처럼.

"놈들이 누구인지는 자네도 알지 않나." 그가 말했다. "거기 묻힌 두 사람이지." 그의 시선이 갑자기 거실 안을 훑기 시작했다. 그는 권총을 집어 벌떡 일어나 다시 창밖을 살폈다. 나는 무엇을 그렇게 경계하는지 묻고 싶었지만 그의 리듬을 깨고 싶지는 않았다.

"동생이랑 나는 호수에 늦게 도착했어. 흙길에 숨어 있다가 놈들을 막을 계획이었는데, 너무 늦어버렸지. 커다란 바위가 두 개 놓인 곳, 자네도 알지?"

그의 시선이 다시 창문을 향했다가 내게로 돌아왔다. 나도 샤르메인 호수에서 몇 킬로미터 떨어진 흙길에 덩그러니 놓인 그 바위들을 알고 있다. 길 양옆에 완벽한 대칭을 이루며 버티고 선 둥글고 거대한 두 바위는 크기마저 정확히 일치했다. 그것들에 얽힌 전설이 한둘이 아니었다.

"켄과 나는 그 바위들 뒤에 숨어 있었네. 놈들이 접근했을 때 나는 타이어를 쐈고, 그들이 무슨 일인지 확인하려고 차에서 내렸을 때 머리에 총을 갈겼네."

호이트는 마지막으로 창밖을 살피고 나서 의자로 돌아와 앉았다. 그는 권총을 내려놓고 또다시 유리잔을 빤히 들여다보았다. 나는 입을 꽉 닫은 채로 기다렸다.

"그리핀 스코프가 고용한 놈들이었네." 그가 말했다. "그는 그들에게 엘리자베스를 심문한 후 죽이라고 지시했어. 켄과 나는 놈들의 꿍꿍이를 알아채고 호수로 달려갔던 거야." 내가 끼어들 거라고 예상했는지 호이트는 한 손을 번쩍 들어 보였지만, 나는 감히 입을 열 생각도 못 했다. "어떻게, 그리고 어째서. 그런 것들은 중요하지 않아. 그리핀 스코프가 엘리자베스를 죽이려고 혈안이 되어 있었다는 것만 알면 돼. 게다가 자기가 보낸 사람들이 줄줄이 죽어나갔으니 얼마나 답답했겠나? 그는 언제든 필요한 만큼 사람을 동원할 수 있는 능력이 있네. 신화에 나오는 무시무시한 괴물처럼. 머리를 베도 그 자리에서 새로운 머리 두 개가 자라나지." 그가 나를 응시했다. "그런 놈과는 싸워서 이길 재간이 없어."

그가 손에 쥔 술을 천천히 들이켰다. 나는 묵묵히 기다렸다.

"자, 한번 상상해보게. 자네가 그날 밤 우리 입장이었다면 어땠겠는가?" 그가 내 앞으로 몸을 기울이며 이어나갔다. "막대한 영향력을 지닌 자가 자넬 죽이려고 자객 둘을 보냈어. 그들은 흙길에서 죽임을 당했고, 복수에 눈이 먼 그는 어떻게든 자넬 죽이려 들겠지. 자, 이럴 때 자네라면 어떻게 하겠나? 만약 경찰에 알리겠다면, 가서 뭐라고 얘기하겠나? 스코프는 현장에 증거를 흘리고 다닐 사람이 아니야. 설령 그랬다 해도 그가 공들여 관리해온 경찰과 판사들이 다 알아서 처리해주지 않겠나? 우리는 죽은 목숨이나 다름없었네. 자, 다시 묻겠네, 벡. 자네 발치에 두 남자가 쓰러져 있다고 상상해보게. 당연히 스코프는 눈이 뒤집힐 테고. 그런 상황에서 자네라면 어떻게 하겠나?"

그 질문은 대답을 요구하는 것이 아니었다.

"나는 엘리자베스에게 이런 사실들을 이야기했어. 지금 자네에게 하고 있는 것처럼. 스코프는 그 애를 찾기 위해서라면 우리를 싹 다 죽이고도 남을 놈일세. 만약 엘리자베스가 그대로 달아나 종적을 감춰버렸다면 그는 그 아이 행방을 알려줄 때까지 우릴 고문했을 거야. 내 아내나 자네 누나를 볼모로 삼거나. 엘리자베스의 숨을 끊어놓을 때까지 절대 포기하지 않았을 거라고." 그가 앞으로 좀 더 몸을 기울였다. "내 말, 이해가 되나? 내가 할 수 있었던 유일한 답이 이제 보이는가?"

나는 고개를 끄덕였다. 모든 게 너무나도 명확했다. "그래서 그들로 하여금 엘리자베스가 죽었다고 믿게 만드신 거군요."

그가 미소를 지었다. 온몸에 소름이 돋았다. "나한테 모아둔 돈이 좀 있었어. 내 동생 켄은 나보다 더 여유가 있었고. 물론 인맥도 조금 동원했지. 우리는 엘리자베스를 해외로 피신시켰네. 머리도 자르고, 변장도 하고. 하지만 우리의 기우였지. 아무도 그 애를 찾고 있지 않았거든. 지난 8년간 그 애는 적십자나 유니세프 같은 조직에 몸담은 채로 제3 세계 국가들을 누비고 다녔다네."

나는 여전히 입을 열지 않았다. 듣지 못한 사연이 아직 많이 남았을 테지만 끼어들지 않고 꾹 참았다. 깨달음이 스며들면서 온몸이 후들거리기 시작했다. 엘리자베스. 아내는 살아 있었다. 지난 8년 동안 멀쩡히 숨을 쉬고, 살고, 일하고……. 엄청난 진실의 무게가 나를 짓이겼다. 마치 컴퓨터마저 고장나게 만들 불가해한 수학 문제를 한 아름 떠안은 기분이었다.

"영안실 시체의 정체가 궁금하겠지?"

나는 간신히 고개를 끄덕였다.

"뭐 어렵진 않았네. 제인 도*는 늘 넘쳐나니까. 그들은 담당자가 따분해할 때까지 부검실에 보관됐다가 루스벨트 아일랜드에 있는 무연고 묘지에 묻히게 돼. 내가 한 일이라고는 엘리자베스와 비슷한 체구의 백인 제인 도가 나타나기를 기다리는 것뿐이었지. 생각보다 꽤 오래 걸렸네. 아마 포주에게 살해당한 가출 소녀가 아니었을까 싶네만, 아무튼 우리는 엘리자베스 살인사건을 미제로 남겨둘 수 없었어. 희생양이 더 필요했다는 말일세, 벡. 확실하게 종결지으려면 어쩔 수 없었지. 그래서 킬로이를 선택했어. 킬로이가 피해자들의 얼굴에 'K'자 낙인을 찍어놓았다는 건 널리 알려진 사실이잖나. 그래서 시체의 얼굴에 똑같은 낙인을 찍었어. 하지만 신원확인 문제를 해결하는 게 쉽지 않더군. 누구인지 알아볼 수 없게 태워버릴까도 생각했지. 하지만 그런다고 치과기록까지 소각되는 건 아니지 않나. 그래서 우리는 도박을 했네. 다행히 머리색은 같았고, 피부색과 나이도 그럭저럭 비슷했어. 우리는 시체를 작은 검시관 사무실이 있는 마을에 버리고 익명으로 경찰에 신고했네. 그런 다음, 시체가 도착할 시간에 맞춰 검시관 사무실을 찾아가 눈물을 흘리면서 신원확인을 했지. 일반적으로 시신의 신원확인은 가족이 하게 되어 있거든. 그래서 내가 처리했어. 함께 간 켄도 거들었고. 아버지와 삼촌이 맞다는데 누가 의심하겠어?"

"위험한 도박을 하셨군요." 나는 말했다.

"그땐 다른 선택지가 없었네."

"다른 방법이 분명 있었을 겁니다."

* Jane Doe, 신원미상의 여성 피의자를 부를 때 쓰는 가명.

그가 다시 내 앞으로 몸을 가까이 기울였다. 그의 입김이 느껴졌다. 눈가의 주름이 한층 늘어졌다. "벡, 자네가 두 놈의 시체가 나뒹구는 흙길에 있다고 상상해보게. 상상하는 건 죄가 아니니 부담갖지 말고. 자네라면 그 상황에 어떻게 했을 것 같나?"

내게는 그 답이 없었다.

"문제는 그것만이 아니었어." 호이트가 몸을 살짝 젖히며 덧붙였다. "스코프 쪽 사람들이 속지 않으면 모든 게 허사로 돌아가버릴 테니 불안했지. 다행스럽게도 두 놈은 일을 해치우고 외국으로 튈 계획이었어. 몸수색을 해보니 부에노스아이레스행 항공권이 나오더군. 두 놈 모두 떠돌이였던 게지. 신뢰할 수 없는 타입 말이야. 우리에게는 잘된 일이었지. 스코프 쪽 사람들은 속아 넘어갔지만 계속해서 우리를 감시했어. 엘리자베스가 아직 살아 있을 가능성 때문이 아니라, 그 애가 우리에게 무슨 증거라도 흘렸을지 모른다는 우려 때문에."

"증거라뇨?"

그는 내 질문을 무시했다. "그들은 지난 8년간 자네 집, 자네 전화, 그리고 자네 사무실을 도청해왔어. 우리 집은 말할 것도 없고."

아내가 경고 이메일을 보낸 이유였다. 내 시선이 거실 안을 찬찬히 훑었다.

"어제 탐지기로 꼼꼼히 수색했네." 그가 말했다. "여긴 안전하니 걱정 말게."

그가 잠시 침묵에 빠졌다. 나는 그 틈을 타 기습적으로 질문을 던졌다. "엘리자베스는 왜 하필 지금 돌아오기로 결심한 겁니까?"

"어리석은 아이니까." 그의 목소리에서 처음으로 분노가 묻어났다. 나는 그에게 흥분을 가라앉힐 시간을 주었다. 벌게졌던 그의 얼굴이 서서히 원래의 안색을 되찾았다. "우리가 매장한 두 구의 시체." 그가 나지막이 말했다.

"그들이 왜요?"

"엘리자베스가 인터넷으로 그 소식을 접했던 모양이야. 그들이 발견됐다는 소식을 듣고 스코프 쪽 사람들이 진실을 알게 된 줄 알았던 게지. 내가 그랬던 것처럼."

"그 사람이 정말로 살아 있다는 말씀이시죠?"

"그래."

"하지만 그 사람은 해외에 있지 않았습니까? 찾는 게 쉽지 않았을 텐데요."

"나도 그 애에게 그렇게 얘기했네. 그런다고 포기할 사람들이 아니라고 하더군. 보나마나 나랑 집사람을 족칠 거라고 말이야. 자네도 그들의 표적이 될 거고. 하지만……." 그가 다시 말을 멈추고 고개를 떨궜다. "나는 그게 엘리자베스에게 얼마나 중요한 일인지 미처 몰랐어."

"그게 무슨 말씀입니까?"

"그 애는 진작 마음을 굳혔던 것 같아." 장인이 유리잔을 흔들자 얼음이 부딪치며 달가닥 소리를 냈다. "엘리자베스는 자네에게로 돌아가고 싶어했네. 시체들은 그저 핑계에 지나지 않았던 거야."

나는 그의 설명이 이어지기를 기다렸다. 그는 술을 한 모금 넘긴 후 다시 창밖을 살폈다.

"이제 자네 차례야."

"네?"

"자네에게 묻고 싶은 게 있네." 그가 말했다. "그 애가 어떻게 자네에게 연락을 했지? 자네는 어떻게 경찰의 포위망을 뚫고 달아날 수 있었던 겐가? 그리고 그 애가 지금 어디 있다고 생각하나?"
나는 잠시 망설였으나 오래가진 않았다. 더는 숨길 이유가 없었다. "엘리자베스가 익명으로 이메일을 보내왔습니다. 오직 저만이 알 수 있는 내용을 암호로 썼더군요."
"암호?"
"저희 두 사람의 추억에 대한 내용입니다."
호이트가 고개를 끄덕였다. "그들이 지켜볼 테니 신중을 기해야 했겠지."
"네." 나는 잠시 몸을 뒤척였다. "그리핀 스코프 쪽 사람들에 대해서는 얼마나 알고 계십니까?"
그는 내 질문에 혼란스러워하는 표정을 지었다. "그쪽 사람들?"
"혹시 그가 근육질의 아시아 남자도 고용했나요?"
순간 호이트의 얼굴에서 혈색이 쫙 빠져나갔다. 장인이 경악한 표정으로 나를 바라보았다. 당장이라도 가슴에 성호를 그어댈 것 같은 모습이었다. "에릭 우." 그가 목소리를 낮추고 말했다.
"어제 그와 맞닥뜨렸습니다."
"그럴 리가."
"왜 그렇게 생각하시죠?"
"자네가 멀쩡히 살아 있으니까."
"운이 좋았을 뿐입니다." 나는 장인에게 어떻게 된 일인지 이야기했다. 그의 눈에 눈물이 글썽였다.
"만약 우가 자넬 찾아내기 전에 그 애를 먼저 찾아냈다면……." 그가 머릿속에 떠오른 섬뜩한 이미지를 떨쳐내려는 듯 눈을 질끈 감았다.
"그는 그 사람을 못 찾았어요." 나는 말했다.

"그걸 자네가 어떻게 알아?"

"그는 제가 왜 공원에 나갔는지를 알아내려 했습니다. 엘리자베스를 찾아냈다면 굳이 그럴 필요가 없었겠죠."

그가 천천히 고개를 끄덕였다. 그는 남은 술을 마저 비우고는 선반에 가서 한 잔을 더 따라왔다. "어쨌든 이제 놈들은 그 애가 살아 있다는 걸 알게 됐어. 그 애 행방을 물으러 우리를 찾아오겠지."

"그럼 우리도 맞서야죠." 나는 애써 용기를 내어 말했다.

"아까 내가 한 말 못 들었나? 목을 벨수록 더 많은 머리가 돋아나는 괴물 얘기 말이야."

"하지만 결국에는 영웅이 괴물을 물리치는 법 아닙니까."

내 말에 그가 코웃음을 쳤다. 당연한 반응이었다. 나는 계속해서 그를 응시했다. 대형 괘종시계가 땡땡거리며 시각을 알려주었다. 나는 잠시 머리를 굴려보았다.

"아시는 게 있으면 마저 들려주십시오."

"모르는 게 나아."

"브랜던 스코프 살인사건에 관한 내용이죠?"

그가 어정쩡한 표정으로 고개를 저었다.

"엘리자베스가 헬리오 곤잘레스의 알리바이를 제공했어요."

"그런 건 중요하지 않아, 벡. 나를 믿으라고."

"장인어른을 믿었다가 지금 이 꼴이 나지 않았습니까."

그가 술을 또 한 모금 들이켰다.

"엘리자베스는 세라 굿하트라는 이름으로 안전금고를 관리해왔습니다. 그들은 거기서 그 사진들을 찾았고요."

"알아." 호이트가 말했다. "그날 밤 우리가 너무 서둘렀던 것 같아. 나는 그 애가 그들에게 금고 열쇠를 빼앗긴 사실을 미처 몰랐네. 놈들의 주머니까지 샅샅이 뒤져봤지만 신발까지 확인할 생각은 못 했어. 뭐, 그런 건 아무래도 상관없다는 생각이었지. 나는 매장된 그들이 영영 발견되지 않을 거라고 확신했으니까."

"안전금고에는 사진만 있는 게 아니었습니다."

호이트는 쥐고 있던 유리잔을 조심스레 내려놓았다.

"저희 아버지의 권총도 보관되어 있었습니다. 38구경. 기억하십니까?"

호이트가 시선을 돌리고 놀라울 만큼 부드러워진 목소리로 말했다. "스미스앤드웨슨. 내가 직접 골라줬지."

또다시 가슴이 쿵쾅대기 시작했다. "브랜던 스코프가 그 총에 맞아 죽었다는 것도 알고 계셨습니까?"

그가 눈을 질끈 감았다. 나쁜 꿈을 쫓아내려는 아이처럼.

"무슨 일이 있었는지 들려주십시오."

"자네도 알지 않나."

내 온몸은 주체할 수 없을 만큼 덜덜 떨리고 있었다. "그래도요."

장인이 내뱉는 단어 하나하나가 엄청난 충격으로 와닿았다. "엘리자베스가 브랜던 스코프를 쐈어."

나는 고개를 저었다. 그게 사실일 리 없었다.

"엘리자베스는 그와 함께 일했어. 그러다 마침내 진실을 알게 됐지. 자선사업이 브랜던의 범행을 덮기 위한 허울 좋은 위장에 불과하다는 사실을. 마약, 매춘……. 어디 그것뿐이었겠나?"

"엘리자베스는 아무 말도 하지 않았어요."

"자네뿐만이 아니라, 그 누구에게도 알리지 않았네, 벡. 하지만 브랜던이 그 사실을 알아버리고 말았어. 그는 경고의 의미로 그 애를 흠씬 두들겨 팼네. 나로서는 알 길이 없었어. 엘리자베스는 내게도 교통사고였다고 둘러댔거든."

"그 사람이 그를 죽였을 리 없습니다."

"정당방위였네. 그 애가 집요하게 파헤치자, 브랜던이 칼을 들고 자네 집으로 쳐들어갔어. 그는 칼을 휘두르며 달려들었고…… 그 애는 총으로 그를 쐈지. 의심의 여지가 없는 정당방위였어."

나는 계속해서 고개를 가로저었다.

"그 애가 울면서 내게 전화를 걸어왔네. 나는 부리나케 자네 집으로 달려갔고. 도착해서 보니……." 그가 잠시 말을 멈추고 가빠진 호흡을 가다듬었다. "그는 이미 숨진 후였네. 엘리자베스는 그 총을 쥐고 있었고. 그 애는 경찰에 신고해야 한다고 난리를 쳤어. 그러면 안 된다고 설득하느라 진땀을 뺐지. 아무리 정당방위였다 해도 그리핀 스코프가 알면 그 애를 가만두지 않을 테니까. 몇 시간 동안 어르고 달랜 끝에 간신히 엘리자베스의 동의를 얻어낼 수 있었어."

"장인어른께서 그의 시체를 처리하신 거군요."

그가 고개를 끄덕였다. "나는 곤잘레스에 대해 알고 있었어. 조만간 어떤 범죄든 벌이고도 남을 놈이었지. 나는 경찰로 일하면서 그런 부류를 숱하게 봤어. 마침 그는 절차상의 문제로 살인혐의를 벗은 상태였다네. 누명을 씌우기에 안성맞춤이었지."

그제야 모든 의문이 풀렸다. "하지만 엘리자베스는 반대했겠죠."

"미처 거기까지 생각하진 못했어." 그가 말했다. "그 애는 체포 소식을 듣자마자 그 알리바이를 떠올렸네. 곤잘레스를……." 그가 비꼬듯 손가락으로 따옴표를 만들어 보였다. "'시스템의 부당성'으로부터 구해주겠다면서 말이야." 그가 고개를 저었다. "그럴 가치가 없는, 쓰레기 같은 녀석이었는데. 엘리자베스가 놈을 내버려뒀더라면 모든 건 아주 깔끔하게 해결됐을 텐데."

"스코프 쪽 사람들이 놈의 알리바이를 간파한 거군요."

"내부의 누군가가 그들에게 내용을 흘린 게지. 그들은 곧바로 사람을 보내 엘리자베스의 진술을 파헤쳤고. 나머지는 자네도 아는 대로라네."

"그럼 그날 밤 호수에서의 일은 그들의 보복이었던 거군요."

그는 잠시 생각하더니 말했다. "부분적으로는 그런 셈이지. 하지만 브랜던 스코프에 대한 진실을 덮으려는 시도이기도 했어. 그를 죽은 영웅으로 만들려는 시도. 그의 아버지에게는 아들의 명예를 지키는 게 중요했던 모양이야."

우리 누나에게도. 나는 생각했다.

"엘리자베스가 왜 그런 걸 안전금고에 보관해뒀을까요?"

"증거니까." 그가 말했다.

"그게 무슨 증거죠?"

"그 애가 브랜던 스코프를 죽였다는 증거. 그게 정당방위였다는 증거. 엘리자베스는 자신이 저지른 일로 다른 사람이 억울하게 누명 쓰는 일이 없기를 바랐어. 너무 순진하지?"

나는 동의하지 않았다. 방금 입력된 내용을 차분하게 곱씹어보았지만 여전히 마음에 걸리는 부분이 있었다. 이것은 진실의 전모가 아니었다. 나는 그 사실을 누구보다도 잘 알고 있었다. 나는 장인을 빤히 바라보았다. 탄력 잃은 피부, 가늘어진 머리, 조금 늘어진 배. 아직 봐줄 만은 했지만 더는 예전 같지 않음을 부정할 수 없었다. 호이트는 딸과 관련된 일의 전모를 모두 알고 있다고 믿는 듯했지만 그건 사실이 아니었다.

천둥소리가 들려왔다. 굵은 빗줄기가 자그마한 주먹처럼 창문을 두들겼다.

"왜 진작 말씀하지 않으셨습니까?" 내가 물었다.

장인이 좀 더 세차게 고개를 저었다. "그걸 알면 자네가 어쩌려고, 벡? 그 애랑 같이 달아나기라도 하게? 결국 놈들은 진실을 파헤쳤을 거야. 그리고 우리 모두를 죽이려 들었겠지. 놈들은 항상 자넬 지켜봤어. 지금도 감시 중일 테고. 우리는 누구에게도 입을 열지 않았네. 엘리자베스의 어머니에게조차도. 우리가 옳은 일을 했다는 증거가 필요한가? 주위를 한번 둘러보게. 그 일이 있은 지 무려 8년이 지나지 않았는가. 그 애가 한 일이라고는 고작 자네에게 익명의 이메일 몇 통을 보낸 것뿐이야. 하지만 그게 어떤 후폭풍을 몰고 왔는지 직접 겪어봐서 잘 알겠지."

그때 밖에서 차 문 닫히는 소리가 들려왔다. 호이트가 날렵한 고양이처럼 창가로 달려갔다. 그는 창밖을 유심히 살폈다. "자네가 타고 온 그 차가 돌아왔어. 안에는 흑인 남자 둘이 타고 있고."

"저를 태우러 온 겁니다."

"저들이 스코프 쪽 사람들이 아니라는 거 확실한가?"

"확실합니다." 그때 내 휴대전화가 울렸다. 나는 전화를 받았다.

"무슨 일 있어요?" 타이리스가 물었다.

"아무 일 없어요."

"그럼 나와요."

"왜요?"

"그 경찰을 믿습니까?"

"나도 모르겠어요."

"나와요."

나는 호이트에게 이만 가보겠다고 했다. 장인은 진이 빠졌는지 듣는 둥 마는 둥했다. 나는 글록을 챙겨 밖으로 나왔다. 타이리스와 브루투스가 나를 기다리고 있었다. 빗줄기가 잦아들었지만 우리 중 누구도 그런 것 따위에는 신경 쓰지 않았다.

"당신에게 전화가 걸려왔어요. 저쪽에 가서 받아요."

"왜요?"

"개인적인 전화니까. 엿듣고 싶지 않아요."

"괜찮아요. 당신을 믿으니까."

"그냥 시키는 대로 해요."

나는 그들에게서 멀리 떨어졌다. 호이트가 커튼을 걷고 나를 내다보고 있었다. 나는 타이리스를 돌아보았다. 그가 전화를 제대로 받으라는 제스처를 취했다. 나는 그가 시키는 대로 전화를 받았다. 잠시 정적이 흐르다가 타이리스의 목소리가 흘러나왔다. "도청은 없네요. 마음 놓고 통화해도 됩니다."

곧이어 쇼나의 목소리가 흘러나왔다. "그녀를 봤어."

순간 나는 얼어붙어버렸다.

"오늘 밤에 돌고래 앞에서 보자고 하던데."

나는 그게 무슨 뜻인지 알고 있다. 쇼나는 그 말만 전하고 전화를 끊었다. 나는 타이리스와 브루투스에게 돌아갔다. "나 혼자 가볼 데가 있어요. 미행이 붙어선 절대로 안 돼요."

타이리스가 브루투스를 흘깃 보고 말했다. "타요."

42

////////

브루투스는 미친 사람처럼 차를 몰았다. 일방통행로를 역주행하기도 했고, 갑자기 유턴을 시도하는가 하면, 오른쪽 차선에서 빨간불이 켜지기가 무섭게 좌회전을 감행하기도 했다. 덕분에 약속 시간보다 훨씬 일찍 도착할 수 있을 것 같았다.

이셀린의 메트로파크 역에 이십 분 후 출발하는 포트저비스행 기차가 있었다. 그곳에서 렌터카를 빌리면 될 것이다. 마침내 차가 멈추었다. 우리는 브루투스만 남겨놓고 차에서 내렸다. 타이리스가 나를 이끌고 매표소로 향했다.

"나더러 도망치라고 했죠? 두 번 다시 돌아오지 말라고도 했고." 타이리스가 말했다.

"그랬죠."

"그 조언은, 당신에게도 해당되는 거예요."

나는 손을 내밀고 악수를 청했다. 타이리스는 내 손을 무시하고 나를 와락 끌어안았다. "고마워요." 나는 나지막이 속삭였다.

그가 몸을 떼고 재킷을 매만진 후 선글라스를 고쳐 썼다. "고맙긴 뭘." 그는 대꾸할 틈도 주지 않고 자신의 차로 되돌아갔다.

기차는 제시간에 출발했다. 나는 빈자리를 찾아 풀썩 주저앉았다. 잠시나마 머릿속을 비워내려 애써봤지만 소용이 없었다. 나는 주위를 살펴보았다. 객차 안은 한산했다. 한쪽에서는 커다란 배낭을 하나씩 멘 대학생 두 명이 수다를 떨어대고 있었다. 눈이 자꾸만 스르르 감겼다. 나는 좌석에 버려진 타블로이드 신문을 발견했다.

나는 그쪽으로 다가가 신문을 집어 들었다. 1면에는 절도 혐의로 체포된 신인 여배우의 사진이 큼지막하게 실려 있었다. 나는 신문을 펼쳐 들고 아무 페이지나 읽었다. 만화나 스포츠 섹션까지. 어떤 내용이라도 상관없었다. 하지만 내 시선은 자꾸 내 사진 쪽으로 향했다. 수배 중인 증인. 시커먼 사진 속의 나는 테러리스트처럼 사악해 보였다.

바로 그때, 낯익은 이름이 눈에 들어왔다. 머릿속이 아찔해졌다.

나는 기사에 집중하지 못하고 그냥 건성으로 훑었다. 하지만 호수에서 시체로 발견된 두 남자의 이름이 내 눈을 우악스럽게 잡아끌었다. 그중 하나는 내게도 익숙한 이름이었다.

멜빈 바르톨라.

이럴 수가.

나는 신문을 떨어뜨리고 일어나 다음 칸으로 넘어갔다. 그렇게 두 칸 더 이동하니 승무원이 나타났다. "다음 역이 어디죠?" 나는 그에게 물었다.

"뉴저지 리지먼드입니다."

"혹시 역 근처에 도서관이 있습니까?"

"그건 모르겠네요."

나는 일단 다음 역에서 내려보기로 했다.

에릭 우는 손가락으로 문을 짚고 힘껏 밀어보았다.

백의 탈출을 도운 두 흑인 남자의 신원을 알아내는 건 그에게 식은 죽 먹기였다. 경찰국에는 래리 갠들의 친구가 여럿 있었다. 우가 남자들의 인상착의를 알려주자 그들이 전과자 파일을 내주었다. 그로부터 몇 시간 후, 우는 브루투스 콘월이라는 폭력배의 사진을 찾아냈다. 그들은 빠르게 수소문해 브루투스가 타이리스 바튼이라는 마약 딜러 밑에서 일하고 있다는 사실을 확인했다.

너무나도 간단했다.

쇠사슬이 끊어지면서 문이 벌컥 열렸다. 손잡이가 요란한 소리를 내며 벽에 부딪쳤다. 화들짝 놀란 라티샤가 고개를 들었다. 그녀가 비명을 지르려 하자 우가 민첩하게 달려가 그녀의 입을 틀어막았다. 갠들이 고용한 또 다른 남자가 이어서 안으로 들어왔다.

"쉿." 우가 그녀의 귀에 대고 속삭였다.

바닥에서는 티제이가 미니카를 가지고 놀고 있었다. 갑작스러운 소음에 아이가 고개를 젖히고 말했다. "엄마?"

에릭 우가 미소를 흘리며 아이를 내려다보았다. 그는 라티샤를 놓아주고 나서 바닥에 무릎을 꿇었다. 라티샤가 그를 막으려 하자 또 다른 남자가 달려와 그녀를 붙잡았다. 우는 자신의 커다란 손을 소년의 머리에 얹어놓았다. 그리고 티제이의 머리를 쓰다듬으며 라티샤를 돌아보았다.

"타이리스는 어디 있지?" 그가 그녀에게 물었다.

기차에서 내린 나는 택시를 타고 렌터카 가게로 향했다. 카운터를 지키던 초록색 재킷 차림의 직원이 도서관으로 가는 길을 알려주었다. 도착하기까지 삼 분도 걸리지 않았다. 리지먼드 도서관은 현대적 시설을 갖추고 있었다. 요즘 유행하는 식민지 시대풍 벽돌, 전망창, 너도밤나무로 만든 책장, 발코니, 작은 탑, 커피바. 나는 2층 안내 데스크에서 사서에게 인터넷을 써도 되는지 물어보았다.

"신분증을 보여주시겠어요?" 그녀가 물었다.

나는 신분증을 꺼내 그녀 앞으로 내밀었다. "죄송하지만 카운티 주민만 사용할 수 있어요."

"부탁입니다." 나는 말했다. "아주 중요한 일이 있어서요."

예상했던 단호한 반응 대신 그녀가 부드럽게 대답했다. "얼마나 쓰실 건데요?"

"몇 분이면 됩니다."

"저기 보이는 저 컴퓨터……." 그녀가 내 뒤편을 가리키며 말했다. "딱 십 분까지만 쓸 수 있어요."

나는 고맙다고 인사한 후 그쪽으로 달려가 〈뉴저지 저널〉의 홈페이지를 찾았다. 나는 아카이브에서 12년 전, 1월 12일자 신문을 검색해보았다.

아카이브는 6년 이상 된 자료를 제공하지 않았다.

빌어먹을.

나는 사서에게 달려갔다. "12년 전 〈뉴저지 저널〉에 실렸던 기사를 찾고 있는데요." 나는 말했다.

"웹 아카이브에 없던가요?"

나는 고개를 저었다.

"마이크로피시*가 있어요." 그녀가 의자 양옆을 잡고 일어서며 말했다. "몇 월 기사죠?"

* microfiche. 문서를 축소 촬영한 시트 필름.

"1월."

체구가 큰 그녀가 힘겹게 걸음을 옮겼다. 그녀는 파일 서랍에서 필름을 꺼내 기계에 걸어주었다. 나는 그 앞 의자에 앉았다. "행운을 빌어요." 그녀가 말했다.

나는 새로 산 오토바이의 연료 조절판이라도 되는 듯 손잡이를 조심스레 돌렸다. 마이크로피시가 끽끽 소리를 내며 돌아갔다. 나는 몇 초에 한 번씩 멈추어 날짜를 확인했고, 이 분도 채 지나지 않아 원하는 날짜를 찾아냈다. 내가 찾던 기사는 3면에 실려 있었다.

표제를 보는 순간 목이 메어왔다.

나는 가끔 타이어가 미끄러지는 요란한 소리를 듣곤 했다. 분명 침대에 누워 자고 있음에도. 그 일이 일어났던 곳으로부터 아득히 멀리 떨어져 있음에도. 엘리자베스를 잃은 날만큼은 아니지만, 마음의 상처는 아직도 아물지 않았다. 그것은 내가 태어나서 처음 겪어본 죽음이자 비극이었다. 그런 비극은 극복하기가 거의 불가능하다. 12년이 지났음에도 나는 아직까지 그날 밤의 모든 세부사항을 희미하게나마 기억하고 있었다. 동트기 전에 울린 초인종과 침울한 표정의 경관들, 그들과 함께 나타난 호이트, 그들의 부드럽고 조심스러운 목소리, 우리의 거듭된 부정, 굼뜨게 찾아든 깨달음, 린다의 핼쑥한 얼굴, 내가 하염없이 쏟아낸 눈물. 끝까지 현실을 외면한 어머니는 아무 일 없을 테니 어린애처럼 울지 말라고 나를 다그쳤다. 다 큰 어른이 그래서야 되겠느냐고. 폭포수 같은 눈물은 아이의 얼굴에나 어울린다고. 어머니는 검지와 엄지로 내 눈을 비벼대며 으르렁거렸다. 울지 말라니까 데이비드! 하지만 나는 울음을 멈추지 않았고, 급기야 어머니는 내게 고함을 질러대기 시작했다. 린다와 호이트가 달려와 어머니를 달랬고, 누가 어머니에게 진정제를 주사했다. 나는 쏟아져 나온 기억을 잠시 밀어내고 눈앞의 기사를 훑었다.

승용차, 협곡으로 추락

한 명 사망, 원인은 불명

오늘 새벽 3시경, 뉴저지 주 그린리버의 주민 스티븐 벡이 운전하던 승용차가 뉴욕 주 경계에서 얼마 떨어지지 않은 다리에서 추락하는 사고가 발생했다. 눈보라로 도로가 미끄러운 상태였지만 경찰은 사고 원인을 정확히 밝히지 않고 있다. 유일한 목격자인 와이오밍 주 샤이엔 출신 트럭 운전사, 멜빈 바르톨라는…….

나는 기사에서 눈을 뗐다. 자살? 아니면 사고? 사람들은 어느 쪽이 진실인지 궁금해했다. 그리고 이제야 나타난 답은 자살도 사고도 아니라는 것이었다.

브루투스가 말했다. "왜 그래?"

"나도 모르겠어." 잠시 생각에 잠겨 있던 타이리스가 덧붙였다. "나는 다시 우리 일로 돌아가고 싶지 않아."

브루투스는 대꾸하지 않았다. 타이리스가 오랜 친구를 흘끔 돌아보았다. 그들은 열 살 무렵부터 함께 어울려 다녔다. 브루투스는 어릴 적에도 말수가 적었다. 집에서, 그리고 학교에서 하루에 두 번씩 흠씬 두들겨 맞은 탓이리라. 브루투스는 생존을 위해 동네에서 가장 지독한 놈이 되기로 했다. 그는 열한 살 때부터 총을 몸에 지니고 다녔고, 열네 살 때 처음으로 사람을 죽였다.

"너는 신물 나지 않아, 브루투스?"

브루투스가 어깨를 으쓱였다. "할 줄 아는 게 이것뿐이잖아."

흔들리지 않는, 냉정하고 묵직한 진실이었다.

그때 타이리스의 휴대전화가 울렸다. 그가 전화를 받았다. "어이."

"안녕, 타이리스."

타이리스에게는 생소한 목소리였다. "너 누구야?"

"우리 어제 만났었잖아. 하얀 밴 안에서."

순간 그의 피가 바짝 얼어붙었다. 이소룡. 타이리스는 생각했다. 젠장……. "원하는 게 뭐지?"

"나랑 같이 있는 사람이 당신에게 할 얘기가 있다는군."

짧은 정적이 흐른 후 티제이의 목소리가 흘러나왔다. "아빠?"

타이리스는 선글라스를 벗어 쥐고 경직된 몸을 반듯하게 세웠다. "티제이? 괜찮아?"

하지만 전화기는 다시 에릭 우에게로 넘어갔다. "나는 지금 벡을 찾고 있어, 타이리스. 당신이 좀 도와줘야겠는데. 티제이도 그러기를 간절히 바라고 있고 말이야."

"나는 몰라."

"그것 참 안됐군."

"정말이야. 맹세코 나는 몰라."

"알았어." 우가 말했다. "잠깐만 기다려봐, 타이리스. 당신에게 들려주고 싶은 소리가 있어."

43

////////

바람이 불자 나무들이 춤을 추었다. 자주색과 주황색으로 물든 태양이 잘 닦인 주전자처럼 빛나는 달에게 자리를 내주고 있었다. 밤공기의 싸늘함은 8년 전, 내가 이 성지에 마지막으로 발을 들였을 때와 섬뜩할 만큼 같았다.

과연 그리핀 스코프의 사람들이 지금껏 샤르메인 호수를 감시해 왔을까? 아무래도 상관없었다. 이런 뻔한 함정에 빠질 엘리자베스가 아니니까. 할아버지가 땅을 매입하기 전, 이곳에는 여름 캠프가 있었다. 엘리자베스의 암호인 돌고래는 이곳 오두막의 이름이다. 숲에서 가장 깊은 곳에 자리한 그 오두막은 옛날엔 비교적 큰 아이들의 숙소로 쓰였지만, 지금은 누구도 찾지 않는다.

나는 렌터카를 몰고 캠프 직원 전용 출입구로 들어섰다. 웃자란 풀 때문에 바깥 도로에서 잘 보이지 않는 곳이다. 마치 배트맨의 지하 아지트 입구처럼. 문은 아직도 쇠사슬로 묶여 있고 한쪽에는 '출입 금지' 표지판이 붙어 있었다. 쇠사슬과 표지판에는 오랫동안 방치된 흔적이 고스란히 남아 있었다. 나는 차를 세우고 문을 열었다. 해체한 쇠사슬은 바로 옆 나무에 칭칭 감아놓았다.

나는 다시 운전석에 올라 캠프 식당이 자리한 곳으로 차를 몰았다. 식당은 제 모습을 잃은 지 오래였다. 녹슨 오븐과 스토브가 아무렇게나 나뒹굴고, 온갖 취사도구가 사방에 흩뿌려져 있었다. 나머지 주방설비 대부분은 땅속에 묻혀 있었다. 나는 차에서 내려 향긋한 풀 냄새를 맡아보았다. 아버지를 떠올리고 싶지 않았지만 달빛을 받아 은색으로 반짝이는 호수를 내려다보고 있으니 어느새 다가온 아버지의 목소리가 들리는 것 같았다. 그러나 이번엔 기쁨에 찬 환호성 따위가 아니라, 내게 복수를 주문하는 목소리였다.

나는 거의 자취를 감춰버린 좁은 길을 따라 올라갔다. 엘리자베스는 왜 하필 이곳에서 만나자고 한 걸까? 아내는 이곳 여름 캠프의 폐허 속에서 노는 걸 좋아하지 않았다. 그녀와 달리 린다와 나는 이곳에서 침낭이나 빈 깡통 따위를 발견할 때마다 어떤 떠돌이가 두고 갔는지, 그가 아직도 캠프장을 떠돌고 있는지 궁금해했다. 우리보다 훨씬 똑똑한 엘리자베스는 그런 놀이에 관심이 없었다. 그녀는 낯선 장소와 불확실한 상황을 두려워했다.

십 분 후, 나는 그곳에 도착했다. 오두막은 비교적 멀쩡해 보였다. 문 앞의 나무 계단은 지저깨비로 변해버린 지 오래였지만 천장과 벽은 제 모습을 유지하고 있었다. 돌고래 표지판은 여전히 위아래로 길게 걸려 있었다. 외벽은 덩굴과 이끼와 마구 뒤섞인 이름 모를 초목으로 뒤덮인 상태였다. 벽에 난 구멍과 창문마다 덩굴이 뒤덮고 있어 마치 주변 풍경의 일부로 느껴질 정도였다.

"돌아왔군." 그때 갑자기 들려온 누군가의 목소리에 나는 화들짝 놀랐다.

남자의 목소리.

나는 생각할 틈도 없이 옆으로 몸을 날려 땅을 구른 뒤 글록을 뽑아 그를 겨누었다. 남자가 두 손을 번쩍 들었다. 나는 여전히 총을 겨눈 채 그를 보았다. 그는 내가 예상했던 모습이 아니었다. 그의 무성한 턱수염은 까마귀의 공격을 받은 울새 둥지를 연상시켰다. 그의 긴 머리는 지저분하게 엉겨 붙었고, 그가 걸친 군복은 누더기로 변해 있었다. 꼭 도심의 노숙자를 보는 듯했다. 하지만 태도에는 큰 차이가 있었다. 남자는 당당하고 반듯한 자세로 서서 이글거리는 눈으로 나를 노려보았다.

"당신 뭡니까?"

"오랜만이야, 데이비드."

"나는 당신을 몰라요."

"너는 그런지 몰라도 나는 널 알아." 그가 턱으로 내 뒤에 우뚝 선 오두막을 가리켰다. "너랑 네 누이. 나는 너희가 여기서 노는 걸 숨어서 지켜봤었어."

"그게 무슨 소리죠?"

그가 미소를 지었다. 턱수염 속에서 그의 치아가 번뜩였다. "내가 바로 호수의 유령이야."

거위 떼가 깍깍 울어대며 날아와 호수에 우르르 내려앉았다. "원하는 게 뭡니까?" 나는 물었다.

"그런 건 없어." 그가 여전히 미소를 흘리며 말했다. "이제 손을 내려도 될까?"

나는 고개를 끄덕였다. 그가 들고 있던 손을 내렸고, 나도 글록을 쥔 손을 내렸다. 하지만 무기를 도로 넣지는 않았다. 나는 그의 말을 곱씹으며 물었다. "얼마나 오랫동안 여기 숨어 있었죠?"

"한……." 그가 손가락으로 수를 헤아리기 시작했다. "30년 됐지." 그는 말문이 막혀버린 나를 보며 씩 웃었다. "네가 요만했을 때부터 널 지켜봐왔어." 그가 한 손을 무릎 높이로 내리며 말했다. "네가 자라는 걸 지켜봤지." 그가 잠시 말을 멈추었다. "오랜만에 여길 찾았구나, 데이비드."

"당신 정체가 뭡니까?"

"나는 제레미아 렌웨이라고 해." 그가 말했다.

생소한 이름이었다.

"수배자였지."

"그런데 왜 지금 나타난 거죠?"

그가 어깨를 으쓱였다. "너를 보니 반가워서."

"내가 경찰에 신고라도 하면 어쩌려고요?"

"너는 내게 빚진 게 있잖아."

"그게 무슨 뜻입니까?"

"내가 너를 살렸잖아."

순간 발밑의 땅이 요동치는 듯했다. "뭐라고요?"

"물에 빠진 널 누가 건져냈을까?" 그가 물었다.

나는 또다시 말문이 막혀버렸다.

"누가 너를 집으로 끌고 갔고, 누가 구급차를 불렀을까?"

쩍 벌어진 내 입에서는 아무 말도 나오지 않았다.

"그리고……." 그의 얼굴에서 환한 미소가 번져갔다. "누가 그놈들의 시체를 파헤쳤을까? 누군가의 눈에 띄도록 말이야."

다시 말문이 터지기까지는 적잖은 시간이 걸렸다. "대체 왜?" 나는 간신히 물었다.

"글쎄, 나도 잘 모르겠어." 그가 말했다. "나는 아주 오래전에 큰 죄를 지었거든. 그날 위기에 빠진 너를 보고 구원받을 기회라는 생각이 문득 들었어."

"그럼 그날 모든 걸……."

"다 봤지." 렌웨이가 말을 대신 맺어주었다. "놈들이 네 아내를 데려가는 것도, 그들이 배트로 너를 후려치는 것도. 놈들은 네 아내에게 원하는 정보를 내주면 너를 물에서 건져주겠다고 말했어. 그녀는 그들에게 어떤 열쇠를 넘겼고. 놈들은 낄낄대며 그녀를 차에 태웠지. 자네가 물에 잠겨 있는 동안 말이야."

나는 마른침을 꿀꺽 삼켰다. "그들이 총에 맞는 것도 봤어요?"

렌웨이가 다시 미소를 지어 보였다. "그 얘긴 여기까지 하지. 네 아내가 기다리고 있으니."

"이해가 안 되는군요."

"그녀가 너를 기다리고 있다고." 그가 돌아서며 말했다. "그 나무 옆이야." 그 말을 끝으로 그는 자기 길을 걸어가기 시작했다. 나는 멍하니 서서 덤불 속으로 사라지는 그를 지켜보았다.

그 나무.

나는 아내가 기다리는 곳으로 달려갔다. 나뭇가지가 연신 얼굴을 때렸지만 개의치 않았다. 다리는 통증을 호소하며 쉬라고 했고, 폐도 저항했지만 나는 이를 악물었다. 마침내 눈앞에 남근 모양의 바위가 나타났다. 나는 나무 앞에 버티고 선 바위 뒤편으로 돌아 들어갔다. 눈에서는 어느새 눈물이 흐르고 있었다.

E.P. + D.B. 우리가 새겨놓은 이니셜이 까맣게 변해 있었다. 열세 개의 줄도 마찬가지였다. 나는 잠시 나무를 바라보다가 조심스레 손을 뻗어 그 표면을 만져보았다. 우리의 이니셜도, 열세 개의 줄도 아닌, 얼마 지나지 않았는지 수액이 배어나 끈적거리는, 새로 새겨진 여덟 개의 줄을.

그때 아내의 목소리가 들려왔다. "아직도 유치하다고 생각해?"

가슴이 터질 것만 같았다. 홱 돌아서자 어느새 바짝 다가와 서 있는 아내가 눈에 들어왔다.

나는 움직일 수가 없었다. 말도 나오지 않았다. 내 눈은 그녀의 얼굴에서 떨어질 줄 몰랐다. 엘리자베스의 아름다운 얼굴. 그리고 두 눈. 마치 새까만 수직갱도 속으로 추락하는 듯한 기분이었다. 마음 고생이 심했는지 조금 수척해 보였지만, 아내의 얼굴은 내가 지금껏 봐온 그 무엇보다 완벽했다.

나는 이 상황이 짓궂은 꿈이 아니기를 간절히 속으로 되뇌었다. 아내를 품에 안고 그녀의 얼굴을 어루만지는 이 꿈같은 순간에 그 무엇도 나를 잡아끌지 않기를, 더없이 행복한 이 순간이 한낱 꿈으로 사라지지 않기를. 그러나 이내 두려움이 밀려들었다. 불안감이 내 숨을 턱 막히게 했다.

내 생각을 읽었는지 엘리자베스가 고개를 끄덕였다. 이 순간이 꿈이 아닌 생시임을 알려주려는 듯이. 아내가 내 앞으로 천천히 다가왔다. 나는 가쁜 숨을 몰아쉬며 고개를 저었다. 그리고 나무에 새겨진 줄들을 가리켰다. "유치하긴. 저게 얼마나 로맨틱한데."

그녀가 눈물이 그렁그렁해진 채 한 손으로 입을 막고 내게로 달려왔다. 나는 두 팔을 활짝 벌렸고, 아내는 내 품에 와락 안겼다. 눈을 질끈 감고 그녀를 있는 힘껏 끌어안았다. 그녀의 머리에서 라일락과 계피 향기가 풍겼다. 그녀는 내 가슴에 얼굴을 묻고 펑펑 울기 시작했다. 우리는 서로를 꼭 붙들고, 또 붙들었다. 우리 몸은 서로에게 적응할 필요도 없었다. 나는 두 손으로 그녀의 뒤통수를 감싸 쥐었다. 그녀의 머리는 짧아졌지만 감촉은 예전 그대로였다. 아내의 몸이 바르르 떨리고 있었다. 그녀 또한 나의 떨림을 똑똑히 감지하고 있을 것이다.

우리는 격렬하게 키스를 나눴다. 그 오랜 세월이 지났음에도 친숙했고, 그 어느 때보다 간절했다. 수심을 잘못 짐작해 바닥 끝까지 처박혔다가 기적적으로 수면 위로 떠오른 사람들처럼. 잃어버린 지난 세월은 눈 녹듯 사라졌다. 겨울을 흘려보내고 봄을 맞아들인 기분이었다. 무수한 감정이 나를 스쳐갔다. 나는 그것들을 자세히 살피지도, 이해하려 애쓰지도 않았다. 그냥 그 감정들을 흘려보냈다

아내가 고개를 들고 내 눈을 똑바로 쳐다보았다. 나는 움직일 수가 없었다. "미안해." 그녀가 말했다. 내 심장은 또다시 산산이 조각나버렸다.

나는 아내를 꽉 끌어안았다. 왠지 그러지 않았다가는 아내를 영영 잃을 것만 같았다. "다시는 떠나지 마."

"안 그럴게."

"약속?"

"약속." 그녀가 대답했다.

우리는 한동안 그렇게 서로를 끌어안고 있었다. 나는 아내의 고운 피부에 내 몸을 밀착시켰고, 손으로는 그녀의 등을 쓰다듬었다. 백조 같은 그녀의 목에 입을 맞추었다. 하늘을 향해 묻고 싶었다. 어떻게? 어떻게 지금 이 상황이 또 다른 잔인한 농담이 아니고 현실일 수 있지? 어떻게 아내가 살아서 내게 다시 돌아올 수 있지?

하지만 아무래도 상관없었다. 나는 그저 이 상황이 꿈이 아니기만을 바랄 뿐이었다. 이 순간이 영원히 지속되기를.

그때 눈치도 없이 터져 나온 휴대전화 벨소리가 나를 아내에게서 떼어놓았다. 받고 싶지 않았지만 내게는 선택의 여지가 없었다. 이 소식을 애타게 기다리고 있을 사람들을 생각해야 한다. 그들을

외면하는 건 도리가 아니다. 나는 한 손으로 엘리자베스의 허리를 감싼 채 휴대전화를 꺼내 받았다.

타이리스였다. 그가 상황을 설명했고, 눈앞의 모든 게 스르르 녹아내리기 시작했다.

44

////////

우리는 라이커 힐 초등학교 주차장에 차를 세운 뒤 손을 잡고 운동장을 가로질렀다. 어둠에 묻힌 학교는 엘리자베스와 내가 신나게 뛰놀던 시절의 모습을 고스란히 간직하고 있었다. 내 눈은 자연스레 새로 추가된 안전 설비들을 훑었다. 누가 소아과 의사 아니랄까 봐. 마구 모양의 의자가 달려 있는 그네의 쇠사슬은 과거에 비해 훨씬 튼튼해 보였다. 정글짐 밑에는 아이들이 추락할 경우에 대비해 부드러운 매트리스를 깔아두었다. 하지만 발야구 베이스라인과 축구장, 땅따먹기 선 따위가 그려진 아스팔트는 어린 시절 그대로였다.

우리를 가르쳤던 소벨 선생님의 2학년 교실 창문 앞도 지나쳤지만, 아득한 과거의 향수가 생각처럼 진하게 느껴지진 않았다. 우리는 몸을 숙인 채 숲으로 들어갔다. 여전히 손은 서로 맞잡은 채로. 20년 만에 학교를 찾았음에도 우리는 길을 훤히 알고 있었다. 십 분 후에 우리는 굿하트 가에 자리한 엘리자베스의 집 뒤뜰에 다다랐다. 나는 아내를 흘끔 돌아보았다. 유년기를 보낸 집을 바라보는 그녀의 눈가가 촉촉해져 있었다.

"어머니는 정말 아무것도 모르셨던 거야?"

그녀가 고개를 저으며 나를 돌아보았다. 나는 고개를 끄덕인 후 아내의 손을 살며시 놓았다.

"정말 괜찮겠어?" 그녀가 물었다.

"다른 방법이 없잖아." 내가 답했다.

나는 아내에게 반박할 기회를 주지 않고 그녀에게서 떨어져 나와 집으로 다가갔다. 그리고 두 손으로 눈 주변을 가리고 유리문 안쪽을 들여다보았다. 호이트는 보이지 않았다. 뒷문 쪽으로 돌아가보니 문이 열려 있었다. 나는 손잡이를 밀고 안으로 들어갔다. 집에는 아무도 없었다. 다시 밖으로 나오려는 순간, 차고에 불이 켜졌다. 나는 주방을 가로질러 세탁실로 들어갔다. 그리고 차고로 통하는 문을 조심스레 열어보았다.

호이트 파커가 자동차 앞좌석에 앉아 있었다. 시동은 꺼져 있었고, 그의 손에는 술잔이 들려 있었다. 내가 문을 열자 그가 권총을 들었으나 내 얼굴을 확인하고는 다시 내려놓았다. 나는 시멘트 바닥을 딛고 들어가 조수석 문손잡이를 움켜잡았다. 차 문은 열려 있었다. 나는 문을 열고 조수석에 올랐다.

"원하는 게 뭔가, 벡?" 그가 혀 꼬인 소리로 말했다.

나는 편한 자세를 찾아 몸을 움직였다. "그리핀 스코프에게 그 아이를 놓아주라고 하세요." 나는 말했다.

"그게 무슨 소린가?" 그가 무성의하게 물었다.

"부정 이득, 뇌물 수수, 매수. 마음에 드는 죄명을 고르시죠. 전 진실을 압니다."

"자넨 몰라."

"그날 밤 호수에서 장인어른은 엘리자베스에게 경찰에 알리지 말라고 설득했어요."

"그 얘기라면 이미 하지 않았나."

"너무 궁금합니다. 대체 뭐가 그리도 두려우셨나요? 그들이 그 사람을 죽일까 봐? 아니면 당신도 경찰에 체포될까 봐?"

그의 굼뜬 시선이 나를 향했다. "내가 도망치라고 설득하지 않았다면 그 애는 살아남지 못했을 거야."

"그걸 부정하는 건 아닙니다. 그런데 장인어른께도 좋은 선택이었죠. 따님 목숨도 구하고, 자신도 감옥행을 면하게 됐으니 일거양득이잖아요."

"감옥행이라니? 내가 왜?"

"스코프 밑에서 일하지 않았습니까."

그가 어깨를 으쓱였다. "그놈 돈을 받아먹은 게 어디 나 하나뿐인 줄 아나?"

"당연히 아니겠죠."

"그런데 내가 뭘 걱정했겠어?"

"장인어른께서 하신 일."

그가 남은 술을 마저 들이켜고는 술병을 찾아 두리번거렸다. 다시 잔을 채운 그가 말했다. "그게 무슨 소린가?"

"엘리자베스가 뭘 알아냈는지 아십니까?"

"브랜던 스코프의 불법 행위들." 그가 말했다. "미성년자 아이들의 매춘. 마약. 온갖 악행을 저질러온 놈이 아닌가."

"그게 다입니까?" 나는 떨지 않으려 애쓰며 말했다.

"대체 지금 무슨 얘기를 하는 건가?"

"만약 그 사람이 계속 파헤쳤다면 그보다 훨씬 더 큰 범죄를 밝혀냈을 겁니다." 나는 깊은 숨을 들이쉬었다. "제 말이 틀렸습니까,

호이트?"

내 말에 그의 얼굴이 축 늘어졌다. 그가 고개를 돌리고 앞 유리 너머를 응시했다.

"살인."

나는 그의 시선을 따라가보았다. 하지만 보이는 것이라고는 나무 걸판에 가지런히 정리된 연장들뿐이었다. 노란색과 검은색 손잡이가 달린 드라이버들이 크기에 따라 완벽하게 걸려 있었다. 일자는 왼쪽, 십자는 오른쪽. 그 사이에는 렌치 세 개와 망치가 걸려 있었다.

"브랜던 스코프를 끌어내리고 싶어했던 건 엘리자베스만이 아니었습니다." 나는 잠시 말을 멈추고 그의 시선이 돌아오기를 기다렸다. 한참 후, 그가 천천히 나를 보았다. 나는 그의 눈빛을 똑똑히 확인할 수 있었다. 그는 눈을 깜빡이지도, 그 눈빛을 감추려고도 하지 않았다.

"제 아버지를 죽이셨습니까, 호이트?"

그는 술을 벌컥 들이킨 후 입에 잠시 물고 있다가 꿀꺽 삼켰다. 위스키 몇 방울이 얼굴에 튀었지만 그는 닦지 않았다. "그보다 더 한 짓을 했지." 그가 눈을 지그시 감고 말했다. "배신."

가슴속에서 격노가 끓어올랐다. 하지만 내 목소리는 놀라울 만큼 차분했다. "왜 그러셨어요?"

"데이비드, 자네도 그 이유를 알잖나."

분노에 온몸이 덜덜 떨렸다. "아버지는 브랜던 스코프와 함께 일하셨어요."

"그 정도가 아니었어." 그가 불쑥 끼어들었다. "그리핀 스코프는 자네 부친에게 브랜던의 멘토 역할을 주문했어. 그들이 그토록 가깝게 지낸 이유였지."

"엘리자베스와 가깝게 지낸 것처럼 말이죠."

"그래."

"아버지는 그와 함께 일하시던 중 브랜던이 얼마나 나쁜 놈인지 알게 됐어요. 그렇죠?"

호이트는 말없이 위스키만 홀짝였다.

"아버지는 어쩔 줄 몰랐어요." 나는 계속 이어나갔다. "남에게 알리기도, 그렇다고 그냥 모른 척하기도 힘든 상황이었겠죠. 아버지는 극심한 죄책감에 시달렸고. 그래서 세상을 뜨기 전까지 몇 달 동안은 입도 거의 열지 않았죠." 나는 말을 멈추고 아버지를 떠올렸다. 의지할 곳 없었던 아버지는 무척 두렵고 외로웠을 것이다. 왜 나는 그걸 몰랐을까? 어째서 나만의 세상에 갇혀 아버지의 아픔을 보지 못했을까? 왜 아버지에게 손을 내밀지 않았을까? 왜 아버지를 도우려고 뭐라도 해보지 않았을까?

나는 호이트를 돌아보았다. 내 주머니에는 권총이 들어 있었다. 마음만 먹는다면 손쉽게 해치울 수 있는 상황이었다. 총을 꺼내 방아쇠만 당기면 끝날 일이었다. 탕. 끝. 하지만 그런다고 달라질 일은 없다. 오히려 역효과만 날 뿐.

"계속해보게." 호이트가 말했다.

"그러던 중 아버지는 친구에게 모든 걸 털어놓기로 결심했어요. 그것도 브랜던이 악행을 저지르고 다니는 도시에 소속된 경찰 친구에게." 내 안에서 다시 피가 끓어올랐다. 당장이라도 폭발할 것 같은 분위기였다. "바로 당신 말입니다, 호이트."

순간 그의 표정에 미세한 변화가 일어났다.

"여기까지 틀린 부분이 있습니까?"

"다 맞아." 그가 말했다.

"당신이 스코프에게 털어놓았죠?"

그가 고개를 끄덕였다. "나는 그들이 그를 다른 곳으로 전근 보낼 줄 알았어. 어떻게든 브랜던과 떨어뜨리려고 말이야. 하지만……." 그가 침울한 표정을 지었다. 자기 목소리에 묻어나는 합리화가 영 못마땅한 듯이. "어떻게 알았지?"

"멜빈 바르톨라. 그는 아버지가 겪은 끔찍한 사고의 목격자였어요. 동시에 스코프의 사람이고요." 눈앞에서 아버지의 미소가 아른거렸다. 주먹을 말아쥔 내 두 손에 힘이 잔뜩 들어갔다. "그리고 내 목숨을 구해주었다는 당신의 거짓말." 나는 계속 이어나갔다. "당신은 바르톨라와 울프를 쏜 후 다시 호수로 돌아갔습니다. 하지만 나를 구하려고 간 건 아니었죠. 아무런 움직임도 포착되지 않자 당신은 내가 죽은 거라 생각했습니다."

"죽은 거라 짐작했을 뿐이야." 그가 말했다. "자네가 죽기를 바랐던 게 아니라."

"아주 적당한 표현이군요."

"나는 자네가 다치는 걸 원치 않았어."

"그럼 그때 저를 챙기셨어야죠. 당신은 곧장 차로 돌아가 엘리자베스에게 내가 익사했다고 말했어요."

"엘리자베스를 설득해 은신하도록 만들어야 했거든." 그가 말했다. "자네가 죽었다고 하니 확실히 도움이 되더군."

"제가 살아 있다는 소식을 듣고 많이 놀라셨겠군요."

"큰 충격을 받았지. 대체 거기서 어떻게 살아나온 건가?"

"그건 지금 중요하지 않아요."

호이트는 지쳤는지 몸을 축 늘어뜨렸다. "하긴." 그의 표정이 또

다시 바뀌었다. "더 알고 싶은 게 있나?"
"그럼 지금까지의 내용을 부정하지 않는다는 뜻입니까?"
"그래."
"멜빈 바르톨라와 아는 사이였죠?"
"그래."
"바르톨라는 곧 엘리자베스에게 벌어질 일에 대해 당신에게 귀띔해줬어요. 그날 정확히 무슨 일이 있었는지 모르지만, 어쩌면 그에게도 양심이 있었는지도 모르겠군요. 어쩌면 사람이 죽는 걸 원치 않았는지도 모르고."
"바르톨라에게 양심이?" 그가 웃었다. "말도 안 돼. 그놈은 살인자야. 그가 날 찾아온 건 순전히 또 다른 수익을 얻어내기 위함이었을 뿐이라고. 스코프가 챙겨주는 보수도, 내가 찔러주는 돈도 다 꿀꺽하려고 말이야. 나는 그에게 돈을 두 배로 올려주고, 해외로 도피하는 걸 도울 테니 엘리자베스의 죽음을 위장할 수 있도록 도와달라고 했네."
나는 고개를 끄덕였다. 그제야 이해가 됐다. "그럼 바르톨라와 울프는 스코프 쪽 사람들에게 엘리자베스를 죽인 후에 은신하겠다고 했겠군요. 그러잖아도 사람들이 그들의 실종에 별 관심을 보이지 않은 이유가 궁금했는데. 당신 덕분에 바르톨라와 울프는 유유히 이 땅을 뜰 생각에 한껏 부풀어 있었을 거예요. 그렇죠?"
"그래."
"그 후에 무슨 일이 있었나요? 그들과의 약속을 저버리셨나요?"
"바르톨라와 울프 같은 놈들은 당최 믿을 수가 없어. 내가 그들에게 얼마를 찔러줬든 그들은 계속 나타나 돈을 요구했을 거야. 외국에 나가 살다가 갑자기 생각이 바뀔 수도 있고, 고주망태가 되어서 술집 손님들에게 자기가 한 짓을 신나게 떠벌릴 수도 있지. 지금껏 그런 놈들을 숱하게 상대해서 잘 알아. 그런 위험부담은 피하는 게 상책이라고."

"그래서 그들을 죽이신 거군요."

"그래." 그가 조금의 후회도 없는 말투로 말했다.

이제 나는 모든 진실을 알게 됐다. 그 모든 진실이 어떤 결말을 불러올지는 알 수 없었지만. "그들이 어린아이를 데려갔습니다." 나는 말했다. "나를 대신 붙잡고 아이는 풀어달라고 했어요. 그들에게 연락해서 거래가 성사되도록 도와주세요."

"놈들은 이제 나를 신뢰하지 않아."

"스코프 밑에서 오래 일하셨잖아요. 방법을 떠올려보세요."

호이트는 고민에 빠진 듯 창밖을 응시했다. 그의 시선은 온갖 연장이 걸린 한쪽 벽에 고정되어 있었다. 나는 그가 무슨 생각을 하고 있는지 짐작할 수 없었다. 그때 그가 천천히 권총을 집어 들고 내 얼굴을 겨누었다. "좋은 아이디어가 떠올랐어." 그가 말했다.

나는 눈도 깜빡이지 않았다. "차고 문 열어요, 호이트."

그는 움직이지 않았다.

나는 손을 뻗어 리모컨 버튼을 눌렀다. 모터의 윙윙거림과 함께 차고 문이 올라갔다. 밖에는 엘리자베스가 미동도 없이 서 있었다. 문이 완전히 열리자 그녀가 아버지를 매섭게 노려보기 시작했다.

딸의 눈빛에 그가 움찔했다.

"호이트?"

그가 나를 홱 돌아보았다. 그는 한 손으로 내 머리를 움켜쥐고 총구를 내 눈에 들이밀었다. "네 아내에게 비키라고 말해."

나는 대답하지 않았다.

"어서. 죽고 싶지 않으면."

"설마, 딸 앞에서 저를 쏘지는 않으시겠죠?"

그가 내 쪽으로 몸을 기울였다. "시키는 대로 해." 문득 그의 목소리가 적대적인 명령이라기보다 절박한 애원처럼 느껴졌다. 그를 보고 있노라니 묘한 기분이 전해졌다. 호이트가 차에 시동을 걸었다. 나는 아내에게 물러서라고 손짓했다. 잠시 망설이던 그녀가 옆으로 물러났다. 호이트는 딸이 완전히 길을 내줄 때까지 기다렸다가 가속 페달을 힘껏 밟았다. 차는 미끄러지듯 차고를 빠져나갔다. 나는 사이드미러로 점점 작고 흐릿해지는 엘리자베스를 지켜보았다. 아내는 그렇게 내 눈에서 사라져버렸다.

또다시.

과연 아내를 다시 볼 수 있을까? 겉으로는 자신만만한 척했지만 마음속으로는 불안했다. 아내와 나는 이 문제를 놓고 언쟁을 벌였다. 나는 반드시 해야만 하는 일이라고 설명했다. 이번에는 내가 그녀를 보호할 차례라고. 엘리자베스는 내켜 하지 않았지만 결국 나를 이해해주었다.

불과 며칠 전, 나는 아내가 살아 있음을 알게 되었다. 이제 나는 아내를 위해 죽을 각오가 되어 있다. 기꺼이. 이상하게도 아버지를 배신한 남자의 차에 오른 이 순간에도 편안한 기분이 찾아왔다. 오랫동안 나를 짓눌러온 죄책감이 마침내 그 억센 손을 거둔 것이다. 나는 이제 내가 무엇을 해야 하는지, 무엇을 희생해야 하는지 알고 있다. 애초부터 내게는 다른 선택의 여지가 없었던 게 아닐까? 결국 이런 결말을 맞을 운명이었을까?

나는 호이트를 돌아보며 말했다. "엘리자베스는 브랜던 스코프를 죽이지 않았습니다."

“알아.” 그가 내 말을 끊었다. 그리고 충격적인 한마디를 덧붙였다. “내가 죽였어.”

나는 그대로 얼어붙었다.

“브랜던이 엘리자베스를 무참히 폭행했어.” 그가 빠르게 이어나갔다. “놈이 그 애를 죽이려고 했다고. 그래서 내가 쏴 죽인 거야. 놈이 자네 집에 찾아갔을 때. 그리고 내가 얘기했던 것처럼 모든 걸 곤잘레스에게 덮어씌웠지. 엘리자베스는 내가 무슨 짓을 했는지 알고 있네. 하지만 그 애는 억울한 누명을 쓴 무고한 사람을 두고 볼 수 없었지. 그래서 그의 알리바이를 만든 거야. 스코프 쪽 사람들은 그 소식을 전해 듣고 머리를 굴렸지. 그리고 그들이 엘리자베스를 범인으로 의심하기 시작했을 때…….” 그가 말을 멈추었다. 그의 시선은 눈앞 도로에 단단히 고정되어 있었다. 잠시 후, 그가 힘겹게 입을 열었다. “젠장, 나는 그냥 그러도록 내버려뒀어.”

나는 그에게 휴대전화를 건넸다. “전화 걸어요.” 나는 말했다.

그는 순순히 래리 갠들이라는 자에게 전화를 걸었다. 나도 갠들을 몇 번 만난 적이 있다. 그의 아버지와 우리 아버지는 고등학교 동창이었다. “벡이랑 같이 있어.” 호이트가 그에게 말했다. “승마장에서 만나기로 하지. 아이는 풀어줘야 해.”

래리 갠들의 대답은 내게 들리지 않았다.

“아이가 무사하다는 것부터 증명하게.” 호이트가 말했다. “그리고 그리핀에게 전해. 그가 원하는 게 내게 있으니 더는 나와 내 가족을 괴롭히지 말라고.”

호이트는 갠들의 대답을 마저 듣고 전화를 끊은 뒤 내게 휴대전화를 돌려주었다.

“저도 당신의 가족인가요, 호이트?”

그가 다시 내 머리에 총을 겨누었다. "천천히 글록을 꺼내, 벡. 손가락 두 개만 써서."

나는 그의 지시에 따랐고, 그는 조수석 창문을 내렸다.

"차 밖으로 던져."

나는 망설였다. 그가 또다시 내 눈에 총구를 들이밀었다. 나는 권총을 창밖으로 던져버렸다.

우리는 전화벨이 울리기를 기다리며 조용히 도로를 달렸다. 마침내 전화벨이 울렸고, 나는 황급히 받았다. 타이리스가 나지막한 목소리로 말했다. "아이가 무사히 돌아왔어요."

나는 안도의 한숨을 내쉬며 전화를 끊었다.

"저를 어디로 데려가시는 겁니까?"

"자네도 목적지를 알지 않나."

"그리핀 스코프가 우리를 죽일 거예요."

"아니." 그가 여전히 총으로 나를 겨눈 채 말했다. "둘 다 죽지는 않을 거야."

45

////////

우리는 고속도로를 벗어나 시골길로 들어섰다. 가로등도 없는 그곳에서는 자동차 헤드라이트가 유일한 조명이었다. 호이트가 뒷좌석으로 손을 뻗어 서류 봉투를 집었다.

"이 안에 들어 있네, 벡. 전부 다."

"뭐가 말씀입니까?"

"자네 부친이 브랜던의 범행을 조사한 내용일세. 그리고 엘리자베스가 손에 넣은 브랜던의 약점까지도."

나는 언뜻 그의 말을 이해하지 못했다. 처음부터 이걸 보관하고 있었던 걸까? 문득 뇌리를 스치는 또 다른 의문이 있었다. 차. 호이트는 왜 차에 앉아 있었던 거지?

"사본은 어디 있죠?"

그 질문을 기다려왔다는 듯 그가 환히 웃었다. "사본은 없어. 이 안에 있는 게 다야."

"이해가 안 되는군요."

"곧 이해하게 될 거야, 데이비드. 미안하지만 자네가 나를 위해 희생양이 되어줘야겠네. 다른 방법은 없어."

"스코프를 속일 수는 없을 겁니다."

"아니, 그는 내 말을 믿을 거야. 자네가 말했다시피 나는 그와 함께 아주 오래 일했거든. 나는 그가 무슨 답을 듣고 싶어하는지 알아. 오늘 밤에 모든 문제가 다 해결될 거야."

"제가 죽는 것으로요?"

그는 대꾸하지 않았다.

"엘리자베스에게는 어떻게 설명하실 거죠?"

"그 애는 날 증오하겠지." 그가 말했다. "그래도 살아 있으니 된 거 아닌가?"

먼발치에 있는 저택의 뒷문이 보였다. 종반전. 나는 생각했다. 제복 차림의 경비원이 들어가라고 손짓했다. 호이트의 총은 아직도 나를 겨누고 있었다. 진입로를 따라 올라가던 호이트가 예고도 없이 급브레이크를 밟았다.

그가 내 쪽으로 몸을 홱 틀었다. "몸에 도청장치를 차고 있나, 벡?"

"네? 아뇨."

"거짓말. 어디 한번 보자고." 그가 내 가슴을 더듬기 시작했다. 내가 뒤로 물러나자 그는 권총을 더 가까이 들이밀며 내 몸을 수색한 뒤, 만족스러운 표정을 지었다.

"운이 좋군." 그가 조롱하듯 말했다.

그는 다시 기어를 주행으로 바꾸었다. 어둠 속에서도 넓은 마당을 뒤덮은 풀 내음이 느껴졌다. 달빛을 받아 나무들의 윤곽이 드러났다. 잔잔한 바람에 나뭇가지들이 조금씩 흔들렸다. 멀리 환한 불빛이 보였다. 호이트는 그쪽으로 차를 몰았다. 색 바랜 회색 표지판이 우리가 프리덤 트레일스 승마장에 도착했음을 알려주었다. 우리는 주차장의 첫 번째 칸에 차를 세웠다. 나는 창밖의 거대한 건물을 물끄러미 내다보았다. 승마장에 대해 아는 건 없었지만 언뜻 봐도 압도적이었다. 격납고 모양의 거대한 건물은 테니스 코트 열 개를 거뜬히 담을 만큼 컸다. 승마장은 V자 모양으로, 끝이 보이지 않을 만큼 길었다. 그 앞으로는 커다란 분수와 트랙과 장애물 코스가 자리하고 있었다.

남자들이 우리를 기다리고 있었다.

여전히 총으로 나를 겨눈 채 호이트가 말했다. "내려."

나는 순순히 지시에 따랐다. 차 문 닫히는 소리가 정적을 깨뜨렸다. 호이트가 내 옆으로 다가와 총구로 내 등허리를 쿡 찔렀다. 승마장에 감도는 냄새가 4-H* 축제 마당을 떠올리게 했다. 하지만 눈앞에 서 있는 네 명의 남자를 보니 머릿속 안온한 이미지가 싹 달아나버렸다. 그들 넷 중 두 명은 눈에 익은 얼굴이었다.

본 적 없는 나머지 두 명은 반자동 라이플로 무장한 상태였다. 그들은 우리에게 총을 겨누고 있었다. 나는 떨지 않았다. 내게 총이 겨누어지는 상황에 어느새 익숙해진 탓일까. 한 명은 오른편 승마장 입구에 서 있고, 또 다른 한 명은 왼편에 세워둔 차에 몸을 기대고 있었다.

눈에 익은 두 남자는 조명 아래 서 있었다. 래리 갠들과 그리핀 스코프. 호이트가 총으로 나를 떠밀었다. 그때 커다란 건물의 문이 열리고 동양인 남자가 걸어 나왔다. 에릭 우.

그를 보는 순간, 심장이 늑골을 뚫고 나올 듯 요동치기 시작했다. 귓속에서는 호흡 소리가 요란하게 울려 퍼졌고, 다리는 따끔거렸다. 무기의 위협에는 면역이 된 상태였지만 내 몸은 아직도 그의

* 농업구조와 농촌의 생활을 개선하기 위해 미국에서 처음 조직된 청소년 단체. 두뇌(head) · 마음(heart) · 손(hand) · 건강(health)의 이념을 표방한다.

손가락을 더 강렬하게 기억하고 있었다. 나도 모르게 걸음이 느려졌다. 우는 내게 눈길도 주지 않고 그리핀 스코프에게 다가가 무언가를 건넸다.

"좋은 소식을 가져왔소." 호이트는 그들로부터 10미터쯤 떨어진 지점에 나를 멈춰 세우고 큰 소리로 말했다.

모든 눈이 그리핀 스코프에게로 돌아갔다. 물론 나도 그를 알고 있다. 나 역시 그의 지인이었다. 옛 친구의 아들이자 신임받는 직원의 동생. 대부분의 사람들과 마찬가지로 한때는 나 또한 번뜩이는 눈을 가진 저 남자를 경외했다. 모두가 그의 관심을 사기 위해, 동시에 그를 격의 없는 친구로 두기 위해 무던히 애썼다. 그는 친구와 고용주 사이에서 노련하게 줄타기를 할 줄 아는 사람이었다. 그것은 누구도 쉽게 따라할 수 없는 기술이었다. 친구가 되는 순간 보스는 경의를 잃게 된다. 갑자기 보스 노릇을 하려고 하면 친구는 분개하게 되고. 하지만 정력 넘치는 그리핀 스코프에게는 그런 게 조금도 문제 되지 않았다. 그는 그런 리더였다.

그리핀 스코프는 얼굴을 찌푸리고 물었다. "좋은 소식이라고, 호이트?"

호이트는 애써 미소를 지어 보였다. "아주 좋은 소식이오."

"잘됐군." 스코프가 말했다. 그가 우를 돌아보았다. 우는 고개만 끄덕일 뿐 제자리를 지키고 있었다. 스코프가 말했다. "사람 들뜨게 하지 말고 어서 말해보게, 호이트."

호이트가 헛기침을 한 번 했다. "우선 분명히 해둘 게 있소. 내가 당신에게 피해를 주려고 한 건 아니라는 점. 나는 당신에게 불리하게 작용할 수 있는 그 무엇도 밖으로 새어 나가지 않도록 지금까지 최선을 다했소. 하지만 그러는 동시에 내 딸도 보호해야만 했지.

내 입장을 이해할 수 있겠소?"

스코프의 얼굴이 살짝 어두워졌다. "자식을 보호하고자 하는 간절한 마음을 이해하느냐고?" 그가 우렁찬 소리로 물었다. "물론이지, 호이트. 이해하네."

갑자기 들려온 말들의 울음이 정적을 깼다. 호이트는 혀로 입술을 적시고는 서류 봉투를 번쩍 들어 보였다.

"그게 뭔가, 호이트?"

"여기 모든 게 담겨 있소." 그가 대답했다. "사진, 진술서, 테이프. 내 딸과 스티븐 벡이 당신 아들에 대해 파헤친 모든 것."

"사본은?"

"물론 있지." 호이트가 말했다.

"어디?"

"안전한 곳에 보관해뒀소. 변호사가 지키고 있지. 내가 한 시간 후 전화를 걸어 암호를 대지 않으면 그가 모든 걸 세상에 공개할 거요. 이건 협박이 아니오, 스코프. 나는 내가 아는 그 무엇도 결코 발설하지 않을 거요. 나 또한 잃을 게 많으니까."

"하긴." 스코프가 말했다. "그건 그렇지."

"이제 우리를 놓아주시오. 당신은 모든 걸 손에 넣었잖소. 나머지도 곧 보내드리리다. 그러니 제발 나와 내 가족을 괴롭히지 말아주시오."

그리핀 스코프가 래리 갠들과 에릭 우를 차례로 돌아보았다. 무장한 남자들은 바짝 긴장한 상태였다. "내 아들은 어쩌고, 호이트? 누군가가 그 아이를 개처럼 쏴 죽였단 말이야. 그런데도 나더러 그냥 잊어달라고?"

"바로 그거요." 호이트가 말했다. "당신 아들을 죽인 건 엘리자베스가 아니오."

그 말에 스코프의 눈이 가늘어졌다. 그의 눈빛에서 깊은 관심이 엿보였다. 하지만 나는 또 다른 무언가도 감지할 수 있었다. 당혹감. "계속 설명해보게. 그럼 누가 죽였단 말인가?"

호이트가 마른침을 꿀꺽 삼켰다. 그가 몸을 틀고 나를 바라보았다. "데이비드 벡."

나는 놀라지 않았다. 화도 나지 않았다.

"이 친구가 당신 아들을 죽였소." 그가 빠르게 말을 이었다. "진실을 알고 복수를 한 거지."

스코프는 헉 하는 소리와 함께 한 손을 가슴에 얹었다. 그의 시선이 나를 향했다. 에릭 우와 갠들도 나를 보고 있었다. 스코프가 나를 노려보며 말했다. "자네는 할 말 없나, 닥터 벡?"

나는 머리를 굴려보았다. "다 거짓말이라고 말씀드린다 한들 달라지겠습니까?"

스코프는 내 질문에 답하지 않았다. 대신 우를 돌아보며 말했다. "저 봉투를 가져오게."

우는 검은 표범처럼 걸어왔다. 그의 섬뜩한 미소가 내 몸을 바짝 얼어붙게 만들었다. 그는 호이트 앞에 멈춰 서서 한 손을 내밀었다. 호이트가 그에게 봉투를 넘겼다. 그런데 한 손으로 봉투를 받아든 우가 또 다른 손으로 호이트의 권총을 낚아채 등 뒤로 휙 던져버렸다. 나는 지금껏 그토록 빠른 손놀림을 본 적이 없었다.

호이트가 말했다. "이게 지금 무슨……?"

우가 주먹으로 그의 명치를 가격했다. 다리가 풀리면서 호이트가 무릎을 꿇었다. 모두가 멀뚱하게 서서 땅에 납작 엎드려 헛구역질을 해대는 호이트를 지켜보았다. 호이트 주변을 빙빙 맴돌던 우가 그의 흉곽을 힘껏 걷어찼다. 나는 늑골 부러지는 소리를 똑똑히 들을 수 있었다. 뒤로 벌러덩 나자빠진 호이트가 눈을 깜빡였다.

그리핀 스코프가 미소 지으며 다가와 내 장인을 내려다보았다. 그가 무언가를 들어 보였다. 나는 눈을 가늘게 뜨고 작고 까만 물체를 응시했다.

호이트가 피를 토하며 그를 올려다보았다. "왜……?" 그가 간신히 말했다.

스코프가 손에 쥐고 있는 건 녹음기였다. 스코프가 재생 버튼을 누르자 녹음기에서 호이트의 목소리가 흘러나왔다.

"엘리자베스는 브랜던 스코프를 죽이지 않았습니다."

"알아. 내가 죽였어."

스코프가 녹음기를 껐다. 아무도 입을 열지 않았다. 스코프가 내 장인을 죽일 듯 노려보았다. 순간 몇 가지 깨달음이 찾아들었다. 만약 호이트 파커가 자신의 집에 도청장치가 숨겨져 있다는 걸 알았다면 자신의 차 역시 안전하지 않다는 걸 알았을 것이다. 뒤뜰로 들어선 우리를 보자마자 그가 집을 나온 이유. 그가 차 안에서 나를 기다린 이유. 엘리자베스가 브랜던 스코프를 죽이지 않았다고 했을 때 그가 내 말을 끊은 이유. 그들이 엿듣고 있는 공간에서 자신이 그를 죽였다고 자백한 이유. 내 몸을 수색했을 때 그는 칼슨이 내 가슴에 붙여놓은 도청장치를 감지했을 것이다. 그는 FBI가 모든 걸 똑똑히 들어주기를 바랐던 것이다. 그리고 그 행동의 결과로 스코프가 내 몸을 수색하지 않으리라는 것도. 호이트 파커는 모든 책임을 뒤집어쓰려 했던 것이다. 내 아버지를 배신한 것을 포함해 온갖 악행을 저질러온 그는 이것을 구원받을 마지막 기회라 믿고 계략을 꾸민 것이다. 결국 내가 아닌 그가 모두를 구하기 위해 희생양을 자처한 셈이었다. 동시에 나는 또 하나의 사실을 깨달았다. 그 계략이 제대로 먹히려면 그가 마지막으로 해야 할 일이 있었다. 그래서 나는 뒤로 슬그머니 물러났다. 어느새 나타난 FBI 헬리콥터들이 내려앉았고 칼슨은 확성기에 대고 모두 꼼짝 말라고 외쳐댔다. 그 순간 호이트 파커가 발목에 찬 권총집에서 총을 뽑아 그리핀 스코프를 세 번 쏘았다.

그리고 총구의 방향을 틀었다.

나는 소리쳤다. "안 돼요!" 하지만 마지막 총성이 내 목소리를 삼켜버렸다.

46

////////

나흘 후, 우리는 호이트를 묻었다. 제복 경관 수천 명이 참석해 그의 죽음을 애도했다. 스코프 저택에서 벌어진 사건에 대한 상세한 내용은 공개되지 않았다. 어쩌면 영영 비밀에 부쳐질지도 모른다. 엘리자베스의 어머니마저도 답을 요구하지 않았다. 죽은 줄로만 알았던 딸이 무사히 돌아왔다는 기쁨 때문이기도 했을 것이다. 그녀는 아무것도 묻지 않았고, 무엇도 의심하지 않았다. 나는 장모의 입장을 이해했다.

사람들은 호이트 파커가 영웅으로 장렬한 최후를 맞았다고 기억할 것이다. 어쩌면 그건 사실인지도 몰랐다. 어차피 내게는 그걸 판단할 자격이 없었다.

칼슨은 호이트가 남겼다는 긴 자백서를 보여주었다. 그 자백서에는 장인이 차에서 들려준 모든 내용이 고스란히 담겨 있었다.

"이제 다 끝난 건가요?" 나는 물었다.

"갠들과 우를 기소해야 하는데, 그리핀 스코프가 죽었으니 다들 나설 겁니다."

신화 속 괴물. 머리를 베는 것으로는 안 돼. 심장을 찔러야지.

"그들이 아이를 납치해갔을 때 나를 찾아온 건 아주 현명한 일이었어요." 칼슨이 말했다.

"달리 방법이 없었잖아요."

"하긴." 칼슨과 나는 악수를 나누었다. "몸 건강히 잘 지내요, 닥터 벡."

"당신도요."

타이리스가 플로리다로 내려갔는지, 티제이와 라티샤에게는 무슨 일이 있었는지, 쇼나와 린다는 재결합했는지, 그리고 그들의 어린 아들, 마크는 어떻게 됐는지 궁금하다고? 하지만 나는 아무것도 말해줄 수 없다. 왜냐하면 나도 모르니까.

내 이야기는 여기서 끝이 났다. 호이트 파커와 그리핀 스코프가 죽은 지 나흘째 되는 바로 오늘, 나는 엘리자베스와 침대에 누워 있다. 곤히 잠든 아내의 몸이 살며시 들썩인다. 나는 항상 아내를 지켜본다. 눈을 감는 게 두려울 정도다. 밤마다 꾸는 꿈은 고집스럽게도 불길한 내용만을 그려낸다. 꿈속에서 나는 또다시 아내를 잃곤 한다. 그녀는 죽고, 나는 홀로 남겨진다. 그래서 깨어 있는 동안 아내를 많이 안아준다. 아내에게 한번 달라붙으면 떨어질 줄 모른다. 그녀 없이는 단 일 초도 못 살 것처럼. 그건 아내도 마찬가지다. 아무래도 일상에 지장이 없도록 아내와 함께 잘 조절해야 할 것 같다.

내 눈길을 감지했는지 엘리자베스가 내 쪽으로 돌아눕는다. 나는 아내를 바라보며 미소 짓는다. 그녀도 나를 향해 미소를 지어 보인다. 가슴이 벅차오른다. 그날 호수에서의 일이 떠오른다. 고무보트에 누워 둥둥 떠다니고 있을 때, 그때 나는 아내에게 진실을 털어놓기로 결심했었다.

"할 얘기가 있어."

"없을 텐데."

"우리는 서로를 속이는 걸 잘 못하잖아, 엘리자베스. 그래서 이런 일이 벌어졌던 거야. 우리가 진작 서로에게 모든 걸 털어놓았더라면……." 나는 말을 맺지 못한다.

아내가 고개를 끄덕인다. 그제야 그녀도 알고 있었단 깨달음이 찾아온다.

"당신 아버지…… 장인어른은 당신이 브랜던 스코프를 죽였다고 생각하셨어."

"내가 그렇게 말씀드렸거든."

"하지만 결국엔……." 나는 잠시 말을 멈춘다. "차 안에서 당신이 죽이지 않았다고 말씀드렸을 때, 장인어른은 진실을 깨달으셨을 거야."

"글쎄." 엘리자베스가 말했다. "그러셨을 거라고 믿고 싶어."

"그래서 우릴 위해 희생하신 게 아닐까."

"당신이 희생양으로 나서는 걸 막고 싶으셨는지도 모르지." 그녀가 말한다. "어쩌면 숨을 거두는 순간까지도 내가 브랜던 스코프를 죽였다고 믿으셨는지도 몰라. 하지만 이젠 뭐가 진실인지 알 길이 없어졌잖아. 그걸 안다고 달라질 것도 없고."

우리는 서로를 빤히 바라보았다.

"당신은 알고 있었지?" 나는 상체를 살짝 들고 말한다. "처음부터 다 알고 있었던 거지? 당신은……."

아내가 손가락을 내 입술에 갖다 붙인다. "괜찮아."

"당신이 안전금고에 그것들을 넣어둔 거지? 나를 위해서?"

"당신을 보호하고 싶었어." 아내가 말한다.

"그건 정당방위였어." 아직도 내 손에는 권총을 쥐었던 느낌이 남아 있다. 방아쇠를 당겼을 때 찾아든 소름 끼치는 반동의 느낌.

"알아." 아내가 내 목에 팔을 두르고 살며시 끌어 안으며 말한다. "알아."

8년 전, 브랜던 스코프가 칼을 들고 침입했을 때 나는 침대에 홀로 누워 있었다. 우리는 침실에서 격투를 벌였다. 나는 아버지의 총을 찾아 손을 더듬었고, 그는 내게 몸을 날렸다. 나는 간신히 그를 쏘았고, 그는 그 자리에서 즉사했다. 두려움에 빠진 나는 뒤도 돌아보지 않고 도망쳤다. 멀리 벗어나 마음을 가다듬고, 어떻게 수습해야 할지 궁리하고 싶었다. 정신을 차리고 집으로 돌아갔을 때 시체는 사라진 후였다. 내가 쏜 권총도. 나는 아내에게 진실을 털어놓고 싶었다. 그날 밤 호수에서 그러려고 했다. 하지만 지금껏 고백하지 못했다.

처음부터 아내에게 진실을 털어놓았더라면…….

아내가 나를 끌어안는다.

"내가 여기 있잖아." 엘리자베스가 속삭인다.

여기. 나와 함께. 그걸 받아들이려면 시간이 좀 필요할 것 같다. 하지만 결국에는 그렇게 될 것이다. 우리는 서로를 부둥켜안은 채 잠에 빠져든다. 내일 아침, 우리는 이렇게 서로에게 달라붙은 채 깨어날 것이다. 매일 아침 눈을 뜨면 가장 먼저 아내의 얼굴이 보일 것이고 가장 먼저 아내의 목소리가 들릴 것이다. 그것으로 족하다. 더는 바랄 게 없다.

TELL NO ONE

옮긴이 | **최필원**

캐나다 웨스턴 온타리오 대학에서 통계학을 전공하고, 현재 번역가와 기획자로 활동하고 있다. 장르문학 시리즈인 '모중석 스릴러 클럽'을 기획했다. 옮긴 책으로 할런 코벤의 《숲》《단 한 번의 시선》《영원히 사라지다》《결백》, 제프리 디버의 《고독한 강》《도로변 십자가》, 정윤의 《안전한 나의 집》, 그밖에 《내가 죽기를 바라는 자들》《대통령이 사라졌다》《에블린 하드캐슬의 일곱 번의 죽음》 등이 있다.

아무에게도 말하지 마

1판 1쇄 발행 2022년 9월 5일 **1판 2쇄 발행** 2022년 10월 26일

지은이 할런 코벤 **옮긴이** 최필원
펴낸이 고세규
편집 이승현 **디자인** 윤석진
마케팅 이헌영 **홍보** 반재서
발행처 김영사
주소 경기도 파주시 문발로 197(문발동) 우편번호10881
등록 1979년 5월 17일(제406-2003-036호)
구입 문의 전화 031)955-3100 **팩스** 031)955-3111
편집부 전화 02)3668-3270 **팩스** 02)745-4827 **전자우편** literature@gimmyoung.com
비채 카페 cafe.naver.com/vichebooks **인스타그램** @drviche **카카오톡** @비채책
트위터 @vichebook **페이스북** facebook.com/vichebook
ISBN 978-89-349-4269-6 03840 책값은 뒤표지에 있습니다.

비채는 김영사의 문학 브랜드입니다.